闽南民间文学研究

A STUDY OF
SOUTHERN FUJIAN
FOLK LITERATURE

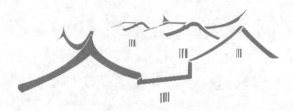

向忆秋

著

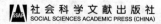

社会科学文献出版社
SOCIAL SCIENCES ACADEMIC PRESS (CHINA)

序

戴冠青

在看到《闽南民间文学研究》这本书稿之前,我一直以为向忆秋是专门研究海外华文文学的,我们也因此成为同行和朋友,每年总会见上一两次面,一起参加学术会议,一起到海外交流访问。她在十余年前就出版的《洛夫:诗·魔·禅》(合著)一书,被认为是比较早就对台湾旅加著名诗人洛夫进行系统研究的学术著作,为学术界研究洛夫提供了颇有价值的参考。她有关旅美华人文学的研究,在海外华文文学的研究中,也有独特的意义和价值。

这次收到向忆秋《闽南民间文学研究》这本书稿,颇感意外和惊喜。意外的是,没想到她和我一样,跨界到了闽南文化的研究领域。这也许因为我们都在地处闽南的高校工作,一个在泉州,一个在漳州,同处闽南金三角,也同样热爱闽南文化。数年前,她任教于闽南文化研究院,这样的跨界其实也是顺理成章的。惊喜的是,虽然向忆秋跨界的时间不长,却在不知不觉间就拿出了这本二十多万字的书稿,足见她的勤奋和用心。特别是她对闽南文化的研究主要侧重于闽南民间故事,书稿共六章,其中有三章(第一章至第三章)都是有关闽南民间故事(神话、传说)研究的。这和我的研究高度契合。

我一直认为，闽南民间故事是闽南民众文化想象的结晶，它生动地记载着闽南先民在闽南地区长期的繁衍发展过程中的生命轨迹和心理经验，深刻地烙印下了闽南族群的历史记忆和文化精神，是闽南文化的独特镜像和重要载体。但就当前学界的整体研究来看，对闽南民间故事采集与传播的多，研究的还是很不充分，闽南民间故事中的文化价值与艺术价值还有非常广阔的空间亟待发掘与阐释。因此，我从 2002 年着手搜集并开始研究闽南民间故事，且以此为自己的主要研究方向之一，希望从闽南文化建设的大视野对闽南民间故事的艺术美学特征和人文价值展开全面系统的考察与研究，揭示其文化理念与审美价值在闽南文化建设中的积极作用。十年之后，我的研究成果《想象的狂欢：作为文化镜像的闽南民间故事研究》一书由厦门大学出版社出版。向忆秋在《闽南民间文学研究》绪论的第二节中，给予这本著作以充分的认可，认为"《想象的狂欢》是第一部专论闽南民间文学的著作。它从审美取向、民间信仰、艺术形象、叙事模式、民俗想象、文化原型、生死观、人文价值等多重维度，论述了闽南民间故事的丰富内涵，具有极强的概括性。论著结合闽南文化，深入阐述闽南民间故事的闽南文化内涵，具有较强的创新性和较高的学术价值"，"是一本闽南民间文学研究的重要论著"。

但在这十余年的研究中，我总是倍感寂寞，毕竟这个领域的研究者不多。如今，向忆秋也加入了这个领域的研究，并以她一以贯之的认真和勤奋，在开设硕士生课程"闽南民间文学研究"的基础上拿出了这部书稿，这使我十分欢欣，感觉在我奋力跋涉的这条泥路上，终于有了年轻的伙伴和同道与我并肩同行，彼此砥砺，互相促进，让我再也不会寂寞！

如前所说，《闽南民间文学研究》一共六章：前三章主要研究闽南民间故事（神话和传说），后三章分别研究闽南民间歌谣、闽南民间戏曲、闽南民间谚语与谜语。从闽南民间文学的整体形态来说，向忆秋的研究确实比较全面周到。从广义的文学概念来说，民间歌谣、戏曲脚本或剧本以及谜语与谚语也是民间文学不可或缺的组成部分。当然，判断的标准主要是其是否具有文学性。如果是一般的俗语、顺口溜，就不一定属于文学研究的范畴；戏曲本身是综合艺术，也不属于文学研究范畴。从本书稿的研究来看，向忆秋的把握还是比较准确的。特别是对闽南寺庙与神明传说、闽南谚语与闽南灯谜的研究，以及在研究闽南寺庙与神明传说的特征时所概括出的神格化、英雄化、世俗化这三个特征，在闽南民间文学的研究中颇具开创性的意义。但在闽南民间文学的原生态中，民间歌谣、戏曲脚本以及谚语与谜语这三块的内容也是相当丰富博大的，每一块的体量都不亚于闽南民间故事，都有很多课题可做，因此感觉每一块只用一章的内容来阐发，给人以浅尝辄止、意犹未尽之感。也许，本书稿只是她的一本开山之作，相信在今后的研究中，她一定会有更多深入的探讨和推进。

前三章的闽南民间故事研究与我的研究有诸多相同之处，所以我读了觉得特别亲切。向忆秋也在本书稿的绪论中花了不少篇幅介绍了我和夏敏教授的两本学术著作："对闽南民间文学进行系统研究的著作不多，夏敏的《闽台民间文学》（福建人民出版社，2009 年）和戴冠青的《想象的狂欢：作为文化镜像的闽南民间故事研究》（厦门大学出版社，2012 年）是两本重要论著。""闽南民间文学研究成果不止上述两部著作，但它们是最重要的研究成果，具有代表性。夏著的比较研究方法和开阔视野值得推崇。戴著结合闽南文化，对闽南民间故事进行了'点'的深入论述，也值得推崇。"可见，向忆秋在研究前做足了功课，认真研读了之前的有关研究成果，试图站在前人的肩膀上进行新的开拓和发展。

在这三章的研究中，向忆秋多次引述或采用了我的观点，比如第一章"闽南民间神话研究"中关于自然神与俗神神话的分类阐发，有关闽南民间故事几种叙事模式和几种人物形象的阐发。虽然在漳州民间故事叙事模式的阐发中，向忆秋整理出了"知恩必报""善恶有报""以智应对""发家致富""破镜重圆""孝亲"等叙事模式，与我在《想象的狂欢》一书的第四章中把闽南民间故事的叙事模式概括为"扬善惩恶""以智抗敌""知恩必报""自强不息""才子佳人"的叙事模式在表达上有所不同，但其实是大同小异的。她在"知恩必报""善恶有报""孝亲"这三种叙事模式的概括上有些重复，因为报恩也是善报，"孝亲"也是报恩，所以我觉得这种分类还可以更严谨一些。

另外，书稿中关于"叙事模式与故事'类型'有时是两个可以彼此转换的说辞"的表述，我认为还值得商榷，叙事模式是叙事学的概念，类型是类型说的概念，不可混淆。叙事学关注的是故事的情节功能（即最基本的叙事单位）及角色功能，并通过探讨情节功能之间的组合，概括出某些"原始故事的结构"，这就是我们要研究的故事的叙事模式。俄国学者普洛普（W. L. Propp）在其代表作《民间故事形态学》一书中指出，各种神话和民间故事内容差异很大，但可以找出共同的"功能"。因此，民间故事常常安排各种角色来实践同一行动，通过各种方式来实现同一功能。这就使得我们可以根据角色的功能来研究我们所要的"叙事模式"，因为角色和功能是故事构成的基本要素（不变因素）。所以，如果能从民间故事中找出一些共同的角色行动功能，就能分析归纳出不同的叙事模式。

类型说关注的是故事的情节、主题或形象的相似现象，并据此来进行分类。正如向忆秋书稿中所引刘守华主编的《中国民间故事类型研究》一书所言："类型是就其相互类同或近似而又定型化的主干情节而言，至于那些在枝叶、细节和语言上有所差异的不同文本则称之为'异文'。"也即其书中所说的"阿尔奈—汤普森体系"或"AT 分类法"。这种分类法在总体上将民间故事分为动物故事、普通民间故事、笑话、程式故事、未分类的故事等，在此编码体系下再细分若干故事类型。由此可见，这是两种不同的概念，我认为是不可以混为一谈的。

还有，向忆秋这本书稿还有一点与我不同的是：我的著作以论述为主，希图从对闽南民间故事的研究中揭示出闽南族群的历史记忆与文化精神；向忆秋这本书稿在文本细读的基础上，试图对包括闽南民间神话、民间故事、民间传说、民间歌谣、民间戏曲、民间谚语和谜语等在内的闽南民间文学做一个全方位的介绍和研究。从本书稿的后记可以看出，这一著述方式与她建立在为硕士研究生授课基础上的研究有关。

不管怎么说，向忆秋还是以自己的勤奋努力，在这么短的时间内，给热爱闽南文化的读者奉献了这么一本值得认真关注与重视的闽南民间文学研究著作。我期待并相信向忆秋在今后的研究中，一定会有更加深入的拓展和推进，带给我们更多的惊喜和启发。

是为序。

2018 年 5 月 29 日于寸月斋

目 录
contents

表目录

绪　论
闽南民间文学：理论内涵、研究疆界及意义

　　《闽南民间文学研究》是笔者对闽南地区（即厦漳泉）的民间文学进行整理和研究的微薄成果。在此，"闽南"是地理范畴（而非文化意义）上的限定。开篇前，我们必须对两个概念——民间文学、闽南民间文学，进行阐述和理论界定；也有必要厘清学者已有的研究成果，以确定我们整理、研究的"疆界"；笔者进行闽南民间文学研究的意义和价值，也在此略做阐述。

第一节　民间文学、闽南民间文学的理论内涵

　　文学很自然地被认定是文化的产物，是人类在发展的历史进程中持续不断地创造出来的艺术。一个民族的文学自然是该民族文化的产物和重要组成部分，是该民族人们在发展的历史进程中创造出来的文化艺术形式。那么民族文化如何组成？万建中指出："一个民族的'文化'都是由两类组成的：一类为上层的、知识阶层的文化，也可以说是处于统治地位的文化；一类为社会底层的、平民的、大众的文化。美国人类学家罗伯特·雷德菲尔

德（Robert Redfield）提出了著名的'大传统'（great tradition）和'小传统'（little tradition）的理论模式。所谓'大传统'的文化，指的是一般所说的占统治地位的文化，即精英文化或高层文化，尤其是都市文明的文化模式；'小传统'的文化则主要指民间或基层文化，是底层民众所代表的生活文化，尤其是指复杂社会中具有地方社区或地域性特色的文化模式。民间文学是民间文化重要的组成部分。"① 上述概述对民间文化、民间文学在民族文化中的地位做出了定位。应该说，一个民族的文化发展到一定的成熟程度之后，才可以明确区分上层、知识阶层的精英文化和社会底层、平民大众的文化。但实际上，在人类未开化之前，在文字尚未产生之时，远古的原始人类也因为劳动、精神需求、娱乐等原因，创造出无须借助文字的口头文学、歌唱等"口传文化"（oral culture）。这些应是民间文学的发源，也是民间文学的组成部分。

一　何谓民间文学？

前辈钟敬文曾对民间文学有一个权威定位："民间文学是劳动人民的口头创作，它在广大人民群众当中流传，主要反映人民大众的生活和思想感情，表现他们的审美观念和艺术情趣，具有自己的艺术特色。"② 钟敬文还阐述了民间文学在民族文学中的地位，指出"民族的文学是全民族上、中、下层文学的综合体"，具体而言，有上层文学或精英文学，有通俗文学，"即城市市民

---

① 万建中：《民间文学引论》，北京大学出版社，2006，"引言"第 3 页。
② 钟敬文主编《民间文学概论》，上海文艺出版社，1980，第 1 页。

享用的一种文学"，还有"被更广泛地创作和传播"的农民文学、口头文学。① 其中的民间文学虽处于民族文学的下层，却并非从属于上层，而是与上层文学、中层文学既有联系，又保持自己独立话语体系的文学。万建中指出民间文学的"民间"包含两层意义，"一是生活于底层社会空间的'民众'，二是'民众的生活领域及精神世界'。……由民间滋生的民间文学是一种完全独立的文学"②。万建中还从"口头性：一种表演的模式""集体性：演说者与观众的互动""变异性：表演活动的不可复制""传承性：演说模式的相对稳定"四个维度，概括民间文学的本体特征，总结指出："民间文学是用传统的民间形式创作和传承的文学样式，它诉诸口头语言系统，创作和流传都是由一个特定的群体共同完成的，是一种活态的文学，流传中有变动，变动时有流传。这是界定民间文学范围的显著的外部标记，也是它在创作和流传方式上的特征。"③ 对民间文学颇有研究的段宝林则指出："民间文学是人民口头的集体创作，是一种立体文学、实用文学，具有直接人民性、立体性、口头性、流传变异性、传统性和多功能性等特征。"④ 万建中、段宝林等学者对"民间文学"的界定，具有共同性，即都强调民间文学的口头性、集体性、流传性、变异性。段宝林增加了考察民间文学特征的维度，有其创新性，也有可商榷之处，如"立体性""多功能性"并非民间文学的独特特征。

---

① 钟敬文：《民俗学对文艺学发展的作用》，《文艺研究》2001 年第 1 期。
② 万建中：《民间文学引论》，北京大学出版社，2006，第 25 页。
③ 万建中：《民间文学引论》，北京大学出版社，2006，第 62 页。
④ 段宝林主编《民间文学教程》，高等教育出版社，2013，第 23 页。

"民间文学"的具体范畴是怎样的？万建中认为，神话、民间传说、民间故事、民间诗歌（即歌谣）、民间说唱、民间小戏、谚语和谜语等口头文学诸形式，都属于民间文学，甚至网上笑话、手机短信等，也被视为民间文学。① 万建中对民间文学范畴的描述宽泛而"时尚"，他将之扩展到当下新媒体传播的文字形式。这样的概括看似全面，却造成了整理和研究的困难。也许，对于当下新媒体传播的网络笑话、手机短信、微信等内容，将来学者可以给出更恰当的定位归属。万建中进一步描述道："其中神话、传说、故事、寓言、童话、笑话为散文类作品，采用讲述或演说的语言形式。……民歌、民谣、谚语、民间长诗、谜语等为韵文类作品，采用吟唱或押韵的语言形式。民间小戏、评书、快板、相声等为说唱类作品，采用演唱的语言形式。"② 可见，在民间文学的大范畴下，散文类、韵文类、说唱类的民间文学，各有精彩，存在生动多元的艺术表现形式。

二 何谓闽南民间文学？

通过对民间文学概念和内涵的梳理，我们可以了解到民间文学的特征、意义和范畴。它为我们考察"闽南民间文学"的概念提供了重要理论依据。笔者认为，闽南民间文学的概念和内涵可以从以下几个维度进行考察。

其一，从中国民间文学的整体格局考察，闽南民间文学是中国民间文学的重要组成部分，它既具有中国民间文学的普遍

① 万建中：《民间文学引论》，北京大学出版社，2006，第27～28页。
② 万建中：《民间文学引论》，北京大学出版社，2006，第28页。

特征——口头性、集体性、流传性、变异性，也表现出闽南这方土地特有的地域特征、人文情怀和民间风俗。

其二，从闽南民间文学的来源考察，它应该包括两部分。一是古往今来的闽南地区（厦漳泉）民众在历史进程和现实生活中想象、创作出来并在民间广为流传的文学样式。这部分民间文学具有独特的地域性和本土特色。二是在历史上随着移民的南迁，中国其他地方，特别是中原地区的民间文学流传到闽南地区，和闽南地方文化有所结合，进而在流传过程中产生"变异"、逐步本土化的民间文学。

其三，从闽南民间文学的文体范畴考察，它大致包括闽南的神话、民间故事、民间传说、民间歌谣、民间说唱、闽南谚语和谜语（特别是富有闽南特色的灯谜）等诸形式。

其四，从民族属性和语言形式上考察，闽南民间文学包括了闽南地区的汉族和少数民族的民间文学，既包括以闽南语创作和流传的民间文学，也包括以其他语言（如普通话、客家语等）创作和流传的民间文学。

概而言之，闽南民间文学是古往今来的闽南民众（包括汉族和少数民族）想象、创作出来并在民间广为流传的文学样式；或外来的民间文学流传到闽南，并逐步"在地化"的民间文学样式，它以闽南话、普通话、客语等多种语言形式创作和流传。闽南民间文学既是中国民间文学的重要组成部分，具有口头性、集体性、流传性、变异性等中国民间文学的普遍特征，也带着闽南这方土地特有的地域文化烙印。从文类来看，它大致包括闽南民间神话、民间故事、民间传说、民间歌谣、民间说唱、民间谚语和谜语等。

第二节 闽南民间文学的研究疆界

要厘清闽南民间文学的研究疆界，必然要对其他学者的研究成果有所了解。20 世纪 80 年代末 90 年代初以来，中国民间文化的整理和发掘再度受到关注和重视，各省、市、县都进行了民间文学的整理和发掘，出版、发表了系列作品。闽南民间文学的整理和发掘也在这时期取得重大成果。然而，对闽南民间文学进行深入研究，要滞后十余年。21 世纪以来，中国大陆才有闽南民间文学研究专著出版，发表于学术期刊的研究论文也逐渐增多。

一 闽南民间文学研究专著

对闽南民间文学进行系统研究的著作不多，夏敏的《闽台民间文学》（福建人民出版社，2009）和戴冠青的《想象的狂欢：作为文化镜像的闽南民间故事研究》（以下简称《想象的狂欢》，厦门大学出版社，2012）是两本重要论著。

夏敏的《闽台民间文学》在闽南民间文学研究方面具有开拓性的意义。著作分为闽人入台与大陆口承文学在台湾的传播、两岸政治隔绝导致的民间文学文本变异性传承、两岸闽南人民间文学之比较、两岸客家人民间文学之比较、两岸少数民族民间文学之比较、连接两岸和世界的民间文学类型研究六章。与戴冠青《想象的狂欢》专注于闽南民间故事研究相比较而言，首先，夏敏的《闽台民间文学》着眼于闽台两地民间文学的比较研究，主体部分是对两岸闽南人、两岸客家人、两岸少数民族三个族群的民间文学进行比较研究。其次，《闽台民间文学》不局限于闽南地区，同时关涉闽西的客家人和闽地的少数民族民间文学；《闽台民间文学》也不限于民间故事研究，还将之和歌谣、谚语等韵文类民间文学并重进行研究。概而言之，《闽台民间文学》采取比较的研究视野，广泛涉猎闽台甚至粤东和全国的民间文学，视野非常开阔；作者以比较的研究方法对闽台两地民间文学的共性、差异性进行论述，加深了读者对两岸民间文学的认知。然而，著作也存在少许遗憾，比如在富有意义的议题上，作者没有展开论述。如第五章第二节"闽台少数族群民间文学母题比较"富有意义，著作却只有一页篇幅，不免让读者心有所憾。

　　闽南民间文学研究经过几年的积累，2012 年取得了重要成绩，戴冠青出版了《想象的狂欢》。戴著在"导论"之后，设置了闽南民间故事的审美取向、闽南民间故事中的民间信仰、闽南民间故事的艺术形象、闽南民间故事的叙事特征、闽南民间故事的民俗想象、闽南民间故事的文化原型、闽南民间故事的生死观、闽台民间故事的互通性、闽南民间故事的人文价值九章内容，从闽南民间故事的审美取向、民间信仰、艺术形象、叙事模式、民俗想象、文化原型、生死观、人文价值以及闽台民间故事的互通性、闽南民间故事在海西文化建设中的作用等多重维度，对闽南民间故事进行考察、论述，解释闽南民间想象中所蕴含的闽南族群的历史记忆、文化想象、人文精神、民俗风情等。综观《想象的狂欢》，它具有如下特色。其一，从不同维度论述闽南民间故事的丰富内涵，并对之进行具体的分类阐述。如在第一章论述"民间想象与闽南人的审美取向"时，著作从"神鬼想象与善恶有报的审美文化取向""冒险想象与拼搏进取的审美文化取向""英雄想象与行侠助人的审美文化取向""乡恋想象与尊宗敬祖的审美文化取向""儒商想象与义利和谐的审美文化取向"五个方面进行深入论述。第三章"闽南民间故事的艺术形象"占论著最大篇幅，该章将闽南民间故事中的艺术形象分为英雄形象、儒生形象、女性形象、动物形象、神仙形象及孝文化形象、另类形象。在分类阐述的基础上，进一步论述其审美价值、审美意义或文化价值、文化内涵。在第四章论述闽南民间故事的叙事模式时，作者将之分为"扬善惩恶"的叙事模式、"以智抗敌"的叙事模式、"知恩必报"的叙事模式、"自强不息"的叙事模式和"才子佳人"的叙事模式，对各种叙事模式进行了详略得当的阐述，尤其是在阐述"独特巧妙的惩戒叙事"时，作者结合许多民间故事，具体分析了魔法惩戒式、第三方惩戒式、变形惩戒式与违禁惩戒式等各种惩戒模式的差异，给论著增添了许多趣味性。其二，极强的概括性。例如，第八章阐释闽台民间故事"审美取向的共通性"时，作者从"在济世救困的想象中体现共同的崇儒精神""在开拓家园的想象中展现相似的拼搏性格""在行侠仗义的想象中传达相近的英雄情结""在神灵保护的想象中演绎相通的民间信仰"四个方面进行阐述。在第九章阐释"闽南民间故事的人文价值"时，作者概括为四个方面："塑造敢拼爱赢的文化性格，体现出闽南人拼搏进取的价值取向""倡导勤劳善良的行为品格，体现出闽南人孝悌忠诚的生命追求""弘扬乐善好施的文化精神，体现出闽南人重情重义的人生态度""揭示尊宗敬祖的乡恋情结，体现出海外侨胞对故土家园的文化认同"。极强的概括性，使论著既有相当强的理论性，也体现了论著研究思路的清晰性。其三，紧扣闽南文化进行论述。例如，作者在第一章论述"儒商想象与义利和谐的审美文化取向"时，即紧贴闽南文化加以论述。"尊儒与重商并行的文化心态，是闽南开放的海洋文化性格与中原儒家传统相互渗透的结果。闽南民众通过儒商结合的文学想象，创造出许多'有情有义'、'回报乡梓'、'诚信行商'的民间故事，将经商这一'末业'与正统思想有机地结合起来，有力地诠释了闽南'义利结合'、'义利和谐'的审美文化取向。"① 闽南文化可谓中原文化与闽越文化的"混血儿"，这种混杂性也体现在民间文学的儒商想象中，戴冠青概括出这一点，独具慧眼。在第二章论述"民间信仰与闽南民众的精神追求"时，作者指出："闽南民间故事所传达出的如此丰富多元的宗教信仰，正鲜明地反映了宗教信仰兼收并蓄的闽南文化特征。"② 这是从宗教信仰的角度指出闽南民间文学所体现的闽南地区宗教文化特色。在第三章"闽南民间故事的艺术形象"中，作者归纳概括了闽南民间故事的多种艺术形象，论述也不时地结合闽南文化，阐述它们的闽南文化内涵。在分析闽南民间故事中的动物形象时，作者指出，古代闽越地区，深山野兽横行，大海浪涛滚滚，汉人南迁入闽，要开山垦荒、出海捕鱼，凶险莫测。"在他们与自然作斗争的过程中，一些威胁到他们的生命安全，毁坏他们的农作物，以及传说中会在海里兴风作浪颠覆船只的动物，如蛇、龟、鳖、蛟龙等等，在闽南民众的民间想象中就成为让人恐惧的祸害型动物意象而受到民众的贬斥；另一些已被驯化为家禽家畜，与民众的生活息息相关，对民众具有重要的辅佐作用和生活价值的

---

① 戴冠青：《想象的狂欢：作为文化镜像的闽南民间故事研究》，厦门大学出版社，2012，第17页。
② 戴冠青：《想象的狂欢：作为文化镜像的闽南民间故事研究》，厦门大学出版社，2012，第27页。

动物，如猪、鸡等等，在闽南民众的民间想象中就成为让人喜爱的辅佐型动物意象而受到民众的褒扬。"① 作者结合闽南的地理环境、地域文化论述动物形象，富有新意。概而言之，《想象的狂欢》是第一部专论闽南民间文学的著作。它从审美取向、民间信仰、艺术形象、叙事模式、民俗想象、文化原型、生死观、人文价值等多重维度，论述了闽南民间故事的丰富内涵，具有极强的概括性。论著结合闽南文化，深入阐述闽南民间故事的闽南文化内涵，具有较强的创新性和较高的学术价值。

闽南民间文学研究成果不止上述两部著作，但它们是最重要的研究成果，具有代表性。夏著的比较研究方法和开阔视野值得推崇。戴著结合闽南文化，对闽南民间故事进行了"点"的深入论述，也值得推崇。

张嘉星也对闽南民间文学研究做出了重要贡献。2017 年，张教授出版了《文化诗学视域下的闽南方言文学研究》和《张嘉星漳州歌谣精讲》。《文化诗学视域下的闽南方言文学研究》的上编主要为闽南语研究。下编主要为闽南方言文学研究，基本上是闽南歌谣研究，也涉及"闽南方言散文：'古'"、"印尼土生华人马来语文学"、邵剧《李妙惠》及闽南民系、史迹的研究。何谓"闽南方言文学"？张嘉星说："本书所称闽南方言文学，主要指用闽南方言来口头创作和传播的文学，是闽南方言口传文学的简称。"② 虽然张嘉星的"闽南方言文学"概念与"闽南民间文学"

---

① 戴冠青：《想象的狂欢：作为文化镜像的闽南民间故事研究》，厦门大学出版社，2012，第 91~92 页。

② 张嘉星：《文化诗学视域下的闽南方言文学研究》，中国社会科学出版社，2017，第 233 页。

概念具有很大的重合性，但张嘉星强调的是文化（而非地理）意义的闽南和闽南语，所以她的"闽南方言文学"概念的辐射度很大，是跨省、跨国的闽南语的民间文学创作。张著中关于地理意义上的闽南民间文学研究，特别是闽南歌谣的文学性、修辞特色、韵法研究，对尚具有广阔研究空间的闽南民间文学研究而言，具有重要学术价值。《张嘉星漳州歌谣精讲》是漳州歌谣研究的重大收获。著作分为五个部分。第一部分聚焦古谣《排甲子》及其组歌，辨析其开闽歌谣第一篇的地位，解读《排甲子》歌系意象群，以及其"渡海"去台的文化记忆。第二部分聚焦古谣《月光光》系列，或考察其"歌龄"，或将其与史迹相互印证，或叙述《月娘月光光》的别样风情。第三部分有创意的是将闽南小戏《桃花搭渡》与两首漳州古谣《十二月歌》《安怎伊甲会唱歌》进行比照阐述。第四部分涉及漳州爱情歌谣、闽台歌谣《天乌乌》比较以及"童谣与民间游戏"的研究。第五部分很有价值的内容，是通过田野调查，整理和阐述了其他一些"歌谣集"不曾收录的漳州古谣，如《父母主意嫁番客》《一枞树仔摇振动》《捻鸡丝》《红笼床》《搦金狗仔》《观扫帚神》等。《张嘉星漳州歌谣精讲》的主要特色，其一是聚焦于《排甲子》《月光光》《天乌乌》等重要古谣研究；其二是善于采取田野调查方式，发掘新的（即他人不曾整理的）古谣；其三是将漳州古谣与历史、文献、小戏、流行歌曲、民间游戏进行关联研究，给人耳目一新之感。此外，张嘉星在其编著的《漳台闽南方言童谣》（厦门大学出版社，2011）中，将童谣分为摇篮歌、止哭歌、祈福禳灾歌、育儿歌、劝学歌、亲情歌、生活歌、岁时歌、时政歌、劳作歌、咏物歌、民俗歌、游戏歌、盘问歌、童幻歌、手艺歌、连珠歌

17 类，进行整理。该书收录的几篇论文对漳州童谣研究做出了一定的贡献。其中《漳台闽南方言童谣概论》阐述了漳台童谣的概念、分类及音乐性、文学性、功用。《闽南方言歌谣考源——论漳州〈排甲子〉及其在闽南语区的流变》聚焦闽南歌谣《排甲子》，对其进行历史溯源考察。《漳台闽南方言古童谣年代考》依据地方文献、童谣内容、名物等三个维度，考察部分古童谣的生成、流传年代。《漳州方言童谣过台湾》重在对漳台童谣进行"源""流"考察。虽然整本书主要是对童谣的分类收录，但几篇论文聚焦漳州童谣研究，是此研究领域的重要收获。

二 发表于期刊的研究成果

发表于学术期刊的研究论文，主要从三个方面进行研究。其一是比较研究、溯源探讨，体现为对闽台两地民间文学的因缘关系的考察或差异性比较研究。许建生的《台湾闽南两地民间文学比较分析》（《台湾研究集刊》1990 年第 2 期）、潘培忠的《"老歌仔戏"与闽南传统戏曲关系研究——以〈山伯英台〉为例》（中央戏剧学院学报《戏剧》2013 年第 2 期）等，即属于这种研究模式。其二是经典个案研究，《保婴记》《陈三五娘》等作品都是经典闽南民间说唱艺术，有相对较多的研究成果发表。《陈三五娘》研究有 40 余篇，王伟的《闽南经验："陈三五娘"故事的跨剧种改编》[《齐齐哈尔大学学报》（哲学社会科学版）2016 年第 8 期]、宋妍的《从〈陈三五娘〉看闽南文化的特性及其形成原因》（《泉州师范学院学报》2013 年第 5 期）等，是《陈三五娘》研究中颇具代表性的研究思路。《保婴记》研究有 20 余篇，研究角度也多样化，向阳的《芗剧〈保婴记〉的喜剧风格》

（《福建艺术》2017 年第 1 期）等，是《保婴记》研究中比较新的成果，也颇能反映《保婴记》所呈现出来的艺术风格。其三是特定文类研究。戴冠青发表的系列研究论文，对闽南民间故事进行了不同维度的探讨，如《闽南人的生死观及其文化意义——以闽南民间故事为例》（《东南学术》2015 年第 3 期）、《英雄想象中的价值取向与生命追求——闽南民间故事中的英雄形象》（《泉州师范学院学报》2015 年第 5 期）等。此外，张嘉星、刘登翰、向忆秋、刘丽、李弢、古大勇、张小琴、陈彦廷、汪晓云、郑渺渺等，均有关于闽南民间文学研究的成果。

综观数十年来的闽南民间文学研究，可以发现，偏重经典个案研究和特定文类（如歌仔戏、民间故事）研究，是一个特点；歌谣研究偏重台湾地区的闽南语歌谣研究，闽南民间歌谣研究方面，以张嘉星的研究成果最为突出；闽南神话、闽南谚语、闽南灯谜研究等基本处于空白状态；对寺庙、神明和著名历史人物（如朱熹、黄道周、郑成功、陈元光等）的研究虽然丰富，但主要是从宗教信仰、理学、历史学等各种角度进行研究，从民间文学的维度进行研究则极其罕见；至于闽南的土楼传说、抗倭传说等同样富于地方文化色彩的民间文学研究，也非常罕见。上述可以积极拓展的学术研究空间，使我们明了了闽南民间文学研究的疆界，为本书研究提供了驰骋论述的空间。

第三节　闽南民间文学研究的价值

《闽南民间文学研究》的价值，笔者认为至少有两个方面。

首先是文化价值。这个方面，我们可以细分为文化存根价值和文化传播价值。①闽南民间文学既是闽南文化的表征，也是闽南民俗文化的重要体现，具有丰富的民俗文化内涵。在闽南民间文学形成和代代传承的过程中，不同时代的闽南地区人民很自然地将自己的宗教信仰、价值观念和闽南的地域特征、民俗风情、节庆文化、地方物产等富于闽南文化特色的内容融会于民间文学中，使闽南民间文学承载了丰富的闽南文化内涵，成为闽南文化（包括民俗文化）的重要载体。因此，我们可以说，闽南民间文学是闽南文化得以存续的一种"路径"，闽南民间文学研究也同样成为闽南文化传承的重要方式。同时，闽南民间文学研究，可以使人了解闽南开发和发展的历史进程中的闽南地区的人文风俗，具有重要的人类学价值。②闽南民间文学是一种活态的、影响面极其广泛的文学形态。正如戴冠青教授所言，"闽南民间故事的流传起先基本上局限在以闽南话为母语的厦门、泉州、漳州及潮汕地区。随着社会的发展、文化交流的频繁，其流传的区域也扩散到以闽南话为主要交流工具的台湾地区及闽南人侨居的东南亚以及其他海外地区。流传的形式也由开始的口头传承发展到通过书报杂志、艺术舞台、电视媒体、互联网等多种渠道广为传播"①。随着闽南民间文学的传播，闽南文化也传播到世界各地，为闽南文化的永续生存提供了重要条件。我们进行闽南民间文学研究，同样具有文化传播的重要价值。

其次是文学价值。民间文学是作家文学创作的重要源泉，闽南民间文学也做此理解，它成为成长和生活于闽南地区的作家进

---

① 戴冠青：《想象的狂欢：作为文化镜像的闽南民间故事研究》，厦门大学出版社，2012，"导论"第2页。

行文学创作和想象的重要来源，并赋予他们的文学作品以丰富的地域特色，提升了作家创作的文学和文化价值。

此外，《闽南民间文学研究》应是第一部专门以厦漳泉地区的各种体裁的民间文学为研究对象的著作，具有一定程度的开拓意义，它对中国民间文艺的研究、传承富于现实意义。

第一章
闽南民间神话研究

　　"神话"一词源于希腊文 mythos。万建中指出："神话是借助于幻想和神化的手法，采用文学的形式——诗歌或散文——表达出来的原始时代的人们对自然的奥秘、社会人文情况、人类本身以及人们在生产生活中的原始知识的一种积累和解答。其思想是建立在原始仿生观念、原始宗教观念和原始哲学观念的基础上的。……神话所探讨的：一是'起源'，如宇宙的起源、自然界的起源、人类的起源，以及各种知识的起源；二是'原始状态'，如宇宙的原始状态、自然界的原始状态以及人类社会的原始状态等。"① 万建中对"神话"的界定，主要适用于远古的原始神话。笔者认为，在进入文明社会之后，神话依然不断产生，不仅有产生于民间、流传于民间的民间神话，也有自古至今的文人创作的文人神话。文人创作的神话流入民间，被百姓口耳相传，也成了民间神话的重要来源。即便是原始神话，情节内容反映初民对自然现象、万事万物起源及社会生活的理解与想望，它们也随着时代变迁或多或少地产生变

---

　　① 万建中：《民间文学引论》，北京大学出版社，2006，第109～110页。

异。每一则神话多少保存了它在传播过程中的时代及文化因素，因此，神话只有被记录的时代性定本，并没有绝对的"永久性定本"。① 关于神话的存在方式，段宝林认为："神话在历史上有着两种存在方式。其一是作为综合文化现象的神话，其二是作为单纯文学体裁的神话。……文学界通常把神话视为单纯的文学形式。"②

闽南民间神话主要是厦漳泉地区自古以来产生的神话，也有部分是由中国其他地区流传到闽南，并有所"在地化"的民间神话。这些神话，或者是民间流传、集体创作，或者是文人创作并传入、传播于闽南民间，在民间获得了生存的土壤。我们关注的是以文学样式存在的闽南民间神话。

关于中国神话的分类，不同学者有不同的见解。赵沛霖依据不同标准对中国神话做不同分类。①按历史形态分为原始社会神话（即原始神话）、奴隶制社会神话（即帝王天命神话）和封建社会神话；②按功能分为祭祀礼仪神话、解释性神话、巫术神话和物占神话；③按性质分为原生态神话、次生态神话和再生态神话；④按内容分为创世神话、洪水神话、英雄神话等。③ 向柏松将中国神话系统分为远古帝王神话（最著名的是三皇五帝神话）、感生神话、南方各民族的洪水神话、抗灾英雄神话、创世神话五大类。④ 不管怎么区分，神话总有其共同的类型，譬如创世神话、

---

① 刘秀美、蔡可欣：《山海的召唤——台湾原住民口传文学》，台湾文学馆，2011，第 25 页。

② 段宝林主编《民间文学教程》，高等教育出版社，2013，第 101 页。

③ 赵沛霖：《中国神话的分类与〈山海经〉的文献价值》，《文艺研究》1997 年第 1 期。

④ 向柏松：《神话与民间信仰》，《中南民族大学学报》（人文社会科学版）2010 年第 1 期。

洪水神话、英雄神话等，是世界上不同文化板块所共有的神话类型。中华大地各民族也流传着自己的创世神话、洪水神话、英雄神话。如关于创世的神话，彝族有《阿细的先基》，纳西族有《创世说》，基诺族民间信仰中的女始祖神阿嫫腰白，关联着基诺族的创世神话。有关英雄神话（也是英雄史诗），有藏族的《格萨尔王传》、蒙古族的《江格尔》等。

依据闽南民间神话的实际状况，并参考其他学者对神话分类的看法，笔者将闽南民间神话分为创世神话、英雄神话、部族起源神话、自然神和俗神的神话传说等。

第一节　创世神话

何谓创世神话？赵沛霖指出："创世神话是回答世界如何起源、人怎样诞生的神话，由于神话的内容追溯了世界的形成，因而创世神话又称天地开辟神话。"[①] 创世神话是人类世界神话发展的最初阶段。在闽南民间文学中也出现了多则创世神话。

一　天地开辟神话

天地开辟神话，讲述天地处于混沌未开状态时，神或神人开创世界的神话。在中国主流的创世神话中，天地由盘古开辟。《太平御览》卷二说："天地混沌如鸡子，盘古生其中。万八千岁，天地开辟，阳清为天，阴浊为地。盘古在其中，一日九变，

---

① 赵沛霖：《中国神话的分类与〈山海经〉的文献价值》，《文艺研究》1997 年第 1 期。

神于天，圣于地。天日高一丈，地日厚一丈。……如此万八千岁，天数极高，地数极深，盘古极长。……故天去地九万里。"盘古开辟天地极其辛苦，"天地更有相连者，左手执凿，右手执斧，或用斧劈，或以凿开"，终于使"混沌开矣"。在希伯来的创世神话中，天地由神所创造。《圣经·旧约》说："起初，神创造天地。地是空虚混沌，渊面黑暗；神的灵运行在水面上。神说：'要有光'，就有了光。"① 中国神话中的创世很艰辛，希伯来神话中的创世凸显了神的万能。流传于闽南民间的创世神话，又有何不同呢？我们试看《兄弟俩造天地》《鲧造山　禹凿河》这两则神话。

《兄弟俩造天地》是畲族的创世神话传说。叙述远古时，没有天也没有地，玉皇大帝令兄弟俩在九九八十一天内造好天地。"大哥领一碗白土和一碗水造天，小弟领一碗黄土和一碗水造地。"② 大哥干活勤恳、细致，提前完成造天，造起来的天又匀又平。剩下两块泥巴，大哥就捏成了太阳和月亮。小弟懒惰，期限快到，小弟慌了神。"只好随便造了，他手忙脚乱，黄土蘸了水就扔，地面上高高低低的，这就成了现在的山峰和深谷。""玉皇大帝发现小弟还没回来，派雷神和闪电来催。闪电'噼噼啪啪'甩起了鞭，雷神'轰隆轰隆'敲响了鼓，不能再拖了，小弟急急往回赶。慌乱中一脚踢翻那碗水，水往低处流，填满了还没造的地方，便成了江河湖海。"③ 比较中西方的创世神话，可以发现，

---

① 《圣经·旧约》，中国基督教协会，1998，第1页。
② 《兄弟俩造天地》，见黄元德主编《中国民间故事集成·福建卷·华安县分卷》，华安县民间文学集成编委会，1993，第3页。
③ 《兄弟俩造天地》，见黄元德主编《中国民间故事集成·福建卷·华安县分卷》，华安县民间文学集成编委会，1993，第4页。

世界的最初状态大致相同，都是"混沌"，没有天地的区分，在神或神人的作用下，"混沌初开，乾坤始奠"。但相较于西方神话，中华文化（包括少数民族文化）中的创世神话，天地开辟、山河形成，都是神人努力、劳动的结果。

《鲧造山 禹凿河》叙述盘古开天辟地后，地上没有高山河流。有一年大地闹水灾，原是玉帝侄儿、投胎人间的圣主鲧，独上仙山，从仙洞盗出一种叫"让"的宝贝，抛向人间，使人间升起千万座高山，人们就往高山爬。玉帝将鲧押归天庭斩首，尸体七天不腐。玉帝命令剖腹查看，"腹开，腹腔中飞出一条乌龙，背驮一红缨少年往东而去，这便是传说中的鲧之子——禹"①。禹继承父亲治水的未竟事业，开山辟岭，因势利导。他走过的地方，平川洪水汇聚成河，奔腾入海。从此，大地上开始有山有河有平川，树植高地，人住平原，水流江河，风调雨顺，人们过上了好日子。这则《鲧造山 禹凿河》的闽南民间神话，蕴含着创世神话、洪水神话、英雄神话等多重元素。大地洪水泛滥，具有洪水神话的根本特征；鲧、禹被创造为忧世忧民的抗灾英雄，他们为了治理洪水，不畏艰险、不辞辛苦，为民造福，符合中国神话传说中的鲧、禹形象；鲧造出高山，禹因势利导，成功治理洪水，使天地间出现了山川河流，具有创世神话的重要特征。可以说，这则闽南民间神话，既继承了《山海经·海内经》关于"鲧复生禹"的神话成分，也是中国不同类型神话的综合体。

---

① 《鲧造山 禹凿河》，见黄以结主编《中国民间故事集成·福建卷·漳浦县分卷》，漳浦县民间文学集成编委会，1991，第 3 页。

二 人类诞生神话

"神人造人或化生天地万物的神话"①，也被视为创世神话。人类起源神话正属于此类。希腊神话是男神普罗米修斯用泥土造人。在《圣经·旧约》中，"神照着自己的形象造人"，造出来第一个男人亚当。接着，耶和华神取用那人（亚当）的肋骨造出一个女人。"那人说：'这是我骨中的骨，肉中的肉，可以称她为女人，因为她是从男人身上取出来的。'"② 在西方文化的两个源头——古希腊神话和古希伯来神话中，人类起源都是先男后女、男支配女的模式。可见西方人类起源神话"是父系制的产物"，"是男权主义在起着支配作用"。③ 相较于西方神话中这种"为女人命名"的模式，中国神话显得独特而耐人寻味，中国神话中的人类创造者是女神女娲。《太平御览》卷七十八记载："俗说天地开辟，未有人民。女娲抟黄土作人，剧务，力不暇供，乃引绳于泥中，举以为人。"闽南民间神话也有人类起源神话，比如《为什么有白人、黑人、黄种人》。

在这则神话传说中，几万年前地球上没有人，上帝在海滩上挖泥捏成九千九百九十九尊"土人仔"，但一阵大雨来，"土人仔"都烂成一堆泥土。上帝想到了用火烧以保持"土人仔"遇水不烂的办法。"第一次，他造了一批'土人仔'放到火里烤烧，

---

① 向柏松：《神话与民间信仰》，《中南民族大学学报》（人文社会科学版）2010 年第 1 期。

② 《圣经·旧约》，中国基督教协会，1998，第 2 页。

③ 陈秋红：《远古神话与民族文化精神——希腊神话、希伯莱神话与中国神话之比较》，《东方论坛》2001 年第 2 期。

一下子烧了七七四十九天，'土人仔'烧焦了，黑糊糊的，这就是黑人了。""上帝嫌黑人太黑了，所以他又造了一批'土人仔'，只在火上稍微烤了一下就取出来，'土人仔'太白了，这就是白人。""第三次造人，上帝吸取前两次的经验，把'土人仔'放在火里烧了一个礼拜就取出来，'土人仔'都变成黄色了，这就是我们黄种人。"① 希伯来神话是"神用地上的尘土造人"，希腊神话和中国神话都是泥土造人。人类由泥、尘土所造，是中西神话的共同特征。闽南民间神话中的人类起源也是泥土被捏搓成人。闽南依山面海，带着海洋元素，人类是上帝在海滩上挖泥捏成"土人仔"烘烤而成的。这则闽南民间神话还体现出一些特别的因素。其一是世界性，它想象了不同人种形成的原因，而且人类起源是上帝所创造，不同于中国神话中的女娲造人，具有西方文化因素。其二是体现出人种优越感，黑人是上帝将"土人仔"烧烤太久；白人是因为"土人仔"烧烤时间不够；只有黄种人，不黑不白，是因为"土人仔"被上帝烧烤得恰到好处。其三是闽南地域文化特征，上帝在海滩挖泥造人，捏造"土人仔"，就具有闽南的地理和方言因素。综上所述，可以推测这则闽南民间神话形成的时间较晚，并非出自远古的创世神话，而是闽南已经开发并与外国有了交往的产物，是闽南文化与西方文化交会的产物。

第二节　英雄神话

中华文化中的英雄神话很多，《山海经》《封神演义》等大量

---

① 《为什么有白人、黑人、黄种人》，见王允澄主编《中国民间故事集成·福建卷·石狮市分卷》，石狮市民间文学集成编委会，1991，第 9 页。

中国古籍文献、文学作品中都塑造过神话英雄。中国"三皇五帝神话"中的主人公（一般认为是伏羲、女娲、神农、黄帝、颛顼、帝喾、尧、舜），也可归属于民族神话中的英雄神。中国古神话中有夸父追日、后羿射日，这些人们熟知的神话中的主人公夸父、后羿等，也都是中国神话中的英雄神。"中国上古神话中的英雄主要是指那些为了达到崇高的目的，而以超凡的魄力和勇敢以及顽强不屈的精神克服艰难险阻，创造辉煌业绩的神或半人半神。由于他们面对的困难（或敌人）十分巨大，往往要付出沉重的代价甚至牺牲，所以，他们的斗争过程充满了悲壮的气氛。中国的英雄神话则是关于这种具有悲剧性质和色彩的神话。"① 赵沛霖可谓道出了中国上古神话英雄的共性。闽南民间神话也有英雄神话，如《五通神的来历》。

《五通神的来历》为畲族英雄神话。传说上古时，天上十个太阳轮流值日，"驾着火轮车从东往西，把天地照得亮堂堂、暖乎乎的"。后来有大小月之分，下旬不一定有十天。为了值日差事，十个太阳吵闹不合，竟然一起驾着火轮车出动，造成人间劫难。畲家有五个臂力超人、箭法精湛的兄弟，个个英雄好汉。五兄弟决定射日。四兄弟都射不中，力竭而亡，剩下老五。"他强忍悲恸，奋臂拉满弓射向头一个太阳，只听得霹雳一声巨响，这个太阳爆炸了，迸射出万点星光，掉下一只三只脚的神鸦，老五轻蔑地斜眼一瞥，冷笑一声说：'你也会有这个下场。'说完又张弓射第二个太阳，他一口气射裂了八个太阳，掉下八只死鸦，碎

---

① 赵沛霖：《中国神话的分类与〈山海经〉的文献价值》，《文艺研究》1997 年第 1 期。

片炸成满天星斗。第九个太阳见势头不妙，想赶紧溜走。老五大喝一声：'往哪里去！'拉满弓直射它的后背心，这个太阳中箭后摇摇晃晃地掉落西山，以后变成苍白无力的月亮，有光无热，夜晚才偷偷出现。最后天上只剩下一个太阳了，老五看见四个哥哥为射日而死，仇恨满胸膛，咬牙切齿地说道：'连你也不留。'于是下狠心射出最后一箭。"① 玉皇大帝知道十个太阳蛮不讲理，扰乱天道规矩，赞成畲族英雄射日，但见他下手太狠，就袍袖一甩，拔掉最后一枚箭，留下第十个太阳。那箭掉下来，没料到正中老五额头。后来封神，老五的额间就长了一只神眼。"畲家人为了纪念这五兄弟射日的功劳，就塑像造庙，尊称为'五通神'。老五的功劳最大，坐在正中间，三只眼，头戴王冠。""这就是云霄西林村畲族神祇（祇）五通神的来历。"② 这则畲族神话故事，具有中国上古英雄神话的普遍特性——一方面，神话体现出上古社会"万物有灵"的原始观念，赋予太阳形体、意识、情感和生命，把十个太阳"人格化"；另一方面，神话中的英雄都具有背负重任、不畏艰险、抗击灾害、死而后已的精神特质。同时，《五通神的来历》融合了射日神话、英雄神话、文化起源神话等多类型、多重的神话元素，既解释了日月的形成和畲族五通神的来历，又建构了畲族英雄形象。从这则神话故事中，我们也可以推测古代畲族人善用弓箭，具有狩猎文化传统。

---

① 《五通神的来历》，见张待德主编《中国民间故事集成·福建卷·云霄县分卷》，云霄县民间文学集成编委会，1991，第 18~19 页。

② 《五通神的来历》，见张待德主编《中国民间故事集成·福建卷·云霄县分卷》，云霄县民间文学集成编委会，1991，第 19 页。

第三节　自然神与俗神神话

戴冠青在研究闽南民间故事中的神仙形象时，将其分为自然神形象和俗神形象两大类。自然神形象包括了植物神、动物神和天地神，俗神"分为宗教想象中的神仙形象和俗界想象中的神仙形象两类"①。闽南民间文学存在大量的动物、植物、大自然现象的神话传说，也存在丰富精彩的宗教神话传说。据此，笔者参考戴冠青的观点，将这部分兼具神话与传说特征的民间文学，概括为自然神与俗神的神话传说。

在闽南的自然神神话传说中，动物神话传说最多。水生动物有龙（《五龙屿》《九龙江的传说》《阿旺斗九龙》）、海蚌（《洪济观日》）、龟精（《东林石龟》《龟山和镇龟石》）、乌贼精（《南北太武姊妹山》）、硬壳鳖（《大鳖山，为何没鳖头》）、毛蟹精（《公鸡石和宝珠石》）等；有陆生动物，如蛇（《蛇侍公的传说》）、白鹿（《白鹿含烟》）、牛（《天牛为何变耕牛》《水牛和黄牛是怎样来的》）等；有两栖动物，如青蛙（《青蛙的传说》）；有飞行动物，如白鹤（《南北太武姊妹山》《喜鹊报错喜》）、金鹰（《公鸡石和宝珠石》）等。考察闽南的动物神话传说，以海洋生物居多，这符合闽南的地域文化特征。

我们以龙的神话传说为例。龙是中华大地信仰的神物，但闽南地区有关龙的神话传说具有鲜明的地域文化特征。《九龙江的

---

① 戴冠青：《想象的狂欢：作为文化镜像的闽南民间故事研究》，厦门大学出版社，2012，第95页。

传说》《阿旺斗九龙》叙述的九龙与闽南大地的母亲河——九龙江密切相关。《五龙屿》想象中的东海龙王、龙太子与厦门、鼓浪屿密切相关。它们是九龙江、鼓浪屿的起源神话传说，是九龙江文化、鼓浪屿文化的组成部分。在《五龙屿》神话传说中，厦门岛周边原本没有什么小岛。东海龙王爱厦门爱得入心，帮助岛民使渔粮丰收。玉皇大帝发现厦门岛有祭祀龙王的水仙宫，却没有祭奉玉皇的庙宇，恼羞成怒，降旨东海龙王，罚厦门岛大旱三年。老龙王心有不愿，又不敢违抗，只好停止在厦门岛上空耕云播雨。岛民种田无望，讨海人太多，也捕不到鱼虾。厦门岛哀鸿遍野，惨不忍睹。老龙王暗自流泪，茶饭不思。听到小龙太子报告说，百姓至今跪拜不起，祈求天下大雨。龙王跳下床，大呼"上殿"。"老龙王吹着龙须说：'厦门百姓对我东海龙王一片虔诚，如今遇难，我龙王不加解救，日后还有什么面目见他们呢？'说完，老龙王下令风神驱风，雨神布雨，降雨三天，解除厦门的旱情。""这一来吓坏了龙王的文武百官。龟丞相、鳖御史、白鲳将军、虾姑状元，一齐纷纷跪在殿下，大呼道：'大王万万不可！此令逆犯天条，会受到玉皇大帝的惩罚！'老龙王一听，气得眼如铜铃，怒发倒竖，厉声斥道：'尔等只顾自身安危，却不顾岛上百姓万般疾苦！吾令已下，谁敢再奏，格斩勿论！'"① 风、雨二神见龙王铁了心，表示愿效犬马之劳，白鲳将军大呼永保厦门港太平。玉皇大帝得知东海龙王私降甘霖，大怒，一剑砍去，东海龙王的头颅从天庭滚将下来，掉在厦门岛西南海面上。玉皇大

---

① 《五龙屿》，见谢华、谢澄光主编《中国民间故事集成·福建卷·厦门市分卷》，厦门市民间文学集成编委会，1991，第86页。

帝又降旨将五个龙太子"监禁黑龙潭，终身不赦"。五个龙太子爬到父王首级旁边，昏了过去。"这时，老龙王口中的那颗明珠，慢慢地从咀里滚落海中。说来也怪，这颗明珠并没沉入海底，反而化成一座岛屿，浮出海面，把老龙王的首级托得高高的，成了一座小山，耸立在这岛上。""厦门百姓把老龙王首级变成的山，叫做'龙头山'；五个太子躺倒的地方，后来也成了五个小山坡，每两个山坡之间还有一条小小沟呢，远远看去，好像五龙卧岗，因此，人们就叫这岛屿为'五龙屿'。"① 五龙屿也即现在的鼓浪屿。这则《五龙屿》中的东海龙王和五个龙太子都是慈悲、善良、刚硬、勇敢的神龙。东海龙王心怀苍生，为厦门百姓付出了满腔的爱。为此，龙王怒斥群臣、逆犯天条，牺牲了自己和五个龙太子的性命，在厦门岛附近化为五龙屿（鼓浪屿）。相比之下，《九龙江的传说》《阿旺斗九龙》中的龙是残害生灵的孽龙。在《九龙江的传说》中，九龙不仅没有耕云播雨造福人民，反而危害百姓，制造大旱大灾，甚至要人们供应童男童女，激起了民愤。《阿旺斗九龙》中住在九龙江上游九龙潭的九龙，年年趁着春夏之间山洪暴涨时，嬉戏斗闹在九龙江上，它们摇头摆尾，造成堤崩、岸断，江水更加泛滥。五大妈被卷进洪流，九龙将五大妈抛来扔去当球玩。五大妈的养子阿旺怒入九龙江，挥舞着砍柴刀，力拼九条孽龙，直斗得江水沸腾，天空失色，从龙津口斗到内林港，从内林港又斗到汐浦洲头。直到斩下一个龙头，才吓得余下八龙向东海逃窜。这两则九龙江的神话传说，赋予九龙以孽

---

① 《五龙屿》，见谢华、谢澄光主编《中国民间故事集成·福建卷·厦门市分卷》，厦门市民间文学集成编委会，1991，第88页。

龙身份，它们或者造成九龙江流域大旱，或者嬉戏斗闹造成洪水更加泛滥。神话往往带着想象性、解释性。由于先民无法理解自然环境，或需要对某种现象、事物做出解释，就创造出神话传说。从两则九龙江的神话传说，我们可以推测，在历史上，九龙江流域水患常有，也发生过重大旱灾。为什么会发生如此严重的旱涝灾害，人民难以做出科学解释，就想象了九龙作孽的神话故事。此外，《洪济观日》是一则优美、凄婉的神话。在这则神话中，有美丽、善良、勤劳的海蚌姑娘，有厦门岛勤劳、勇敢的年轻渔民洪济。海蚌姑娘从台风天的狂风恶浪中将洪济救进蚌壳里，送上沙滩。"第二天清晨，天刚蒙蒙亮，洪济在山洞外观日出，只见火盆大的日头从海面上升起时，那碧波激荡的海中突然跃出一个大海蚌，海蚌姑娘在里面鼓动着蚌壳，一张一合，仿佛在顶着那轮红日头从海面往天空上升似的，美极了。"① 洪济跳进大海，海蚌姑娘划动着两扇蚌壳，两人欢欣自在地在海面上游玩。后来，他俩结了婚。然而好景不长，海蚌姑娘有一天出海捕鱼，再也没有回来。原来海蚌姑娘因为太累，在蚌壳里睡了过去，一群凶恶的海蛇、海鸟将蚌壳里的鱼虾和沉睡的海蚌姑娘，都给吃掉了。洪济再也不下海，每天在洞口观日，希望在火盆大的红日下再见到海蚌姑娘。洪济就此"坐地成佛"。人们为他塑像、盖庙宇，每年四月八日祭拜洪济。洪济居住的山被称作"洪济山"，洪济山被誉为"厦门第一峰"。这则神话传说有人蚌相恋的美好想象，既和中国著名神话故事中的人蛇相恋、人仙相恋异曲同工，又具有厦

---

① 《洪济观日》，见谢华、谢澄光主编《中国民间故事集成·福建卷·厦门市分卷》，厦门市民间文学集成编委会，1991，第 94 页。

门地域风情——它想象了"厦门第一峰"洪济山的由来，也将岛屿与海洋互存互动的生态环境幻化成一则优美、凄婉的神话故事。

关于天地自然现象，以闪电打雷的神话传说为多，厦漳泉地区有多则流传于世，如《闪电和雷雨》《电母的来历》《雷公与电母》等。流传于厦门海沧一带的神话《闪电和雷雨》，把打雷下雨想象为雷公、雷母吵架，雷公粗鲁地大声斥骂引起雷鸣，雷母的呜呜哭泣引起下雨。闪电是那个劝架者，但效果适得其反，闪电越是劝，雷公越是大发雷霆，雷母越哭得伤心，泪水越多便下起倾盆大雨。因此，每当雷雨交加时，总是伴随着闪电。《电母的来历》《雷公与电母》都想象了电母的由来。由于雷公粗鲁、粗心而出错，雷击好人（贤媳妇和少女亮娘），玉帝将受害女子封为电母，协助雷公。"雷公执法行事时，便让电母先行，打闪照亮，既可惩恶扬善，又可使雷公避免再误伤好人。""从此以后，人们总是先看到电母打闪之光，而后才听到雷公击雷之声。"[①] 这几则打雷闪电的神话传说，都把自然现象雷、闪电、雨"人格化"，雷公粗鲁又疾恶如仇，雷母软弱，电母在凡间是好女子，封神之后是雷公的好助手，打闪照明人间。这种将天地万物"形象化""人格化"的思维方式，正是"神话化"天地万物的思维方式。

在闽南民间神话中，同样有丰富精彩的俗神神话传说。"俗神，在这里指的是有宗教人物原型或历史人物原型的神仙形象，是民众将自己所崇拜的对象加以神化的艺术形象。"[②] 闽南是一个

---

① 《电母的来历》，见黄以结主编《中国民间故事集成·福建卷·漳浦县分卷》，漳浦县民间文学集成编委会，1991，第 22 页。

② 戴冠青：《想象的狂欢：作为文化镜像的闽南民间故事研究》，厦门大学出版社，2012，第 99 页。

多信仰且民间信仰繁荣的地区，民间信仰又恰恰是产生神话传说的温床，所以许多宗教文化中的神明（如玉皇大帝、观音菩萨、王母娘娘等）深受闽南人崇祀，许多著名历史人物（如朱熹、黄道周、蔡襄等）和民间人物（如海神妈祖、三坪祖师公、医神吴夲等）也被神话化。闽南大地俗神神话传说繁多，正是闽南文化兼容并济，闽南地区民间信仰繁盛的结果。关于俗神神话传说，笔者在后续章节中对寺庙与神明传说、妈祖形象进行专门论述，所以在此只做简略表述。

第四节　部族起源神话

除了上述的创世神话、英雄神话、自然神与俗神神话传说之外，闽南民间神话还存在洪水神话、部族起源神话等神话类型。《鲧造山　禹凿河》《吕洞宾缓沉东京》《沉东京，存南澳》等，也可视为闽南的洪水神话。"部族起源神话是指部族始祖诞生、奠定部族基业和部族发展壮大历史的神话。"[1] 《畲族四姓的来历》[2] 属于闽南民间的部族起源神话，叙述番使要求中原朝廷有人与他对话，否则不再朝贡。皇帝贴出榜文，许诺将公主嫁给能解决困境者。一只狗揭榜，并摇头摆尾地准确回答了番使的问题，挽回朝廷脸面。皇帝不愿嫁女，狗开口说话，请求将自己罩在一口大钟内七天七夜，便会成人。七天六夜了，皇后和公主担

---

① 赵沛霖：《中国神话的分类与〈山海经〉的文献价值》，《文艺研究》1997 年第 1 期。

② 《畲族四姓的来历》，见陈清发主编《中国民间故事集成·福建卷·惠安县分卷》，惠安县民间文学集成编委会，1992，第 5~6 页。

心狗饿死，令人掀开大钟喂食，狗已变成人身，只剩狗头没变。皇帝、皇后只得将公主许配给人身狗头的女婿。婚后公主生下第一胎男孩，用盘子装着给父皇报喜，皇帝赐姓"盘"；公主将第二胎男孩用花篮装着给父皇报喜，皇帝赐姓"篮"；由于恰逢闪电打雷，皇帝给第三胎男孩赐姓"雷"；第四胎女孩到了成年后，招女婿入赘，皇帝赐姓"钟"。畲族有盘瓠图，盘瓠是畲族神话传说中的始祖。畲族的盘瓠图有拆榜征番、金钟变身、招为驸马、讨姓受封的图解，与这则闽南民间神话有契合之处。在一则盘瓠的神话传说中，龙犬盘瓠与高辛帝的女儿成婚，生下三男一女，儿子由帝赐姓为盘、蓝、雷，女儿成年后招钟姓男子入赘，也与这则闽南的畲族神话传说契合。在《畲族四姓的来历》中，畲族人把畲族四姓的始祖想象为公主和狗。人狗通婚繁衍后代的神话，既意味着畲族将自己族群想象为具有正统的、高贵的皇族血统，也意味着畲族先民对狗的崇拜。

* * *

闽南民间神话可粗略分为创世神话、英雄神话、部族起源神话、自然神和俗神的神话传说等。闽南民间神话是中国大陆神话系统的重要组成部分，具有中国大陆神话的普遍人文精神和民族文化精神。中国神话中的盘古开天地、女娲补天、大禹父子治水、夸父追日、精卫填海、愚公移山等，都体现了英勇不屈、前仆后继的奋斗精神，歌颂了这些神话人物坚贞的意志、高昂的斗志和开天辟地、服务人类的大爱精神。中国神话人物许多都是大写的"人"，是"人"的英雄化、神化，展现了人类探索世界、征服世界的情感、愿望。闽南民间神话《兄弟俩造天地》《鳘造山　禹凿河》《蛇侍公的传说》《五通神的来历》等,都具有中国神话的这种普遍人文精神。当然,闽南依山面海,海岸线很长,人民靠山吃山,靠海吃海。闽南民间神话有许多海洋生物的神话故事;即便是陆生生物和俗神的神话传说,也都具有地域特色;至于源于中国其他地方的神话故事,到了闽南地区也有些"在地化",如《喜鹊报错喜》。这一切都体现了闽南民间神话的闽南文化特色。

第二章
闽南民间故事研究

　　民间故事是民间文学的重要组成部分。"民间故事是民众在特定民俗语境中以口头表演形式讲述并代代传承的散文叙事作品。广义的'民间故事',包括神话、传说和故事三种体裁。狭义的'民间故事',指除神话和传说之外的民间口头叙事作品,主要是民间幻想故事、民间写实故事(亦称民间生活故事)、民间笑话和民间寓言等。"[①] 依据段宝林上述概念,我们关注的是闽南地区"狭义的民间故事"。笔者所谓的闽南民间故事,是厦漳泉地区的民众根据闽南社会的生活经验、人文历史、地理环境、物象等,集体想象、创作出来并在民间广为流传的民间生活故事、民间幻想故事、民间笑话等。至于中国其他地方的民间故事流入闽南地区,并在流变中有所"本土化"的民间故事,我们也视为闽南民间故事。

第一节　厦门民间故事的主题和叙事艺术

　　厦门面向大海,是中国东南的璀璨明珠。厦门与台湾隔海相

---

① 段宝林主编《民间文学教程》,高等教育出版社,2013,第65页。

望，其周边还有许多小岛。东面有大、小金门，西面有宝珠屿、火烧屿，南面有青屿、浯屿，北面有离母屿，东南有大担、小担，西南面有鼓浪屿。历史上的厦门，主要由厦门岛和鼓浪屿组成，现今还包括同安、杏林、集美等九龙江北岸的沿海部分。宋代，厦门被称为"嘉禾屿"。明初岛上筑城，称"厦门城"。郑成功夺取厦门后，改称"思明州"。道光年间，厦门被作为通商口岸正式开埠，历经沧桑，迎来中华人民共和国成立的新时代。①

厦门地区的民间故事不少。由谢华、谢澄光主编，徐常波、杨钧炜执编，厦门市民间文学集成编委会于 1991 年 12 月印刷的《中国民间故事集成·福建卷·厦门市分卷》精选了 64 则厦门民间故事（不包括传说）。我们主要以此为考察对象。

一　厦门民间故事主题研究

厦门民间故事主题丰富多元，我们大致可以归纳出以下几个方面的主题。

第一，善有善报、恶有恶报的主题。这个善恶有报的主题，体现了厦门百姓最朴素的道德观。这方面的民间故事有《樵夫与蟒蛇》《金马的故事》《蛇郎君》《老乞丐进新娘房》《豆仔鸟》《害人则害己》《陈总的下场》等。

在《樵夫与蟒蛇》中，樵夫赶走老鹰救下小蛇，小蛇长成大蟒蛇，不忘报恩，允樵夫割蛇胆治母病。因医生高价收购蛇胆，樵夫起坏心，爬进蛇腹欲割整个蛇胆换钱，蟒蛇疼痛难忍，合嘴

---

① 谢华、谢澄光主编《中国民间故事集成·福建卷·厦门市分卷》，厦门市民间文学集成编委会，1991，"前言"。

咬紧牙关，樵夫被闷死在蛇腹。这个蛇与樵夫的民间故事传达的就是好心好报、贪心恶报的主题。《蛇郎君》是一个广泛流传的民间故事，但各地版本有异。厦门集美一带流传的"蛇郎君"故事，叙述有一位黄姓老头，养育长斑点的"筛子脸"和光嫩如蛋的"鸡蛋脸"两个女儿。有次出远门，黄老头看见百花怒放，顺手采摘，被少年郎发现，硬要黄老头赔一个女儿做妻。此少年郎乃千年修炼成人形的蛇精，"只因触犯上天之神，被降伏贬罚于此修善"。"自从他被降伏之后，恶性大有改变；如今不但不再伤人，而且凭自己的才能创造财富，把妻子打扮得象个'金玉人'似的。小夫妻恩爱和气，小日子倒也过得美满自在！"① 老大后悔、眼红，心里不服气，于是想出一条李代桃僵的毒计来。她趁蛇郎君不在家时，狠狠地将胞妹推下井去。后来妹妹变小鸟儿，变竹子，变大糖馅馍，然后现"鸡蛋脸"原形。老大被蛇郎君驱逐，流落街头。这则厦门"蛇郎君"故事传达的主题稍微复杂些，不仅体现了民间文学常见的善恶有报的朴素道德观，也借人、蛇异类通婚，表达了跨越鸿沟的情义和情爱主题。从《樵夫与蟒蛇》《蛇郎君》两则民间故事，我们会发现中国文化包括闽南文化对蛇有善意想象的一面。相较于西方文化源头《圣经》将蛇视为邪恶者，中国古文化对蛇比较有善意，中国人对神话源头的伏羲、女娲有一种想象，想象他们是人首、"蛇身"。闽南民间神话、闽南民间故事也多有对蛇善意的想象。

流传于厦门的动物故事《豆仔鸟》，叙述闽南乡村一对十岁

---

① 《蛇郎君》，见谢华、谢澄光主编《中国民间故事集成·福建卷·厦门市分卷》，厦门市民间文学集成编委会，1991，第 188～189 页。

左右、很要好的异母小兄弟，被母亲设圈套去种豆的故事。母亲交给继子、哥哥豆生和亲生子、弟弟豆明各一包豆种，交代他们豆芽发了，才可回家。"兄弟俩拿着豆种，带着铺盖，背上干粮，便上山去了。路上，豆生看到弟弟的种子细小而自己的种子肥大，心想，这些好的种子应该换给弟弟，好让他早点回家，便把自己的种子和弟弟交换了。他们按照母亲的吩咐，各自在山前山后的地上种下了豆。"① 其实，哥哥豆生的那包种子是被煮熟的，后母想借此办法除掉哥哥。因为哥哥和弟弟交换了豆种，所以哥哥种下的豆子很快发芽了。后母见哥哥先回，身子震颤，暗暗叫苦，暴跳如雷地命令他去找弟弟，找不到弟弟，就别活了。哥哥疑惑、惶恐而焦虑，跑到山前地里，发现大青石下血迹斑斑，弟弟被老虎吃掉了，豆生抱着弟弟的遗骨大哭大叫，吐出鲜血，几天后死在大青石下，精灵化为豆仔鸟，每年种豆时节，它凄切叫唤"弟弟——弟弟——"。这则民间故事，情节简单，主题却内涵丰富。"恶有恶报""害人反害己"是它明显的主题，这个主题又寄托在民间文学常见的"恶后母"叙事模式中；同时，它还传达了兄弟友爱的人伦情感，在这个兄弟友爱的故事框架中，又注入了"好心办坏事"的元素，饶有民间文学趣味。

第二，鞭挞奸商、心怀恶意的人和社会恶风，讥讽势利人、吝啬人和世态炎凉，并表达劝善、劝孝、劝世的主题。这些主题内容体现了民间百姓最朴素、直接的喜怒哀乐。这方面的民间故事有《目金，钱做人》《智劝子》《江少钦父亲的故事》《"人没

---

① 《豆仔鸟》，见谢华、谢澄光主编《中国民间故事集成·福建卷·厦门市分卷》，厦门市民间文学集成编委会，1991，第193页。

嘴，烘炉哪来的嘴"》《巧骂钱老板》《医生和棺材店老板》《万命无辜》《李国乞尝五谷膏》《"三八二十五"》《刘财主求金记》《三媳妇"做人"》《四个"恭喜"不如一个"也好"》《孝顺女智斗不孝子》等。

　　流传于杏林、集美一带的《万命无辜》，是一个让人震颤、恐怖的民间故事。它叙述明末清初，市头村乃是万人村，市头庵来了个游道的老和尚，在庵边大榕树下漫步喝茶，被爬在树上玩耍的牧童撒尿淋到头上，老和尚不怒反笑，告诉牧童，三天后有个大财主来，准准地撒他一身尿，肯定得赏钱。牧童深信不疑。三天后，御史大人应老和尚之邀来吟诗下棋，孩子们在树上撒尿，御史大人大怒。老和尚指明没教养的孩子们是市头村人，"又说小小年纪便敢如此，大了必会造反。御史大人认为老和尚讲对了一半，背后必有叛逆人物指使。若不除去，以后官威何在，便'哼'了一声，又作了个杀人的手势，老和尚一看，醒悟到了什么喊：'哎呀，吾又犯杀戒了，罪过！'即刻离庵而去"①。御史大人奏明皇上，皇上大怒，派御林军连夜围剿。市头村哭声震天，血流成河，万人逃脱无几。老和尚不好好念经修道，却心怀恶意，蓄意害人；朝廷昏庸无道，官吏暴戾残忍，人们血泪成河。这则民间故事或许主要是虚构、想象。不过，它将大官与小民、强者与弱者、幼者进行鲜明对比、对立，揭露了世道之阴暗、人心之险恶，重在对恶人、恶行进行强烈的鞭挞和控诉。

　　《江少钦父亲的故事》《"人没嘴，烘炉哪来的嘴"》《目金，

---

① 《万命无辜》，见谢华、谢澄光主编《中国民间故事集成·福建卷·厦门市分卷》，厦门市民间文学集成编委会，1991，第265~266页。

钱做人》等民间故事，体现出讽刺势利人、感叹世态炎凉的主题。前两篇借助大商家江少钦的乡下父亲进城的故事，讽刺商人的势利眼和商铺伙计"狗眼看人低"的不良世风。《目金，钱做人》借百年前流传在厦门同安地区的林俊英的人生故事，讽刺世态炎凉、欺善怕恶和欺穷谀富的人性弱点。这天，八位彪形大汉抬着一尊菩萨踩着舞步摇晃。人们靠近一看，愣住了。"迎的神既不是木雕的'王爷公'，赛的佛也不是泥塑的'观世音'，却是尊两只眼睛用纯金制作、浑身用铜钱串连成的'菩萨'。"① 由南洋赶回来参加开祖庙、祭祖宗的大华侨林俊英说，猜中菩萨名字的，赏银二十元。大家眼巴巴叹息，忽然有人唔了一声："这叫目金，钱做人嘛。"林俊英为何制作"目金，钱做人"的菩萨呢？原来三十年前，林俊英还是个二十岁小伙子，在乡里辈数很高。辈数低的，得叫他叔公祖、伯公祖。他又是乡下少有的念书人，无奈父母早故，家贫。"在俗人眼里，人穷就是臭贼，还有什么辈份族谱、族规，连俊英的正名都不叫，而都叫他'臭贼'。"有次祭祖，俊英指出祖庙大门的石门槛有点弯曲，他"曲"字还没出口，就被族长林老舵扇了一记响亮的耳光，"只见他两只眼睛直直瞪着他，象老虎要把他吞吃下去似地说：'扇一下让你的脸歪到耳朵后面去。鸟牙不值钱，象牙才值钱！'"② 祖庙是族长负责监建的，如果乡亲追究，他负有不可推卸的责任，所以族长仗势欺人、强词夺理。乡亲也看到门槛确实弯曲，但都不敢得罪族

---

① 《目金，钱做人》，见谢华、谢澄光主编《中国民间故事集成·福建卷·厦门市分卷》，厦门市民间文学集成编委会，1991，第 250 页。

② 《目金，钱做人》，见谢华、谢澄光主编《中国民间故事集成·福建卷·厦门市分卷》，厦门市民间文学集成编委会，1991，第 251 页。

长，甚至被族长强逼，颠倒是非强说门槛是平坦的。林俊英负气而走，被"卖猪仔"到海外开矿去了。三十年过去，林俊英衣锦荣归，再没人叫他"臭贼"，人们都按照族谱上的辈数称呼他。

> 这天又是一年一度开祖庙，林俊英故意搞那个"目金钱做人"的菩萨，招引众人。祭祖宗的时候，只见族长林老舵一身打扮整整齐齐，一条稀稀疏疏花白的发辫，梳得油光闪亮。他一见到林俊英就客客气气地上前作揖说："俊英兄，请，请！"

> "请！请！"林俊英边回答边指着祖庙门那条槛石开门见山地说："这条门槛有点弯曲？"

> 林老舵听了连看也不看一眼就说："是的！是有点弯曲。"他的话刚说出口，就被林俊英扇了一记响亮的耳光说："当年你为啥不说是弯曲的。"①

这则《目金，钱做人》的民间故事，通过三十年前、三十年后林俊英地位的对比、变化，以及族长、族人对林俊英的称呼和态度的鲜明对比，鞭挞了族长仗势欺人的恶行，讽刺了颠倒是非的世态恶风和欺善怕恶、欺穷畏势的人性弱点。

此外，《四个"恭喜"不如一个"也好"》《孝顺女智斗不孝子》等属于劝孝主题；《"三八二十五"》《三媳妇"做人"》等属于劝善主题，《三媳妇"做人"》又在民间文学常见的好媳妇、恶婆婆叙事模式中，寄托劝善、劝人"一碗水端平"的思想主题。

---

① 《目金，钱做人》，见谢华、谢澄光主编《中国民间故事集成·福建卷·厦门市分卷》，厦门市民间文学集成编委会，1991，第253页。

这些劝孝、劝善主题在中国民间文学中的流行，正是反映了民间社会不孝、不善现象的普遍存在。

可以说，厦门民间故事对恶人、恶行、社会恶风的鞭挞，对势利人、吝啬人的讥讽，对不善、不孝现象的批评，直接体现了厦门百姓的喜怒哀乐，从而从侧面体现了厦门人民对美、善、孝的精神追求。

第三，厦门民间故事中有很多"斗智"故事和生活智慧故事，或者展现底层劳动人民的生活智慧，或者展现女性的聪慧才学，或者在动物斗智、异类斗智故事中传达民间趣味。这方面的故事有《斗智》《过桥》《猜姓联姻》《一封信的奥秘》《古石圳》《猫学虎收血》《人斗馋鬼》等。

《斗智》叙述龙山坑的老华侨修复乡庙、兴办乡学，瓷店老板趁机将破瓷片涨价，为此智慧人与奸商斗智、"杀鸡儆猴"的民间故事。故事既鞭挞奸商，也展示民间百姓的生活智慧。流传于闽南侨乡的《一封信的奥秘》，富于闽南社会的生活情趣，也充分展示了底层百姓的生活智慧。它叙述民国初年一位叫李亚勇的闽南青年农民，出远门去南洋谋生。夫妻俩托私塾先生代写两个写明详细住址的信封。妻子黄碰花特地剪了一纸红春花，交代亚勇到了南洋，将它装进信封寄回来报平安。亚勇的平安信果然到了。因为只剩一个信封了，在南洋挖锡矿做苦工的亚勇过了好久，也没有寄出第二封信，妻子很着急、担心。

第三年中秋过后，突然从邮局送来一封南洋信给黄碰花，还附汇拾元大洋。碰花一手接钱一手收信，喜得心头忐忑跳。她想：这信准是托人写的，应该拿去请教私塾林老先生。

私塾放学后，碰花拿着亚勇的信托林老先生念一念。须发雪白的私塾先生也替碰花欢喜，随手折信。这不折则已，一折却难住了这位熟读四书五经的老秀才。他从上到下，从左到右，细细推敲，好久说不出话来。碰花看老先生脸有难色，一时心慌意乱，连忙问道："先生，亚勇的信讲啥呢？"老先生戴着花镜依然呆看着，嘴里啧啧头摇摇，碰花一看更是焦急万分，差点哭了出来，手里的拾块大银捏得咔咔响，恳求老先生早点念给她听。

停一会儿，林老先生才开口说："这这这……叫我怎么念呢？"说着，顺手把信递了过去。碰花双手颤抖抖地接过亚勇的信，一眼没看，泪水扑簌簌滴在纸上，两眼模糊。

站在身边的林老先生劝着说："你先看看，这信上画的是啥意思。大概不会有意外事吧！"碰花听这话，才冷静下来，用手背把泪水擦去，张一张眼睑。这不看则已，一看转忧为喜。碰花眯眯笑着说："先生，这封信是好信啊！我辨得出。亚勇他说，九月底要坐火烟船返来！"

老先生听了心头一亮，也笑呵呵地说："你们真是夫妻讲夫妻话，别人会辨签诗，也猜不出这封信的意思。恭喜，恭喜！"

诸位听者，你们猜猜，这是怎么一封信呢？原来啊，这是一幅亚勇亲手画的画。他画一只狗，狗尾巴又勾住一眉弯弯的月亮。月亮的后头再画一艘冒烟的轮船。闽南话"狗"与九同音，细心一想，真是亚勇九月尾要乘船回祖家啦！①

---

① 《一封信的奥秘》，见谢华、谢澄光主编《中国民间故事集成·福建卷·厦门市分卷》，厦门市民间文学集成编委会，1991，第279页。

这则民间故事饶有趣味，故事一再地"卖关子""吊胃口"，主人公碰花情绪千回百转，从丈夫无音信的不安、忧虑，到接信的欢喜、忐忑，到等待信内容的着急、迫切，到认为发生不测的难过、痛苦，到阅信之后的轻松、欢喜、幸福，百般滋味都维系在一封南洋来信中。信件奥秘大白，闽南读者不免会心一笑，又深深感动于亚勇、碰花夫妻情深，感叹闽南民间社会底层人民的生存智慧。

流传于厦门郊区的《猜姓联姻》，是一则展示女性聪慧才学的民间故事，这则故事具有浓厚的文化趣味。

话说古时候，有一倚山傍水的小镇，一日迁来一富人家。不对人言其姓，只言女儿秀娘年方一十九岁，择婿不贪荣华富贵，不慕高官厚禄，以才为重、猜姓联姻，并准男方先试女。那秀娘生得婀娜多姿，聪慧过人，一时提亲之人纷至沓来，一连几日无人联得此姻。

镇上有一饱学秀才，惊慕而来，暗忖：不信有此才女，小镇无人联得此姻，乃隔帘施礼道："敢请小姐先猜小生姓氏。"遂朗朗而吟：

"一港水成三股流，

一斗米搁田埂上。"

秀娘凤眼一转：前一句乃是三点水，后一句则是个番字。樱桃小口在丫环耳边笑语几句，丫环步出珠帘高叫道："潘秀才，如今小姐要你猜她之姓了。秀才听来：

"一斗半，两斗半，

三半斗，四斗半。"

秀才听丫环称他潘姓，暗称才女！又苦苦思索，终未猜出斗字谜。猜谜联姻在小镇上告吹，秀娘一家又返原籍。潘秀才又惊又奇差人尾随而去，偷看过秀娘宗祠神位，又屈指数来前句"一斗半，两斗半"相加为四斗；后句"三半斗，四半斗"相加为六斗，十斗一石，正是个"石"字。秀才自叹：巾帼胜须眉！①

《猜姓联姻》在《中国民间故事集成·福建卷·厦门市分卷》中被归类为"笑话"。段宝林说："民间笑话是一种谈笑娱乐的短小故事。它通过巧妙的情节构思与机智的语言调侃，一针见血地揭示生活中的各种问题与矛盾，讽刺社会不良现象，批判人性中的弱点，使人们在愉快的笑声中超越自我，实现人格的净化与升华。"② 但《猜姓联姻》无关讽刺和批判，也无关幽默和诙谐，它纯是展示女性的才学和智慧，是厦门民间故事中比较值得推崇的一篇。因为以女性为主人公的民间故事虽多（如厦门民间故事《美丽的榕树姑娘》《会报晴雨的鸟》《一粒珠和一尾虫》《小姐相命》《三媳妇"做人"》等），但女性在中国民间故事中是缺乏"主体性"的，她们的存在价值是相助男主人公（很多是嫁给难以娶妻的勤劳、善良、贫穷的男子），体现的是封建社会男权主义的价值观和男性的美好臆想。这则《猜姓联姻》不仅以女性为主人公，而且充分展示女性的"主体性"，女性把握主动权，女性得以充分展示智慧和才学，让饱学秀才也不得不感慨"巾帼胜

① 《猜姓联姻》，见谢华、谢澄光主编《中国民间故事集成·福建卷·厦门市分卷》，厦门市民间文学集成编委会，1991，第290页。
② 段宝林主编《民间文学教程》，高等教育出版社，2013，第84页。

须眉"。这是这则民间故事特别而富有意义的地方。

此外,《猫学虎收血》《人斗馋鬼》比较特殊。前者是动物斗智故事,叙述猫智斗老虎而脱险;后者是人与异类的斗智故事,是人智斗小鬼得胜。这些动物斗智、异类斗智故事,也是中国民间故事的常见类型,这类故事以趣味性、奇异性见长。

可以说,"斗智"是中国民间故事常见的叙事模式。"斗智"模式的民间故事最讲究"智""趣",以智、趣并存的民间故事为上。厦门"斗智"模式的民间故事即具有智、趣并存的特点,多数"斗智"故事还融汇了厦门的人文历史、地理因素,具有鲜明的地方色彩。

第四,肯定踏实认真的工作作风,赞扬谦虚大度、虚心求教、善于听取忠告的生活态度和人生态度,也是厦门民间故事的重要主题。《百闻不如一见》《蔡生拜师》《阿空学艺》《真正的聋子》《换嫁妆》《三进士马》等民间故事即体现了这类主题。

《百闻不如一见》叙述清朝光绪年间同安县令亲到恶名在外的佳园社微服私查林姓大族的故事,赞扬官员踏实认真的工作态度;《换嫁妆》肯定踏实、谦虚的生活态度;《阿空学艺》《真正的聋子》既批评骄傲、自以为是的为人,也肯定虚心求教、踏实为人的人生态度。《三进士马》以一则流传于厦门郊区的东村叶姓武士三次进京赴考、三中进士的传奇故事,肯定胸怀大志又善于听取忠言、懂得取舍、正视现实的人生态度。《蔡生拜师》是一则更富有趣味又引人深思的民间故事。故事说的是清朝乾隆年间的漳浦士子蔡生,参加科举考试屡试不第。他每次赴京都要途经漳浦和漳州之间的九龙岭,在岭下一家点心店吃冬至圆。这一年,蔡生进京应试又到了九龙岭下。了解、同情他遭遇的店老板给他出了一联——"九龙岭下月月冬至"，声称蔡生若对不上，就不用进京白受那车马颠簸之苦了。蔡生绞尽脑汁，也苦思不出合适的下联。十年寒窗苦读，竟在这九龙岭下栽了跟头，蔡生不禁感慨万千。幸运的是，蔡生这次科举考试中了进士。高兴之余，蔡生决定从水路衣锦还乡，经过几天几夜的航行，抵达厦门港。

在六鹤（今称六鹅）码头上岸的时候，已是晚上，但见海上渔火星星点点，好似闽南元宵闹花灯。望着这一片美丽璀璨的六鹤海景，他脑海里涌现出一个绝妙佳对来：

九龙岭下月月冬至，

六鹤海上夜夜元宵。

多日来纠缠在心上的郁结终于解开了，蔡生此时才真正有了春风得意的感觉。

回到家乡，照例要拜祖，他派人去请那位老板。老板一听新科进士蔡生有请。心想：这下糟了，他进京的时候我说他考不中，现在他中了进士，成了官老爷，我可吃罪不起。于是忐忑不安地去拜见蔡生。没想到蔡生一把拉住他的手，诚恳地说："想当初承先生以一句对联教于我，而我却对不上，实在惭愧。后来虽然对上了，但也说明我才疏学浅，所以能者为师，先生请受学生一拜。"说完深深地一鞠躬，真的拜这点心店老板为师。在场所有的人都大为感动。

从此，蔡生拜师的名声不胫而走。①

---

① 《蔡生拜师》，见谢华、谢澄光主编《中国民间故事集成·福建卷·厦门市分卷》，厦门市民间文学集成编委会，1991，第235页。

《蔡生拜师》不仅是一则简单的对对子故事，士子与小商人、官员与庶民的身份差异构成了有趣味的对比。在此对比中，又是位于下层身份的小商人、庶民处于文化、智慧的优势，下层人民的智慧为难处于文化优势的士子，形成了又一层趣味比较。然而，士子中了进士，成为老爷、官员、"人上人"，却能够放下身份，放宽气度，肯定"能者为师"，诚恳地拜庶民、小商人为师。这个别出一格的"拜师"故事，蕴含的不仅有"智慧在民间"的思想，更赞扬了不骄不躁、认真谦虚的人生态度。

厦门民间故事的主题颇为丰富，当然不限于以上几个方面。在厦门民间故事中，讥笑那些东施效颦、故作风雅的人、事，或笑话痴傻者的痴傻行为等，也有较多的故事，如《一粒珠和一尾虫》《诗宴》《坎子婿做客》《痴公子纹银换诗句》等。其中部分故事存在一定的歧视和偏见，这是中国民间故事常见的现象，必须持善意的批判性眼光看待它们。在动物故事中，《盘古开天狗有角》《蝙蝠为何只在晚上出来》《草花蛇寄毒》《会报晴雨的鸟》《鳗与鲂》等，主要是解释动物独特行为或生理特征、属性的由来，这也是厦门民间故事的主题内容。

二 厦门民间故事的叙事艺术

厦门民间故事题材丰富多元，主题虽然主要表达的是善恶美丑，其实也具有多元化的特征。厦门民间故事的叙事艺术既有厦门地方特色，也有中国民间故事的共性。

富于厦门地方文化特色，是厦门民间故事叙事艺术的特殊性。首先，厦门民间故事发生的地点、场景多为现属厦门的地域，叙述的故事内容具有鲜明的地方色彩。如《厦南宋帝炳》

《百闻不如一见》《换嫁妆》《诗宴》《一粒珠和一尾虫》《目金，钱做人》《"人没嘴，烘炉哪来的嘴"》《巧骂钱老板》《美丽的榕树姑娘》《小姐相命》《陈总的下场》等民间故事，都以厦门为叙事场景，多叙述厦门百姓的生活故事、幻想故事，在其中寄寓厦门百姓的欣赏趣味、精神追求、喜怒哀乐。《"人没嘴，烘炉哪来的嘴"》这篇故事的主人公，是在厦门经商致富的大商家江少钦的父亲，他从漳州乡下去看望儿子，却被商铺伙计们冷落。江少钦父亲愤而借烘炉说事，教育儿子、伙计们为人之道和经商之道。《美丽的榕树姑娘》叙述很久很久以前，鼓浪屿姑娘罗希与祥生相爱，修炼千年的蛇魔破坏他们的婚姻，罗希化为鼓浪屿轮渡码头的一棵大榕树，蛇魔用妖术化出汪洋大海，从而隔开了厦门、鼓浪屿两地。《"人没嘴，烘炉哪来的嘴"》《巧骂钱老板》之类的民间故事，以在厦门经营的商人、伙计等人的生活为素材，符合厦门开埠以来以经商为主的地方特色。《美丽的榕树姑娘》以鼓浪屿轮渡码头的一棵榕树为想象对象，以幻想故事解释了厦门、鼓浪屿为何出现两地隔离的地理环境；故事中的榕树意象和千年修炼的蛇意象，都是具有闽南文化因素的动植物意象，从而使《美丽的榕树姑娘》具有鲜明的地方文化特色。其次，厦门民间故事带着厦门与海外通商、华工出海的历史记忆，并多采用闽南语与普通话混杂书写的方式，表现出闽南的语言文化因素，从而使厦门民间故事富于地方文化特色。《一封信的奥秘》既有厦门人早期漂洋过海到南洋谋生的历史记忆，也展示了主人公亚勇借助闽南语"狗""九"发音相同而绘图传书的民间智慧。又如《虎兄驶"蛮加萨"》，叙述厦门在清朝时已和东南亚通航，厨师虎兄应聘一艘要去"蛮加萨"（今印尼）的外轮做"烧火的"（现称"大副"）工作，头家（老板）欣喜招待。虎兄吃饼，驾船的来问"走什么？"被虎兄听成"食什么？"虎兄回答"食饼戌"，又被驾船的听成"走丙戌"。前方险滩，轮机手自认为稍改线路便会安全，虎兄却大喊："鼠喔！鼠喔！"因为虎兄刚好看到老鼠钻入箱里。虎兄的喊叫被轮机手听成："子午！子午！"至此，轮机手十分佩服虎兄。轮船按照"子午线"走，终于平安到达"蛮加萨"。这则民间故事既有闽南语造成误听的喜剧性，也有厦门与南洋航海通商的历史记忆，具有鲜明的地方文化特色。徐常波、杨钧炜曾指出："厦门的民间故事是厦门人民长期流传下来的口头文学的代表作……这些民间故事基本上反映了厦门的山川地理，人文历史，民俗风情，地方特产等风貌，内容丰富多彩，形式活泼多样，是优秀的文化遗产，是民族文化宝库的瑰宝。"① 这个论述也可视为对厦门民间故事叙事艺术的概括。

厦门民间故事的叙事艺术也具有中国民间故事的共性。如叙事模式的类型化，厦门民间故事中"扬善惩恶"的叙事模式、"知恩必报"的叙事模式、"斗智"的叙事模式等，都是中国民间故事常见的叙事模式。又如人物的典型化，恶后母/恶婆婆、才子佳人、智慧人、傻女婿等这些厦门民间故事中的典型人物，也常见于中国其他地方的民间故事。再如，情节的程式化。民间故事出于加强效果、增强趣味性等原因，叙事情节常出现程序化特征，比如会采取角色对比的叙事策略；往往比较完整地交代故事情节（如交代善人或恶人的结局）；情节单线条发展；等等。这

---

① 谢华、谢澄光主编《中国民间故事集成·福建卷·厦门市分卷》，厦门市民间文学集成编委会，1991，"前言"。

些厦门民间故事在情节上的程序化特征，也常见于中国其他地方的民间故事。

＊　＊　＊

厦门民间故事的主题和叙事艺术呈现为丰富多元的特征，它们既具有闽南地域文化特质，又带着中国民间故事在主题和叙事艺术方面的共性。对善恶美丑的表现，就是厦门民间故事和中国民间故事在主题方面明显的共性；但厦门民间故事融汇了厦门的人文历史、民情风俗、地理因素，具有鲜明的闽南地域文化色彩。叙事模式的类型化、人物的典型化等，是厦门民间故事和中国民间故事在叙事艺术方面明显的共性；但厦门民间故事不仅多叙述具有闽南地方色彩的故事（如闽南人"下南洋"的故事），而且具有闽南语与普通话混杂书写的语言特征，从而使厦门民间故事在叙事艺术上具有独特性。

第二节　漳州民间故事的叙事模式

漳州在历代归属有别。"唐初隶岭南道。高宗凤仪三年，寇陈谦等连结诸蛮攻潮州，守帅不能制，左玉钤卫翊府左郎将陈元光讨平之，开屯于漳水之北，且耕且守。嗣圣三年，元光请于泉潮间建一州以抗岭表，诏从之。因即屯所为州，并置漳浦县属焉。漳为州自此始。"① 后来又领怀恩县（一年后，怀恩县并入漳

---

① （明）闵梦得修（万历癸丑）《漳州府志》，厦门大学出版社，2012，第131～132页。引文中的标点符号为笔者所加。

浦），之后泉州的龙溪、"汀之龙岩县"划归漳州府，漳浦县、龙溪县、龙岩县成为漳州历史上较早建置的县。现在的漳州，领有漳浦县、诏安县、东山县、云霄县、长泰县、华安县、平和县、南靖县和龙海市等。本节研究对象，即是对上述县市民间故事"叙事模式"的考察。

程蔷提出了与"文人叙事"不同的"民间叙事"概念，并认为模式化是民间叙事的重要特征。① 古今中外有许多民间叙事作品在人物设置、结构布局、情节发展等方面大同小异，犹如一个模子铸造而出，也即具有一定的叙事模式。那些具有相同或相似叙事模式的故事可以归为同一"类型"。也可以说，叙事模式与故事"类型"有时是两个可以彼此转换的说法。在民间故事"类型"方面非常著名的研究成果，有由芬兰学者阿尔奈完成、美国学者汤普森补充修订的《民间故事类型》（The Types of the Folktale），它被人称为"阿尔奈—汤普森体系"或"AT 分类法"。该书在总体上将民间故事分为动物故事、普通民间故事、笑话、程式故事、未分类的故事等，在此编码体系下再细分若干故事类型。② 有关"中国民间故事类型"的研究，有艾伯华（德国学者）、丁乃通、金荣华、刘守华等。"民间文学因出自集体口头创作，并以口耳相传方式进行传承，本是同一故事，在不同时间空间背景上的人群中间口耳相传时，既保持着它的基本形态，又发生局部变异，便构成大同小异的若干不同文本了。故事学家通过比较其异同，将这些文本归并在一起，称之为同一'类型'。类

---

① 程蔷：《民间叙事模式与古代戏剧》，《文学遗产》2000 年第 5 期。
② 刘守华主编《中国民间故事类型研究》，华中师范大学出版社，2006，第 5～6 页。

型是就其相互类同或近似而又定型化的主干情节而言，至于那些在枝叶、细节和语言上有所差异的不同文本则称之为'异文'。"① 考察漳州民间故事的叙事模式（类型），可以发现它们是古今中外同类型民间故事的变体（异文）。如"动物感恩型故事""人兽婚配型故事""义兽救人型故事""虎报恩型故事""虎送亲型故事""虎为媒型故事""长竿入城型故事""凶宅得金型故事""巧媳妇故事""莟丈夫故事""信风水型故事""捉弄女巫型故事""十兄弟故事""媒婆巧言型故事""一女三配型故事""被子官司故事"等②，它们既是中国古代民间故事的常见类型，也存在于漳州民间故事之中。可以说，漳州民间故事类型丰富多元，在此，笔者试概括、阐述几种较常见的叙事模式。

一　知恩必报的叙事模式

"报恩型"民间故事是最为常见的类型之一，可分为人报恩、动物报恩、"异类"报恩等几种亚类型。"人报恩"故事比较普通，相对于"动物报恩"故事，它比较缺乏引人入胜的魅力。"异类"报恩比较突出的是神鬼报恩故事，这类故事打通三界，赋予神鬼以人的情感、价值观，突出"报恩"行动是跨越各种界限的共同价值观。

漳州民间故事中"知恩必报"的叙事模式，最常见于"动物报恩型"故事中，如南靖县的《义虎亭》、华安县的《老虎与接生婆婆》和长泰县的《老虎不伤害攟红灯的人》等民间故事，都

---

① 刘守华主编《中国民间故事类型研究》，华中师范大学出版社，2006，第2页。

② 参见祁连休《中国古代民间故事类型研究》，河北教育出版社，2007。

叙述了老虎报恩故事。《义虎亭》叙述一对母子救了白额吊睛的黄皮老虎,老妇拜过土地公,将老虎认为干儿子。此后老虎常送来野猪、山獐、山兔等。老妇的儿子长大成人,住在深山老林难以娶亲,老妇就请干儿子老虎帮忙。不久,老虎吓走娶亲队伍,背着新娘跑过几个山头,放到干妈家门口。新娘被灌热汤救醒,怕回去闲言闲语塞耳,就与山里青年成亲。三年后新娘带着孩子回娘家,爹妈不胜惊喜。突然县衙派来公差,原来是那次娶亲的男家控告山里青年假虎抢亲。此案奇特。山里青年否认抢亲,诉说是老虎成全。县太爷不信,限期三天要老虎到公堂对证。老妇走了几个大山找到干儿子,虎儿点头表示愿意出庭作证。公堂上,县官见到真有老虎出庭,狼狈不堪,衙役们惊惧异常。老虎表示是自己抢亲,愿意承担责任,它用嘴憩憩老妇和小夫妻的手,形似告别,忽然虎吼一声,用力跃出公堂,撞死在照壁下。县太爷又惊又感慨,判断是"天赐奇缘",为山兽义举立碑载德,并建造"义虎亭"纪念。以下笔者试将上述三则"老虎报恩"故事,用表格进行描述(见表2-1)。

表2-1 "老虎报恩"故事概览

故事篇名	角色	关系设置	故事情节
《义虎亭》 (南靖县)	老虎、老妇及儿子	人救虎,虎报恩	老妇放出困在猪笼里的虎,虎与儿子结为兄弟。虎报恩,送野味,又为青年送来新娘。青年夫妇官司缠身,老虎承担抢亲责任,撞死于县衙照壁
《老虎与接生婆婆》 (华安县)	老虎、接生婆及儿子	人救虎,虎报恩	接生婆为母虎接生,老虎感恩,得知老婆婆的难处是儿子说不上亲。后来一位采药姑娘摔落悬崖,老虎采来草药救人,示意接生婆母子救姑娘回家,帮青年成就一段姻缘

故事篇名	角色	关系设置	故事情节
《老虎不伤害攫红灯的人》（长泰县）	老虎、"红善妈"	人救虎，虎报恩	虎爸请"红善妈"接生，用山果招待"红善妈"。老虎一家拜访恩人，并常送来山猪、山獐等猎物。"红善妈"去世后，老虎一家到墓前吼叫

从表 2 - 1 可见，三篇漳州民间故事在角色配置、关系设置、情节发展和主题内涵等方面大同小异，实为同一类型的"老虎报恩"故事。其母题构成如下。

（1）老虎受困，为人所救。此情节体现为两方面：①老虎被困于笼子；②老虎难产。

（2）恩人受困。这个母题也体现于两方面：①儿子娶不上媳妇；②恩人陷入官司中。

（3）老虎感恩、报恩。老虎报恩行为有：①叼来野味；②帮助娶亲；③解救限于官司困境中的恩人；④墓前吼叫表达感恩之情。

从对三则"老虎报恩"民间故事的分析，可知它们有着相同或相似的叙事模式，是中国民间社会普遍存在的"虎报恩"类型故事的异文。在中国各民族的民间故事中——如土家族的《人虎缘》、汉族的《义虎记》、蒙古族的《老虎报恩》等，都有同类"虎报恩"故事。"虎在中国文化史上具有特殊性，既作为图腾神，也作为民俗吉祥物，因而得到各族人民的普遍关注，并创作和传承了类型丰富的虎故事，义虎型属其中的代表作。"[1] 漳州民间故事中存在的多则"老虎报恩"故事，体现了老虎知恩必报、

---

① 刘守华主编《中国民间故事类型研究》，华中师范大学出版社，2006，第 140 页。

侠义助人、勇于承担责任的精神，将山兽人性化、高尚化，使动物叙事与中国传统文化理念相结合，使其体现出深厚的传统文化底蕴。

平和县流传的《山羊救人》《人心不足蛇吞象》也是两则动物报恩故事。《山羊救人》叙述康熙七年发生一件怪事："大水流新庵，山羊去救人。"相传一只被猎人追赶的山羊逃到新庵乡社，被人所救。"闽南一带有这样的风俗：若是被打伤的山羊跑到乡社里，不论是谁看见了，都要把它救起，治好伤后于暝时偷偷地放回山中。"① 康熙七年六月，救山羊的这户人家正为四个月的团仔"做四个月"，突然冒出来一只山羊，用山羊角抬起"椅轿"里的团仔，就往山上跑。消息传开，全乡社的人都去追赶山羊，山羊跑跑停停，好像故意"创治"人们一样，将团仔抬到山顶安安稳稳放下。突然哗啦啦、轰隆隆的声音传来，原来是一股大水冲来，"冲坏庐舍，漂去新庵土楼"。山羊是特意来救人报恩的。《人心不足蛇吞象》叙述狮头山下梅水村的小孩儿阿象救了一条小蛇，与母亲小心喂养长大。小蛇长成大蟒，后来被放归深山野林，含泪爬走。一年后，阿象的母亲患了奇怪的肝痛病，云游的老和尚告诉阿象，药方要四两大的蟒蛇肝做药引。阿象走了三天找到大蟒，大蟒知恩图报，让阿象爬进肚子去取。林员外的母亲也是肝痛病，阿象为了一袋银子，第二次割了大蟒的肝。阿象从此富裕，不必砍柴谋生。后来，县城墙上张贴皇榜，允诺谁能得到大蟒的肝为太后治病，必有重谢，并许诺年轻人可做驸马。阿

---

① 《山羊救人》，见黄达彬主编《中国民间故事集成·福建卷·平和县分卷》，平和县民间文学集成编委会，1992，第 268 页。

象喜不自禁，又背上干粮找到大蟒。大蟒被割两次肝，身体损伤，消瘦多了。听到阿象的来意，还是闭上眼睛张开嘴，让阿象爬进去。阿象不管大蟒死活，狠心地乱拉乱刈，大蟒痛得死去活来，勃然大怒，闭合了嘴巴，将阿象当点心吃了。"人心不足蛇吞象"的谚语流传了下来。上述两则故事的核心情节也是人救动物、动物报恩。山羊、大蟒都被塑造成灵性动物，知恩必报，救人苦难。《人心不足蛇吞象》还具有"模式叠加"特点，它"由一个以上的民间叙事模式结构而成"①，将常见的"报恩"叙事与"贪心"叙事两种模式进行"叠加"，体现出更为复杂的主题意蕴，既体现了中国民间知恩必报的价值观，也警惕世人要懂得"知足""惜福"，不可贪得无厌。

此外，长泰县的民间故事《王鹏钓鱼》可视为"异类报恩型"。叙述忠厚青年王鹏在七里湖钓到金眼红鳞的金鲤鱼，母亲见金鲤鱼双眼流泪，嘱咐儿子将其原地放生。金鲤鱼原是南海龙王的三公主，不忘恩情，悄悄回到人间，化为少女游金莲，自谓孤苦无依，请求与王鹏一家生活。王母喜不自禁，在他们成人后，撮合为小夫妻。小夫妻女织男渔，生活幸福。突然龙王传命要三公主立即回宫。三公主怕连累王鹏，恸哭相别，又从身上取出金龟盒，交代王鹏说，只要摇动金龟盒，要什么有什么。王鹏先从金龟盒摇出猫狗做伴，又摇出粮食和布匹周济穷人。财主担心不能用囤积的粮食盘剥穷人，发动一群恶奴将金龟盒强抢到手。财主摇动金龟盒，要黄金与酒菜，但盒子里出来的是黄蜂和四脚蛇，毒蛇咬死了财主。猫和狗将金龟盒叼回送给王鹏。在这

---

① 程蔷：《民间叙事模式与古代戏剧》，《文学遗产》2000 年第 5 期。

则故事里，南海龙王的三公主可归为"异类"，出于报恩和对人间生活的向往，三公主与王鹏结为夫妻，属于"知恩必报"叙事模式。金龟盒作为三公主报恩的"道具"，具有神奇功能，属于民间故事常见的神奇魔盒，它帮助王鹏和穷苦百姓提升生活水平，获得幸福生活；同时它还惩罚贪婪狠毒的财主，具有惩戒功能。所以这是多种类型民间故事的复合，是"报恩""魔法""惩恶"三种叙事模式的叠加组合，但其核心母题是报恩。

二 善恶有报的叙事模式

前文"知恩必报"的叙事模式，强调的是"恩"，具有施恩者、受恩者、报恩三个必要元素，体现了"恩"在施、受、报三个环节中的双向流动。"善恶有报"的叙事模式，却没有形成这样"施—受—报"的结构，在漳州民间故事中，它将善、恶置于或显在或隐形的二元对立模式之中，以行善、作恶为叙事线索，并呈现"善有善报、恶有恶报"的民间故事主题。在漳州民间故事中，它可分为单纯的"惩恶"和"善恶有报"两种亚类型。

单纯的"惩恶"叙事模式，往往是叙述机智人、好人凭借某种条件、时机，经由谋划，成功实现"惩恶"、除恶的叙事模式。平和县的《进财》及龙海县的《林鼎汉妙计除高采》《唐朝彝执法》等民间故事，就属于这类模式。

《进财》叙述平和县梅水社财主贾山荣（"假善人"）满口仁义道德，实际上想方设法盘剥穷人，长工常常被他作弄，白做工一年。棒小伙子进财来给"假善人"当长工，应允了"假善人"的各项规定，又装着愁眉苦脸要财主答应三个条件：不用他个人的东西，可以吃财主家人吃剩下的食品，出门走路走在财主后面。"假善人"认为这些条件不成问题。出门收租遇雨，进财撑着自己的伞，财主只能淋雨，回家就病倒了；财主气得不许进财吃饭，进财将财主小儿子剩下很多的蛋糕牛乳吃掉了；"假善人"参加寿宴喝得大醉，进财提着灯，却不肯走前面，财主在黑暗中跌得头破血流，回家又病倒了。年底到了，进财闯进来问："你家可要进财?"财主、财主婆赶紧表示"要，要进财"。进财要求算好一年工钱，又问："明年你家可要进财?""不——要，要。""要进财，那我明年又来了。"① 《进财》属于民间故事中常见的"地主与长工"类型，这类故事是中国封建社会阶级对立关系在民间文学中的投射。地主与长工之间剥削与被剥削的雇佣关系，常常成为作家文学与民间文学表现的重要对象。由于民间文学主要是民间社会普通民众的情感、愿望、心理的表达，往往具有"直接人民性"，因此，"地主与长工"类型大量出现惩恶母题，即惩罚贪婪恶毒的地主/财主，成为民间故事常见的叙事模式。《进财》即属于"惩恶"叙事模式。这则民间故事比一般同类型故事更为巧妙，富有机趣。它巧妙利用长工的名字和财主的"进财"心理，设置关系，制造戏剧效果。故事中的财主也算不上大奸大恶，长工惩恶也并非采取激烈的你死我活的方式，而是以个人式的小智慧，对财主施以小小惩戒，以争取长工应有的待遇。在这一点上，这则"地主与长工"类故事的"惩恶"叙事，显得温和而特殊。

龙海县民间故事《林鼎汉妙计除高采》《唐朝彝执法》都叙

---

① 《进财》，见黄达彬主编《中国民间故事集成·福建卷·平和县分卷》，平和县民间文学集成编委会，1992，第286页。

述了好官为民除害的故事。前则故事的时间是明万历年间，林鼎汉赶考，借宿老妇家，得知高采在方圆二十里内围井占塘，规定只能由未婚姑娘挑水，一担水十个钱，更可恨的是，略有姿色的挑水女子就被其家丁抢入府内糟蹋。不少人外迁，高采就趁机占了他们的田地。高采是钦命福建盐税监，是皇上的御马太监，地方官也都得罪不起而包庇他。林鼎汉义愤填膺，焚香誓言要除高采、申民冤。林鼎汉高中进士，又适逢皇帝派新科进士为钦差大臣巡察各地，林鼎汉上书请求派任福建，皇帝赏识林鼎汉，派为浙江、江西、福建三省巡按。福建百姓听说林鼎汉"认理不认势，认法不认人"，纷纷告状。幕僚对林鼎汉说，高采是钦差盐税监，动不得，但如果对高采不是以罪问斩，而采用其他方法除掉他，就能向皇上交差。林鼎汉受到启发，与幕僚合计除高采。高采果然咆哮公堂，威胁林鼎汉。林鼎汉见时机成熟，拿起惊堂木一拍，喝令板子伺候。老衙役依计行事，在他下身垫上砖头，狠狠一板子，结果了高采性命。林鼎汉叫幕僚马上起草审理高采的奏章，连同在座官员的作证文书火速送往京城。后则故事发生于清康熙年间。漳州籍官员唐朝彝为民申冤，将无恶不作的皇叔的儿子骗进公堂，打得他老实招供，又贴出文告，说已经捉到不法凶手。这样，来唐朝彝这里告状的人更多，于是唐朝彝给皇叔的儿子判了死刑。皇帝维护皇族权威，亲手批了六不杀："单日不杀，双日不杀；见天不杀，着地不杀；城内不杀，城外不杀。"[①] 但聪明果断的唐朝彝与谋士商量后，就在单双日交界点，

---

① 《唐朝彝执法》，见郭嘉训主编《中国民间故事集成·福建卷·漳州市分卷·龙海县卷》，龙海县民间文学集成编委会，1992，第161页。

在京城城门中，搭了个木棚隔天遮地，将凶手正法了。为此，皇族内部个个痛恨唐朝彝，皇上报私怨将他罢职回乡，唐朝彝又在家乡做了很多好事。上述两则民间故事，惩恶的主体是能为民做主的好官，惩恶的对象是权势者，他们背后有更为强大的权势者，因此"惩恶"过程阻力重重，好官必须凭借计谋和智慧，才能成功"惩恶"。这类"惩恶"叙事模式，将官场中正义与非正义势力的斗争融入其中，使其呈现更多的现实主义精神。

"善恶有报"叙事模式，往往在故事中出现善、恶二元的对立叙事，善的力量增长，恶的力量削弱，最终善压倒恶；或者借由某种超力量，正义得到彰显，邪恶受到报应。呈现为"善恶有报"叙事模式的漳州民间故事很多，南靖县故事《雕直弟弟》非常典型。弟弟厚道老实，哥哥奸诈歹毒。爹娘过世，分家时，哥哥只给弟弟分了一只狗和一张犁。弟弟犁田时，以饼干为诱饵，将饼干从这头扔到那头，狗追食饼干，拉着犁来回跑，犁好了田。哥哥借狗犁田不如意，打死了狗。弟弟痛哭葬狗。第二年狗墓旁长出一竿竹子，风一吹就掉下银钱。哥哥也去竹子旁，但风静竹不摇，哥哥就用手摇动竹子，掉下的都是狗屎，哥哥怒砍竹子。弟弟伤心地将竹子编成鱼筌，每次都捉很多大鱼，生活宽裕。哥哥强借鱼筌，却捉到大蛇，被大蛇咬死了。这则故事是古代"狗耕田"故事的"异文"。"狗耕田"是讲述旧时代兄弟纠葛的常见故事类型，"它从两兄弟分家讲起，以弟弟分得的狗能耕田创造奇迹为核心母题，展开生动有趣的叙说"①。中国流传的此类型故事至少有一百篇。台东卑南族流传的"狗耕田"，在情

---

① 刘守华主编《中国民间故事类型研究》，华中师范大学出版社，2006，第537页。

节发展上与漳州民间故事《雕直弟弟》颇为一致。弟弟以狗耕田，哥哥打死狗；狗坟上长出竹子，弟弟摇下银钱，哥哥摇到臭屎；哥哥砍掉竹子，弟弟用竹编鱼篓捉很多鱼，哥哥用它捉到毒蛇等。由于"狗耕田"大量流传于汉人社会，也是古代汉民族较为先进的农业生产方式在民间故事中的体现，因此，可以推测漳州流传的《雕直弟弟》，为台东卑南族同类型故事的"底本"（至少是"底本"之一）。《雕直弟弟》体现出来的"狗耕田"叙事模式，将弟弟与哥哥置于对立的形象，置于善与恶的二元对立模式中，以弟弟的善良厚道对比哥哥的奸诈歹毒，展现"善恶有报"的民间叙事模式。

三 以智应对的叙事模式

戴冠青在《想象的狂欢》中概括闽南民间故事的叙事模式时，有"以智抗敌"的叙事模式。笔者在考察漳州民间故事时，发现大量"以智应对"的叙事模式。同样重视"智"的使用，前者体现的是当事方"以智"与敌对方之间的斗争，是敌我之间的矛盾斗争；后者体现的是当事方"以智应对"对方或第三方（往往并非敌对方）设置的难题。具体而言，这种叙事模式往往表现为弱势一方以自己的聪明才智应对强势者的刁难，最终获取胜利，或令强势者无可奈何。故事中的弱势者，既有知识分子、平民百姓、巧媳妇，也有力量最弱小的孩童；故事中的强势者，既有掌控着社会经济、权力资源的财主、官员，也有掌握着家庭大权的家长。在漳州民间故事中，还出现智者对智者的关系，双方"以智应对"对方设置的困局或不慎自设的困境，最后获得问题（困难）的解决。"以智应对"的叙事模式常常无关敌我斗争，而重在呈现一种民间趣味。

"巧媳妇"是中外最常见的民间故事类型之一，这类故事常叙述"巧媳妇"以智巧应对刁难的公婆或权势者，使对方改变态度，或使对方无可奈何。漳浦县民间故事《巧媳妇解难题》《巧媳妇》和长泰县民间故事《巧媳妇驳贪官》等，正属于"巧媳妇"以智巧应对难题的叙事模式。在《巧媳妇解难题》中，圆缠叔叫大媳妇买三项肉——皮扛皮、双面皮、无头无面都是皮。大媳妇知道"大倌"性格，不敢问清楚。幸好得到东村闺女一秀的指点。"大倌"见大媳妇带回来猪尾巴、猪头皮和猪肚，高兴又惊讶，得知原因后，他费力将一秀娶到家做二儿子媳妇。小夫妻生活美满，只是一秀认为"大倌"刁三难四，为人难做，就在冬至时设法让公公了解心意。"大倌"要两个媳妇送来搓得好、甜度好的汤圆，大媳妇很早送来，一秀却到很晚才提篮而来。"大倌"惊问二媳妇："你怎么没搓甜圆而做了一个'人'呢？"一秀答道："爹，搓圆快，而做'人'确是很难，请勿见怪！"① 圆缠叔沉思片刻点头，从此不再为难媳妇们，还夸赞一秀是巧媳妇。江帆将中国各民族流传的"巧媳妇"故事分为智解隐喻型、巧解两难型、巧妙避讳型、反问难题型（"以难制难"型）和妙语巧对型。② 漳州民间流传的"巧媳妇"故事，比较常见的是智解隐喻型、巧妙避讳型、"以难制难"型等。《巧媳妇解难题》中圆缠叔叫大媳妇买三项肉——皮扛皮、双面皮、无头无面都是

---

① 《巧媳妇解难题》，见黄以结主编《中国民间故事集成·福建卷·漳浦县分卷》，漳浦县民间文学集成编委会，1991，第235页。

② 刘守华主编《中国民间故事类型研究》，华中师范大学出版社，2006，第637～641页。

皮，大媳妇带回来猪尾巴、猪头皮和猪肚；《巧媳妇》中的老翁交代两个笨媳妇，回娘家一人住七天、一人住八天，同去同回，回来时一人带一把风，一人带一把火。俩笨媳妇得到挑水姑娘指点，到了第十五天探亲回来时，一人带扇一人带灯。这都体现为"智解隐喻型"。《巧媳妇》中老翁的三媳妇被县官屡次刁难，罚三媳妇交出"象路一样长"的布匹和"象海水一样多"的酒水。三日后，县官前呼后拥而来，三媳妇不慌不忙，要老爷先丈量道路和海水，以便"如数"交给他。县官占不到便宜，溜之大吉。这个情节就呈现为"以难制难"型，巧媳妇将难题反抛给县官，令县官/权势者无可奈何。"巧媳妇"故事在中国民间社会广泛流传，"异文"极多，主要是因为在中国古代家长制社会文化中，媳妇处于劣势地位（有时甚至处于被迫害的地位），"巧媳妇"故事大量出现既符合中国国情，又具有特别的文化意义。正如江帆分析指出，中国民间产生的众多"巧媳妇"故事，"实是对中国传统的宗法制社会压迫妇女的一种精神反叛，是对广大女性争取自身权利和解放的一种有力的鼓舞"。它张扬的是"一种男女平等的进步的社会意识"①。

南靖县《私塾先生巧对东家》、漳浦县《虎姑婆》等两则民间故事，也都属于以智应对的叙事模式。前者叙述古时一个吝啬财主想方设法克扣教书先生的束脩，每月只付九升米。年终财主又刁难先生，若对不出对子就不付每月的束脩（五斗米）。教书先生深知财主德行，要求先将欠下的米折成现银放在桌上。先生

---

① 刘守华主编《中国民间故事类型研究》，华中师范大学出版社，2006，第642页。

听到财主的上对："一邻二里三先生，只授四诗五经不传六艺，敢教七八九子，十分可恶！"受辱的先生以牙还牙："十屋九舍八东君，任意七除六扣月定五斗，只付四三二升，一等下贱！"① 私塾先生的下联如倒卷门帘，句句锋利如刀，与财主针锋相对，答完拿过银两扬长而去。这则民间故事中的弱势者是教书先生，他被东家（财主）无故克扣报酬，生活困顿。先生在针锋相对中不乏机智，要求财主先将现银放在眼前，然后才巧对财主的上联，及时拿到应得的报酬。《虎姑婆》在中国民间社会广为流传。故事叙述老虎精吃了探亲的姑婆，冒充姑婆来骗小姐妹俩。十岁的阿敏心细，觉得"姑婆"声音不像，嘴角又没有黑痣，叫嚷不对。虎姑婆贴了田螺痣后又来花言巧语骗孩子。姐妹俩放虎姑婆进屋，五岁的阿乖抢着和虎姑婆同床"共头"睡。半夜阿敏被虎姑婆"吱咯、吱咯"嚼东西的声音弄醒，又闻到血腥味，心知上当。就谎称拉肚子，出了门，三下两下爬上门外大树，坐在枝丫上再也不敢下来。虎姑婆一觉醒来去找阿敏，阿敏急中生智，答应虎姑婆。阿敏说拉肚子，身子发凉，双脚酸软，爬不下来，请虎姑婆烧桶滚水暖一暖，以便下树。阿敏叫虎姑婆将水桶系上绳子，将绳子抛上来，以便吊上滚水，然后假意要虎姑婆张嘴、闭眼、伸手接住自己，虎姑婆欣喜若狂，"阿敏见它张口眯目，忙把一桶滚水呼啦啦朝虎姑婆兜头倒泻而下"②。滚水流进虎姑婆肚子里，虎姑婆狂叫着，现出原形。从此老虎精不再作怪，"虎姑婆"

---

① 《私塾先生巧对东家》，见黄劲松主编《中国民间故事集成·福建卷·南靖县分卷》，南靖县民间文学集成编委会，1992，第317页。

② 《虎姑婆》，见黄以结主编《中国民间故事集成·福建卷·漳浦县分卷》，漳浦县民间文学集成编委会，1991，第319页。

故事流传下来。这则《虎姑婆》故事，特殊之处在于弱势者是最无力自我保护的小儿，强势者是狡诈贪心的老虎精，强弱对比极其鲜明，以致五岁的阿乖被吃、十岁的阿敏上当。当阿敏识破老虎精后，也只能害怕、躲藏。后来急中生智，用滚水烫死老虎精，得以保全自己。鲜明的强弱对比，弱小者急中生智，扭转劣势，保全自己，以及富于童趣的叙事特色，使这则民间故事广受民众喜爱。

此外，东山县民间故事《愚中见愚》和漳浦县民间故事《老实丈夫》，在运用"以智应对"的叙事模式时较为特殊。两则故事在结构、人物和矛盾解决的方式上颇为一致，应是同类型故事的"异文"。《愚中见愚》叙述聪慧女子无奈被父母婚配给愚笨农夫。农夫听到妻子感叹"现在人鼻孔向下都没好人"，就将公鸡塞给一个抬头看墙报、鼻孔向上的"好人"。此人没带钱，有意试探一下傻夫的妻子，就交代说："我是溪南村人，名叫七叠八，厝和聋人相隔壁，墙上有一无目竹，你明天到我家取钱。"① 妻子听到傻夫叙述，想了想，告诉丈夫去溪南村找隔壁有庙、墙上有一株风葱的房子，呼叫"十五兄"取钱。十五兄很吃惊，突然起意要取笑他的聪慧妻子，于是叫傻夫带着竹篮回家，拿给妻子看。妻子见到篮子里装的是一朵鲜花插在牛粪上，脑海里闪过一幕幕邻人的嘲讽，于是跑向河边，准备一死了之。河边有中年男子手拿竹筐一次又一次从河里舀水，一副认真、焦急的样子，说是妻子丢失银针，因此要舀干河水，找回银针。聪慧妻子见此人竟然要用竹筐舀干滔滔河水，心想比傻夫更傻的人还有很多，心

---

① 《愚中见愚》，见孙英龙主编《中国民间故事集成·福建卷·东山县分卷》，东山县民间文学集成编委会，1991，第295页。

胸豁然开朗。"原来十五兄如此弄傻人妻，猜想她必定承受不了，肯定到此寻短见；解铃还需系铃人，于是想出了这种舀水办法，让妇人从中得到启示，真是愚中见'愚'，知足乐也。"①《老实丈夫》叙述糊涂丈夫王大憨卖布，员外试探大憨的聪慧妻子兰秀，兰秀猜到员外给的谜，做出符合要求的长衫，叫糊涂丈夫送给镇上的韩十五员外。韩十五员外连叹"可惜"，将一朵好花插在牛屎上的篮子带给兰秀看，兰秀省悟流泪，来到深潭边。韩十五员外察觉自己有错，带着家丁改装来到村庄的大潭，用米筛轮流筛水，说是要筛干潭水，找到妻子失落在水潭的金钗。兰秀发觉有人比丈夫更糊涂，打消了自尽的念头。上述两则故事，不同于一般弱者"以智应对"强者并获得胜利的叙事模式，而是结合"苕丈夫""巧媳妇"两类民间故事，加上"第三者"（"十五兄""韩十五员外"），共同构成富于启示意义的完整故事情节。"十五兄""韩十五员外"考验聪慧媳妇，聪明媳妇以才智猜对对方的谜，这是故事第一次采用"以智应对"的叙事模式。"十五兄""韩十五员外"将鲜花插在牛粪上，让聪明媳妇受羞辱。"十五兄""韩十五员外"又自觉有错，以竹筐舀水、米筛筛水的愚笨方式，让聪明媳妇豁然开朗，放弃自尽。"十五兄""韩十五员外"可谓"以智应对"，达到了知错改错的目的。这是两则故事第二次采用"以智应对"的叙事模式。《愚中见愚》《老实丈夫》具有多种故事模式叠加的特点，在此基础上，两次使用"以智应对"的叙事模式；而且不同于弱者应对强者的模式，它们采用了

---

① 《愚中见愚》，见孙英龙主编《中国民间故事集成·福建卷·东山县分卷》，东山县民间文学集成编委会，1991，第296页。

以强对强、以智对智的叙事模式，显得别有意味。

四　发家致富的叙事模式

发家致富是世人普遍的欲望，因此发家致富的叙事模式也成为中外民间故事最常见的叙事模式。这类故事往往叙述某人通过勤奋劳动、智慧才干，得以积累财富；或者通过奇遇突然获得巨额财富，得以发家致富。

《金元宝》《"大马头"万载黄金》《千支金锁匙，不如一把锄》等民间故事，都肯定勤劳致富的朴素价值观，是漳州民间故事"发家致富"的一种重要叙事模式。《金元宝》叙述平和县梅杨村的张老汉勤劳俭朴，可惜第二、第三子懒惰成性。张老汉临终前嘱咐大儿子，又告诉老二、老三说，他留下很多金元宝埋藏在田里。"为了挖到金元宝，他们兄弟三个，手上磨出了血泡，血泡又磨成了老茧，大家还是憋着劲、忍着疼挖呀挖着。足足又挖了三天。整块地从东到西，由左到右，足足挖了三遍，连一块土疙瘩都敲碎了，还是没找到那些金元宝。"① 春雨来了，被深耕的泥土饱吸雨水，化成烂泥。大哥就建议，跟大家一起先插秧，日后再找金元宝。由于田地深翻了三四遍，这一年他们家的稻子长势特别好，比四邻多收了好几成。大哥又带着弟弟收割，将一担担稻谷摊在大埕上晒太阳。夏日的阳光照着满埕稻谷金闪闪。月光下的谷堆闪烁着金灿灿的光芒。大哥猛然一拍大腿说，这一堆金灿灿的稻谷就是"金元宝"啊。"经大哥一点拨，两个弟弟

---

① 《金元宝》，见黄达彬主编《中国民间故事集成·福建卷·平和县分卷》，平和县民间文学集成编委会，1992，第289页。

这时才知道老爹临终的用意，地里确实有食、用不完的'金元宝'，三兄弟从此早出晚归勤勤恳恳地劳动，俗话说：'人勤地里出黄金'，他们的生活也就一天天富裕起来了。"① 东山县民间故事《"大马头"万载黄金》叙述马家父子在"大马头"安家落户，兄弟俩开荒，老马驾船捕捉海味。"大马头"为"大闵山"的一条支系，伸进大海里，潮激浪大，巨浪咆哮着像野马一样飞快闪过山脚下。后来老马被急流冲走，兄弟俩救回他，老马吃力地告诉儿子，"大马头……那里有……万载黄金……"兄弟俩挖山掀石也找不到黄金。老二冷静了，看到鱼群被冲上礁石，恍然大悟，明白父亲是发现这里是一个像黄金一样的渔场。老大却执迷不悟，找黄金失了性，发了疯。老二捕鱼致富，在大马头开辟了好渔场，漳州各县渔民闻讯而来，村子增加了七八十户，渔场的鱼照旧丰收，"大马头万载黄金"的故事流传下来。在《千支金锁匙，不如一把锄》故事中，传说漳州圆山顶上有把金锁匙，谁得到就可开尽天下宝库。圆山下梅溪村有两兄弟，老大听到消息，连夜上山寻宝，但只见到草丛中一把烂锄头。过几天老二也来寻宝，顺手把烂锄头带回家，开荒种地，日子一年比一年好过。老大感到奇怪，老二说："千支金锁匙，不如一把锄呀！"② 上述三则民间故事都设置了对照关系，以兄、弟之间的分野、对照，凸显勤劳致富的叙事主题。在《金元宝》故事中，兄弟殊途同归，懒惰的弟弟们幡然醒悟，懂得了"人勤地里出黄金"的深

---

① 《金元宝》，见黄达彬主编《中国民间故事集成·福建卷·平和县分卷》，平和县民间文学集成编委会，1992，第290页。
② 《千支金锁匙，不如一把锄》，见卢奕醒、王雄铮编《漳州民间故事》，中国人民政治协商会议 福建省漳州市委员会文史资料委员会，1988，第165页。

层道理，兄弟同心，走上了勤劳致富的道路。第二则故事中的哥哥执迷不悟，弟弟却领悟到"大马头万载黄金"的隐喻，走上了捕鱼致富、勤劳发家的正确道路。第三则故事同样是弟弟领悟到勤劳、自强的人生道理，与哥哥不思自强、暗暗期待不劳而获的心理形成对照。以上以勤劳、自强为核心价值观的"发家致富"叙事模式，是中华民族千百年来最认可的价值观之一，它正是中华民族屹立世界、民族文化生生不息的精神基因。漳州民间故事中"发家致富"的叙事模式，基本上都融汇着勤劳、自强的价值观，凸现了漳州民众朴素、善良、自尊自爱的集体心态。

漳州市民间故事《萧状元接官亭认祖》，属于又一类"发家致富"的叙事模式，即主人公鬼屋得金，从而发家致富的叙事模式。故事叙述清朝时，家住漳州东门街接官亭的萧凤贫穷忠厚，"贫贱夫妻百事哀"。中秋节家里又揭不开锅，两个儿子饥饿啼哭，妻子埋怨几句，萧凤跳水，幸得广东商船救起。后来萧凤在广东商行管账，有次替头家下乡收账，天黑后迷了路。后发现灯光，他就在一间大厝借宿。半夜里，两个怪物跪倒于萧凤床前，声称等候主人多年，埋藏床底下的六缸金银财宝完好无损地交给主人。天亮后，萧凤借口下雨继续借宿。看厝老人报告黄姓屋主，屋主听说萧凤没有被恶鬼作弄吓走，认为他是贵人，特意拜访，留萧凤当管家。两年后又把女儿嫁给了他，将大厝作为陪嫁的嫁妆。萧凤开了五谷行，成为大富翁。离开漳州七八年了，萧凤悄悄回到漳州开五谷行，探知妻儿都活着，又招收儿子做五谷行学徒，亲自教他做生意。萧凤故意要儿子请他去家里喝酒，小孩子就在八月十五日父亲"忌日"请头家。萧凤见发妻忠贞不贰拉扯大两个儿子，真正不简单。就在儿子去添酒端菜之际，他草草留下字条，将五谷行留给儿子，又回广东去了。又过了几年，广东的黄氏夫人所生儿子高中状元，回到漳州接官亭祭祖，在祖祠竖旗杆、挂牌匾，建造状元府邸。这则民间故事虽然荒诞不经，却是中国民间故事常见的类型，三国时魏国曹丕《列异传》、晋干宝《搜神记》、唐谷神子《博异志》等，都记载有类似故事，叙述某人购置凶宅，见有异物出入，根据"异物"供述的线索，天明掘得金银。① 这说明这类故事自古以来就流传于民间社会，漳州民间也有多则同类故事流传。这类故事将"发家致富"的叙事模式与荒诞不经的灵异情节结合在一起，在发挥民间故事奇思幻想的同时，展现了人们强烈的发财欲望。

五 "破镜重圆"的叙事模式

民间故事中"破镜重圆"的叙事模式，往往是男女双方原本相对完整或圆满的爱情婚姻，受到某种力量的毁坏而破碎，经过双方的努力，最终重获完整或圆满的叙事模式。漳州民间故事不乏此类叙事模式。由于漳州处于海峡西岸，与台湾隔海相望，常有亲人两地分居的悲情，以及漳州身为中国著名侨乡，历史上人们习惯于下南洋谋生的移民记忆，使得一些漳州民间故事中"破镜重圆"的叙事模式具有地域特色，掺杂了下南洋的历史记忆和亲人分居两岸的现实悲情。

漳浦县民间故事《程举人生死姻缘》将华侨血泪融入"破镜重圆"的叙事模式，就是闽南社会移民历史记忆在民间故事中的

---

① 祁连休：《中国古代民间故事类型研究》，河北教育出版社，2007，第 200 ~ 201 页。

呈现。它叙述乾隆初年，漳浦城北门里程老汉病重，小儿子程日炫去土地公庙"乞桃"以使老父延年益寿。但老父还是一病不起。程日炫无法生活，去南洋谋生，在爪哇岛葛剌吧的糖厂做烧火工。因偶尔在华侨公祠写对联，他被荷兰人、糖厂经理赏识，提拔做文书。因为荷兰人要与华工订立契约，需要会汉文的文书。从此程日炫坐写字间轻松工作，积累了不少钱，预备回家乡做生意营生。洋经理将养女阿端介绍给程日炫，让他俩交换订婚戒指，以便挽留他长期工作。少女阿端是漳州府人，父母双亡，自小服侍洋经理夫妇。两人相互怜悯，建立了深厚感情。因糖价下跌，殖民地总督用减产办法维持高额利润，就逮捕当地所有中国人，送往锡兰岛开辟种植园。华侨和当地人相约起义，荷兰军队残酷镇压，杀人不计其数，鲜血染红了葛剌吧的溪流，是为"红溪惨案"。惨案之后，荷兰军队继续搜捕华侨，程日炫等人被送上大船，他们抗议，被荷兰军人一个个推落大海。阿端追到码头，见此情景，也跳进大海。程日炫幸而抓到木板，又得中国商船搭救，回到唐山。程日炫为父母修墓，为哥哥娶亲，又挑着一担寿桃到土地公庙还愿。自己发愤读书，考中秀才，乾隆九年中举。程举人年纪大了，钱也花光了，日子拮据，但他"孝悌忠信"的名声很高。有一次邻县陈员外来访，说起他当年贩货到葛剌吧，恰逢"红溪惨案"，听说许多华侨被推落海里，就放下舢板捞救，其中有一个女孩阿端，被员外收为养女。员外要为她择偶，她抵死不从，说起与程日炫的一段姻缘，说无论程郎生死，决不嫁人。"程日炫听说，失声叫道：'嗳，我大难不死，她也还活着，都是我们唐山父老相救，陈员外仗义救人，功德无量，且受晚生一拜。'说着双膝跪在陈员外跟前，陈员外连忙扶起，说：

'程举人快别这样，我实在担当不起。救死扶生乃是国人应尽的美德，成人之美也是孔子的教训，程举人孝悌忠信，声名远播，阿端立志坚贞，实在可喜，现在我愿备下嫁妆，择一个吉日，雇轿送她过来完婚。'① 程日炌再拜岳父，几天后张灯结彩，与阿端成亲。这则民间故事主人公的爱情在南洋特殊环境中成熟，又由于殖民者的罪行，两人经历浩劫，彼此生死不明。到了中老年才重续姻缘，"破镜重圆"。在此，"破镜"是由巨大的灾难造成的，是第一次全球化浪潮导致西方列强霸占东南亚，造成东南亚灾难频生，华人移民身陷险境。程日炌、阿端的爱情就是被这险象环生的环境破坏的。因此，它不同于普通民间故事"破镜重圆"的叙事模式，而是融汇了闽南人的移民记忆、华人移民被迫害的惨痛历史记忆，是掺杂着爱情、移民、殖民地多种元素的民间故事，是"破镜重圆"叙事模式的另类化。

东山县民间流传着《海峡情的故事》《台湾太太追夫的故事》，将两岸分裂的悲情与"破镜重圆"的叙事模式融为一体，具有深重的现实意义。前一则故事中，张阿福与童养媳林秀花一起长大，感情深厚。寡母即将筹办他们的婚礼时，阿福被国民党抓壮丁去了台湾。秀花坚贞守志，与寡母相依为命几十年，等到了白头。阿福也不愿结婚。当他从侨胞那里得知家乡消息，阿福吃不下睡不着，借口出国游，绕道新加坡回到了东山。秀花泪水长流，阿福老泪纵横，哭瞎眼的寡母摸索着呼唤孩儿。这对等了三十多年的未婚夫妻，按照传统风俗举行了婚礼。在后一则故事

① 《程举人生死姻缘》，见黄以结主编《中国民间故事集成·福建卷·漳浦县分卷》，漳浦县民间文学集成编委会，1991，第247页。

中，刘先生年轻时被抓壮丁去了台湾，与妻儿分离。在台湾孤独的生活中，他再婚娶了台湾太太。但刘先生一刻也未曾忘怀家乡妻儿，台湾太太又不允许他探亲。刘先生不辞而别，辗转回到东山县马銮村，计划与发妻共度晚年。台湾太太哭泣几天，也追夫来到东山县。刘先生在东山的妻儿都热情相待，台湾太太向丈夫原配林阿婆诉说自己是个"苦命人"，林阿婆经过痛苦考虑，让丈夫随台湾太太返台。刘先生激动地表示将最终埋骨家乡。在这两则民间故事中，男女主人公的爱情、婚姻都被战乱的时局破坏，两岸阻隔的政治悲情又加剧了他们爱情、婚姻的困境。虽然阿福与秀花、刘先生与原配林阿婆等到了白首重聚，却依然聚少离多。政治灾难对民族和个人造成的巨大影响，在民间故事中同样令人悲伤不已。爱情、婚姻的困境与两岸阻隔的政治悲情交织一体，使上述两则民间故事富于现实意义，从民间故事的角度引起民众对政治悲情的叩问。

可以说，上述三则漳州民间故事，在运用"破镜重圆"的叙事模式时，将漳州的人文记忆、移民历史和两岸阻隔的政治悲剧融入其中，使这些民间故事虽属民间叙事，却具有了大历史叙事的庄严性。

六 "孝亲"的叙事模式

"百善孝为先""忠孝节义"之类的表述，都体现了"孝"文化是中国自古至今最核心的文化观念之一。不管是上层社会的精英文化（大传统），还是底层社会的民间文化（小传统），都注重"孝"文化教育，通过不同渠道向人们灌输"孝道"。其中民间故事成为底层民众传承、接受"孝"文化教育的重要渠道，出现许多有关"孝"母题的民间故事。"孝亲"也自然地成为漳州民间故事的重要叙事模式，它大致可分两种"变体"/亚类型：一类叙述"孝子"对长辈"尽孝"的"孝亲"行为；另一类叙述"不孝子"经由某种契机受到教育，悔过自新，开始对长辈尽孝。

漳浦县民间故事《孝子寻母》属于前者。它叙述明末海盗常侵扰福建沿海，百姓无奈纷纷内迁。漳浦东南沿海白石村的五岁孩子蔡仰（又名汝端）在逃离途中与母亲失散。蔡仰寄食母舅家，放牛拣草。山上庵庙的长老教他读书识道理。汝端十六岁重建家园，十八岁成家立室。他由于思亲而忧郁，对妻子说："鸟有反哺之义，羊有跪乳之恩，人不孝愧为人。"[①] 有一次，漳州商人到江西经商，遇见一位讲闽南语的大娘，询问才知是漳浦白石蔡氏。汝端闻讯，立志千里寻母。他挑着杂货笼沿途挨乡逐县叫卖女人用品，借此探访母亲下落。盘费耗尽，汝端求乞度日，历尽千辛万苦，来到新喻县境内。母亲依然杳无音讯，汝端伤心流泪，形容憔悴。某天近黄昏，狂风暴雨大作，他在一家屋檐下避雨，饥寒交迫。屋里老大娘来关门，看见如汤鸡木立的汝端，问他哪里人。老大娘听到是漳浦人，心中一动，用闽南语询问："你既是漳浦人，认识白石仰仔吗？"母子恸哭相认。"真是：路途几千里，寻母几十年，真正是孝子。娘恩同天地，孝顺昭日月，谁言寸草心，报得三春晖。"[②] 汝端哀求七旬老母同回白石，江西亲人感动于孝子行为，当地群众激情满怀资助路费。母子从

<hr>

① 《孝子寻母》，见黄以结主编《中国民间故事集成·福建卷·漳浦县分卷》，漳浦县民间文学集成编委会，1991，第252页。
② 《孝子寻母》，见黄以结主编《中国民间故事集成·福建卷·漳浦县分卷》，漳浦县民间文学集成编委会，1991，第253页。

水路返回，消息传来，家人和家乡人都赶来海边迎接，悲喜交集，热泪盈眶。这则故事中的漳浦孝子汝端，幼年与母亲失散，成年后不惜代价，寻母几十年，将母亲接回家尽孝，其行为可歌可泣。民间故事褒扬汝端千里寻母的极孝行为，体现了孝文化在中国社会普遍、深厚的根基。

华安县民间故事《木人泪》《草索拖阿公，草索拖阿爸》以及长泰县《草索拖阮公，草索拖阮爸》，可视为"孝亲"叙事模式的又一种变体。《木人泪》叙述寡妇对独团怪仔百依百顺，使独团养成粗暴乖戾的性情，对老母不孝，随意打骂。"老母煮三顿饭给他吃，他嫌咸嫌淡，嫌没油，嫌歹料。他到田里做息，老母送饭早也被骂，迟也被骂。"① 一天怪仔犁田，老母很晚了还未送到饭，怪仔暗下毒心要教训老母。突然有羊倒在草丛咩咩叫，哭得很惨，怪仔去看了几次，不明所以。看到草地上都是血和水，又多出几只羊团，怪仔才明白。羊主人友然伯看怪仔因羊团而有所触动，就见缝插针教育怪仔说，当初他老母生他，哀哀叫了两日两夜，全社人听了都滴泪淬。"世间老母最大，母情最深，从今后你莫打你老母了，天理不容，良心不容啊！"② 友然伯一席话，令怪仔呜呜大哭，抬头看见老母提着饭篮过桥，走一步摇三摆，赶紧冲下山坡要去扶老母。老母怕儿子又要打她，赶紧放下饭篮，回头就跑。老人脚一闪落下溪，怪仔大叫着跳下溪去捞，只捞到一个人形的柴头。怪仔将柴头雕刻成老母样子，天天拜

① 《木人泪》，见黄元德主编《中国民间故事集成·福建卷·华安县分卷》，华安县民间文学集成编委会，1993，第237页。

② 《木人泪》，见黄元德主编《中国民间故事集成·福建卷·华安县分卷》，华安县民间文学集成编委会，1993，第238页。

饭，木人每次都吃光。一位老古董说怪仔的孝心感动了老母的魂灵，诚心拜三年，老母就会还魂。怪仔老婆怨恨，背着怪仔骂柴人，柴人流出泪水，不再吃饭。只剩下怪仔日日哭喊老母。在这则《木人泪》中，怪仔不孝，后来被羊母生团所触动，又受到友然伯及时的教育，"为人子"的孝心苏醒，深刻认识到自己的不孝行为给母亲造成的痛苦，改过自新，却阴错阳差，他孝心苏醒、举止突然的行为不为母亲所知，造成母亲伤亡。虽然怪仔"尽孝"为时已晚，但他悔过自新，对木人尽孝的行为，依然不脱离"孝亲"叙事模式。《草索拖阿公，草索拖阿爸》《草索拖阮公，草索拖阮爸》是同一则民间故事的"异文"。前文叙述一个汉子将生病的老父抬到山上，骗儿子说"那里有吃有穿又有人照顾"。汉子将老父放在树下就走，回头却见儿子扛着竹杠和草绳，并且说，等你老了也将你送来神仙这里。汉子心里一惊。"傍晚，汉子一个人偷偷将老父背回家，对儿子说：'神仙既然没来，咱还要服侍他老人家才是。'"[1] 在后文中，狠心夫妇将瞎眼、病重的老父抬到山洞口，把他喂老虎，以节省丧葬费。他们的儿子要扛回猪笼、草索，并说以后可以用它拖父母。夫妇俩良心受到谴责，只好将父亲再抬回家救治、赡养。警言"有草索拖'阮公'（祖父），就有草索拖'阮爸'（父亲）"，[2] 由此而来。这两则故事在"孝亲"模式中又融入了古今中外民间故事常见的"弃老"叙事模式。林继富认为中国"弃老"型故事有两种变体——

---

[1] 《草索拖阿公，草索拖阿爸》，见黄元德主编《中国民间故事集成·福建卷·华安县分卷》，华安县民间文学集成编委会，1993，第232页。

[2] 《草索拖阮公，草索拖阮爸》，见谢来根主编《中国民间故事集成·福建卷·长泰县分卷》，长泰县民间文学集成编委会，1993，第337页。

"第一种是老有所用型","第二种是人都要老型"①,这两则故事融入的"弃老"模式属于第二种变体。故事中的"不孝子""不孝媳妇"抛弃老父,却被自己儿子的行为所震惊:人都会老去,自己终将老去,儿子若仿效自己"弃老"的不孝行为,将令人不寒而栗。由此,"不孝子""不孝媳妇"幡然醒悟,改变态度,积极奉养老父尽孝。在上述几则民间故事中,"不孝子"经由某种契机,受到教育,转变为"孝子"的"孝亲"叙事模式,具有极强的教育或警示意义。经由民间故事实现对民众"孝"文化的教育,对"不孝子"行为加以警示,表明漳州民间故事与中国其他地区的民间故事一样,不仅追求娱乐作用,也有经世致用的价值和意义。

* * *

戴冠青在其著作《想象的狂欢:作为文化镜像的闽南民间故事研究》第四章中,将闽南民间故事的叙事模式分为"扬善惩恶"的叙事模式、"以智抗敌"的叙事模式、"知恩必报"的叙事模式、"自强不息"的叙事模式和"才子佳人"的叙事模式五种,这其实也是中国民间故事普遍的叙事模式。漳州民间故事是闽南民间故事的重要"板块",笔者整理出"知恩必报"的叙事模式、"善恶有报"的叙事模式、"以智应对"的叙事模式、"发家致富"的叙事模式、"破镜重圆"的叙事模式、"孝亲"的叙事模式等,只是漳州民间故事中有代表性的六种叙事模式。这些故事结合漳州的社会、地理环境、人文历史、民情风俗等进行叙

---

① 林继富:《民间故事》,中国社会出版社,2006,第100~103页。

说，使其既具有中国民间故事普遍的叙事元素，也具有相当明显的地方性，体现了漳州民间故事的"漳州味"和闽南文化特色。

第三节　泉州民间故事中的人物形象

闽南民间故事产生了许多让人难忘的艺术形象，但学术界对此的研究却很薄弱。戴冠青教授的专著《想象的狂欢：作为文化镜像的闽南民间故事研究》开辟专门章节，对闽南民间故事中的艺术形象进行研究，实属难得。戴著将闽南民间故事中的艺术形象分为英雄形象、儒生形象、女性形象、动物形象、神仙形象及孝文化形象、另类形象，对其审美价值、审美意义或文化价值、文化内涵进行了精彩论述。闽南地区作为中国著名侨乡，作为面向海洋的特殊区域，还有一些更富地域特色的艺术形象。笔者以泉州民间故事中常见的几类人物为研究对象，论述其中的女性形象、儒生形象、华侨形象和"讨海人"形象。

一　泉州民间故事中的女性形象

综观泉州民间故事中的女性形象，大致可分为正面和负面女性形象两类。前者如收录于《中国民间故事集成·福建卷·永春县分卷》的多则女性故事——有好媳妇故事，如《田螺姑娘》《好媳妇》《一块缺口粗碗》《吃酒叫王柳　移尸叫双荣》；有巧媳妇和有才华的女性故事，如《巧媳妇》《村姑对诗》；有幽默女性故事，如《阿妗》；有感情忠贞的女性，如《金姑放羊》中的金姑、《蛇郎君》中的三妹。又如《中国民间故事集成·福建卷·惠安县分卷》中收录的民间故事《棕蓑娘》《出对招亲》《好对结良缘》

《不嫁读书郎》《春姑巧对得独座》《巧娘代哭》《巧娘卖酒》《潘秀才赶考》《秀才三试农妇》等，这些民间故事中的女性形象，或者善良无私，或者机智有才，或者智慧，都属于正面女性形象。后者有恶毒女性形象，如收录于"永春县分卷"的民间故事《蛇郎君》中的大姐和《秋娘面线恨》中的媒婆秋娘；有自私贪婪的丑陋女性，如流传于晋江一带的民间故事《猪母坟》中的阿标女儿。

（一）泉州民间故事中的正面女性形象

在正面女性形象中，田螺姑娘被勤劳老实的青年农民陈百福从田里捡回家，养在水缸里。田螺知恩图报，化为天仙般的大姑娘，帮他洗衣做饭，与他百年好合，几十年后和老百福坐着螺壳升仙而去。《田螺姑娘》是一则极富幻想色彩的民间故事，田螺化身为善良、勤劳、美丽的姑娘，反映了穷苦劳动人民的愿望。《一块缺口粗碗》中的孙媳妇聪明善良，她的婆婆虐待老婆婆，要求老婆婆专用一块缺口粗碗吃饭，打碎了，就连稀饭也没得吃了。孙媳妇就想出"既不要伤害家庭的和睦团结，又能帮助婆婆改正错误的两全其美的办法来"①。孙媳妇暗中交代老婆婆打碎粗碗，然后责骂老婆婆："你把这块可以一代一代传下去的粗碗打破了，叫我以后用什么给我的婆婆吃饭呢？"② 婆婆幡然醒悟，改正错误，从此这家成为三乡五里令人羡慕的好家庭。孙媳妇孝顺长辈，善良聪明，用巧妙的办法使婆婆改正错误，是一位可敬可爱的女性形象。《招婿》《巧女择夫》这两篇石狮市民间故事中的

---

① 《一块缺口粗碗》，见刘永乐主编《中国民间故事集成·福建卷·永春县分卷》，永春县民间文学集成编委会，1991，第 660 页。

② 《一块缺口粗碗》，见刘永乐主编《中国民间故事集成·福建卷·永春县分卷》，永春县民间文学集成编委会，1991，第 661 页。

女性：前者聪明有礼，一位年高德劭的塾师过了小姐"征婚求对"的期限才送来对联的下联佳对，小姐长叹此位老师"不肯误我青春"，当面致谢，拜为老师；后者不慕钱财和地位，选择本色厚道的农民后生为婿。

《棕蓑娘》是惠安县一则凄美动人的民间故事。很久以前，有位孤苦无依的渔家姑娘"棕蓑娘"，曾在海滩合掌祷告，求海神娘娘送一副衫裤，也使像她这样的穷姐妹有衫裤穿。然后，她在沙滩上做了一个好梦。在梦里，"海娘娘手牵着棕蓑娘的手，教她针织各种图案的毛衫布料，又教她剪裁缝做各式各样的衫裤、羔袍、棉裘……教着，教着，没一会儿，棕蓑娘自己就能缝了一件绣着花镶过边的上衫，又做了一件轻飘飘的长裤，还有花头巾和白手绢……"① 此后，棕蓑娘找来针剪做种种实验，练成了方圆几百里内外最出名的"针黹师傅"。

> 她一出名，求教的人就多啦。富贵人家出了很多很多的金银，聘请她去传教，她死也不去。而对于穷苦的渔家姐妹们，她没有丝毫摆架子，总是随请随到，耐心传教。她教她们纺纱织布，教她们剪裁布料，教她们缝做衫裤、棉裘……她走了一个乡里又一个乡里，教了一批又一批的穷姐妹们，不收她们的一分一厘，就是自己有一点钱，也分给她们去买针买线……她们对她很敬重，都说她是"咱穷苦人的棕蓑娘"。②

---

① 《棕蓑娘》，见陈清发主编《中国民间故事集成·福建卷·惠安县分卷》，惠安县民间文学集成编委会，1992，第373页。

② 《棕蓑娘》，见陈清发主编《中国民间故事集成·福建卷·惠安县分卷》，惠安县民间文学集成编委会，1992，第373页。

这则民间故事体现了多方面的想象。其一是想象了渔家姑娘纺纱织布的美妙源头，是"艺术起源"的美好想象，故事也符合历史上惠安县赤贫的现实，幻想和写实相交织，动人心魄。其二，《棕蓑娘》还体现了泉州渔民对美好女性的想象，表达了闽南底层渔民反抗渔霸的思想。渔家女"棕蓑娘"美丽善良、聪明能干，学会高超的针线功夫，并且热心助人，无私地将技艺传授给穷苦渔家姐妹们。对于有钱有势的人，棕蓑娘不慕权贵，渔霸看上她，设计将棕蓑娘骗到家里，棕蓑娘不从，"一日暗暝"，逃出渔霸家，整整走了十天，八月十四日夜晚走到了家乡的海头沿，无力地跌在沙滩上。棕蓑娘死后，每年的八月十四日，渔女们都到海头沿唱着怀念棕蓑娘的歌谣。此外，鲜明的闽南地域文化特色也是这则故事值得称道之处。

（二）泉州民间故事中的负面女性形象

泉州民间故事中的负面女性形象相对较少。《蛇郎君》及其"异文"故事中的大姐和《秋娘面线恨》中的媒婆秋娘都是非常突出的恶毒女性形象。流传于永春及南洋各地的《蛇郎君》故事，叙述永春的湖安山山顶住着猪屎公和三个女儿，"大的猫（麻脸），二的裒（小麻脸），三的美俏俏"①。猪屎公采摘山茶花给女儿，却被山顶蛇洞的蛇郎君威胁，迫使他嫁女。大姐、二姐都不愿嫁蛇郎，只有三妹表示"甘心嫁给蛇郎君，不愿阿爹给蛇吞"。出嫁时，三妹一路走一路撒菜籽，给阿爹留下路线。来年猪屎公沿着菜地走，找到女儿家，发现蛇郎家乃是"金砖金瓦金

---

① 《蛇郎君》，见刘永乐主编《中国民间故事集成·福建卷·永春县分卷》，永春县民间文学集成编委会，1991，第574页。

柱厝，银埕银庭银大厅"。大姐得知三妹家的情况后，也去看三妹。有一天，蛇郎君去泉州，大姐要求和三妹"做阵"去山顶"采鸟梅"，在一窟古井边，大姐叫三妹将绫罗衣、绸缎裤、金银花借来打扮，喊三妹看井水里的人影，趁机将三妹推落古井。蛇郎君挑水，有只小鸟飞随不去，便养起来。大姐梳妆时，小鸟反复啼叫"大姐羞羞羞，用阮木梳抹阮油"，大姐"看准准用火筷毒打"小鸟，小鸟惨叫"大姐毒毒毒，打得阮跛脚兼瞎目"。大姐将小鸟油炸，蛇郎君吃肉香甜，大姐吃肉臭腥。气得大姐将吃剩的肉倒在厕所边，不久长出婀娜多姿的凤尾竹，蛇郎君吃竹笋美味，大姐吃起来粗涩。气得大姐砍掉竹子制成竹椅和竹席，蛇郎君坐竹椅"坐的好好"，大姐坐着"斜倚倒"；蛇郎君躺着竹席舒坦凉爽，大姐躺着"针针刺刺，疼疼痒痒"。气得大姐将它们当柴烧。有个老妈子来铲火炭烘暖，灶膛铲出一只龟，龟变成美查某仔。查某仔告诉蛇郎君说："前世和你是尪某。"蛇郎君带回妻子，大姐在厕所边变成了一棵"大麻竹"，所以蛇至今怕竹。

流传于安溪县的《"大姐害死我"》是《蛇郎君》之"异文"故事。人物只有阿爹、大姐、小妹和蛇郎。阿爹为爱花的女儿采花，蛇精迫使老爹嫁女，大姐不愿，小妹为拯救全家自愿嫁蛇郎。婚后劝说偷窃成性的蛇精改邪归正，夫妻勤劳致富，日子过得甜美，引起大姐嫉妒。大姐骗妹妹去采花，又骗小妹交换衣服照潭水比美，趁机将小妹推落深潭。大姐没有骗过蛇郎，蛇郎哭死。大姐也被阿爹拒之门外，走投无路而饿死。这两则"异文"故事在叙事结构和人物形象塑造上基本一致。大姐恶毒、贪婪、自私自利、毫无人性，嫁给蛇郎的小妹则勇敢、善良、美丽。同时，《蛇郎君》突出了三妹对感情生死以继的忠诚，以及聪明机智的女性形象。《"大姐害死我"》彰显了小妹勤劳持家的美德。女性之美好、女性之丑恶，在《蛇郎君》及其"异文"故事中都表现到了极致。此外，晋江一带流传的《猪母坟》是一则奇特的民间故事。讨海人阿标因为救被海贼蒙害的货船船主，得到了七八瓮菜脯。女儿讨回去一瓮，又接二连三来扛菜脯。直到第六天猪母闯进来打翻了剩下的三瓮菜脯，滚出白银，阿标才恍然大悟。猪母死后，阿标特意建造猪母坟，以示感恩。这则故事中的女儿，为了财富谋骗父亲，弃人伦亲情于不顾，是一位贪婪丑陋的女性形象。

（三）女性形象特点及其成因

概而言之，泉州民间故事中的女性形象有两个特点。其一是女性形象丰富鲜活。泉州民间故事虽有一定的叙事模式，如女性机智应对困境、智慧选择夫婿、恶毒设计害人等，但基本上都叙事生动，人物鲜活，人物塑造贴近生活真实。其二是正面女性形象占据较大比例，才女、孝女、慧女、善女、无私助人的女性、不慕权贵而洁身自好的女性，在泉州民间故事中有很多。相反，那些负面女性形象较少，且较为模式化，主要体现她们的狠毒、贪婪、蠢笨。

泉州民间故事何以具有这两个特点？笔者认为，这主要和民间故事多为底层劳动者集体创作的属性有关。相对于知识分子而言，底层劳动人民一方面较少受到封建思想的教化和严重毒害，另一方面劳动人民靠山吃山、靠海吃海，本身生活艰苦，对弱势者具有本能的同情和互助心态。在封建社会，女性受"三纲五常"的束缚和男权思想的毒害，处于封建社会和男权社会之下的双重弱势地位。劳动人民集体创作的民间文学突出女性、弱势者的正面形象，在情理之中。也正因为民间文学属于底层劳动人民的集体创作，具有口耳相传的特征，加上闽南地区依山面海的生存环境和底层劳动人民艰苦谋生的生活方式，使民间创作的人物形象既充满丰富的想象，又富于原生态。劳动人民的口耳相传也不断增强人物形象的鲜活性。此外，女性在旧社会属于沉默的"她者"，较少有"发声"机会，男性掌控着话语权。泉州民间故事中的女性形象，是男性话语投射的产物。男性将自己对女性的期待、希望浇铸于民间文学创作之中。泉州民间故事中众多的好媳妇、巧媳妇故事，以及田螺等非人类变为美女与穷青年两情相悦的民间故事，都体现了劳动人民（主要是男性）的愿望、幻想。对才女、慧女、惠女、善女的建构，同样体现了男性的美好愿望。泉州民间故事中更多出现正面的女性形象，与底层劳动人民的心理期待暗合。

二　泉州民间故事中的儒生形象

泉州被誉为"海滨邹鲁"，自唐代以来出现许多著名的儒生。泉州民间故事中也出现大量的儒生故事和儒生形象。这些儒生形象也大体可分为正面和负面两种。闽南民间故事中的正面儒生形象有不少，然而负面儒生形象却居多。正面的儒生形象，或倜傥多才，或多情自信，或机智洒脱，或正直勇敢、百折不挠。负面儒生形象，或蠢笨无用，或粗鄙不堪，或游手好闲、好色无聊，如收录于《中国民间故事集成·福建卷·永春县分卷》的《放牛娃巧对》《文生和武生》《自找没趣》，流传于石狮市的民间故事《秀才买驴》，以及流传于安溪县的民间故事《对诗选女婿》等。

（一）泉州民间故事中的正面儒生形象

在泉州民间故事正面的儒生形象中，《圆梦》中的秀才独具一格。在这则故事中，秀才拗不过妻子，去佛寺"运梦"，连做三梦，于是请圆梦先生圆梦。圆梦先生见他衣冠一般、心情沉重，就解释说：第一梦"遍地繁花纷落"，"落"乃"落榜之落"；第二梦"天旱水干"，水"落"而后干，更惨；第三梦"太阳下山还在赶路"，三个梦是"一连三落"，此科不中。秀才却自知学业可成，也不忍妻子扫兴，就告诉她："大吉，大吉！"秀才笑吟吟地吟诗吻别妻子："吻别娇妻上帝京，一帆风顺拜龙廷；神仙指点玄机妙，玉马金鞭任此行！"① 秀才名列榜首，衣锦还乡时，想到圆梦先生的荒诞，就微服再访，念同样的三梦。圆梦先生见他春风满面，立即恭喜他高中。"春花落地，秋实上枝；天旱水干，蛟龙上天；太阳西下，紫微（帝星）东上，三个梦都隐含一个上字，这不是蓝衫脱去换红袍，大吉大利的好兆头吗——客官，请赐纹银一两！"② 圆梦先生观人圆梦，巧舌如簧，秀才却也无可奈何。但与妻子团圆在即，秀才喜在心头，策马回家。《避雨》中的书生假装过路客去未婚妻家避雨，目的是试探未婚妻。由于父母、兄弟外出，未婚妻起先不同意借宿，但天黑下雨，过路客人地生疏，出于好心，就搬四条板凳将书生安置于大厅。天亮后，书生在壁上题诗而去："昨夜避雨到妻家，一碗凉饮止嘴干；有柄枕头没被盖，奇怪眠床十六脚。"③ 书生虽借宿受冻，但见未婚妻果然美丽正派，心里还是欢喜踏实。在这两则流传于永

---

① 《圆梦》，见刘永乐主编《中国民间故事集成·福建卷·永春县分卷》，永春县民间文学集成编委会，1991，第681页。

② 《圆梦》，见刘永乐主编《中国民间故事集成·福建卷·永春县分卷》，永春县民间文学集成编委会，1991，第682页。

③ 《避雨》，见刘永乐主编《中国民间故事集成·福建卷·永春县分卷》，永春县民间文学集成编委会，1991，第717页。

春县的民间故事中,《圆梦》中的儒生多情体贴,富有生活情趣,
且才学非凡。他自信而不迷信,努力上进,也不迂腐偏执,是难
得的正面才子形象。《避雨》中的书生偶倪多才,心细,不人云
亦云。虽然暗中查访未婚妻显得不是那么信任对方,但总体而
言,属于正面的儒生形象。此外,《秀才与劫匪》中的穷秀才高
升,在窘境中得到劫富济贫的山大王胡虎资助,又在一再被官府
迫害时由胡虎挺身救助。高秀才一路向北,隐姓埋名,歇在北京
城外寺庙。"京城仁好咧考遗才,就是常年按时科考以外,另外
再考落选的举子,从中发现人才,让有才学没利运的读书人再一
次机会。"① 寺院住持慈悲,认高秀才为同乡,改名高晋,送秀才
去考试。后来考中,又联科捷报,中进士。在刑部和兵部工作期
间,高大人成绩显著;外派兵备道剿番,又屡立战功,升任巡
抚。仇家林大人接任兵备道,高巡抚宽宏大量,做媒将林小姐嫁
给恩兄、参将胡虎,有情人终成眷属。后来高巡抚挂兵部尚书衔
升任三边总制,管辖三省军民。但身为一品大员,却和恩兄急流
勇退,林大人也随"查某仔团婿,颐养天年"。这篇泉州民间故
事虽落入许多通俗文学"奋斗—成功—急流勇退"的叙事模式,
但儒生形象可嘉。高秀才正人君子,虽穷困潦倒,却靠自己的才
学谋生;虽一再被迫害,几度隐姓埋名,却没有丧失上进之心、
正直之心。后来官场得意,认真工作,报效国家,且宽以待人,
原谅仇家。历经人生和宦海风波,高升依然保持"初心",不贪
权势富贵,急流勇退。这样一则民间故事,既赞扬了儒生百折不

① 《秀才与劫匪》,见吴建生主编《泉州讲古新编》,福建人民出版社,2008,
第 603 页。

挠的人生态度，肯定他们无论逆境、顺境俱保持"本色"的正直人品，也肯定了知识分子报效国家的儒家理想。

（二）泉州民间故事中的负面儒生形象

在泉州民间故事负面的儒生形象中，石狮市民间故事《秀才买驴》中的永宁镇秀才自认有才，其实是十足的迂腐、无用的书呆子形象。他爱卖弄文采，代卖主写一张买卖契约，足足写了三张纸，还没有写清楚买卖驴子事宜，驴子却跑了，闹出一场官司，惹下笑柄。在流传于永春县的民间故事《文生和武生》中，文生和武生结伴赴京赶考，文生疲累、口渴难耐，在甘蔗园折两根甘蔗解渴，被看蔗老汉逮住，要文生对上他出的对子，否则留下包袱和衣服。老汉出的对子是"童生生童，生字减一划"，嘲笑文生是"童生牛"偷吃甘蔗。书生反复琢磨也无法对上，还不知已被嘲笑。这则民间故事中的文生体弱无能，面对困境无力解决，而且不学无术，遭到嘲笑还无知无觉，也突出儒生无用、无能、无才的形象。流传于安溪县的民间故事《对诗选女婿》，其中有位通晓文墨的陈珍宝，"美得像山村里一朵花"。因四个哥哥娶妻，父亲陈秀才向屠夫、风水先生、李秀才和樵夫都借过债，四人都有意提亲迎娶珍宝。珍宝自出主意，要求对诗选婿，诗中须含"一点红、白茫茫、双双对、暗中藏"。屠夫、风水先生都粗俗不堪，李秀才吟出的诗却更加粗鄙不堪，樵夫念出"牡丹开花一点红，茉莉开花白茫茫。葡萄开花双双对，杨梅开花暗中藏"[1]，赢得珍宝和家人认可，被珍宝选为夫婿。这则民间故事出

---

[1] 《对诗选女婿》，见薛世浩主编《安溪民间文学集成——中国民间文学集成·福建卷·安溪分卷》，作家出版社，2004，第427页。

现两位秀才，陈秀才迂腐，李秀才粗鄙不堪，令人生厌。反而是身为女子的珍宝和身在底层的樵夫更机智，更文雅。两相对比，突出了儒生的粗鄙、无用。

儒生在旧社会被视为人才，上层社会重视，普通百姓仰慕，在历来的文学创作中，儒生大多被建构为正面形象。泉州的戴冠青教授在研究闽南民间故事中的儒生形象时，曾以朱熹为例，从闽南民间故事"神化"大儒朱熹的民间叙事，发掘闽南民众的"崇儒精神"和闽南文化"崇儒尚文"的特点。但笔者在阅读闽南（包括泉州）民间故事时，发现儒生形象较多呈现负面特点。他们或许并非大奸大恶，却有很多属于迂腐、无用、无能的人，或者为人粗鄙不堪、好色无聊。为什么闽南民间故事中的儒生形象多为负面形象呢？这一方面和民间文学基本上属于劳动人民的集体创作这个特征有关，正因为是劳动人民的口头创作，劳动人民与儒生有一定的地位差距，产生认知和情感的隔阂，又往往受到有身份的社会阶层的压迫，因此，劳动人民创作的儒生形象较多地落入被嘲笑、被否定的模式，也在情理之中。另一方面，闽南在历史上开发较晚，虽然有朱熹等大儒曾经经营闽南，闽南也出现了欧阳詹、李光地、黄道周、陈淳等著名知识分子，但相对中原而言，儒家文化教育稍显薄弱；同时，历史上闽南有经商的传统，商业文化的发达也对士大夫文化有一定的冲击。以上因素，都导致闽南民间故事中的儒生形象较多呈现负面特点。

三 泉州民间故事中的华侨形象

闽南是中国著名侨乡，历史上厦、漳、泉三地有大量百姓移民他国,成为华侨。尤其是泉州,它是古代丝绸之路的起点,与中国其他地方相比,泉州人更早地与外国接触、通商、移民,祖籍泉州的华人华侨遍布全球,东南亚的泉州籍华人华侨最为集中。华侨形象大量出现于泉州民间故事中,成为闽南民间故事中极富地域特色的艺术形象。《中国民间故事集成·福建卷·石狮市分卷》收录了27则华侨故事①,这些民间故事中的华侨形象,大致可分为以下几种。

(一) 积极融入并为居住国做贡献的华侨形象

这类华侨华人形象和当地人有一个磨合过程,成为受欢迎的移民,他们的作为体现了华侨华人不畏艰苦、落地生根的移民态度,符合华侨华人在居住国生存、发展的趋势。这类华侨形象又可仔细分为两类。

其一是机智勇敢、胸怀苍生,为菲律宾革命事业做出杰出贡献的华侨先贤。流传于菲律宾、闽南两地的《菲律宾革命先贤王彬》《菲律宾的华侨将军刘亨赙传奇》两篇故事中的主人公,都是为侨居地革命解放事业做出贡献的华侨先贤。王彬是晋江旅菲华侨,1883 年就在马尼拉的洲仔岸经营铁器、木器等几家店,是殷商巨富。"王彬还有一手好医术,不管菲律宾人还是中国人,请他看病,诊金分文不收,碰上穷苦人还倒贴上药费。因此,大

---

① 这二十七则华侨故事为:《菲律宾革命先贤王彬》《菲律宾的华侨将军刘亨赙传奇》《刚果的泉州荔枝》《杨大钊与中国茶》《马来西亚的"中国寡妇山"》《林亚凤到菲律宾》《关圣夫子"显圣"》《"路遥"和"马力"》《老番客怒打洋船长》《许志猛勇歼土匪》《冤家宜解》《妈祖娘娘救番客》《未识情妹》《相思的故事》《缺角龟头》《目当金钱做人》《上元圆包顶针》《姑死孙》《两块银元》《一分钱买一笑》《阿全写信》《一字之差》《巧破侨汇诈骗案》《昭雪冤案》《爱情的风波》《王福城写春联》《一场虚惊》。

家都称他是个慈善家。"① 被西班牙殖民军打得遍体鳞伤的经历，使王彬明白了对敌人不能慈善，他毅然投入菲律宾人民反侵略争独立的斗争行列。王彬捐献巨款，将店铺设为游击队秘密开会联络点。在西班牙殖民者搜捕革命者时，王彬机智地转移革命者。王彬被捕后，被关在马尼拉王城的监狱，敌人给他坐老虎凳、灌辣椒水，严刑拷打，王彬坚贞不屈。因给西班牙军副司令的儿子治病，妙手回春，王彬得到在王城游逛的机会，趁机侦察到潜入王城监狱的秘密通道，王彬带着游击队战士从下水道进入，救出被关的菲律宾游击队的几个重要领导人。至今，菲律宾马尼拉的王彬街屹立着高大雄伟的王彬铜像，碑座上刻"菲律宾革命先贤王彬永垂不朽"几个镏金大字。菲律宾共和国开国元勋刘亨赙，祖籍福建，在家乡是"三合会"义军首领，起义失败后，他被清政府悬赏捉拿，只好到马尼拉当了铁匠。在马尼拉，刘亨赙打抱不平，怒打殖民者，暗中组织"三合会"。"菲律宾起义军首领亚银那洛，知道刘亨赙骁勇侠义，就暗中与他联系。刘亨赙利用在铁厂做工的机会，为菲律宾起义军打制了枪枝武器，还发动'三合会'的华侨，捐赠给义军军饷药品。""一八九六年六月，菲律宾爆发了独立起义。刘亨赙立即率领三千名'三合会'的华侨会友，加入了菲律宾人民的斗争行列。"② 西班牙骑兵队骑着清一色高头大马，使来复枪，使义军吃尽苦头。亚银那洛将消灭洋骑兵的任务交给了刘亨赙。刘亨赙从老华侨讲古《梁山英雄大破连环

---

① 《菲律宾革命先贤王彬》，见王允澄主编《中国民间故事集成·福建卷·石狮市分卷》，石狮市民间文学集成编委会，1991，第 537 页。

② 《菲律宾的华侨将军刘亨赙传奇》，见王允澄主编《中国民间故事集成·福建卷·石狮市分卷》，石狮市民间文学集成编委会，1991，第 540~541 页。

马》中得到启示，打造金钩枪，训练金钩枪手，将西班牙骑兵队引入埋伏圈，用金钩枪钩住马脚，用力一扯，大洋马倒地，伪装撤退的起义军打了回来，手起刀落，消灭骑兵。被任命为南路起义军总指挥后，刘亨赙使用"围魏救赵"的办法，解救甘马仁省林马蓝社等地正被殖民者血腥屠杀的菲律宾人和华侨同胞，又乘胜追击，先后解放了甘马仁省、黎牙实备和八大雁要港，成为菲律宾共和国的开国功臣，他的英雄业绩被拍摄成电影。1926 年刘亨赙逝世，菲律宾政府为这位华侨将军举行了国葬。在上述两则民间故事中，华侨先贤王彬或救平民，或救游击队领导人，体现了他的机智勇敢、胆大心细；他为穷苦人送医送药，抱着"孩子无罪"的信念救治西班牙军的婴儿，也为菲律宾独立革命捐献巨款，体现了王彬慈悲为怀、胸怀天下苍生的人生境界。刘亨赙为菲律宾老人伸张正义，怒打殖民者，可谓骁勇侠义；他积极支持革命起义，率领"三合会"华侨会友加入革命，驱除殖民者，参与创建共和国，可谓胸怀苍生，明辨大是大非；在革命斗争中，他从中国文化和历史中获取智慧，大破洋骑兵，解放菲律宾各地，可谓英勇善战、智勇双全；他积极融入当地人民的生活，与他们同甘共苦，又为华侨的"在地化"做出了榜样。泉州民间故事中的两位菲律宾华侨先贤王彬、刘亨赙，作为为居住国革命事业做出突出贡献的华侨先贤形象，也成为菲律宾人民和华人移民共同的精神资源。

其二是热心助人、积极融入当地、为居住国发展奉献力量的华侨形象。《杨大钊与中国茶》《马来西亚的"中国寡妇山"》《林亚凤到菲律宾》《刚果的泉州荔枝》等民间故事，塑造了这类华侨形象。《杨大钊与中国茶》中的中国茶叶商人杨大钊，满载一船茶叶到印度的恒河口岸经商，当地正流行一种红眼睛的怪病，海港不少外来船上的商人也被传染，但杨大钏的船员却安然无恙。杨大钏无意中得知中国茶正好可以治病，外国船长恭喜他发大财，建议他煮成茶水，以碗论价。"杨大钏却说：'我们中国有句古话，君子爱财取之有道。我怎能乘人之危发大财呢？'"①于是吩咐伙计们煮药茶，免费送给印度人治病，人们蜂拥而来，一大船茶叶也用去了一大半。第六天，加尔各答市市长率人到来表达感谢，表示要"划一片土地"给他。杨大钏糊里糊涂上了高头大马，市长在马屁股上狠抽一鞭，那马跑了好大好大的圆圈才停下来，这就是"跑马占荒"。杨大钏就在恒河口岸发展，许多广东、福建的侨胞也来此安家落户，人们称此"阿钏坡"，至今，遗址尚在。在《马来西亚的"中国寡妇山"》中，随三宝太监郑和的大明舟师下西洋的医生吴桐，是泉州人。大明舟师途经马来西亚的基纳巴卢山，山下的长达山族人尚过着刀耕火种的原始生活，三宝公有意在此设立补给站，就拜访哥打酋长。酋长带着女儿达娜姑娘回访，希望三宝公留下懂医术的人帮助他们，吴桐就此留在基纳巴卢山帮助长达山族人。"当时，长达山族正流行瘟疫，病死了不少人。吴桐背起药箱，东家草寮进，西家茅棚出，用银针为病人针灸，采草药为病人熬汤，治好了不少人。长达山族人简直把他看成了神仙。"②吴桐还教长达山族人种水稻。达娜美丽聪明，学会了闽南语，与吴桐成婚，养儿育女。吴桐思念家乡泉州，几年后随运粮食的船队回国。达娜每天都带着儿女去基

① 《杨大钏与中国茶》，见王允澄主编《中国民间故事集成·福建卷·石狮市分卷》，石狮市民间文学集成编委会，1991，第548页。
② 《马来西亚的"中国寡妇山"》，见王允澄主编《中国民间故事集成·福建卷·石狮市分卷》，石狮市民间文学集成编委会，1991，第551页。

纳巴卢山眺望，几年后才从到来的中国船队那里知道，吴桐在海上碰到台风遇难。达娜悲痛地呼唤吴桐，跳进大海。"后来，人们就把基纳巴卢山叫做'中国寡妇山'。居住在这里的长达山族现在仍以种植水稻为生，喜欢习武，人们传说这就是吴桐传下来的。长达山族人也说他们有中国血统。"① 《林亚凤到菲律宾》叙述明末泉州的林亚凤率领海上武装队伍，劫富济贫，打击倭寇。后来逃到菲律宾，又被西班牙殖民者追杀。林亚凤的队伍逃到深山密林，受到当地依罗戈民族的袭击。林亚凤立规矩不得伤害山民，并千方百计寻找机会接触当地山民。后来随行医生救治当地老人嘉敏尼道，并将药物送往各山巴、草寮为山民治病，彼此关系密切起来，还协同作战击退西班牙殖民者。"从此，西班牙殖民军再也不敢到依罗戈山区奸淫掳掠了，山民的生活也安宁了。林亚凤所率领的这些中国人就与依罗戈民族共同开荒种植，共建家园。林亚凤教给当地山民使用耕牛，种植水稻，织布制衣，喂养家禽家畜。山民们结束了刀耕火种的原始生活了。时间久了，还相互通婚。"② 林亚凤成了为开发依罗戈省做出重要贡献的华侨，菲律宾人民对他念念不忘。在上述几则华侨故事中，茶叶商人杨大钊不乘人之危，不唯利是图，为了救治患病的印度人，不惜损害自己的巨大利益，是一位品德高尚、慈悲为怀，又勇于开拓新生活的华侨先辈。医生吴桐心甘情愿留居基纳巴卢山下，无私热情地帮助长达山族人，与他们同呼吸、共患难，结婚生子，扎根生根，从而

---

① 《马来西亚的"中国寡妇山"》，见王允澄主编《中国民间故事集成·福建卷·石狮市分卷》，石狮市民间文学集成编委会，1991，第552页。

② 《林亚凤到菲律宾》，见王允澄主编《中国民间故事集成·福建卷·石狮市分卷》，石狮市民间文学集成编委会，1991，第556页。

塑造了乐于助人、积极融入当地社会的华侨新形象，这也是当今很多海外华侨的人生态度。林亚凤和医生吴桐一样，与当地居民友善相处，积极帮助他们，使他们脱离刀耕火种的原始生活，推动居住国社会的发展进程。林亚凤还率领队伍勇敢抗击西班牙殖民军，为华侨的落地生根百折不挠地努力，为开发菲律宾做出了重要贡献。

（二）不忘母国、思慕家乡的华侨形象

这类华侨华人体现了中华民族（包括闽南移民）怀念故土、思恋家乡的感情，并有相当多一部分人体现出落叶归根的情怀。他们是文学创作中常见的华侨形象，可细分为两类。

其一是时刻不忘母国、积极为母国贡献力量的华侨华人形象。《关圣夫子"显圣"》《爱情的风波》两则民间故事主要塑造了此类华侨形象。在前文中，华侨在日本侵华后，热情高涨，东南亚各国华侨成立"抗日救国后援会"，以各种形式支持母国抗战。1932 年，蔡廷锴将军领导的十九路军在上海抗战的消息传到南洋，旅菲华侨做工的、当小商贩的，都慷慨解囊，但几个大富商却很吝啬。关圣夫子庙的看庙老人阿棋伯，就设计让富商相信关圣夫子"显圣"，使富商捐出巨款，阿棋伯将之尽数交给后援会，援助十九路军抗战。后文中的玛琍小姐，在了解到美国男友、威尔逊财团董事长毕克将不值三十万美元的旧机器重新喷漆，当新产品以三百五十万美元成交价卖给中国时，据理力争，甚至不惜自己公司倾家荡产，也要帮助母国。"你别忘了，我是中国人，我是福建人啊！""我是中国人，我爱自己的祖国。"①

---

① 《爱情的风波》，见王允澄主编《中国民间故事集成·福建卷·石狮市分卷》，石狮市民间文学集成编委会，1991，第 603~604 页。

这两则故事中的旅居菲律宾的华侨、华商时刻不忘母国，在母国有难时，热情支援母国，为母国解困，不让母国受骗，不让母国的利益蒙受损失。泉州民间故事中的这类华侨形象的壮举可歌可泣，它再现了华侨华人的历史贡献，值得称道。

其二是无论贫富，都一如既往地恋慕家乡，不忘家乡亲人和爱人的华侨形象。这一类华侨形象较多，《"路遥"和"马力"》《未识情妹》《相思的故事》《缺角龟头》《上元圆包顶针》《两块银元》《阿全写信》《一字之差》等泉州民间故事，都塑造了此类华侨形象。他们在富裕后，不忘家乡亲人和人们；在贫困中，仍尽可能地接济亲人、朋友。他们虽然远在异国他乡，却恋慕原乡，对感情忠贞不移。《未识情妹》中的高阿平，在南洋辛苦打拼二十年，终于积累一大笔钱，不忘回家乡娶二十年前定亲、从未谋面的未婚妻。《相思的故事》中的志郎，在南洋打拼十年，回到家乡娶了情人秀忍。《缺角龟头》中的华侨蔡赤，信守承诺，十五年后回到家乡，特意定做一万六千三百八十四个缺角龟头，到四王府宫烧香还愿。这些华侨，或者一心恋慕原乡，忠实于婚约；或者信守承诺，不忘家乡，体现了闽南华侨华人心怀祖国、恋家思乡的深情。

（三）勇敢与殖民者抗争、维护华人权益的华侨新形象

这一类华侨形象不多。前述《菲律宾革命先贤王彬》《菲律宾的华侨将军刘亨赙传奇》《林亚凤到菲律宾》等民间故事，体现了华人移民英勇抗击殖民者的精神，他们或者是为菲律宾独立革命事业付出巨大努力，或者是与当地土著一起开拓东南亚、与殖民者战斗。在当时东南亚的殖民地体制下，也出现了部分不畏强权、争取华人权益的华侨形象，《老番客怒打洋船长》是典型

的一篇。故事开篇说："清政府腐败无能，华侨在海外更是受尽
凌虐。那时华侨们乘船到新加坡时，人人都得脱光衣服，再把衣
服叠放在头上，一手按住，一手拿着船票，在船舱上排着长长的
队伍，让英殖民主义者检查身体。检查完了，就在屁股上盖个红
印做记号。"① 辛亥革命前几年，有位闽南侨眷郭宝莲，到新加坡
去与丈夫团聚。她从厦门出发搭乘英国人的火轮前往新加坡，在
船上受到洋船长骚扰和侮辱，跳海自尽。全船同胞震怒，怒打洋
船长，并向英当局提出赔礼认罪的要求，祭奠郭玉莲，立即废除
裸体检查的制度。从此，女客免受裸体检查。"辛亥革命后，英
殖民主义者看到中国人已经觉醒，也取消男客的裸体检查的苛
例。"② 《老番客怒打洋船长》叙述了华人过番遭受侮辱，同胞同
心协力进行抗争的故事，反映了近代中国积弱积贫、华人社会地
位低下的历史真相，塑造了过番华人与英殖民者勇敢抗争、争取
人道权益的华侨新形象。

（四）华侨形象特点及其成因

综观上述泉州民间故事中的华侨华人形象，笔者发现他们具
有如下共同特点。第一，突出华侨华人的重要贡献和忠贞感情。
这体现为两方面：其一，突出他们对侨居地的重大贡献；其二，
突出他们对母国的感情和贡献。第二，华侨华人形象往往居于道
德的制高点，也具有技术、能力上的优势。泉州民间故事中的华
侨华人形象为什么具有这些特点？笔者认为，这首先是华侨华人

① 《老番客怒打洋船长》，见王允澄主编《中国民间故事集成·福建卷·石狮市
　分卷》，石狮市民间文学集成编委会，1991，第562页。
② 《老番客怒打洋船长》，见王允澄主编《中国民间故事集成·福建卷·石狮市
　分卷》，石狮市民间文学集成编委会，1991，第564页。

与侨居地及母国真实关系的反映。民间故事虽说是劳动人民集体创作、"集体想象"的产物，但并非完全无中生有。华侨华人作为更富于地域文化特色的特殊人物，是侨乡历史、人文境遇下的特殊"产物"，具有较高的历史真实性。他们移民异国他乡，多数是被生活所迫，有些是被政治环境逼迫。他们要想在异国他乡站稳脚跟，需以闽南人"爱拼才会赢"的精神去开拓新生活，去努力融入侨居地。中华民族勤劳、勇敢、拼搏的精神，使华侨华人容易获得成功。事实也正是如此。东南亚的华侨华人在经济上具有一定的优势。华人华侨在异国他乡站稳脚跟后，也多数不忘故国家园，将中华文化传承给后代，并愿意为祖国做贡献。泉州民间故事突出华侨华人的重要贡献和忠贞感情，可谓海外华侨华人的艺术写照。其次，中华民族在数千年文明发展史上，相较于东南亚地区的文明，长期处于经济和科技的优势地位。中国往东南亚的移民史，也是中华文明撒播于东南亚的历史。泉州民间故事中的华侨华人形象之所以处于道德的制高点、具有技术和能力的优势，既是中华文明与周边国家文明历史关系的折射，也是"中国中心"心态（中华文明优势）浸透于民间故事创作的结果。

四 泉州民间故事中的"讨海人"形象

厦、漳、泉都具有依山面海的地理环境，尤其是漳、泉两地的海岸线较长，"讨海"成为闽南人自古以来的谋生方式。"讨海人"大量出现在泉州民间故事中，就与泉州人"靠海吃海"的生存处境存在密切关系。这些"讨海人"形象，极富地域文化特色，却几乎不被研究者关注。他们大致可分如下几类。

（一）技艺超人、能干出色的"讨海人"形象

流传于惠安县的《武伯、启伯与铜橹蒂》《"懒汉"好橹手》《海里鱼虾听指挥》《驶船能手虎包觥》等民间故事，都突出了这类"讨海人"形象。武伯和启伯是崇武渔民，去浙江坎门澳当讨海人，两人一顿饭吃二十几碗，被船主看中，知道他们是有大本事的人。但浙江船伙计嘲笑他们"两只山鸡也要来赚讨海吃"。几天后，船"起锭"出海，"船出坎门港，天空没片云彩。海面没点风丝，海水好像一面大镜，月亮好像一把弯刀。讨海人称这种天气叫'哑巴天'，正是可能大发海的时机，就看你能不能及时赶着鱼群"[1]。船老觥喊声"落大橹"，众橹手马上动手，三合橹手轮换上阵摇橹，累得有气无力。武伯、启伯睡醒后，接过大橹，把铜橹蒂安在尾座，换上棕绳编的橹鞭，一前一后扶着大橹用力一拨，大船猛然一晃，两人左右开弓摇了起来。两人摇了近一更天，没歇口气，像玩耍那样轻松，还哼着闽南小调。"大船像射出的箭一般快，船头冲起高高的浪花，橹尾拨出长长的白练。""就这样，渔船在天还没亮就追上鱼群，旗开得胜，头一风就满载而归。众橹手对武伯和启伯佩服得五体投地，都说他们二人是真正的'铜橹蒂'。崇武渔民的名声从此传遍了舟山渔场各澳头。"[2] 此外，《"懒汉"好橹手》中的崇武讨海人畅阿敢在风大浪高的海面"落舢板讨海"，得到好渔获。《海里鱼虾听指挥》

---

[1] 《武伯、启伯与铜橹蒂》，见陈清发主编《中国民间故事集成·福建卷·惠安县分卷》，惠安县民间文学集成编委会，1992，第454页。

[2] 《武伯、启伯与铜橹蒂》，见陈清发主编《中国民间故事集成·福建卷·惠安县分卷》，惠安县民间文学集成编委会，1992，第455页。

中的崩阿，能够凭借舀来的海水判断是否下网，下网可以捕到什么样的鱼，"海里的鱼虾就像是他饲的，都听他指挥，每一网鱼都很多"①。即便伙计故意在海水中掺尿戏弄他，他依然能够准确无误地做出判断。《驶船能手虎包舣》中的驶船能手"虎包舣"能在茫茫雾海中辨识方向。上述民间故事中的"讨海人"都对海洋和海洋鱼类具有敏锐的判断力，在海上作业时具备出色的专业工作能力，是技艺超人、能干出色的"讨海人"形象。

（二）机智应对困境、勇于斗争的"讨海人"形象

《曾应龙智赚海贼》《渔船上的灯火》《杨靖争海》《渔民拦轿喊救驾》等民间故事，塑造了这类"讨海人"形象。《曾应龙智赚海贼》中的渔民曾应龙，与同船的十二个渔民被海贼抢劫、关押。因能帮海贼看匪首的来信，海贼们欢喜，请曾应龙做掌柜先生。曾应龙趁机提出条件，要求放走十二个渔民。有一日，海贼们又接到匪首来信，曾应龙心生一计，骗海贼们说，大王叫船队去屿礁停泊尽欢。原来屿礁离曾应龙家不远。曾应龙热情劝酒，等海贼们酩酊大醉，就驾小舢板逃脱。这则民间故事中的曾应龙镇定面对困境，机智救人和自救，勇于和海贼们斗争，可谓机智勇敢的"讨海人"。《渔船上的灯火》中的鸭伯是个讨海好角色，水性好，落水就像一只海鸭，得了"鸭伯"外号，又为人风趣，会想巧妙的办法为渔民兄弟争利益。"当年的冬海船，按老规矩全船只设一盏小油灯，是总铺煮早饭时照明的，各卧舱从来不设灯火。""正是十月小阳春，带鱼大发海的时候，天还没大亮，海面就落

---

① 《海里鱼虾听指挥》，见陈清发主编《中国民间故事集成·福建卷·惠安县分卷》，惠安县民间文学集成编委会，1992，第459页。

满舢板，到日落黄昏时，各母船才竖花收舢板。"① 鸭伯饭后摸黑进舱，被小学徒一头撞在胸坎，鸭伯骂他瞎眼，小学徒没好声气地嘟囔："暗得像地狱，谁的眼睛不瞎呢?" 鸭伯心想有理。第二天，鸭伯他们在太阳底下捉起虱子来。船主急得骂他瞎了眼，没看见鱼快跑光了。"鸭伯哈哈大笑起来，说：'你说得对，我们这些人都是瞎了眼的。你想，夜里卧舱连一盏灯都没有，大家都练出一对猫眼了，愈黑才愈看得见，日光下就成了瞎子了。'"② 船主解释说是老规矩，鸭伯说"规矩是人定的"。从小讨海当伙计、劳苦出身的船主，就下定决心改规矩。这则民间故事中的鸭伯，不仅有较强的海洋作业技能，也有善于为渔民争取权益的技巧；船主也是愿意变通、理解穷苦渔民的讨海人。此外，《杨靖争海》中的净峰社杜厝村渔民杨靖，看到处在内陆的东岭张坑村，靠他们在明朝做官的祖先张襄惠占去杜厝村海域几百年，至今强到杜厝村收海税，觉得很不平。长大后他就设法要回海域。在张坑头人又来收海税时，杨靖将他骗去海里看奇特的活景，船"有意冲着大浪涛"，张坑头人"靠山吃山不识水性"，怕得要死，只得立字为据，表示归还海域。以上几则民间故事中的"讨海人"都非常机智，或者设计赚海贼，或者设法为渔民争取正当权益，或者为村民讨回公道，或者不畏强权，争取利益，都具有机智、勇敢的特点。

（三）横行霸道、残忍狠毒的"讨海人"形象

这主要指渔霸之类的狠毒角色。渔霸也属于渔民、讨海人。

---

① 《渔船上的灯火》，见陈清发主编《中国民间故事集成·福建卷·惠安县分卷》，惠安县民间文学集成编委会，1992，第544页。

② 《渔船上的灯火》，见陈清发主编《中国民间故事集成·福建卷·惠安县分卷》，惠安县民间文学集成编委会，1992，第545页。

虽然渔霸与普通讨海人的经济地位、社会阶层有异，但在社会结构上他们属于同类人。《棕蓑娘》中的渔霸因为看上渔女棕蓑娘，采取谋骗的方式将棕蓑娘骗到家，强行关押，意图逼迫棕蓑娘就范，实属恶人形象。《济清冤》中的济清，父母过世，年少的济清不愿意依傍大姐生活，"又山无田海无船"，度日艰辛，只得向大房族长江福求情，要落船讨海。"族长答应了，又明说工钱要比别的海兄少一半，济清是个老实人，也不讨价，一落船就拼命地做活，不管轻的、重的，是他该做的，还是别人应做的，都不分彼此去做。"① 济清过度劳累，一年时间就病倒了。姐姐让女儿苏妮来照顾母舅。"这年秋讯时候，说来真奇怪，其他房族的船出海生产，流流都鱼虾满船。只有大房江福的船流流都空澈澈，三时二阵还碰着七七八八的事故。江福气得'水鸡'目土土，想来想去想不通，就发动全房亲来托神，结果也不见效。江福觉得大失体面，就胡说八道来，硬说什么晦气必定出在济清那穷小子身上，他中了邪，患了色鬼，舅甥偷情，邪气镇村，我江福先'着衰'海路不利，以后全村都会大小不安，鸡犬不宁。"② 江福强说济清舅甥通奸，在江氏祠堂打得济清舅甥死去活来，但舅甥不甘屈打成招，江福狠心更狠，喊人抬来两扇门板把舅甥的双脚、双手各用四根特号大铁钉钉在门板上，推落海里。舅甥不甘屈死，挣扎呼喊三天后，尸身要飘回原处以证清白。三天后海潮高涨，舅甥的尸体被一股连声带势的大浪推到沙滩上，渔民深感

---

① 《济清冤》，见陈清发主编《中国民间故事集成·福建卷·惠安县分卷》，惠安县民间文学集成编委会，1992，第369页。

② 《济清冤》，见陈清发主编《中国民间故事集成·福建卷·惠安县分卷》，惠安县民间文学集成编委会，1992，第369~370页。

他们含冤受屈，江福得知异象，被吓死。在这则民间故事中，有济清这样贫穷不屈的"讨海人"形象，也有江福这样横行霸道、残忍狠毒的"讨海人"形象。江福恶有恶报，济清冤情昭雪。故事体现了劳动人民朴素的"善有善报，恶有恶报"的民间情感。

上述泉州民间故事中的几类"讨海人"形象，其实是民间文学中常见的能人、机智人和恶人的形象。也就是说，这些"讨海人"形象的创造具有民间文学普遍的模式化特征。然而，由于"讨海""讨海人"是沿海地区人民特有的生活方式、人物形象，泉州民间故事中的"讨海""讨海人"又融入了泉州地区的人文历史、地理文化和闽南方言等因素，因此，这些"讨海人"形象也具有鲜明的闽南文化特色。

* * *

泉州民间故事蕴藏着丰富的艺术形象。就人物形象而言，女性、儒生、华侨、"讨海人"形象，是泉州民间故事中极其突出的几类艺术形象。在泉州民间故事中，正面的女性形象和负面的儒生形象居多。女性形象是底层劳动人民喜怒哀乐的投射；负面儒生形象主要突出他们蠢笨、无用、无聊、无能、粗鄙不堪的一面。泉州具有依山面海的地理环境，又属于中国著名侨乡，华侨形象和"讨海人"形象大量出现于泉州民间故事中，实属自然现象；他们也是泉州民间故事中更富于原生态、本色的人物形象，是泉州地区劳动人民的集体想象与闽南的地理、语言、人文历史等交织而成的艺术形象，体现了鲜明的闽南地域文化特色。

第三章
闽南民间传说研究

何谓民间传说？段宝林认为，它是"民众口头创作、传承的以特定人物、特定事件、地方风物及习俗为中心的具有历史审美意味的散文叙事文体"[①]。毕桪将民间传说定义为"以历史事实为基本情节线索，以历史上的人物、事件、自然物、人工物等为主要内容，并加以解释、说明的口述散文体传奇作品"[②]。笔者认为，民间传说产生于民间，广泛流传于民间，是广大民众基于历史事实寄寓自身的思想感情，并通过一定的艺术加工而形成的一种叙事文体。闽南地区的民间传说丰富多彩。根据闽南民间传说的实际状况，同时考虑到闽南民间传说的闽南文化特色，笔者重点探究闽南的寺庙与神明传说、人物传说、史事传说和武林传说。

第一节　闽南的寺庙与神明传说研究

闽南是宗教文化极其繁荣的地区，庙宇极多，闽南百姓敬

---

① 段宝林主编《民间文学教程》，高等教育出版社，2013，第 118～119 页。
② 毕桪主编《民间文学教程》，中央民族大学出版社，2009，第 97 页。

奉的神明也多，保生大帝、关帝君、开漳圣王、妈祖、三平祖师、清水祖师、土地公等，都在闽南地区具有深厚的信仰根基。这些神明来源途径多样，有的来自宗教文化人物的神化，如三平祖师、清水祖师信仰；有的是著名历史人物的神化，如关帝君、开漳圣王信仰；有的是历史上具有"专业"特长的善男善女的神化，如保生大帝、妈祖信仰。闽南民众的宗教信仰反映于闽南民间文学之中，产生了丰富、精彩的庙宇和神明传说。本节笔者先对闽南寺庙和神明传说的特征做出探讨，然后重点选择在闽南信仰根基深厚的海神妈祖形象，进行个案研究。

一 神格化、英雄化、世俗化：闽南的寺庙与神明传说之特征研究

闽南地区的民间信仰多元化，闽南民间的寺庙和神明传说也极其丰富。但综合考察，也可以从这些丰富多元的民间传说中发现某些共同的特征。

（一）神格化特征

闽南寺庙传说具有神奇性、神圣性，闽南神明传说中的神明神通广大、法力超群，具有神明普遍的神格化特点。

首先，闽南寺庙传说无不体现出神奇、神圣的特点。我们以泉州开元寺、漳州三平寺、漳州南山寺的传说为例。

泉州开元寺的建寺传说就充满了神奇。传说它是泉州"紫云黄氏"开基祖黄守恭在唐垂拱二年（686）献出百亩桑园兴建而成。黄守恭为何献出桑园呢？据说是他梦见和尚化缘要地，黄守恭说："若是有缘，佛祖就会点化，三天内桑树如果开出白莲花，

我就将桑园献出来。没想到三天内桑树真的开出白莲花。黄守恭万分惊奇，梦中所见的那个和尚果然来找他要桑园了。黄守恭没有失信，就问和尚要多大的地。和尚说，有我这件袈裟大的地方就可以了。""和尚脱下身上的袈裟向天上一扔，袈裟'呼——'地在空中展开，像放风筝，飞上天去，恰似一片红云，遮住太阳，投下一片阴影，笼罩桑园，足有上百亩地。黄守恭知道是佛法显灵，就献出百亩桑园让和尚建寺。"① 黄守恭做梦，梦境成真，已经颇为神奇了。和尚化缘，以袈裟圈地，袈裟投影竟笼罩百亩桑园，更具神奇性和神圣性。

漳州三平寺②的建寺传说也充满神奇性。传说义中和尚大战鳄鱼精，为民除害，可师父大颠禅师却大骂孽徒大开杀戒。师父抢过义中手中禅杖向东方掷去，让他在禅杖落地处挂锡。"锡杖在前头飞着引路，义中在后面猛追，一直追到漳州，锡杖落在开元寺后边的三平山半云峰下，直挺挺地插在地里。于是义中和尚就在这里创建'三平真院'自立门户，聚徒讲课，宣扬佛法了。"③ 后来

---

① 黄锡均：《泉州十八景故事传说》，远方出版社，2003，第2页。

② 颜亚玉在其论文《闽南三平祖师信仰的形成与发展演变》（《世界宗教研究》2001年第3期）中介绍说："现存有关三平祖师的史料，最早者当推唐代吏部侍郎王讽所撰的《漳州三平大师碑铭（并序）》。……咸通十三年（872），三平祖师圆寂，王讽'强拟诸形容，因为铭曰：三平祖师法名义中，俗姓杨，高陵（今陕西高陵）人。因父仕闽，生于福唐（今福建福清）。年十四出家。先依百岩怀晖，历奉西堂、百丈、石巩，再侍大颠大师。宝历初到漳州。州有三平山，义中因芟剃住持，敞为招提。学人不远荒服请法者，常有三百余人。'"可见，三平祖师在历史上确有其人，"是禅宗史上占有一席之地的高僧"。

③ 《广济大师与三平寺》，见简清水主编《中国民间故事集成·福建卷·漳州市分卷》（第一册），漳州市民间文学集成编委会，1991，第42页。

义中和尚制服毛氏洞里一群被当地人称为"山鬼"的原始大毛人，"山鬼"们自愿为菩萨建庙赎罪，只要义中和尚闭目七日，寺院可成。义中闭目坐在树下念经，"山鬼"们卖力建寺，义中和尚只听得"山鬼"们"嘿啊——嗨噢"的抬石声、扛木声，他们架斗拱，复砖盖瓦，十分劳碌。和尚不忍，就在第五个晚上微睁双目，两道目光犹如两道电炬，霎时照彻寺院，"山鬼"们惊恐奔走，有的躲避不及，就化成蛇虺钻进水井、阴沟去了。"义中看见一个大毛人张慌失措，举止蹒跚，无处躲藏，就一把抓住它，叫他在身边做侍者，后人称之为'毛侍者'，还有几只变成蛇虺的，也抓来做侍者，这就是侍立在祖师公两旁的青面獠牙的蛇侍者。""由于义中和尚提早两天睁开眼睛，'山鬼'们来不及建山门，少造了一座天王殿，所以迄今三平寺只建好三殿半，一踏进寺院，迎面便是大雄宝殿，后进就是祖殿了。"① 三平祖师公竟然由禅杖引路来到漳州创立门户，宣扬佛法。三平寺的兴建同样具有神奇特点，竟然是义中和尚施展神通吓服毛氏洞"山鬼"们，由"山鬼"们全力建造；而且，著名的三平寺仅有"三落半"，即天王殿（仅有半殿）、大雄宝殿、祖殿、塔殿（祖师公藏骨之处），在中国寺庙建筑中显得颇为奇特。对此，民间传说做了出神入化的想象，颇有意味。

在漳州南山寺传说中，也有许多神奇和神圣之处。南山寺大雄宝殿内右侧，方木架上悬挂一口大铜钟，"钟的表面很明显

---

① 《广济大师与三平寺》，见简清水主编《中国民间故事集成·福建卷·漳州市分卷》（第一册），漳州市民间文学集成编委会，1991，第 46 页。

的有一支铜钗和两枚铜钱的痕迹"。为什么这样呢？有个民间传说。相传大钟是唐代遗物，到了元代宗延祐年间，旧钟声音沙哑难听，住持和尚决心重铸大钟。全寺僧众分头出动去化缘和劝募。当时漳州南山街有个贫穷孤寡老阿婆，把发髻上唯一的一支铜钗拔下来捐献，蜈蚣山下一个残疾人将乞讨的两枚铜钱也捐给和尚。"但是化缘的和尚看不起这寡妇的一支铜钗和乞食的两文铜钱，就随随便便把它们丢到寺院的墙角里去。说也奇怪，后来铸造铜钟的时候，铜钟上面总是有一条裂缝和两个小窟窿。"① 寺里的住持和尚无计可施，只好领着全寺僧众念经拜佛，请佛祖显灵、指点迷津。当晚住持和尚梦见韦陀对他说："大钟不全，还欠两钱；裂缝难合，实少一簪。"真相大白，住持和尚教育僧众应该"参透禅机"，去除势利心，平等待人。三件铜器投入铜炉后，果然铸造出一口好钟，"而这一支铜钗和两枚铜钱的痕迹，就这样清晰地留在钟面上"。漳州南山寺有"五宝"——大石佛、延祐铜钟、缅甸进奉的玉佛、光绪皇帝颁赐的藏经，以及血书《华严经》。其中"延祐铜钟"的铸造充满神奇性和神圣性，当和尚去除势利心，将贫穷孤寡老阿婆和残疾人分别捐献的一支铜钗、两枚铜钱都投进铜炉之中时，才能成功铸造出优质铜钟。这则传说启迪了世人：在佛法面前，众生平等，只有彰显真正的佛法精神，才有神迹显现。

其次，闽南神明传说中的神明常常显灵救难、神通广大，富

---

① 《南山寺的传说》，见简清水主编《中国民间故事集成·福建卷·漳州市分卷》（第一册），漳州市民间文学集成编委会，1991，第 29 页。

于神圣性特点。我们以保生大帝、关帝为例。

保生大帝①是闽南地区广为信仰的神明。徐学指出："吴真人信仰在闽南仅次于妈祖，在台湾的民间信仰中，位居于第三。前两位是关帝圣君和妈祖。"② 厦门有多则"保生大帝"的传说。其中《揭榜医太后》叙述吴夲揭榜后成功医治宋仁宗母后的乳癌，又婉谢宋仁宗赐封"御史太医"和赠送的大量金银财宝，皇帝封吴夲为"妙道真人"。"吴夲死后百余年，宋高宗还特意派了钦差大臣到青礁来，仿照皇宫的式样，大兴土木，赐建一座'五殿皇宫式的大宫殿'，宫殿金碧辉煌，飞檐交错，由数十根盘龙大石柱支架着，十分雄伟壮观。后来许多地方的老百姓都纷纷大兴土木，盖起了'慈济宫'来供奉他，称他为'保生大帝'。"③在"吴真人与白礁慈济宫"传说中，有一则《香茹能解郁》，叙述南宋陆秀夫宰相保着宋帝昺败出临安，南撤到闽南，时值六月暑天，将士们多气郁中暑。宰相愁肠百结，探马来报有道者求见。那道者拿一束青草给宰相，说："这太武香茹煎茶能解郁，解热去暑，同车前草一样功效，而这香茹在这对面文圃山上随处

① 保生大帝姓吴名夲，北宋时活动于东南沿海的漳州与泉州交界的青、白礁一带。在 13 世纪初的杨志《慈济宫碑》与庄夏《慈济宫碑》的述事中，"位于漳州龙溪县的青礁慈济东宫与位于泉州同安县的白礁慈济西宫均建于南宋绍兴二十一年（1151），青礁慈济东宫为吏部尚书颜师鲁奏请朝廷在最早奉祀保生大帝的龙湫庵的基础上扩建而成，白礁慈济西宫则为白礁民众公建，两宫都是保生大帝信仰的祖宫"。参见范正义《民间信仰与历史记忆的形成——以闽台保生大帝信仰的祖宫记忆为例》，《华侨大学学报》（哲学社会科学版）2007 年第 4 期。
② 徐学：《吴真人信仰文化功能初探》，《闽台文化交流》2006 年第 2 期。
③ 《揭榜医太后》，见谢华、谢澄光主编《中国民间故事集成·福建卷·厦门市分卷》，厦门市民间文学集成编委会，1991，第 4 页。

皆可采到，丞相何不一试?"① 丞相大喜，下令在文圃山下扎营歇
马三天。三天后，将士们精神恢复。宰相想亲自道谢，道士不知
去向。宰相派人打听，打听者回报中道及文圃山下白礁村有一座
"慈济宫"供奉着吴夲神像。丞相全副执事到慈济宫进香，焚香
礼拜之后瞻仰神像，"这才发现那天的道士外貌宛若供桌前的吴
真人"。在《揭榜医太后》《香菇能解郁》两则传说中，真人吴
夲医术高超、品德高尚，逝后被闽南民众奉为治病救人的医神。
成为闽南民间尊崇祀奉的神明后，保生大帝又屡展神迹，显灵救
难。吴夲在民间传说中从神医升华为医神，显示了闽南民间保生
大帝信仰的深厚根基。

关帝信仰②在中国社会具有深厚基础，在中国各地民间传说
中，关帝出身非凡，不同地方的民间传说赋予他的"前生"的身
份大同小异，火德星君、火龙星、黄龙、雨仙等，由于救助百
姓，他触犯天条，被玉帝所杀，转世为人间的关帝。③ 可见关帝
爷救苦救难的神性在其"前生"已经注定。闽南民间社会的关帝

---

① 《香菇能解郁》，见简清水主编《中国民间故事集成·福建卷·漳州市分卷》
（第一册），漳州市民间文学集成编委会，1991，第60页。
② 民间祭祀关帝最初起源于关羽故里。关羽被害后，移居东古村的关姓族亲改关
羽之故居为宗祠，祭祀关羽由此而生。"公元567—568年，南陈光大年间，湖
北当阳人追念关羽之忠义，在其遇害地建庙立祀兴起了民间祭拜关羽的风潮。
随后隋唐期间，首先传出佛教天台宗祖师智凯大师遇关羽在湖北当阳玉泉寺显
圣的传说。唐代禅宗北宗创始人神秀于玉泉传法时，先是拒斥关公显圣之说，
但后来又不得不接受显圣之说，在当地建寺奉关公为本寺伽蓝护法神。"至
此，关羽成为神灵。"北宋末，宋徽宗崇宁元年（1102）追封关羽为'忠惠
公'。由此开启了官方朝廷对民间祭祀的关公进行册封的情势，标志着封建
统治阶级将这一民间信仰开始提升为封建社会的意识形态。"参见龙佳解
《关帝信仰与道德崇拜》，《湖南大学学报》（社会科学版）2005年第4期。
③ 马昌仪编选《关公传说》，中国社会出版社，2006，第2~36页。

信仰根基尤其深厚，并且延续了他"前生"救助黎民百姓的高尚品格。我们以漳州为例，"据不完全统计，漳州地区现有大大小小的关帝的庙宇 107 座左右，仅次于玄天上帝庙与保生大帝庙，比妈祖庙与开漳圣王庙还多。其中较著名的有东山铜陵关帝庙、芗城古武庙、浦头大庙、新桥正德宫、龙文赤岭关帝庙、诏安悬钟关帝庙、云霄顶关帝庙、下关帝庙、南靖山城武庙等"①。关帝成为闽南民众极其信仰的神明，产生了大量"关帝"传说。流传于漳州、龙海、东山一带的《帝君怒斩鸡公精》，叙述明朝初年，在九龙江边磁窑村长大的孤儿杨小，挑着货郎担走街串巷营生，被铜陵岛一户人家收留，与这家女儿水仙相恋成亲。铜陵家家户户敬奉关帝君，水仙闺房也绣了幅帝君圣像早晚膜拜。母亲交代远嫁的女儿将圣像请到夫家去。磁窑村闹鸡公精，新婚三日内，新郎官不进洞房过夜，鸡公精要先占新娘三夜，否则新郎要被害。水仙不知情，见杨小不来陪伴，心有不安，将帝君圣像挂在墙上祷告，不知不觉瞌睡了。"朦胧间，她听见帝君说话声：'儿郎们，今夜准备驱魔降妖！'又听见周仓将军禀告：'主帅有所不知，刀口锈蚀，不利战斗。'帝君说：'着小女子立即绣补，不得有误。'水仙惊醒后，只见红烛高烧，香烟缭绕，墙上绣像周围放射七彩光圈，帝君威严地捋髯观春秋，周仓持青龙偃月刀左侍，关平捧金印右立。水仙姑娘仔细端详，果然发现青龙偃月刀的刀口被蠹蚀一孔，形成缺口，赶紧取出丝线绣补完整。之后，她心中忐忑不安，神说要降妖，定有妖魔前来骚扰，就不敢合

---

① 张晓松：《试论漳州的关帝信仰》，《漳州师范学院学报》（哲学社会科学版）2009 年第 1 期。

眼，睁大眼睛，竖耳静听着。""四更将尽，听得窗外一声喝，有公鸡扑翅声，怪声啼叫，就无声息了。"① 在这则传说中，水仙绣的关帝君神像在关键时刻发挥神力，显圣除妖，庇护水仙、杨小夫妻的安全和幸福。关帝君显灵既具有神奇性、神圣性，也具有英雄神特点。关帝信仰作为闽南民间重要信仰，可谓根基深厚，它也被统治阶级提升为国家级的正统信仰。"清代顺治时更达极致，封为'忠义神武灵佑仁勇威显护国保民精诚绥靖佑赞宣德关圣大帝'。明清两朝还把关帝列入国家祭典。道教把关帝列为护法四大天神之一，佛教亦聘为护法神'伽蓝王'。从宗教归属上看，关帝一般被归入道教，属'正神'崇拜。"② 可以说，关帝信仰从民间自发到被国家意识形态纳编，又在关帝信仰的历史进程中，统治阶级赋予关帝以无上的神威，反过来影响、推动了中国社会（包括闽南社会）关圣君信仰的发展和普及。关帝被人民赋予很大的"神力"、神威，漳州地区的"关帝"甚至还有"送子"本领。"关帝爷送子"的民间传说，就是关帝爷怜悯年过半百的老夫妻，和周仓爷一起来到老夫妻梦中，带领老夫妻去领儿子的传说。这样的传说将关帝君的神职功能转移，具有和送子观音一样的神能。从关帝君"神能"拓展的民间传说，也可看出闽南关帝君信仰的深厚根基。

（二）神明的"英雄化"特征

闽南神明传说中的神明救灾、救苦救难、降妖除魔，具有

---

① 《帝君怒斩鸡公精》，见简清水主编《中国民间故事集成·福建卷·漳州市分卷》（第一册），漳州市民间文学集成编委会，1991，第76～77页。

② 张晓松：《试论漳州的关帝信仰》，《漳州师范学院学报》（哲学社会科学版）2009年第1期。

"英雄化"的特点。

三平祖师①在闽南乃至海外深受信众敬重。据相关资料可知，三平祖师生前为禅宗正宗传人。释迦牟尼佛传禅宗法门给金色头陀摩诃迦叶，金色头陀摩诃迦叶为禅宗初祖，传至菩提达摩为第二十八祖，达摩祖师到东土弘法，成为东土禅宗初祖。达摩祖师再传给慧可，慧可传僧璨，僧璨将法衣传给道信，弘忍继承道信的正法眼藏和达摩法衣，再传给六祖慧能。慧能独创"顿悟"门，为南宗六祖，再传给怀让、行思，到马祖道一、石头希迁。义中和尚继承的是南禅第四世大颠禅师的衣钵，为祖传禅宗的正宗传人。② 在漳州"广济大师与三平寺"系列传说中，有义中和尚拜大颠为师、师徒"南游潮州"、义中和尚"斗妖驱鳄"等传说。据说潮州刺史韩愈想彻底治理鳄害，得到义中和尚大力支持。韩愈挥舞朱砂笔写下《祭鳄鱼文》，盖上官防大印，第二天到恶溪摆香案宣读文告。但鳄鱼公、鳄鱼母不以为意，大小鳄鱼仍旧栖息在恶溪，捕食人畜，毫不收敛。于是韩刺史令五百名弓箭手向溪水波涛间猛射一阵箭雨。义中和尚手舞锡杖，大骂鳄鱼公、鳄鱼母，出阵挑战。

> 只见恶溪掀起惊涛骇浪，猛然间，两只大鳄鱼，恶狠狠

---

① 据卢一心的《三平祖师》叙述，义中和尚从过六位师父。他十四岁投入宋州玄用律师门下，二十七岁才受具足戒，正式成为比丘。后拜马祖的弟子怀晖禅师（百岩大师）为师，继而师从西堂智藏禅师、怀海禅师，他们也都是马祖道一的高徒。义中和尚在四位师父那里前后学习二十多年，又来到江西抚州石巩山，师从石巩禅师；八年后，又得师父推荐，来到广东潮州师从高僧大颠禅师，大颠禅师为六祖慧能的二传弟子石头希迁的高徒。

② 卢一心：《三平祖师》，海峡文艺出版社，2009，第 5 ~ 12 页。

地张开血盆大口，张牙舞爪地向义中扑来。义中眼明手快，叫声来得正好，一杖横过去，砸掉了鳄鱼公的一排利牙。激怒了两只鳄鱼精，一前一后，夹攻义中。义中毫不畏惧，挥舞禅杖犹如一团白光，护住自身，觑机向鳄鱼砸去。两岸观战的军民齐声呐喊，擂鼓助威。一人斗两鳄，直杀得天昏地暗，日月无光。公母鳄鱼浑身是伤，渐渐不支，嘶叫一声，钻进波涛中，躲到溪底藏身喘气去了。好义中跃身溪水中追杀，大小鳄鱼四面围攻上来，被义中挥杖打死无数。公母鳄鱼心痛儿孙遭残杀，忍不住又钻出水面来拼命，义中和鳄鱼精从水中战斗到陆上，又从陆上战斗到水中，恶战了三天三夜，终于把两只鳄鱼精全杀死了，当天晚上狂风大作，雷电交加，暴雨如注，剩下的大小鳄鱼趁着退潮时机，全部逃往南洋群岛去了。①

义中和尚大战鳄鱼精被描述得绘声绘色。传说不仅把鳄鱼精"人格化"——它会心痛鳄鱼儿孙，会轻视文弱书生，会与人大战三天三夜，而且将民间尊崇的神明也完全"英雄化"了，义中和尚勇武盖世、胆识过人，惩恶扬善、除暴安良，完全是民间侠义英雄的形象。义中和尚"智擒毛氏"的传说同样体现了神明传说的"英雄化"特点。义中和尚为避佛门劫难，来到塔潭山村，听说山上毛人强娶姑娘，就代嫁毛人酋长，乘机制服毛人。"毛人猛扑过来，义中不跟他拼力气，只是轻巧地一闪身，闪到毛人背后，给他一记猛拳，打在后心上。毛人哇哇叫，转身扑来，义

---

① 《广济大师与三平寺》，见简清水主编《中国民间故事集成·福建卷·漳州市分卷》（第一册），漳州市民间文学集成编委会，1991，第41页。

中又闪开了，只是围着毛人前后左右团团转，东一拳西一击，直打得毛人脸青鼻肿，眼冒金星，看见无数个白胡子和尚闪闪烁烁地绕着他团团转。最后大毛人酋长筋疲力尽，只好伏在地嗷嗷求饶。"[①]　三平祖师降伏毛人、"山鬼"、蛇虺等，是流传久远、为人熟知的三平祖师传说。石奕龙指出："传说中三平祖师镇服的所谓山鬼、众祟、怪徒、蛇虺、大魅、毛侍者，不过是当地土著的象征表达。这是大汉族的民族中心主义偏见在作怪，在封建帝国时代，汉族往往把非汉族视为异类，所以，往往把少数民族描述为怪徒，甚至用他们的图腾象征物指称他们，而将他们视为所谓的兽类。"[②]　即便毛人是当地土著的象征表达，即便这则民间传说体现了民族歧视，也不影响我们对三平祖师形象的认知，它再度建构了武艺超群、机智聪明的侠义英雄形象。

保生大帝信仰是闽台地区最普遍的信仰之一。民间信仰中的吴真人以医术高超闻名，被敬奉为医神。"吴夲因有'击魔祛瘟之术'，'虽沉痼奇症，亦就痊愈'，故'远近咸以为神'。"[③]　闽南有句谚语"渡海靠妈祖，安居靠真人"，说明了闽南民众对吴真人医神身份的高度认可。在"吴真人与白礁慈济宫"系列传说中，有一则《除妖收四圣》的故事。叙述吴真人巡医到山村，听说村中大潭来了四条怪蛇伤害人畜，外地巫婆"上神"要求村民用四个

---

①　《广济大师与三平寺》，见简清水主编《中国民间故事集成·福建卷·漳州市分卷》（第一册），漳州市民间文学集成编委会，1991，第44页。

②　董立功：《两岸三平祖师信仰问题研究综述》，《闽台文化交流》2012年第3期。

③　彭维斌：《闽南地域社会的成长与吴夲信仰的变迁》，《闽台文化交流》2012年第2期。

童男活祭。吴真人又得知那四个童男是全村出钱从外地买来的，心中愤愤不平，决心惩治为非作歹的蛇精和巫婆。吴真人告诉族长自己有降妖除怪的法术，只要这三天和那四个童男在一起，就可以除去蛇怪，也不影响活祭的法事。这三天，"吴真人用蛇药抹在竹剑上，也涂抹在四个童男浑身上下，再教他们如何吸气，如何捉蛇、治蛇"①。活祭那天，童男被推入潭中，毒蛇闻到蛇药味想逃，四个童男原来就会水性，吴真人又教他们吐纳之功，进入水中，迎头痛击毒蛇，将它们宰杀。之后，四个童男拜吴真人为师，"跟着吴真人采药行医，后来都成了圣者。这就是供桌前的张、萧、刘、连四个侍者，人称四圣者"②。这则民间传说，既表现了吴真人最本原的"医生"职能，也赋予吴真人"路见不平，拔刀相助"的民间英雄特点，将其塑造成"降妖除怪"的英雄神形象。医神和侠义英雄两相结合，使神明具有"英雄化"特点。

"开漳圣王"是漳州人最崇敬的神明之一，闽南民间传说中的陈元光是有勇有谋、文武双全的开漳英雄。陈元光战死后，转型为民间社会和朝廷共祭的神明，依然具有"英雄化"特点。在《吕县令祷神威惠庙》传说中，北宋进士、晋江人吕琦调任漳浦县令，有一股流寇从汀州闯入漳浦境内，吕县令募民为兵，却难以抵抗。"正当贼众围城猛攻之际，吕县令急忙到县衙左近的威惠行宫，向神祷告道：'开漳圣王陈将军，您开创闽南，建置漳

---

① 《除妖收四圣》，见简清水主编《中国民间故事集成·福建卷·漳州市分卷》（第一册），漳州市民间文学集成编委会，1991，第68页。

② 《除妖收四圣》，见简清水主编《中国民间故事集成·福建卷·漳州市分卷》（第一册），漳州市民间文学集成编委会，1991，第68页。

州，功载有唐，州民允赖，庙食无疆。今有流寇，欲攻城垣，毁我邦家，祈求圣王，显灵保庇，至祷至祷！'他还没祷告完，忽然有大胡蜂成团成阵的，从庙里飞出，到城外猛叮猛啮众流寇。"① 流寇逃散，部分冥顽不化的强盗头目又在城外抢男霸女。乡间百姓逃进城郊西宸岭的威惠庙避难，此庙又称"西庙"，建于唐开元四年。"当时漳州府治刚获准迁徙李澳川，漳浦县也随州治。唐玄宗为了褒扬陈元光开辟闽南，建置漳州的功绩，追封为颍川侯。特敕建威惠庙，为七进王府式格局，规制宏伟，庄严堂皇。庙前还诏立坊表，上悬御笔题写的匾额'盛德世祀'四字，并赐彤箫器皿等以旌。"② 难民几千人涌入，强盗"不怕神歼"，冲到西庙。"突然，天空中金鼓播动，云彩间无数天兵天将从天降落，把这群强盗团团围住，任他们犬突豕奔，也是走投无路，难以脱身，只好束手待擒，抱头蹲踞地下，等待吕县令率领兵勇赶到，一一绳之以法，一共逮捕归案有三百七十余人。"③ 威惠庙是闽南地区敬祀开漳圣王的庙宇，漳州各地有许多威惠庙。这则《吕县令祷神威惠庙》传说，将漳州人崇敬的神明"开漳圣王"陈将军塑造成战神、英雄神形象，与闽南地区"妈祖传说"中的神明妈祖呈现颇为相似的神能和形象，同样体现了闽南神明传说的"英雄化"特征。

---

① 《吕县令祷神威惠庙》，见简清水主编《中国民间故事集成·福建卷·漳州市分卷》（第二册），漳州市民间文学集成编委会，1992，第70页。
② 《吕县令祷神威惠庙》，见简清水主编《中国民间故事集成·福建卷·漳州市分卷》（第二册），漳州市民间文学集成编委会，1992，第71页。
③ 《吕县令祷神威惠庙》，见简清水主编《中国民间故事集成·福建卷·漳州市分卷》（第二册），漳州市民间文学集成编委会，1992，第71页。

厦门民间传说《五龙屿》，构造了神、人之间的真情互动，也构造了神明（东海龙王、玉皇大帝）之间的恩怨情仇。它一方面体现了闽南神明传说的"世俗化"特征——如龙王、龙太子怜惜厦门百姓，伤心落泪。玉皇大帝嫉妒生恨，报复厦门百姓，为了维护天庭威严，又斩杀龙王、监禁龙太子，都是将"神明"进行"世俗化"描述。另一方面也体现了闽南神明传说的"英雄化"特征——东海龙王为了黎民百姓，不惜违抗天庭，在厦门岛上空耕云播雨；在严峻的考验面前，在生死抉择面前，龙王大义凛然，以百姓为重，以个人安危为轻，牺牲自我和"龙族"的生命、利益，庇护了厦门岛人民的生活幸福。这样的龙王形象，正体现了闽南神明传说的"英雄化"特征。

（三）"世俗化"特征

闽南寺庙传说表现出"世俗化"特点，闽南神明传说中的神明也多数具有红尘中的人的一切俗态、俗情，具有"世俗化"特征。

首先，闽南寺庙传说极富"世俗化"特征。

在"南山寺的传说"系列中，有一则《九驴狗》故事，叙述南山寺大殿西北角门边的木龛里，"站"着广东潮州的黄九郎夫妇。为什么他们会"站"在这里呢？原来黄九郎是泉州梨园戏《陈三五娘》里的五娘的父亲，他被潮州府的衙内逼迫，变卖家财，搬到漳浦县，将家财献出来建造了漳浦县的"兴教寺"。南山寺扩建时，和尚特地到漳浦登门化缘。黄九郎慷慨答应在南山寺扩建完工后亲自送"九驴狗"（闽南话谐音"九厘九"）物件表示祝贺。和尚误会他吝啬，生气地走了。南山寺竣工这天，黄九郎亲自带领一队由九匹驴子和九只大狼狗拖着的车队向寺里赶来。进到寺内，黄九郎施礼，"住持和尚看了半天，也不认得这位施主是谁。等黄九郎自报姓名后，才知道他就是愿意施舍'九厘九'的吝啬的财主。和尚只在鼻孔里哼哼两声，算是答话，态度非常冷淡。黄九郎见住持和尚如此无礼，十分愤怒，骂道：'我黄九郎答应给庵庙施舍东西，今天特地用九匹驴子，九头狼狗拖着送来这么多的金银财宝，难道你们还嫌少吗？我将它们倒在水里，还能听到叮叮当当的响声哩！'"① 就怒气冲冲地喝令车队卸车，叫人将一箱箱、一袋袋黄金和白银，倒进寺内的两个莲花池中。住持和尚看得两眼发直，阻拦不及，派人打捞财宝也捞不到。"据说，以后只要在月明之夜，这两个莲花池里还会隐隐约约发出光灿灿的金光和银光哩！""后来，住持和尚央请地方头面人物向黄九郎赔礼道歉，黄九郎才答应将潮州卖不掉又收不回租的田地全部献给南山寺作庙产，所以南山寺才建了黄九郎夫妇的生祠，表示感谢。"② 这则从南山寺一座木龛里站着的黄九郎夫妇生发出来的民间传说，将与红尘中的人隔绝、充满神秘性的住持、高僧还原成普通人，具有普通人的势利心，就体现了闽南寺庙传说的"世俗化"特征。

南普陀寺传说也是如此。在《南山寺与南普陀》传说中，穷书生蔡某赶考路过漳州，参观南山寺，得到和尚热情留宿和资助盘缠。蔡生高中，后来官居相爷。老和尚病故前，留有遗愿，希望"南山寺的和尚能到厦门南普陀去"。有一年相爷祭祖，特意

① 《南山寺的传说》，见简清水主编《中国民间故事集成·福建卷·漳州市分卷》（第一册），漳州市民间文学集成编委会，1991，第33页。
② 《南山寺的传说》，见简清水主编《中国民间故事集成·福建卷·漳州市分卷》（第一册），漳州市民间文学集成编委会，1991，第33页。

到南山寺看望老和尚，得知其遗愿，就前往南普陀。"他穿一身贫民衣服，一双鞋子沾满海土，走进南普陀到处看，小和尚见他这样子，怕他那双都是海土的鞋子把地板弄脏，粗声粗气地赶他出去，见他理也不理，快快禀报和尚头，和尚头也不问青红皂白，下令用柳枝条打他。"① 厦门文武官员听见火炮声，循炮声寻到南普陀，吓得磕头请罪。蔡相爷原谅了和尚们，教育他们以后态度不要这样坏，只将和尚头儿发落到别处，改换南山寺的和尚来主持事务。这则流传于漳州的南普陀寺传说，刻画了南普陀寺和尚们的势利，同样体现出了闽南寺庙传说的"世俗化"特征。

流传于漳州、东山一带的《东山的关帝庙》传说，别有意味。东山关帝庙的周仓"是不持刀坐在左边龛里的"，面相也变为白脸端庄、五绺飘垂的斯文长相，他出门还有一匹与关帝的赤兔马并驾齐驱的白马坐骑，大大违背了传统庙宇里供奉的周仓形象。东山关帝庙何以如此独特呢？民间有个世代相传的传说。说是南宋小皇帝宋帝昺在东山（当年称铜山）的一个岛上建立"东京"，元兵打来，辅国重臣陆秀夫背着幼主蹈海自尽。君臣阴魂不散，直上九重霄向玉帝诉冤屈。听到"宋朝气数已尽，元朝当兴"，陆秀夫感叹天道不可挽回，求赐一处归宿地，随后去了东山关帝庙，附神在东山关帝君的神像上，安享民间香火祭祀。宋少帝垂泪哭诉还想当皇帝，玉帝就叫他耐心等待吧。从此，宋少帝孤魂无依，四处游荡，几年后看见手下大臣们都归神安享民间祭祀了，就改了主意。"玉皇大帝宽宏大度就答应让宋少帝归神

---

① 《南山寺与南普陀》，见简清水主编《中国民间故事集成·福建卷·漳州市芗城区分卷（上）》，漳州市芗城区民间文学集成编委会，1992，第211页。

位。这一查，全国庙宇中的神位大致已安排妥当了，只有东山关帝庙中的侍将周仓，还是空缺，就委派宋少帝去顶缺了。宋少帝一想也好，陆秀夫是辅国忠臣，依靠他也有个照应，也就心甘情愿上任去了。"① 可是陆秀夫却大伤脑筋。两人原是君臣名分，但在庙里，陆秀夫代关圣君名分，宋帝昺却是部属，只能屈尊站边、持刀伺候。怎么办呢？总不能让宋少帝真的天天站岗扛大刀吧？"陆秀夫左思右想之后，就托梦给庙祝以及地方耆老们说：'故主宋少帝来接受周仓将军的香位，请父老们顾及我们昔日君臣名份上，给周仓将军神像安排个座位，另立个神龛，权且免了持刀的职务，神像面庞也改换个扮相，塑个白净脸，五绺须的吧。'东山人领会神的意旨，一切照办了，还特别体贴神道，圣君出巡时。另备白马一匹，供宋少帝充的周仓代步。这就是东山关帝庙独特的传说。"② 这则传说非常民间化、世俗化。陆秀夫附神关帝君神像，宋帝昺附神侍将周仓神像，这一君臣关系的倒置颇具世俗味。张晓松说："这一传说耐人寻味的地方在于竟然以民间的先来后到为由模糊了封建时代极其神圣不可侵犯的君臣关系，极富有人情味，亦只有在民间信仰的庙宇里才会有这类传说。"③ 除此之外，玉皇大帝也极富人情味，善于倾听，乐于体恤；宋少帝孤魂无依，在现实折磨中认清情势，从"皇帝梦"中

---

① 《东山的关帝庙》，见简清水主编《中国民间故事集成·福建卷·漳州市分卷》（第一册），漳州市民间文学集成编委会，1991，第 72 页。

② 《东山的关帝庙》，见简清水主编《中国民间故事集成·福建卷·漳州市分卷》（第一册），漳州市民间文学集成编委会，1991，第 72～73 页。

③ 张晓松：《试论漳州的关帝信仰》，《漳州师范学院学报》（哲学社会科学版）2009 年第 1 期。

清醒之后，走向更为"现实"的存在——居然愿意附神到侍将周仓神像上，依靠附神于关帝君神像的陆秀夫。可见"东山关帝庙"的传说具有独特的民间味，体现了闽南寺庙传说的世俗化特征。

其次，闽南神明传说也深具"世俗性"、人情味，呈现神明传说的"世俗化"特征。

《漳州尪相打》和《漳州城尪相打》这两篇"异文"民间传说，通篇将闽南神明"世俗化"。《漳州城尪相打》叙述漳州西门古武庙的帝君神，因禁不住七月卅天"天天斗酒，夜夜看戏失眠"，高烧不退。周仓爷去请鱼头庙的大庙公来看病。在去武庙的途中，大庙公边走边数早上门诊红包，不小心掉了两包，就蹲在地上东摸西摸。定居在漳州城公爷街、年已花甲的马祖婆，这天早起梳妆、涂脂抹粉，看见鬼头鬼脑、蹲在地上的老头，心疑对方偷看自己打扮，就吩咐千里眼、顺风耳去骂，哪知道千里眼、顺风耳却将大庙公打得遍体鳞伤，三步一跛地走回鱼头庙。这一打，导致漳州的各路神明彼此误会，互相开打。枷蓝爷和康元帅带着鱼头庙的伙计们去寻仇，重伤了西桥龙眼营孔圣庙出来买米的魁生仔，"有的揪手，有的勾脚不放，拳脚如雨点打得魁生满面青肿，左脚跛拐，口中叫冤喊屈，一拐一拐的，拐回孔圣庙，连手中七吊钱都丢到塘里（后来公园戏台后鱼池就叫七星池）"①。愤怒的子路、子贡趁着胆小怕事的孔夫子不注意，从孔圣庙后门直往马坪街而去，要为魁生报仇，却又错打了来自漳州

---

① 《漳州城尪相打》，见简清水主编《中国民间故事集成·福建卷·漳州市芗城区分卷（上）》，漳州市民间文学集成编委会，1992，第18页。

东门城外凤霞宫、正要去观看歌舞表演的玄天上帝。亏得东门街的陈圣王出门劝解，又叫马公爷背着上帝公回凤霞宫。气得虎将公联络玄天上帝的拜把兄弟东岳大帝、安平村元天上帝火速行军，一起攻打漳州城东门。"登时东门城，战鼓连天，号角齐鸣，刀枪剑戟、锄头、扁挑，车杆长槌，喊杀连声，不一时，把漳州城围得水泄不通。"① 东桥亭佛祖令西桥亭佛祖赶到南山寺请老师大石佛来协助调和。大石佛平息一场场误会，责问身为一地之神的步营顶土地公，"昨天众神误会相打你到那里去？"得知土地公、土地婆昨天也在家里打架，"大石爷说：翁婆相打是私事，众人相打是公事，公事公办，私事不办"。土地公被罚"就地失职不报罪"，负担受伤的众神明的医药费。在流传于芗城区的《漳州尪相打》传说中，巷下二帝"比较好色"，巷下上帝脾气火爆，还不明是非、善于敲诈，他对孔夫子提出讲和条件："一要赔礼道歉，送烛放炮；二要请戏谢罪，热闹三日；三要送两千金锞，服药吃补。"② 巷下上帝敲诈不成，叫弟子火德神君放出风声，"公亲做不成"，就一把火烧城。直折腾到玉皇大帝派太白金星下界来调查处理。最后吃亏的又成了土地公，太白金星认为"事情发生在天后宫，天后宫的土地公是地保，没有及时做好'公亲'（调解工作），以致风波愈闹愈大，应该受罚"③。于是太

① 《漳州城尪相打》，见简清水主编《中国民间故事集成·福建卷·漳州市芗城区分卷（上）》，漳州市民间文学集成编委会，1992，第20页。
② 《漳州尪相打》，见简清水主编《中国民间故事集成·福建卷·漳州市分卷》（第一册），漳州市民间文学集成编委会，1991，第122页。
③ 《漳州尪相打》，见简清水主编《中国民间故事集成·福建卷·漳州市分卷》（第一册），漳州市民间文学集成编委会，1991，第123页。

白金星就将天后宫土地公手中的金锞，拿给了这场神明误打中最吃亏的魁星，作为赔偿。"所以，别的地方的魁星都是一手拿笔，一手拿斗，唯独漳州孔子庙里的魁星手中是拿金锞的。他舍不得拿钱去医治伤腿，所以迄今仍是跷着一只脚独立着。"① 在上述两篇异文传说中，定居漳州的各路神明无不具有世俗性特征，他们具有和人类一致的七情六欲、喜怒哀乐、爱恨情仇；人类的弱点，他们都有；人类的交友、处事方式，他们也都得心应手地使用着。可以说，两则传说最充分地印证了闽南神明传说的"世俗化"特征。

在漳州"土地公的传说"中，土地公、土地婆无不充满了民间传说的趣味性、世俗性。《九龙岭的土地公》叙述说，乾隆皇帝微服出访，伴驾的是当朝相爷、漳浦人蔡新。君臣从九龙岭经过，遇见初夏雷雨，就躲进路边小庙。雨过天晴，君臣二人向福德正神抱拳施礼，岂料土地公却因为忙不迭地起身还礼，"头戴的平顶帽掉落下来，一咕碌竟顺着斜坡滚落山涧里，被洪水一卷，无影无踪"②。土地公颓唐地跌坐在神位上，乾隆帝心里抱歉，蔡新就将帽子暂借土地公试戴，土地公戴那帽子的憨态让君臣抚掌大笑。"这土地公也十分乖巧，他心知面前站的是当今的皇上和宰相，当朝一品的帽子，竟然戴在自己这么个小小土地公的头上，如此荣耀，非同小可。便执意要定这顶帽子。当蔡新要取回帽子时，他便施神力吸住，怎么摘也摘不下来。乾隆爷心中明白这土地公要这顶戴，便说：'爱卿，人情做到底，这顶帽就

---

① 《漳州尪相打》，见简清水主编《中国民间故事集成·福建卷·漳州市分卷》（第一册），漳州市民间文学集成编委会，1991，第 123 页。

② 《九龙岭土地公的传说》，见简清水主编《中国民间故事集成·福建卷·漳州市芗城区分卷（上）》，漳州市芗城区民间文学集成编委会，1992，第 222 页。

送与尊神吧，从今往后，他便是这一方的土地了。'"① 消息不胫
而走，香火鼎盛。土地公接受了无数的供品，尝遍了山珍海味。
有位乡民认为和皇帝打过交道的土地公，身上的东西必能驱邪护
身。从此，乡民上供后，总悄悄绕到神像身后，用小刀抠挖点儿
檀香末回去。土地公每尝供品，也得忍受屁股被人抠的痛苦。由
此，漳州民间落下一句奚落人的话，"九龙岭的土地公、顾吃不
顾'尻川（屁股眼）'"。以此教育后生不要学九龙岭的土地公，
顾头不顾尾。流传于长泰县的传说《"土地公"为何手握元宝》，
叙述长泰的土地公和观音菩萨是好邻居，过了段时间，土地公怕
将来双方发生纠葛，自己不是法力无边的观音菩萨的对手，就想
挤走观音菩萨，"三番五次请观音菩萨到别的地方去普渡众生"。
观音菩萨戏弄土地公，取出"佛门如意宝贝"、金灿灿的元宝，
说换土地公的"三粒马齿沙"，土地公觉得很合算。三粒马齿沙
被观音菩萨弹入南海，海上浮起三座山，叫普陀山，观音菩萨就
去普陀山了。临行前说，元宝暂寄，日后要用时讨回。"土地公
越想越不放心，生怕元宝丢了，觉得还是握在手中较放心。于是
长泰土地公的塑像就是手握元宝。"② 流传于漳浦县杜浔镇的《土
地公怒打土地婆》，叙述土地婆贪图赌场老手柯苗"以十腿猪戏答
谢"，就自作主张"赐给柯苗赌'花会'一个字"。没想到被赌徒
耍弄。土地公气得脸色发青，眼冒金星，操起拐杖，狠狠怒打怒骂
土地婆，打得土地婆屁滚尿流。在上述三则"土地公传说"中，土

---

① 《九龙岭土地公的传说》，见简清水主编《中国民间故事集成·福建卷·漳州市
  芗城区分卷（上）》，漳州市芗城区民间文学集成编委会，1992，第222页。

② 《"土地公"为何手握元宝》，见简清水主编《中国民间故事集成·福建卷·
  漳州市分卷》（第一册），漳州市民间文学集成编委会，1991，第141页。

地公都颇具世俗性，具有红尘中的人的功利心、贪嘴、贪财，具有部分人"顾头不顾尾"的毛病，还脾气火爆，竟然暴骂、暴打土地婆。土地婆也贪图丰厚供品，为此不惜拆土地公的台。最可笑的是位居神明的土地婆利令智昏，居然被无赖赌徒欺骗，又落得一顿暴打，被人讥笑。可见，闽南民间传说中的土地公、土地婆的形象完全世俗化，连一向慈心善面、救苦救难的观音菩萨也玩起了小心机，有心戏弄土地公。闽南神明传说的世俗化特征于此可见。

* * *

闽南寺庙与神明传说具有神格化、英雄化、世俗化等重要特征。首先，神格化特征是中国寺庙与神明传说的普遍特征。闽南各地的寺庙和神明传说，莫不充满神奇性。闽南民间信仰的神明多是"人"升华为"神"，是闽南民众将一些著名历史人物和专业人士加以"神格化"。保生大帝信仰、妈祖信仰、三平祖师信仰、清水祖师信仰、开漳圣王信仰、关帝信仰等，所信仰的对象都是"人"的"神化"，体现出鲜明的神格化特征。其次，闽南寺庙与神明传说的"英雄化"特征也极其明显。闽南民间传说中的妈祖、关帝君既是海神、财神，也是战神；闽南地区产生的开漳圣王信仰、三平祖师信仰、保生大帝信仰同样将神明英雄化。究其原因，最重要的也许是闽南开拓相对较晚，在中原移民的"在地化"和当地土著的"汉化"过程中，双方都面临很多需要战胜的困难。同时，闽南依山面海的地理环境，也使闽南人面临着倭寇、山贼、流民等更多人为因素的破坏，需要克服很多困难。闽南从古至今都被作为"前线"阵地，充满"战地"色彩。这一切都是闽南神明传说体现出

"英雄化"特征背后的历史、地理和人文因素。民间信仰的"现实性"、功利性，又往往使闽南民众根据"现实需要"赋予这些"神明"英勇侠义、救苦救难的英雄形象。最后，闽南寺庙与神明传说的"世俗化"特征非常鲜明，可以说它是神明信仰与地域文化、闽南文化的结合。比如保生大帝信仰、三平祖师信仰，就是在历史发展进程中形成的，是闽南地区的地理特征、闽南人民的愿望投射于神明信仰的结果。"闽南自上古、史前就是奉蛇为图腾始祖的闽越族及其后裔'溪峒'、'峒獠'的聚居地，加之吴夲信仰产生的青礁、白礁地区是海洋渔业生产的传统地区，也是汉晋以来'水上人家'蜑（或曰疍）民的重要生活区。"① 随着汉人的"在地化"和当地土著的"汉化"，产生了中原文化和"在地"文化结合的闽南文化，闽南的宗教信仰也成为闽南社会汉人、土著的共同信仰。在闽南社会形成过程中，吴夲由乡间医生演变成地域保护神——祛病救灾的保生大帝。可见保生大帝信仰与闽南自然生态环境和闽南文化生态、社会变迁的重要关联。这些闽南地区特有的民间信仰，反过来也凸显了闽南的文化特质。徐学说："正是在对吴真人信仰及其一系列闽南特有的文化象征符号的理解与接受中，我们成为'闽南人'。文化象征符号为闽南民间社会提供了一个集体图腾与集体象征，它们能超越政治差异，阶级差别，超越各自的社会身份，使闽南人构成一个'闽南社会'。"② 闽南民众的信仰中心（闽南寺庙）与闽南民众信仰的神明，都具有这样的文化象征符号。闽南民间的寺庙与神明传说，以民间文学形式传播、演绎着这些"文

---

① 彭维斌：《闽南地域社会的成长与吴夲信仰的变迁》，《闽台文化交流》2012年第 2 期。

② 徐学：《吴真人信仰文化功能初探》，《闽台文化交流》2006 年第 2 期。

化象征符号"，凝聚了闽南族群的文化认同。

二　闽南民间传说中的妈祖形象

妈祖是在福建沿海、台湾、东南亚以及广东、海南、港澳等地受到广泛信仰的女神，被航海者、渔民视为海神、保护神，在世界各地已经有超过两亿名信众。"在海内，妈祖信仰已经成了一种社会综合力、社会凝聚力、社会向心力这三种力量的集中体现；在海外，妈祖神像则成了华夏儿女共同拥有的精神支柱，是他们漂洋过海，从故乡共同请来的保护神，是祖国母亲的具体化身。"① 据湄洲妈祖祖庙董事会编的《妈祖故事》叙述，妈祖林默娘于宋建隆元年（960）农历三月二十三日晚上出生，父亲是莆田湄洲屿上林村村民林愿。林默娘乃观音菩萨座前的弟子龙女投胎转世，出生时一声巨响，一道红光"照得林府一片红"，乡邻看见"林府房屋上空金星闪闪、红光万道"，闻得林府清香扑鼻。十六岁，默娘得到观音菩萨座前弟子善财化身的老道士指点，对着观音阁前的井把《观音经》默诵七七四十九天，得到了井内浮起的一只乌龟驮来的"无字天书"，"乃是真传玄微妙法"，默娘熟悉奥秘之后，"对海上气候的变化，都能未卜先知"②。此后默娘救人、助人、除怪，在默娘二十八岁时，观音菩萨交代她"应于重阳吉日，速回天庭"，于是在湄峰坐化升天。默娘亲人和乡亲们恸哭，玄通道士提示他们"立庙塑像，四时奉祀"，使默娘"神灵永驻人间，庇佑众生"。③ 湄洲岛出现了第一座妈祖庙。

① 周濯街：《妈祖》，团结出版社，1998，"序"第6页。
② 周金琰、许平主编《妈祖故事》，海风出版社，2009，第1～6页。
③ 周金琰、许平主编《妈祖故事》，海风出版社，2009，第42页。

妈祖也日渐成为万民信仰的神。随着妈祖信仰的普及和对妈祖研究的发展，已经形成了具有深远影响的妈祖文化。在福建省，设有多处、多样化的妈祖文化机构，如福建省妈祖文化研究会、福建省妈祖文化传承与发展协同创新中心等，莆田学院更是设立妈祖文化研究院、省社科研究基地妈祖文化研究中心，上述机构还与湄洲岛妈祖祖庙董事会联合举办学术会议。① 闽南是深受妈祖文化熏陶的地区，在闽南地区，供奉妈祖的庙宇有二百余座，泉州天后宫、厦门林后青龙宫、龙海浯屿天妃宫、漳浦乌石天后宫等都是非常著名的妈祖宫。在闽南民间文学创作中，妈祖也成为人民群众集体想象的重要文化资源。闽南民间文学在妈祖文化的想象、传承中占据重要地位。笔者试对闽南民间文学中的妈祖形象做出梳理和论述。

（一）助战平台、护国佑军的战神和英雄神形象

闽南民间文学所建构的妈祖形象，最突出的是助战平台、护国佑军的战神和英雄神形象。闽南在郑成功收复台湾、施琅平台过程中都发挥过重要作用。妈祖在闽南民间文学中也成为帮助郑成功收复台湾、帮助施琅平台和统一祖国的重要神明。

综观闽南民间文学，妈祖施展神力帮助施琅平台的传说较多。刘汉宗、王雄铮任责任编辑的《中国民间故事集成·福建

---

① "首届妈祖文化高峰论坛——2015 年国际妈祖文化学术研讨会"，于 2015 年 10 月 31 日～11 月 2 日在莆田市举行，由中国社会科学院历史研究所、莆田学院联合主办。"第二届妈祖文化高峰论坛——2016 年妈祖文化国际学术研讨会"，于 2016 年 10 月 30 日～11 月 4 日在湄洲岛举行，由福建省妈祖文化研究会、莆田学院、湄洲岛妈祖祖庙董事会等机构联合主办。"第三届妈祖文化高峰论坛——2017 年国际妈祖文化学术研讨会"，于 2017 年 11 月 30 日～12 月 4 日在湄洲岛举行，由中国社会科学院历史研究所、福建省妈祖文化研究会、莆田学院等机构联合主办。

卷·漳州市分卷》（第一册）收录了9则"宫前妈祖的传说"，卢奕醒、郑炳炎编的《揽胜美漳州：漳州旅游景点民间传说》收录了7则"宫前妈祖庙的传说"，基本上属于妈祖帮助施琅平台的故事。其中《涌泉济师》《宫前誓师》《梦示神机》《海滩清泉》《晋封天后》就直接表现了妈祖对施琅大军平台的重要作用。《涌泉济师》叙述康熙二十一年（1682）十月，施琅老将军奉旨东征，水师集结铜山岛，约四万人马驻扎平海澳，但因朝廷内迁政策，水源奇缺，只有宫前天妃庙前的一口古井还有水源，供百口渔民饮用。施琅将军率领文官武将、全体士卒焚香跪拜，祈求天妃相助，"使甘泉源源不绝，以足军需"。"祝祷完毕，施将军命令军士淘井，还没挖几尺深，泉水忽然汩汩涌出，水味甘洌无比，三军欢呼称奇，都感激天妃灵验。这口水井，从早到晚地汲水，足以供四万人日常饮用还有剩余。于是施将军大喜，欣然提笔写《师泉井记》，刻石立碑，树于井畔，以志不朽。"①水师东征后，井水日供水量恢复从前。《宫前誓师》叙述施将军东征之前，率领十万舟师在天妃宫前祭祀海神，祈求天妃显灵，天神助战，统一台澎。祝祷完毕，东南风起，帅旗飘扬，旌旗猎猎，正是出发平台所需的信风，十万甲胄拜倒宫前。《梦示神机》叙述署左营千总刘春得天妃梦召，天妃又指挥神兵神将在会战中为清军助战，使刘国轩撤退澎湖。《海滩清泉》叙述清军水师进驻澎湖诸岛，岛上水源少。蓝理信仰天妃神威，率领麾下将校士卒齐跪沙滩祷告，请求天妃赐给甘泉。果然，在海潮退下后，缺水的

---

① 《宫前妈祖庙的传说》，见卢奕醒、郑炳炎编《揽胜美漳州：漳州旅游景点民间传说》，吉林出版集团有限责任公司，2014，第120页。

军旅扒开沙层求水，得到甘甜无比的淡水。《晋封天后》叙述统一台湾后，靖海侯施琅将军官居福建提督，念念不忘宫前天妃显灵助战破敌之恩，就上表请皇恩崇加敕封，如实诉说，"宫前天妃如何枯井涌泉、梦召刘春、澎湖助战和沙滩得泉的种种灵迹，陈说这次东征，得以胜利凯旋，完成版图的一统，没有神明的庇护，是难以成功的"①。康熙皇帝见表，御笔敕封天妃为"护国庇民昭灵显应仁慈天后"。康熙二十三年，皇上派钦差、礼部郎中雅虎到湄洲和宫前（当时称为平海）诣庙致祭，御赐十棚大戏，以资庆祝。刘汉宗、王雄铮责任编辑的《中国民间故事集成·福建卷·漳州市分卷》（第一册）收录的9则"宫前妈祖的传说"，增加了《初战告捷》《天妃助战》两则故事。这两则故事都突出蓝理英勇无畏、救护主帅、赢得战争，凸显了天妃助战的重要性。在《天妃助战》中，蓝理遵照医嘱，卧床七日养伤。三日后会战，双方相持不下，不料施琅座舰触礁搁浅，被郑军团团围困，刘国轩组织炮火猛烈轰击，情况危急。"就在这时，施琅船上将士们都看见云端有旌旗出现，天妃的凤辇若隐若现，海面又有两员神将，足踏波浪，指挥神兵助战"。"与此同时，蓝理正卧在舱内养伤，梦寐之中，忽听有人急呼：'主帅有难，蓝将军速速救援！'蓝理霍然站起，不听左右劝阻，传令驾船往救。蓝理的船帆上，书写姓名、官爵，与众不同，只大书'蓝理'二字，每字有两丈见方，从海上远观异常醒目，郑军日前早已听说过蓝理勇猛善战，远远看见他的战舰乘风破浪，迎面冲来，都惊呼：

---

① 《宫前妈祖庙的传说》，见卢奕醒、郑炳炎编《揽胜美漳州：漳州旅游景点民间传说》，吉林出版集团有限责任公司，2014，第126页。

'不好啦！蓝理杀来了！'因而纷纷闪开，蓝理冲进重围，斩将夺船，将郑军船上将士赶尽杀绝后，就请施琅换船。""由于蓝理一再挫败郑军水师，又有天妃显灵，天兵助战，刘国轩知道大势已去，无可挽回，就收拾残兵，撤离澎湖。"① 在上述妈祖助施琅将军平台传说中，妈祖法力广大，屡次为施琅大军解决饮用水问题，在大军誓师东征时，又及时送来东南信风，为东征台湾、统一两岸提供了必不可少的条件。妈祖"梦召"刘春，"天妃昭示：施帅东征，顺应天时，下符民意，所向无敌"②，又在心理上安定了军心，增强了施琅和麾下将士成功平台的信心。在澎湖会战中，妈祖又亲自指挥神兵神将为施琅解困，为施琅水师助战，使郑军溃败。台湾郑氏政权请降，妈祖助战的作用不可小觑。

妈祖助国姓爷收复台湾的传说，在闽南民间文学中还较为少见。厦门民间故事中有一则《妈祖的传说》，叙述莆仙人随郑成功东征，将湄洲妈祖神像带往台湾。"据说鹿耳门一役，潮水破例高涨一丈多，使郑军战船能顺利入港，大破红毛荷军，收复台湾，就是妈祖显灵，神威相助。"③ 这则厦门的"妈祖传说"对妈祖助战只是略略带过。在闽南民间文学中，郑成功东征台湾，驱逐荷军，光复故土，有保生大帝（闽南人称"大道公"）、关帝

① 《宫前妈祖的传说》，见简清水主编《中国民间故事集成·福建卷·漳州市分卷》（第一册），漳州市民间文学集成编委会，1991，第102页。
② 《宫前妈祖的传说》，见简清水主编《中国民间故事集成·福建卷·漳州市分卷》（第一册），漳州市民间文学集成编委会，1991，第103页。
③ 《妈祖的传说》，见谢华、谢澄光主编《中国民间故事集成·福建卷·厦门市分卷》，厦门市民间文学集成编委会，1991，第29页。

和妈祖等多位神的相助。在《郑成功借殿征红毛番》这则民间传说中，郑成功北伐失利，退守铜山（今东山）、厦门、金门诸岛，产生了收复台湾的念头，但诸将校并不支持。郑成功得到台湾通事何斌送来的台湾海图，始上下一心，决意成就光复故土大业。工官冯澄世被国姓爷授命半月之内打造百艘渡海战舰，但因为铜山、金门、厦门缺乏良材巨木而为难万分。家住海沧乡青礁村的小军校冲口说出向青礁村慈济东宫借殿的意见。国姓爷得到工官报告，采纳意见，带领将校罗拜在中殿的丹墀之下，焚香虔诚祷告，"今欲率师东渡，跨海征番，驱逐红夷，光复台湾，赶造战舰，惟欠良材，敢请尊神允诺，暂借两殿良材，以应军需，班师归来之时，定然重建两殿。成功盟誓，天人共鉴，神果许诺，祈赐圣杯"①。国姓爷连掷三杯都是上杯，得大道公允诺，造成战舰，并虔诚雕塑大道公神像，请上舰船。东征在即，国姓爷移师集结铜山港，又向水操台旁的关帝庙的关帝神像拈香祷告，得到"百千人面虎狼心，赖汝干戈用力深；得胜回时秋渐老，虎头城里喜相逢"的上吉好签，吃了定心丸。遥望鹿耳门，国姓爷设香案祷告："祈祷皇天并达列祖，假我潮水，行我舟师。"祝祷完毕，水位加涨一丈多，国姓爷战舰千帆竞渡，向鹿耳门鱼贯而入。守"赤嵌城"的酋长猫唯实叮命令荷军开炮拦截，可是万炮齐暗。"正在这时，双方军士都看见一位金甲尊神站在巨鲸背上，乘风破浪地从鹿耳门迂回游荡而进，后面跟随国姓舟师鱼贯而行。此时此刻，国姓舟师万炮轰鸣，旌旗飘扬，郑字大旗高树主

---

① 《郑成功借殿征红毛番》，见简清水主编《中国民间故事集成·福建卷·漳州市芗城区分卷（上）》，漳州市民间文学集成编委会，1992，第110页。

舰旗杆之上，迎风猎猎飞扬，众舰只尾随首舰奋勇前进，忽而向东，忽而转北，都按照首舰航道而行，尽不从炮台旁边经过。"①猫唯实叮知道对方有天神助战，自愿献出"赤嵌城"投降。"红毛番的揆一王"妄想凭借热兰遮城负隅顽抗，被国姓爷的忠贞军围困八个月，终于投降。这时正好十月，是"秋渐老"之时。东征将士不忘诸神庇护的崇恩，"除在台南登陆地点——学甲镇，仿造一座慈济宫，以答谢大道公之恩典外，以后还在他们落籍定居的村社，普遍建造关帝庙、天妃宫、慈济宫，永志不忘神恩"②。可见，在郑成功收复台湾的民间传说中，有多位神明鼎力相助。郑成功不忘神明助战驱逐荷兰殖民者的功绩，在台湾筑造庙宇，传播祖国大陆文化的史实，也被多国学者所熟知。日本学者松尾恒一即阐述说："郑成功以'反清复明'为己任，在台湾打败了荷兰人，建造了台湾第一个天后宫——鹿耳门天后宫。"③这则民间传说也说明了大陆移民开拓台湾、祖国神明东迁台湾的史实，说明了台湾文化与祖国大陆文化一脉同源的事实。

综观上述民间传说，妈祖可谓神力广大，是一位护国佑君的正义之神、爱国之神。当国家领土被外国侵占、两岸分裂时，妈祖都站在正义一边，保家卫国，所以在郑成功收复台湾、施琅平台的民间传说中，妈祖都发挥过重要的助战作用。可以说，闽南

---

① 《郑成功借殿征红毛番》，见简清水主编《中国民间故事集成·福建卷·漳州市芗城区分卷（上）》，漳州市民间文学集成编委会，1992，第111页。
② 《郑成功借殿征红毛番》，见简清水主编《中国民间故事集成·福建卷·漳州市芗城区分卷（上）》，漳州市民间文学集成编委会，1992，第113页。
③ 〔日〕松尾恒一：《明代后期日本的国际关系和妈祖信仰》，梁青译，载《2017年国际妈祖文化学术研讨会论文汇编》（上），第145～146页。

民间文学最突出的妈祖形象即助战平台、护国佑军的战神、英雄神形象。由于闽南地区是国姓爷光复台湾、施琅统一两岸的重要基地，因此闽南民间文学赋予妈祖以助战平台的神迹传说，也使之成为最富于地域文化特色的特殊妈祖形象。此外，妈祖在国姓爷光复台湾和施琅平台中所起的作用不同。在施琅平台传说中，妈祖发挥了至关重要的作用，是平定台湾、统一两岸的保障力量。但国姓爷光复台湾，凸显的是大道公、关帝爷、妈祖等多位神明的作用。这说明妈祖信仰随着历史的推展，在信众心中日益加强，以及妈祖文化在中国宗教文化中的地位的提升。

（二）护土庇民、降妖除怪、有求必应、大慈大悲的海神形象

护土庇民、降妖除怪、有求必应、大慈大悲的海神形象，是妈祖在两亿名信众心中普遍的神明形象。湄洲妈祖祖庙董事会汇编的《妈祖故事》所收录的多则民间故事，就体现了妈祖的这种普遍神明形象。《焚屋引航》《化木护舟》《引避怡山》等是妈祖为海上被困的船只引航的故事，体现了妈祖保护航运安全的神性。《妈祖故事》还收录多则妈祖降妖除怪的故事：《玦杯镇龟》叙述妈祖镇压龟精；《降服应佑》叙述妈祖降服嘉应、嘉佑俩海怪；《收复晏公》叙述妈祖收服东海海怪晏公；《割臂降妖》叙述妈祖宰杀蛇精、龟精；《智收两怪》叙述妈祖收服千里眼和顺风耳等。《圣泉救疫》《云船救难》《陈安抗粮》等故事，显示了妈祖有求必应的神性。以上民间传说无不体现了妈祖大慈大悲的神性。

妈祖在海内外亿万信众心中普遍的神明形象，也体现于闽南民间文学的建构中。漳州东山的系列"宫前妈祖庙的传说"中，有一则《剿灭红毛番》故事，叙述崇祯七年（1634），平海澳的海面驶来几艘双桅大番船，红毛发、绿眼珠、勾鼻子的番兵蜂拥

登岸，开枪示警，吓得渔民纷纷逃进妈祖庙恸哭磕头，祷告妈祖显灵保庇。红毛番挨家洗劫，见男人开枪，见妇女捆绑，送到大番船。"正在呼天叫地、万般无奈之时，忽然间，狂风怒号，黑云滚滚，海浪滔天，番船像蛋壳似地在惊涛骇浪中颠簸。天黑得伸手不见五指，一时不知从哪里飞来一群神鸦，只只口衔着火种，纷纷扔向番船。霎时间，只见船帆着火了、桅杆起火了，甲板在燃烧，狂风助火势，照亮了黑暗的海空。只听得番船上的红毛鬼惊恐万状、鬼哭狼嚎，无处逃生，纷纷跳下海里，却一个也活不了，全给狂浪卷去喂海鱼了。"①"驳船"上的番鬼赶紧拨转船头，逃上岸。徐一鸣将军指挥明朝官兵赶到，和拿着锄头、扁担、渔叉的平海青壮渔民合力战斗，将番鬼歼灭在海滩上。在这则民间传说中，妈祖保土安民、庇护渔民，帮助明朝官兵和平海渔民歼灭红毛番，也体现了妈祖有求必应、慈悲为怀的海神形象。流传于台湾鹿港、闽南一带的《妈祖借风烧荷夷》，也展示了妈祖护土庇民、有求必应、慈悲为怀的神明形象。

明末清初，荷兰红毛蕃占领台湾。红毛鬼子烧杀掠淫，无恶不作，从而激起了台湾人民的反抗。

有一天晚上，北风呼啸，人们正在屋里围火取暖之际，忽然火光冲天，人声鼎沸。原来是荷兰红毛蕃在鹿港一带打家劫舍，人们只得扶老携幼望南逃难。但是，大火顺着风势，很快地向南漫延而来，顿时，两旁的街店成了一片火海。

人们纷纷涌向妈祖庙，祈求妈祖娘娘保护众生，说也奇

---

① 《宫前妈祖庙的传说》，见卢奕醒、郑炳炎编《揽胜美漳州：漳州旅游景点民间传说》，吉林出版集团有限责任公司，2014，第119页。

怪，人们刚刚祈求完毕，一时，北风顿减，转刮南风，熊熊的火焰霎时反而向北烧去，把追向人们的荷兰红毛蕃烧得焦头烂额，狼狈不堪。

从此，妈祖"借风烧荷夷"的故事流传下来了。①

上述两则民间故事中的妈祖在海峡两岸护土庇民、有求必应，在外国殖民者侵扰中国领土时，妈祖都发挥神力，给侵略者以沉重打击。

妈祖在信众心目中一直就是海上保护神，闽南民间文学也展示了妈祖信仰中的海神形象。收录于《中国民间故事集成·福建卷·石狮市分卷》的一则民间故事《妈祖娘娘救番客》，叙述一批番客从泉州港乘坐大帆船往南洋，到了七洲洋突遇恶劣天气。天空乌云密布，电闪雷鸣，狂风暴雨，一阵横风打过来，整条船都向一边倾斜，船帆的绳索又被风刮得缠绕在一起了，船帆降不下来，船就要被风暴打翻了。船老舵大声呼叫："妈祖娘娘救命，妈祖娘娘救命啊！""就在这危急关头，只见天空中豪光灿烂，一朵祥云飞了过来。云端上坐着妈祖娘娘，她轻轻地把手中的拂尘一甩，'噼'的一声，那桅杆断了，连船帆一起掉进海里，船马上平复了过来。""这时，妈祖娘娘又用拂尘一招，船头出现了一条金光闪闪的海道。那船顺着这海道，径直地飞快漂了过去，终于在一个小岛上靠岸了。"② 神鸟又叼来食物，风浪平息后，番客

---

① 《妈祖借风烧荷夷》，见王允澄主编《中国民间故事集成·福建卷·石狮市分卷》，石狮市民间文学集成编委会，1991，第 14 页。

② 《妈祖娘娘救番客》，见王允澄主编《中国民间故事集成·福建卷·石狮市分卷》，石狮市民间文学集成编委会，1991，第 569 ~ 570 页。

们修船继续南行，"后来，他们到达了南洋，就在各地修起了妈祖娘娘庙"。《妈祖娘娘救番客》不仅展现了妈祖娘娘保护航海、救苦救难、有求必应、大慈大悲的神明形象，也通过民间故事说明了妈祖香火和妈祖文化传播东南亚的历史史迹。

妈祖降妖除怪的神迹在闽南民间传说中也有所呈现。有一则流传于石狮市的民间传说《六胜塔》，叙述"六胜塔"的建造由来。唐朝林銮在石湖建渡以来，石湖港来往船只较多，两个妖怪在海中兴风作浪，使船只沉海，再抓人去吃。金钗山上东岳寺的两个得道高僧祖慧和宋什，就祈求妈祖娘娘收服两怪。"一天，这两个妖怪又出现在海面上，又要残害生灵了。这时，妈祖娘娘便祭起两道铜符，顿时变作两道金光直奔两个妖怪，把他们逼得无处可逃，便跪倒叩求妈祖饶他们性命，并保证把他们收去看门，这就是妈祖身边的千里眼和顺风耳。"① 祖慧和宋什四处募缘，在金钗山上建起五层宝塔为过往船只引航。吕洞宾去龙宫借宝，海龙王献出夜明珠安装在塔顶，夜里发出的万道光芒使夜航船只不再迷航。六胜塔成为泉州湾口的重要航标。千里眼和顺风耳是妈祖信仰中的辅佐神，在各地都有妈祖降服两怪的民间传说。闽南民间文学结合闽南名胜古迹六胜塔的传说，对妈祖收服千里眼和顺风耳的故事加以想象，更增加了这则除妖降怪故事的文化魅力和历史韵味。

可以说，亿万信众心中这种护土庇民、降妖除怪、有求必应、大慈大悲的普遍神明形象、海神形象，也是闽南民间文学所

---

① 《六胜塔》，见王允澄主编《中国民间故事集成·福建卷·石狮市分卷》，石狮市民间文学集成编委会，1991，第158页。

想象的妈祖形象。对妈祖护土庇民、降妖除怪、有求必应、大慈大悲这种超能力（神力）的想象和建构，与闽南民间文学中的关帝形象、三平祖师公形象等，并无多少区别。妈祖形象的特殊性，是她作为"海神形象"被建构。在闽南民间文学中，妈祖降妖除怪，妖怪往往是在海里兴风作浪的海怪；妈祖救苦救难，救助的往往是受难的渔民、渡海的过番客；妈祖保土庇民，打击的往往是从海上而来的红毛番、荷夷。总之，一切都与海洋相联系。闽南民间文学中的妈祖传说，最富于启示意义的是，它从民间神明传说的角度表现了古代中国与海洋世界的关联，反映了中国东南沿海民众向世界移民的历史，反映了中华文化（包括妈祖文化）向海外和台湾地区传播的历史。

（三）助人救人、聪明智慧、爱美的超人、女神和才女形象

上述闽南民间文学中助战平台、护国佑军的战神、英雄神形象和护土庇民、降妖除怪、有求必应、大慈大悲的海神形象，都体现了妈祖作为神明在信众心中的崇高地位。在闽南民间文学中，还有一些故事体现了妈祖形象的多面性。

其一，展现了妈祖默娘尚为凡人之时就有勇敢善良、救人助人的高尚品格，建构了林默娘精通水性、引航护航、治病救人的超人形象。例如，厦门的民间故事《妈祖的传说》中，林默娘善良聪明，精通水性，"熟悉港湾礁石地形，掌握潮水风浪情况。每遇海上有风暴险情，她就单身驾小舟勇闯海面，引导遇险的船舶到安稳的地带避难，等风平浪静后，又引导回原来航线。常年累月，保护来往船舶的安全，因此渔民对她都十分感激和尊敬，加上她精通草药，能为百姓治病，为人孝敬父母，和睦邻里，故人都称她为神姑"①。《泉州十八景故事传说》中的第十景"天后流芳",也突出妈祖默娘身为凡人时就具备神通,指导航运、保护渔民和商民、助人救人的慈悲形象。"在默娘的指点下,航船能避开风浪浓雾,安全行驶,顺利往返;做生意的生意兴隆,打渔的出海,鱼虾满仓满载。外国来的蕃船遇到坏天气,也靠林默娘引航,不触礁不迷航不搁浅。"② 闽南民间传说中的湄洲岛姑娘林默娘,生前就精通水性,无私帮助海上航行的商船、商民和出海捕鱼的渔船、渔民,为乡邻服务。默娘的品行感天动地,逝世后成为万民信仰的妈祖神,继续发挥着保护漕运、庇护渔民的神力。

其二,在闽南民间传说中,妈祖形象还有比较特殊的面貌,富于智慧,富于女性味,体现了妈祖作为女神的那一面特质。比如《漳州尪相打》《二圣斗法》。《漳州尪相打》流传甚广,至今被人津津乐道。它叙述漳州新武庙关帝君眼睛红肿,请"渔头庙"的大道公治病。大道公赚到大红包,回庙路上拿出钱边走边数,在天后宫门前失手掉了几文铜钱。大道公近视,就弯下腰去摸铜钱。"这时候,天后宫的妈祖婆刚刚起床,坐在镜台前梳妆

---

① 《妈祖的传说》,见谢华、谢澄光主编《中国民间故事集成·福建卷·厦门市分卷》,厦门市民间文学集成编委会,1991,第28页。

② 黄锡均:《泉州十八景故事传说》,远方出版社,2003,第78页。泉州十八景分别为:开元寺(景名"双塔凌空")、崇武古城(景名"崇武听涛")、洛阳桥(景名"洛阳潮声")、府文庙(景名"文庙生辉")、牛姆林(景名"牛姆探幽")、清水岩(景名"清水仙境")、清源山(景名"清源鼎峙")、西湖公园(景名"西湖烟霞")、深沪湾(景名"深沪海韵")、天后宫(景名"天后流芳")、黄金海岸(景名"黄金海岸")、仙公山(景名"仙公观日")、岱仙瀑布(景名"岱仙飞瀑")、郑成功史迹(景名"成功丰碑")、蔡氏古民居(景名"古厝大观")、安平桥(景名"安平飞虹")、东湖公园(景名"东湖荷香")、涂门街。

打扮。忽然间，她从镜子里看到背后有人低着头在往上望，认为是在偷看她梳妆，就叫她的手下千里眼和顺风耳出去查看。千里眼和顺风耳来到门前一看，嗬！原来是大道公，就大骂起来：'好！你这个五枝须仔（指行为不端的人），竟敢在这里偷看查某（妇女）梳妆，不知羞耻！'"① 大道公被打得哀父叫母，还不知为何挨打。这一打，导致漳州的各路神明彼此误会，互相报仇，闹得不可开交。直到太白金星下凡处理，才平息事态。《漳州城尪相打》故事基本一致，略有出入，是一则《漳州尪相打》的异文。叙述漳州西门古武庙的帝君神，因为年老岁高，禁不住七月卅天"天天斗酒，夜夜看戏失眠"，阴阳火齐起，高烧不退。周仓爷去请鱼头庙大庙公看病。大庙公在去武庙的途中，边走边数早上门诊的红包礼，不小心掉了两包，老眼昏花的大庙公就蹲在地上东摸西摸。年已花甲的妈祖婆在漳州城公爷街定居，"这样在漳州城这个花果乡时间一久，难免学一些城里风气，出出风流，装饰一身体态，每天要换几件新时装衣服，洗梳三四次头发，涂一点胭脂香粉"② 。这天早起梳妆，刚好看见一个老头鬼头鬼脑地蹲在地上，妈祖婆心疑对方偷看自己打扮，很生气，就吩咐徒弟千里眼、顺风耳去骂几句。哪知道千里眼、顺风耳不懂婉转言语，理由也不说，拳打脚踢。大庙公遍体鳞伤，三步一跛走回鱼头庙。这一打，导致漳州的各路神明彼此误会，互相开打。这两则"漳州尪相打"的异文传说，大道公（大庙公）赚钱，重视钱财，

---

① 《漳州尪相打》，见简清水主编《中国民间故事集成·福建卷·漳州市分卷》（第一册），漳州市民间文学集成编委会，1991，第120页。

② 《漳州城尪相打》，见简清水主编《中国民间故事集成·福建卷·漳州市芗城区分卷（上）》，漳州市民间文学集成编委会，1992，第17页。

又被误会而挨打。妈祖婆体现女性爱美的天性，又多疑、生气，也颇具女性性格特点。在《二圣斗法》的故事中，因为龙海白礁村的吴夲医术高明，逝世后被天庭封为"保生大帝"，保护闽南百姓无病无灾。这一来，就使龙海的瘟神无以为生。湄洲岛的林默娘护航救人，逝世后被天庭封为"天上圣母"，继续保护航运，也使龟精无法生存。它们就要诡计使妈祖和保生大帝彼此斗法，但两圣识破诡计，趁机除掉两个妖怪。这则民间故事体现了妈祖洞悉诡计、智慧除怪的神性。

此外，在闽南民间文学中，妈祖还被建构为才女形象。在《出对策读》中，妈祖即走下神坛，化身为才女，出对策读，帮助漳浦士子林士章高中进士。殿试时，嘉靖皇帝出题考新科进士："扇中柳枝，日日摇风枝不动"，林士章想起赴考途中遇到的红衣女子的下联"鞋头梅花，朝朝踢露花难开"，立刻抢答。皇帝大悦，又觉词意脂粉味浓，随口笑道："爱卿真是个探花郎啊！"林士章机灵跪谢"隆恩"，皇帝发觉失口，但君无戏言，只得点林士章为"探花"。林士章回到惠安县水曲村他歇脚并祈求过的妈祖庙拜谢妈祖，才发现途遇红衣女子正是妈祖。林士章三跪九叩，把妈祖神像奉回漳浦，尊为"姑婆祖"，这尊"姑婆祖"成为漳浦妈祖庙的正身菩萨。这则收录于《妈祖故事》中的闽南民间传说，想象了漳浦奉祀妈祖的源头。故事中"出对策读"的妈祖，被建构为才艺非凡又善解人意的才女形象。

* * *

妈祖在世界各地拥有亿万信众，妈祖文化也被人们以各种渠道

宣扬。闽南民间文学也是妈祖文化传播的一种渠道。闽南民间文学
建构了多面向的妈祖形象，主要体现为助战平台、护国佑军的战
神、英雄神形象，护土庇民、降妖除怪、有求必应、大慈大悲的海
神形象，助人救人、聪明智慧、爱美的超人、女神和才女形象。闽
南民间文学所建构的妈祖形象，具有中华神明普遍的神力、神迹，
也体现了闽南地域文化对闽南地区的妈祖信仰的浸染。战神、英雄
神形象的塑造，就与闽南地区在郑成功收复台湾和施琅平台中的特
殊作用有关。将妈祖想象为智慧聪明、爱美、富于才华的才女、女
神形象，与漳州地区花果飘香的地方特征有关，也与漳州儒风盛行
有关。最重要的是，这种女神形象更与闽南地区的女神信仰有关。
闽南民间信仰文化体系中有非常有特色的女神信仰，闽南女神主要
有妈祖、观音菩萨、夫人妈、泰山妈和张英祖姑等。在很多神祇庙
堂中还有男性神灵的配偶女神，如土地婆、开漳圣王柔懿夫人、辅
胜公妈等，这些女性神灵虽是某一庙宇男性主神的附庸，是传统男
权社会主流意识建构的宗教信仰的体现①，但也反映了闽南女神信
仰的普遍性。正是闽南地区的女神信仰，使闽南民间文学中的妈
祖形象富于慈善聪慧、爱美的女性性别特征。不过，闽南地区的
女性信仰较多地崇拜神明扶胎保育的神性。郑镛在其著作《闽南
民间诸神探寻》中，重点描述了闽南女神诸如泰山妈、夫人妈和
张英祖姑在扶胎保育方面的庇佑功能，提出闽南族群的女神信仰
主要崇拜其扶胎保育的神力神功。② 但闽南民间文学中的妈祖形
象，却并不重视其扶胎保育的神性。妈祖形象既有女性特征，又

① 黄耀明：《闽南女神民间信仰与社会性别文化建构——以妈祖文化崇拜为中心》，《山西师大学报》（社会科学版）2013 年第 1 期。
② 郑镛：《闽南民间诸神探寻》，河南人民出版社，2009，第 158 页。

具有男性英勇无畏、保境安民、助战佑君的战神、英雄神特征，还被建构为保护海运、保护渔民的海神形象，可谓多种神性的综合。这使闽南民间文学中的妈祖形象所呈现的妈祖信仰，在闽南女神信仰中具有相当大的特殊性。

第二节　闽南人物传说

在闽南地区的民间传说中，人物传说占据相当大的比重。被传说的人物，或者是历史上功绩卓著的著名人物，如郑成功、陈元光等；或者是名垂青史的志士、大儒，如黄道周、朱熹；或者是著名的才子、名士，如欧阳詹、李贽；或者是出名的机智人（这类人不一定真实存在），如白贼七……综观闽南民间人物传说，功、名、才、奇是人物得以在民间被传说的重要条件。本节笔者试以漳州民间社会的陈淳、黄道周传说和泉州的才子、名士传说为考察对象，探讨闽南民间传说所呈现的人物形象特征。

一　漳州民间传说中的陈淳、黄道周形象

陈淳、黄道周是漳州民间传说中两位非常重要的文化名人，他们可谓古代漳州的文化"名片"，在百姓中具有很高的威望。从民间文学角度对漳州历史上的两位文化名人形象进行考察，具有重要意义。

（一）"神笔"画家、慈父及理学家：漳州民间传说中的陈淳形象

陈淳（1159～1223），字安卿，号北溪，世人称为"北溪先

生",为南宋著名理学家,著有《四书性理字义》《北溪字义》《北溪语录》等,编纂《启蒙初诵》《训蒙雅言》等,有《北溪全集》四十五卷传世。《宋史·道学四》记载陈淳生于"龙溪龙洲里"(今属漳州市龙文区朝阳镇石井村蓬洲社),地处九龙江北溪渡口。据世系考证,陈淳为"开漳圣王"陈元光后裔,系开漳始祖陈政的第二十世孙。① 陈淳是朱子理学最有力的阐述者、推动者之一,所以"正史"中的陈淳与朱熹关系紧密,"《宋史·陈淳传》把大部分的文字都放置在如何与其师朱熹切磋理学学问上"②,亦即在"正史"里,陈淳主要作为理学家名垂青史。但在漳州民间传说中,陈淳虽对程朱理学融会贯通,但其理学家身份并不突出。漳州民间流传的多则陈淳传说,建构了多面向的陈淳形象,特别突出他擅长丹青的画家身份,"有'神笔陈北溪'的美誉"③。

首先,爱憎分明的"神笔"画家形象,是漳州民间传说最突出的陈淳形象。有关的民间传说有《画稿作嫁妆》《没猫也没"加令"》《陈北溪再画也无这只猫》《画鼬送鸡》《画月赠朱熹》《草鞋印草鱼》《满扇冷风》等。

陈淳爱护家人的方式之一,以及与师友交往的重要方式,就是赠画。这符合他画家的身份。民间传说中多则向师长朱熹、女

---

① 康永远、沈少辉:《陈淳世系衍派初考》,见陈支平、叶明义主编《朱熹陈淳研究》,厦门大学出版社,2014,第532~535页。
② 钟建华:《朱熹陈淳理学思想对漳州民俗的影响》,见陈支平、叶明义主编《朱熹陈淳研究》,厦门大学出版社,2014,第278页。
③ 《陈北溪先生》,见简清水主编《中国民间故事集成·福建卷·漳州市分卷》(第二册),漳州市民间文学集成编委会,1992,第424页。

儿女婿赠画的故事，体现了陈淳亲切、慈爱的一面。在《画稿作嫁妆》这则传说中，陈北溪画的旭日初升图，在严冬天气挂在厅堂上，"满屋亮堂堂、暖洋洋的，连门前大埕上也撒满阳光，湿谷子铺在地上，没半天全晒干了"①。婆婆不懂画稿珍贵，将之当柴烧。陈北溪的女儿伤心地对婆婆说："阮老爸的画是神笔画，画鸟会唱歌，画鱼会游水，画花花会香，画猫会捉老鼠，现在却全被烧光了。"② 婆婆这才后悔将新媳妇的五箱笼嫁妆——陈北溪先生的画稿当柴火烧掉。民间传说《没猫也没"加令"》也凸显了陈北溪神乎其神的画技。故事叙述陈北溪的女婿好奇地将红漆木箱中的两幅画一一挂出来欣赏。画上的加令鸟竟然跳到地上觅食，另一幅画中的金丝猫"从画上扑下来"，"两只锋利的前爪一下就抓住了加令鸟，可怜的小鸟朴楞朴楞地在地下挣扎着，嘴里还哀叫道：'阿兄救我！阿兄救我！'"③ 陈北溪的女婿本能地去抢救加令，操起扁担失手打死了金丝猫，加令鸟也没救活，因此传下闽南谚语"没猫也没加令"，形容什么都没了。在《陈北溪再画也无这只猫》这则传说中，陈北溪的女儿哭诉家里老鼠闹得凶，陈北溪就给小夫妻一个竹篮，交代路上不要打开。但女婿忍不住好奇心偷偷掀开竹篮盖，不料，"一只白肚皮黑猫窜了出来，撒开四腿沿

---

① 《陈北溪先生·画稿作嫁妆》，见简清水主编《中国民间故事集成·福建卷·漳州市分卷》（第二册），漳州市民间文学集成编委会，1992，第425页。

② 《陈北溪先生·画稿作嫁妆》，见简清水主编《中国民间故事集成·福建卷·漳州市分卷》（第二册），漳州市民间文学集成编委会，1992，第425页。

③ 《陈北溪先生·没猫也没"加令"》，见简清水主编《中国民间故事集成·福建卷·漳州市分卷》（第二册），漳州市民间文学集成编委会，1992，第427页。

着田野跑掉了。再打开篮盖一看，竹篮里只剩下一张白纸"①。夫妻俩回头再央求陈北溪先生，陈北溪摇头叹息，他再也画不出更好的猫了。在《画鼬送鸡》中，陈淳画的大黄鼬（黄鼠狼）从白纸里窜出，"钻进草丛里，转眼就逃得无影无踪了"②。黄鼬还能每天叼来鸡，带到榕树后。在上述几则陈北溪传说中，陈北溪的画作非常神奇，犹如神话中的"神笔马良"。他画的太阳发出光热，能晒谷子；他画的鸟儿能与人打招呼，还下地觅食，画的猫儿扑下地面抓鸟；他画的黄鼠狼能叼鸡。总之，陈北溪笔下有神，所画的动物、景物不仅都能成为活物，而且能传达出画家本人的精神意志。《画月赠朱熹》这则民间传说，就更能体现陈淳画稿的神奇和他作画的神韵、自然、洒脱了。在故事中，陈北溪进城，住在东桥亭佛祖庙内，朱熹去看望他，言谈中就请陈淳画一幅月亮图。朱熹多次派人去取画，陈淳看看天上的月亮，一再说过几天来取。来差哭丧着脸，请陈淳画一幅交差。陈淳也体会到朱熹迫切的心情，就铺开宣纸，"仰起头凝神注视天上月亮一会儿，就从地上拾起一撮甘蔗渣，饱蘸了墨汁，龙飞凤舞似地在宣纸上一抢、一钩、一抹、最后还一泼，就交给来差带回去了"③。朱熹将它挂在墙上欣赏，直赞这幅乌云烘月图是"好画！好画！""朱熹看了一会儿，叫人把屋里灯光全熄灭了，只见一轮皓月，照得满屋银

① 《陈北溪先生·陈北溪再画也无这只猫》，见简清水主编《中国民间故事集成·福建卷·漳州市分卷》（第二册），漳州市民间文学集成编委会，1992，第 429 页。

② 《陈北溪先生·画鼬送鸡》，见简清水主编《中国民间故事集成·福建卷·漳州市分卷》（第二册），漳州市民间文学集成编委会，1992，第 430 页。

③ 《陈北溪先生·画月赠朱熹》，见简清水主编《中国民间故事集成·福建卷·漳州市分卷》（第二册），漳州市民间文学集成编委会，1992，第 434 页。

光，乌云在飘动，月光时隐时现。朱熹跌脚叹道：'可惜，可惜，月尚未圆，真是时候未到，催得太急了啊。'"① 陈淳是朱熹在漳州的得意弟子，朱熹极其欣赏陈淳，曾数次发出"南来，吾道喜得陈淳"② 的感喟。陈淳也非常敬重朱子，朱熹请陈淳画月，陈淳自然非常用心，试图等待月圆的最佳时刻进行创作。画月时，陈淳并非循规蹈矩地以画笔作画，而是随时、随地、随意地用眼见的物事作画，自然洒脱，但神韵自出。因朱熹催促过急，未等到十五月儿圆，陈淳笔随心意，只画出乌云烘月图，但那一轮时隐时现的皓月，依然神奇地照得满屋银光。上述民间传说重在表现陈淳先生神乎其神的画技。它当然并非写实，而是民间对北溪先生画作的"神话化"。在这些离奇又生动的细节想象中，寄托了民间对北溪先生的崇高敬意。而陈淳与女儿的亲情，与朱熹先生的深厚感情，也体现了北溪先生身为"圣人神画家"③ 有其富于爱心和人情味的普通人特质。对亲人、师友来说，陈淳是亲善慈爱的。

然而，对于那些品行有亏的权贵，北溪先生态度冷傲，他不屑于与之往来，不愿意以自己的特长攀附权贵。《草鞋印草鱼》《满扇冷风》两则民间传说，体现了陈淳的傲骨和正直自守。在前一则传说中，龙溪知县大老爷派师爷登门，送厚礼求"神笔陈北溪先生"的一张字画。陈北溪执意不受礼、不画，师爷耐着性子坐等，一直磨蹭到吃午饭时间。北溪先生见门口有一双烂草

---

① 《陈北溪先生·画月赠朱熹》，见简清水主编《中国民间故事集成·福建卷·漳州市分卷》（第二册），漳州市民间文学集成编委会，1992，第434页。

② （明）陈洪谟修，周瑛纂《大明漳州府志》，中华书局，2012，第563页。

③ 《陈北溪的传说·画山猫》，见黄元德主编《中国民间故事集成·福建卷·华安县分卷》，华安县民间文学集成编委会，1993，第27页。

鞋，就捡起来在墨碗里一沾，"啪啪"印在白宣纸上，没好气地
应声"一对草鱼献老爷"。师爷回程，越想越气，看见那张被草
鞋印脏、墨迹泼污的宣纸还卷好放在案几上，不由得怒从心上
起，抓起宣纸一抖，"谁知，这张宣纸一抖开，有两只两尺来长
的大草鱼，活蹦乱跳地在船舱里跳跃着"①。几个下人七手八脚乱
作一气抓鱼，两只鲜活有劲的草鱼噌噌地跳进了九龙江，师爷只有
干瞪眼。"神笔陈北溪"果真名不虚传。在后一则传说中，有位京
官贾似文退隐回漳州，因为一生只懂得阿谀奉承，朱熹和陈淳都
很鄙视这种人。他也想慕名求一幅陈北溪的画冒充风雅，就唤仆
人贾仁去要陈北溪给一把苏州白扇添画。贾仁"脚踩马屎仗官
势"，态度傲慢，限时限刻要陈北溪画扇。三天后，贾仁看见扇
子原封不动地撂在桌角。贾似文再派贾宽来软磨，陈北溪不耐
烦，站起来打开画室窗门，正值严冬，北风呼啸，卷进画室。陈
北溪就捏起一撮桌布，沾墨在扇面上就势一旋转，绘上一股旋风，
下边是草木随风摇曳。贾似文接到苏州白扇，高兴得很，可是一打
开，一股狂风呼啸而来，只好赶紧合起扇子。贾似文六十大寿，那晚
热得很，就又打开苏州白扇，打算驱热。但一股旋风就地刮起，满庭
花烛熄灭，满堂黑暗，从此贾似文再也不敢打开扇子。在上述两则民
间传说中，龙溪知县、退隐京官慕名求画，陈北溪毫不迎合，是出于
对对方人品、为人处世的不屑、不认可。画作是画家精神、情趣、人
格在艺术创造中的"投射物"，是画家的另一种生命形式。陈北溪珍
惜自己的画作，不轻易为人作画，不愿意将自己的作品送给那些只懂

---

① 《陈北溪先生·草鞋印草鱼》，见简清水主编《中国民间故事集成·福建卷·漳
　　州市分卷》（第二册），漳州市民间文学集成编委会，1992，第431页。

　　最后，谦虚博学、安贫乐道的理学家形象，也是闽南民间传说所建构的陈淳形象。事实上，陈淳的理学家身份在历史上留下了很深的印记。他早年师从林宗臣，这位乾道二年的进士很器重陈淳，将朱文公所编的《近思录》授予陈淳学习①，自此陈淳开始接受圣贤之学，系统研读朱子学说。绍熙元年（1190），朱熹出任漳州知府，陈淳怀着热切心情求见朱熹。朱熹一读陈淳的《自警诗》，"恨相见晚"，自此悉心栽培陈淳，教导他在理学学问上"上达"与"下学"的功夫，终于使陈淳成为"义理贯通"的"闽南一代儒宗"。② 方彦寿说："陈淳晚年频繁的讲学活动，吸引了各地，主要是漳、泉、莆田一带的学者如陈沂、杨昭复、王昭、苏思恭、黄必昌、黄以翼……投身账下，在闽南培养了一批朱子学者，形成了朱子学的北溪学派。"③ 作为朱门弟子中最杰出的代表之一，陈淳主要以理学家身份留存宋史。闽南民间传说虽然并不突出其理学家形象，但多则讲述朱熹与陈淳教学互动的民间故事、传说如《朱熹访陈北溪》《半个圣人》等，也建构了陈淳谦虚博学、安贫乐道的理学家形象。在《半个圣人》传说中，朱熹在南宋绍熙初年任漳州知府，陈北溪敬重这位理学泰斗，带着自己写的《自警诗》去谒见。朱熹读了诗，交谈后，知道陈北溪对理学很有研究，就开诚布公地教导他"做学问"得从"根源"两字下功夫，并对人"极口称赞安卿善提问"，"有的门

---

① （明）陈洪谟修，周瑛纂《大明漳州府志》，中华书局，2012，第563页。

② 许哲娜：《朱熹与陈淳在漳州的移风易俗活动》，见陈支平、叶明义主编《朱熹陈淳研究》，厦门大学出版社，2014，第264页。

③ 方彦寿：《陈淳：弘扬师说的"紫阳别宗"》，见陈支平、叶明义主编《朱熹陈淳研究》，厦门大学出版社，2014，第316～317页。

人有疑问，请教朱子，朱子不回答，教他学习安卿，看他是怎么思考，怎么提问的"①。朱熹回访陈淳的茅庐，陈淳十分热情，一杯清茶，几盘蔬菜，陈淳没有局促不安，表现与往常一样，态度坦然，"虚心向夫子讨教"。朱熹心里喟叹："孔夫子从前称赞颜回说：'回也，穷居陋巷，一箪食，一瓢饮，不改其志趣。'安卿正是这样一个圣贤之人啊！"② 吃饭间，邻居的母鸡进来觅食，陈淳局促不安地解释，朱熹听了，心里更正印象，将仍深受世俗影响的陈淳降为"半个圣人"。这则民间传说，通过朱熹与陈北溪的教学关系，肯定了陈淳博学谦虚、好问善问、勤于思考的理学家形象。朱熹访陈北溪的所见所感，又展现了北溪先生安贫乐道的学者品格。

综上所述，闽南民间传说中的陈淳呈现为"神笔"画家、慈父和理学家等多重形象。"正史""地方志"主要突出陈淳的"理学家"身份，与此不同的是，民间传说主要突出其画家和慈父形象。这种差异的存在，主要是因为"正史"和"民间传说"的关注角度有所不同。"正史"留存的是陈淳在学术上的贡献，陈淳对程朱理学的传承和发扬，与统治阶级的意识形态、利益诉求较为一致，这是"正史""地方志"关注的焦点。而"民间传说"主要传达的是人们的愿望、情感和诉求，体现出明显的民间立场。民间传说对陈淳神乎其神的画家身份、爱护家人的慈父形象的关注，体现了闽南民众对这位杰出人物的绘画才能的崇拜，寄托了民间对和谐幸福的家庭关系的向往之情。

---

① 《陈北溪先生·半个圣人》，见简清水主编《中国民间故事集成·福建卷·漳州市分卷》（第二册），漳州市民间文学集成编委会，1992，第432页。

② 《陈北溪先生·半个圣人》，见简清水主编《中国民间故事集成·福建卷·漳州市分卷》（第二册），漳州市民间文学集成编委会，1992，第432页。

（二）闽海才子、爱国义士及儒师和学者：漳州民间传说中的黄道周形象

黄道周（1585～1646），字幼玄，又字幼平、螭若、细遵等，学者称石斋先生，明神宗万历十三年乙酉（1585）生于漳州漳浦县铜山所深井村，人称"黄漳浦"。明天启二年（1622），黄道周考中进士，被选为庶吉士。天启、崇祯朝历任翰林院编修、詹事府少詹事等职。明亡后拥立唐王朱聿键于福州，位居首辅，以武英殿大学士兼吏、兵二部尚书的身份率师抗清，兵败被俘，于唐王隆武二年（清顺治三年，1646）殉节于金陵。① 黄道周的事迹在《明史·列传》《福建通志·列传》《漳州府志·人物传》《漳浦县志·人物传》《东山县志·人物传》等都有所记载。明代旅行家徐霞客称誉黄道周"至人惟一石斋，其字画为馆阁第一，文章为国朝第一，人品为海宇第一，其学问直接周、孔，为古今第一"②。黄道周确是一位名垂青史的杰出漳州人。从多则漳州民间传说来看，他在漳州百姓心中具有极高的声望。漳州民间传说比较全面地叙述了他出生、勤学、成长，到设馆授徒、授业，再到在朝为官、著述讲学、抗清、入狱、就义的完整生命历程。如果将黄道周生命历程分为上述三阶段，那么，漳州民间传说中这三个阶段的黄道周形象有所不同。

1. 身世不凡、勤学自励的"闽海才子"

身世不凡、勤学自励的"闽海才子"，是黄道周从出生到求学、成长阶段的民间形象。民间传说中的黄道周，出生与孙悟空

---

① 郑晨寅：《黄道周生平与思想新探》，《国学学刊》2015 年第 1 期。

② （明）徐弘祖著，卫建强等校注《徐霞客游记》，河北人民出版社，1998，第 867～868 页。

偷摘的蟠桃有关。孙悟空在南天门与天兵天将打斗，袋子里的蟠桃掉落人间，有两个分别落在龙溪的云洞岩和长泰的天柱山上。掉在东山岛海边悬崖上的蟠桃，年代久远变成大石桃，即人们所称的"风动石"。明朝末年，风动石旁边的渔村住着文武双全、胸怀大志的青原公，其妻陈氏临产前梦见风动石滚落怀里，醒后产下男孩。"就在这孩子诞生之后，在风动石旁边长出一株青翠的荔枝树苗……十年之后，当这孩子进学了，这一年，这株荔枝树第一次结出了三百六十颗又红、又大粒、又清甜的果实来。……果实恰恰三百六十颗，合符周天三百六十度的数据，就给自己的儿子取名道周，字幼玄，以符合这祥兆。"① 民间传说赋予黄道周传奇般的非凡出生，这是民间故事或传说描述著名历史人物的常用手法。"这种看似神奇的出生，实乃昭示了一种集体无意识，蕴含着民众对文化英雄的崇拜思想。"② 黄道周不仅身世非凡，而且气场非凡。在民间传说《"石斋"名号的由来》中，幼年黄道周的聪明、淘气是出了名的。有次关帝君寿诞，铜山（东山）人家家户户去城东关帝庙祭祀。岛上首富陈员外拜祇后，发现供桌上的金樽丢失，小道周被污蔑为偷窃者。这天关帝君出巡，庙里是周仓将军守护，周仓将军是宋少帝昺附神，认为该给"皮"小孩吃点苦头，就在道周祝祷时，故意连续三次给小道周"笑"杯，坐实了道周的罪名。小道周被父亲流放，栖身在无人岛塔屿的石室读书。关帝君巡游回来，感叹冤枉了小道周，"他原是天上文曲

---

① 《黄道周的传说·风动石和翰墨香》，见简清水主编《中国民间故事集成·福建卷·漳州市分卷》（第二册），漳州市民间文学集成编委会，1992，第 105 页。

② 郑晨寅：《黄道周生平与思想新探》，《国学学刊》2015 年第 1 期。

星降世，岂能做小偷？"① 宋少帝昺为了弥补过失，托梦给村里耆老，为小道周洗刷冤屈；又派鬼母去小荒岛悄悄伺候小道周的饮食。小道周在塔屿的石室潜心读书，脱胎换骨，领悟了人生大道理，从此自号"石斋"。在"黄道周点化鲤鱼仙"的传说中，黄道周在东山岛对面的塔屿山洞念书，一位后生家自愿伺候小道周念书。岛上大雨，没有干柴煮饭，后生家却总能烧水煮饭。黄道周悄悄看，原来后生家烧足煮饭，黄道周惊叫"神仙"。后生家跪谢圣人点化，修炼千年的鲤鱼得黄道周一句话，终成正果。在民间传说《斑烂大猫听讲〈易〉》中，十三岁的黄道周到漳浦乡下与堂兄一起半耕半读，他们兄弟俩讨论经义时，大"山猫"（老虎）居然俯首帖耳，听黄道周讲解《易经》。十四岁，黄道周去广东博罗拜访藏书异常丰富的韩大夫，韩大夫见他气概不凡，出语惊人，十分器重黄道周。在韩大夫招待文人墨客的盛宴上，有人提议青年客人黄道周写一篇《罗浮山赋》，黄道周提笔挥毫，一气呵成，雄拔奇丽的数千言赋文使满座名士惊异，众口推崇他是"闽海才子"。在民间传说《神童妙对惊四座》中，漳浦乡绅不信小小年纪的农家子弟如此有才，特来东山出题考他。乡绅出上联："船载石头，石重船轻轻载重"，黄道周随声对答："尺量地面，地长尺短短量长。"自炫学富五车的乡绅大为惊奇，再出一联："水车车水水随车，车停水止"，黄道周略思片刻，答出："风扇扇风风出扇，扇动风生。"② 乡绅连声称赞"闽海才子"名

---

① 《黄道周的传说·"石斋"名号的由来》，见简清水主编《中国民间故事集成·福建卷·漳州市分卷》（第二册），漳州市民间文学集成编委会，1992，第123页。

② 《黄道周的传说·神童妙对惊四座》，见简清水主编《中国民间故事集成·福建卷·漳州市分卷》（第二册），漳州市民间文学集成编委会，1992，第108页。

不虚传。考察上述多则漳州民间传说，可以发现民间传说塑造幼年、少年黄道周形象时，一方面将黄道周神奇化、传奇化，另一方面亦依托少许的历史事实。风动石滚落母怀而诞生的非凡出生，关帝君对他文曲星下凡的身世认定，独居荒岛石室读书而有鬼母伺候饮食的奇异经历，黄道周点化鲤鱼仙的神力等，都是将黄道周神奇化、传奇化。① 另外，黄道周的出生地、读书地和少年游学、创作《罗浮山赋》等经历，又有史迹依托。在这些被神奇化、传奇化又略有史迹依托的民间传说中，少年黄道周形象呼之欲出，主要表现为勤学苦读、天赋文才，又聪明专注、自励自强的少年郎形象。黄道周出色的才华、人品，使其少年之际就成为名士交口称赞的"闽海才子"。

2. 饱学善教、以身作则的儒师和学者形象

饱学善教的儒师，这是黄道周成年之后、做官之前，在漳州民间传说中呈现出来的主要形象。在民间传说《白龙滚水》中，平和大溪乡的范姓"老大"，听到乡人报告：因为正午时刻小白

---

① 将黄道周神奇化、传奇化的漳州民间传说，伴随着黄道周一生，他的生前、就义后，都有神奇事态。例如，在黄道周人生的第二个阶段，《猛虎坐骑》《莫肚子仙》《洗却一脸羞》《蟒蛇护银》等民间传说都将黄道周神奇化。《猛虎坐骑》讲黄道周在范厝寨教书，住在灵通岩，山路崎岖，黄道周每天骑一只斑斓大虎上下山。《莫肚子仙》讲黄道周住在灵通岩时，莫肚子仙伺候饮食。谷雨时节，茅草尽湿，莫肚子仙竟然燃足煮饭。《洗却一脸羞》讲述黄道周终于金榜题名，想起在诏安官坡教书时被村民和神明错当成窃鸡贼的屈辱，准备夷平五显庙，当晚却梦见金甲神向他俯首谢罪。《蟒蛇护银》讲黄道周失落为母亲治病的纹银，大蟒蛇为他守护纹银。又如，《"翰墨香"的传说》叙述黄道周就义之后，与黄道周同年出生的风动石旁边的荔枝树也枯死了。《佛几岭红光》涉及黄道周过世之后的异象，讲供奉黄道周神位的土楼，夜夜发出红彤彤的宝光。黄道周先生的字具有神力，蛀虫也不敢蛀。

龙滚水，陂坝三番五次被大水冲垮。范老大就特意躲在榕树下监视小白龙活动。午时到了，官陂大道匆匆走来一位白衣秀士，在溪里饮水洗脸之后，居然脱衣游起泳来。范家老大急得大喊："小白龙不准滚水冲陂！"白衣秀士赶紧上岸穿衣相见，自称是漳浦人黄道周。范姓老大见白衣秀士"并非妖龙"，而是一表人才，很有学问，就挽留他去范家的洛阳楼设馆教徒。在民间传说《十八秀士》中，黄道周在洛阳楼开馆授徒，学生仔聪明好学，东家又敬重斯文，就恳切地说："学生读书最要紧的是要专心致志，一定要找个清静的地方，才能排除杂念，心思清静，虚心向学。"① 东家就在大芹山下的范厝寨找个清静处所，让黄道周设馆教书。先生循循善诱，诲人不倦，襟怀磊落。在这里跟他读书的十九个学生，三科考中了十八个秀才。在民间传说《征对拜师》中，平和县芦溪乡漳汀村的秀才赖继谨，作出上联"朝朝朝，朝朝拜，朝朝朝拜（其中第三和第九字'朝'念 chao，其余六个朝字念 zhao）"，将它贴在大路边的凉亭上征对。黄道周途经此地，见它有趣，不假思索在征对纸上写"齐齐齐，齐齐戒，齐齐齐戒（其中第三和第九字'齐'念 zhai，其余六个齐字念 qi）"。② 赖继谨敬佩不已，拜黄道周为师，终身追随老师。上述民间传说中的黄道周，饱读诗书，很有学问，善于教导学生。他不仅循循善

---

① 《黄道周在大溪灵通的传说·十八秀士》，见简清水主编《中国民间故事集成·福建卷·漳州市分卷》（第二册），漳州市民间文学集成编委会，1992，第 128 页。

② 《黄道周在大溪灵通的传说·征对拜师》，见简清水主编《中国民间故事集成·福建卷·漳州市分卷》（第二册），漳州市民间文学集成编委会，1992，第 135 页。

诱，教给学生科举应试的知识，而且诲人不倦，传授学生治学的道理、方法。即便是偶然的机会、随意的场所，黄道周也愿意对人施以教导，体现出一位儒师磊落宽广的胸怀。

以身作则的儒师、学者形象，是黄道周高中进士以后，在民间传说和故事中呈现出来的重要形象。黄道周因刚正直言，屡次蒙冤、被削职。每当此时，黄道周便讲学育人，发挥教育家的光和热，并著书立说，成为以身作则的儒师和学者。这个儒师、学者形象，是黄道周中进士之前、青壮年时期饱学善教的儒师形象的延续和提升。在《黄道周讲学武夷》中，黄道周在天启年间被魏阉奸党陷害，崇祯朝平反复官，但他谢病返闽，到武夷书院讲学育人。"一时学风大振，福建、江西各地莘莘学子，纷纷前来求学，真的座无虚席，济济满堂。"[1] 黄道周讲到《孟子》中的"舍生而取义者也"时，正气凛然，全场鸦雀无声。在《讲学教人》中，黄道周被削职为民，徒步回家乡，路经浙江杭州，文人秀士们涌到大路上迎接，热情挽留黄道周到大涤书院讲学数月。回到家乡，黄道周在紫阳学堂授课，"黄道周的讲学，注重品德教育，注意经史文结合"[2]。黄道周五十九岁时在漳州江东邺山书院讲学，学子们蜂拥而来，"最热闹的时候，江面的船只达千艘之多。有的学生干脆就在附近建起学舍，住下来听黄道周讲学"[3]。六十岁，黄道周回到漳浦，建"明诚堂"讲学。"黄道周神采奕奕地讲解《中庸》，着重阐发'诚'、'明'的道理，人们

---

① 《黄道周讲学武夷》，见孙英龙编《黄道周故事集》，闽南日报印刷厂，2006，第 30 页。

② 《讲学教人》，见孙英龙编《黄道周故事集》，闽南日报印刷厂，2006，第 39 页。

③ 《讲学教人》，见孙英龙编《黄道周故事集》，闽南日报印刷厂，2006，第 39 页。

鸦雀无声，静静地听讲学。黄道周教育学生要做一个有完美道德的人。"① 在上述黄道周"讲学"故事中，黄道周吸引四海学子，不仅是因其学富五车，还有他的高风亮节。黄道周讲学时，以身作则，言传身教。他不仅结合经史文，注重学术训练；还教育学子提升品德，做道德完人。

概而言之，黄道周设馆授徒、聚众讲学的民间传说和故事较多。黄道周中进士之前设馆授徒的民间传说较多虚构。但他辞官或屡次被削职之后聚众讲学的民间传说却多有事实依据。孙英龙整理的《黄道周传略》记载：黄道周三十一岁"讲学广东潮阳"；"三十四岁讲学于榕城"；四十八岁离京后，"讲学于浙江余杭大涤山书院、漳州紫阳学堂和漳浦北山"；五十八岁"在漳浦县城东郊建'明诚堂'讲学"；"六十岁在漳州江东桥附近邺山讲堂讲学"。② 可见，黄道周在各地讲学，应是他仕宦困顿之际的人生常态，也是他继续寻求报效国家、实现自己"传道授业""立言立德立功"理想的重要途径。而漳州的民间传说或故事，无论虚实，都着力建构了黄道周饱学善教、以身作则的儒师和学者形象。这种儒师形象，是黄道周人生第二个阶段的主要形象；学者形象虽然主要体现于黄道周人生的第三个阶段，却是他青壮年时期的儒师形象的延续和提升。

3. 铁骨铮铮的爱国义士

明天启二年（1622），黄道周进士及第，进入人生第三个阶段。前述黄道周饱学善教、以身作则的儒师和学者形象，也是他

---

① 《讲学教人》，见孙英龙编《黄道周故事集》，闽南日报印刷厂，2006，第 39 页。
② 《黄道周传略》，见孙英龙编《黄道周故事集》，闽南日报印刷厂，2006，第 78～86 页。

人生第三个阶段的重要民间形象，但不是主要民间形象。在漳州民间传说中，铁骨铮铮的爱国义士形象，才是黄道周人生第三个阶段最突出、主要的民间形象。铁骨铮铮，体现在黄道周为人处世、为国为民的任何方面。在《"经筵"对皇帝讲课》的民间传说中，黄道周中进士后，被选为庶吉士，被授予编修职务，监修国史实录，并担任"经筵"讲官，给皇帝讲课。以前御用文人都是膝行而前，跪着给皇帝讲课。黄道周认为："经筵道尊，代圣人立言，跪下膝行，不合礼仪。"① 他昂首捧书，平步上殿，给皇帝讲述，不畏皇威，也毫不畏惧魏忠贤的威胁。当阉党陷害忠良之际，黄道周挺身而出，仗义执言，救助忠良。当清廷诱降之际，黄道周断然拒绝，舍生取义。在尊贵者、权势者、威胁者、恫吓者和魑魅魍魉者等面前，黄道周都保持着铮铮铁骨的爱国义士形象。

李弢在探究《明史》和漳州地方志中的黄道周形象时，将黄道周定位为"尽忠职事杀身成仁的忠臣""心忧天下忠烈死国的良臣"形象②，"忠臣""良臣"固然也是漳州民间传说中的黄道周形象，但细细体会，笔者认为"爱国义士形象"之说更合适于民间传说和故事中的黄道周形象。"忠臣""良臣"之称，多是对应着皇帝或国君；"爱国"是对国家之爱，境界更高。《明史》和地方志具有"正统"性质，自然将黄道周描述为"忠臣""良

---

① 《黄道周的传说·"经筵"对皇帝讲课》，见简清水主编《中国民间故事集成·福建卷·漳州市分卷》（第二册），漳州市民间文学集成编委会，1992，第 110 页。

② 李弢：《〈明史〉与漳州地方志中黄道周形象探析》，《闽南师范大学学报》（哲学社会科学版）2017 年第 1 期。

臣"形象；民间传说则不然，民间传说直接传达出百姓意愿，百姓更愿意将黄道周描述成爱国义士形象。考察多则黄道周传说，可以看出黄道周与皇帝辩论，据理力争，不畏皇权，主要是出于对国家利益的考虑，不单纯是对帝王的忠诚。在民间传说《敢与皇帝辩是非》中，黄道周弹劾杨嗣昌、陈新甲、方一藻等狼狈为奸的大臣，但崇祯皇帝却宠爱、偏袒这些佞臣。黄道周在御前会议上顶着皇帝的责骂，与皇帝激辩。"'假如做君主的忠佞不分，邪正不明，又怎能治理好国家呢？'这简直是直言犯上了，崇祯皇帝干脆叫御侍们把黄道周叉了出去。"① 有文献记载，黄道周在崇祯朝反对杨嗣昌、陈新甲"夺情"，"及召对，与嗣昌争辩上前，犯颜谏争，不少退。观者莫不战慄"②。对此史实，汤漳平教授指出，黄道周表现出"一种士人的人格尊严"，"这种精神，显示的是明末士人对'人'自身价值的觉醒"。③ 诚然，黄道周不畏皇权，不惧惩治和打击，敢于与皇帝激辩是非，同样体现了黄道周一心为国（而非愚忠皇帝）的高远境界。正是站在爱国、为国为民的高度，黄道周才有底气、胆气、一身正气与皇帝辩论。在《舍命救大臣》故事中，首辅钱龙锡受袁崇焕冤案株连，皇帝要处死他，没有一个人敢说话救他。六品小官黄道周忠心爱国，敢于直谏，三次写奏疏救人。钱龙锡得以免死，黄道周却触怒崇

---

① 《黄道周的传说·敢与皇帝辩是非》，见简清水主编《中国民间故事集成·福建卷·漳州市分卷》（第二册），漳州市民间文学集成编委会，1992，第114页。

② （明）洪思：《黄子传》，见（明）洪思等撰，侯真平、娄曾泉校点《黄道周年谱》附传记，福建人民出版社，1999，第127页。

③ 汤漳平：《简论闽南文化与黄道周》，《福州大学学报》（哲学社会科学版）2012年第3期。

祯皇帝，降三级。黄道周救助非亲非故的大臣，是出于坚持正义，也是他爱国的表现——当大臣被魏忠贤遗党陷害下狱时，黄道周不顾自身安危，与魑魅魍魉者斗争，保护有功大臣，守护清明政治，正是爱国心的表现。与逆流、魑魅魍魉者的斗争，也体现了黄道周铁骨铮铮的爱国者形象。在《怒斥贰臣洪承畴》的民间传说中，黄道周在明朝大势已去之际，募兵抗战，在婺源的堂家坊明堂里战败被俘。黄道周绝食拒降，多尔衮派洪承畴劝降。洪承畴硬着头皮来，被黄道周狠狠打了一个大嘴巴。他斥骂洪承畴冒名胡诌。在《宁死不屈》故事中，清廷利用洪承畴与黄道周同乡同事的旧关系，让洪承畴诱降黄道周。黄道周痛骂羞辱了洪承畴之后，写下妙联："史笔流芳，虽未成名终可法；皇恩浩荡，不思报国反成仇。"① "承畴"与"成仇"同音，黄道周将史可法和洪承畴对比，既表明了他以史可法为榜样、舍生取义的志向，也讽刺了洪承畴投降异族、出卖国家的恶行恶德。在民间传说《慷慨就义石头城》中，多尔衮知黄道周誓死拒降，才决意处决他。狱吏、狱卒们恸哭，黄道周却笑说自己"求仁得仁"。临刑前，老仆人跪求黄道周留下遗言，黄道周撕裂衣衫，咬破手指，血书十六个大字："纲常万古，节义千秋；天地知我，家人无忧！"② 就闭目引首，从容就义了。黄道周的四位门人抱首痛哭，随师就义。这则民间传说与地方志的记载相同，可见其历史真实性。《（光绪）漳州府志》及《黄道周年谱》记载了黄道周与门

---

① 《宁死不屈》，见孙英龙编《黄道周故事集》，闽南日报印刷厂，2006，第70页。
② 《黄道周的传说·慷慨就义石头城》，见简清水主编《中国民间故事集成·福建卷·漳州市分卷》（第二册），漳州市民间文学集成编委会，1992，第119页。

人就义的壮烈:方刑时,"从者乞数语遗家,乃裂衾啮指血大书曰:'纲常万古,节义千秋;天地知我,家人无忧。'门人蔡春溶、赖继瑾、赵士超,及沙县丞六合毛玉洁继至,抱头哭曰:'师魂少须!吾辈即来矣!'遂同日死。"① 上述《怒斥贰臣洪承畴》《慷慨就义石头城》《宁死不屈》等漳州民间传说或故事,表现了黄道周在大我与小我、义与利(爱国大义与个人私利)、死与生(慷慨就义与苟且偷生)、爱国与卖国等两难处境中,都毫不犹豫选择前者。面对异族、强权,面对威逼利诱,黄道周愈加坚定爱国意志、舍生取义、杀身成仁,展现了铁骨铮铮的爱国义士形象。

概而言之,身世不凡、勤学自励的"闽海才子",饱学善教、以身作则的儒师和学者,铁骨铮铮的爱国义士,是黄道周不同人生阶段所突出的主要民间形象。黄道周人生三阶段中的主要民间形象具有内在的联系。黄道周在少年时代饱读诗书、刻苦自励,为他后来成为饱学善教、以身作则的儒师和学者奠定了坚实的基础。而黄道周从古代文化典籍和圣人、仁人志士那里学到的治国、治学、为人之道,激励着黄道周追求"完人"境界,是黄道周成为"铁骨铮铮的爱国义士"的文化和精神根源。漳州民间传说中的黄道周勤学自励、学养深厚、铁骨铮铮的形象特点,在史书、地方志、《黄道周年谱》等文献中都有所记载。这表明民间传说中的黄道周形象基本与历史事实吻合。可见,漳州的"黄道周民间传说",虽有民间传说的虚构、想象乃至荒诞不经,但多以历史事实为依托,也是其特点。也正因为黄道周是漳州百姓真心景仰的杰出漳州

---

① (清)陈寿祺等:《黄道周传》,见(明)洪思等撰,侯真平、娄曾泉校点《黄道周年谱》附传记,福建人民出版社,1999,第 240 页。

人，漳州人民才会细心考究黄道周的人生、事迹，并在民间传说中
依据一定的史实发挥想象，建构百姓喜爱的黄道周形象。

* * *

　　陈淳、黄道周是漳州历史上两位著名的大儒。陈淳是朱门四大
弟子之一，深得朱熹真传。在朱熹悉心栽培下，陈淳成长为"闽南
一代儒宗"，开创了朱子学的北溪学派，影响深远。黄道周土生土
长于漳州，勤学自励，成就宏才，与刘宗周并称"明末两大儒"。
由于两人具有相近的生活经历和共同的学术背景，漳州民间传说中
的陈淳、黄道周的形象也具有相似点，即饱学的学者、名儒形象。
又由于两人生长的时代背景不同，漳州民间传说中的陈淳和黄道周
的形象有着很大的差异性。爱憎分明的"神笔"画家和慈父形象，
是陈淳在漳州民间的突出形象；铁骨铮铮、杀身成仁的爱国义士，
是黄道周在漳州民间的突出形象。黄道周身处乱世，异族虎视眈
眈，大明大势已去，南明小朝廷风雨飘摇。黄道周以历史上的圣
贤、仁人志士为榜样，推崇孔孟之道。面对国家危亡和民族大
义，他自然选择了舍生取义、杀身成仁。漳州民间传说中铁骨铮
铮的爱国义士形象，是符合历史事实和黄道周人格精神的民间形
象。值得注意的是，漳州民间传说中的陈淳、黄道周的形象都是
正面形象，这种正面形象的建构，其深层原因"在于闽南文化
'崇儒'的特征以及漳州民众崇儒尚文的深层心理"①。在朱熹教

---

　　① 李弢：《民间的朱熹——以漳州民间故事为个案》，《闽台文化交流》2009 年
第 1 期。

化漳州之后，漳州儒风渐长、盛行。朱熹在漳州的得意弟子陈淳又极力推崇朱子学说，将理学发扬光大。到黄道周生活的明代，漳州不仅经济繁荣，而且书院林立，民众崇儒心态愈盛。"通过科举而走上仕途的漳籍官员人数众多。早在黄道周出仕前的万历年间，漳州府同时有五位侍郎以上官员在朝为官，即礼部尚书林士章（漳浦人），工部尚书朱天球（漳浦人），兵部尚书戴燿（长泰人），户部侍郎卢维桢（漳浦人），兵部、户部侍郎石巨岳（龙岩人），时称'五星聚奎'。他们为官时，均有政声。而同时出任各种军政要职的漳州人更是数量众多。和黄道周同时的就有崇祯九年（1636）拜为东阁大学士的林釬（龙溪人）。"① 这个史料证实了宋朱熹治理漳州以来漳州崇儒传统的延续和强化。漳州民间传说中的朱熹、陈淳、黄道周的形象被神奇化、传奇化和崇高化，完全是正面的民间形象，正是漳州民众崇儒心态的体现，也表达了漳州百姓对真心实意为国为民的英雄人物的敬重、景仰。

二　泉州民间传说中的才子、名士群体形象

泉州自古以来既是商业发达的"丝路"起点，也是文化发达的地区，被誉为"海滨邹鲁"。泉州历史上出现很多才子、名士，如唐朝的欧阳詹，明代的李贽、蔡清、陈紫峰，清代的李光地等。这些著名的泉州才子、名士、贤相，经由泉州人民的集体想象，融入泉州地区的民间传说，他们的事迹、成绩和精神面貌，

---

① 汤漳平：《简论闽南文化与黄道周》，《福州大学学报》（哲学社会科学版）2012 年第 3 期。

也在泉州人民的想象中发生了一定程度的变异。笔者试以泉州民间传说中的才子、名士为考察对象，探究他们在泉州人民集体想象中的群体形象。

（一）才华横溢、聪明机智

泉州民间传说中的才子、名士才华横溢、聪明机智，具有中国民间文学中才子、名士形象的普遍特征。

明代才子陈紫峰从童年时期就展露出聪明透顶的特点。在冬至祭祖时，有位老伯公出"九节虾"让他对，陈紫峰伸手就将九节虾塞入嘴里，原来陈紫峰以"五爪龙"对老伯公的"九节虾"。成年之后，陈紫峰的聪敏才华更是受到师长的赏识。有一个《名师造访》的故事，叙述泉州著名哲学家、教育家蔡清看了陈紫峰的妙文，亲自去拜访这位后生。

> 蔡清合陈紫峰行过见面礼了后，真实是一见如故，从四书五经讲到天文地理、诗词歌赋，说到陈紫峰乡试落第，蔡清安慰说："你是伫着歹考官，伫着好考官一定中。"随嘴念一句上联："大暑去酷吏。"陈紫峰对："清风来故人。"将蔡清比做清风。蔡清又起一对："万丈深潭，渔翁捕鱼，忆谢渔婆巧织网。"陈紫峰对："千层峭壁，樵子砍柴，承蒙樵妈勤磨刀！"李聪在边头听了，拍手叫绝。
>
> ……陈紫峰也确实很有本事，伊拜蔡清为师以后，跟蔡清学习，得着蔡清的栽培和真传，路尾真实考中做官，过后又回乡著书立说，做很多公益事业，受到百姓的爱戴。①

---

① 《第一通　陈紫峰》，见吴建生主编《泉州讲古新编》，福建人民出版社，2008，第336页。

在民间传说中，蔡清因欣赏陈紫峰的妙文而亲自造访后生家，毫无大知识分子高高在上的"架子"、派头和自傲、自得，展示了名士蔡清礼贤才子、重视才学和平易近人的作风、品格。同时，这则传说描述了陈紫峰得遇名师的欣喜，塑造了陈紫峰勤奋努力、才华横溢且知恩图报的才子形象。在一则《再戏赣生》的传说中，江西考生不甘心被陈紫峰压倒气势，就请全省最有名的才子到泉州来，欲将陈紫峰比下去。陈紫峰看见老先生前来，避而不见，装扮成丫鬟接待他。老先生喝了茶，赞丫鬟乖巧，会接待客人。哪知老先生一夸赞，丫鬟落下泪来。"江西老先生唔知啥缘故，一时风一时漢，没啥没事情哪煞吼呀？就问说：'丫鬟何故泪淋漓？'这个查某媚说：'不说先生怎得知，门前风飘柴又湿，炉前风急火难吹。梳妆娘子嫌汤冷，入学书生骂饭迟。洒扫厅堂还未了，房中又叫抱孩儿。'江西老先生听呀大嘴开开：'哇呀，陈紫峰厝内这个查某媚拙有学问，我念一句，伊续七句，合起来就是一首很通顺很完整的诗。'"① 老先生惊得目瞪口呆，再也不敢说要找陈紫峰比试。书童挑起两箱书，主仆两人就赶紧走了。在这则民间传说中，陈紫峰虽有些滑稽，有些小心机，但以此策略惊走江西"最有名的才子""最饱腹最有学问的老先生"，避免和老先生直接交锋，造成泉州才子和江西才子进一步升级的嫌隙和矛盾，也未尝不是聪明机智的处事方式。

李卓吾也是明代一位出色的才子，不仅非常聪明机智，而且作诗联对很出色，简直称得上明察秋毫。有一则《智断纷争》故

---

① 《第一通 陈紫峰》，见吴建生主编《泉州讲古新编》，福建人民出版社，2008，第338页。

事，叙述有人偷挖萝卜，失主请少年李卓吾评理，李卓吾让偷挖者将萝卜倒出来看看，就断定是偷的。"这时路咧有人按咧过，都驻足咧看闹热。李贽说：'着，我不是做官，但会察理。逐个来看，伊这担萝卜，有大有细，有的像番薯根，有的还像指头仔。萝卜若是伊的，伊哪甘将拙细的萝卜挖出来卖啊？'逐个都点头说有道理。"① 有老阿婆拖着一个老姆，说老姆偷她的老母鸡，请李卓吾评理，老姆不认。李卓吾问老阿婆用什么饲料喂鸡，然后说："将鸡刣落去。"老阿婆不舍。"李卓吾说：'赡要紧，谁人偷掠人的鸡，谁人就得赔人一只老鸡母，弥补人的损失。'老阿婆说：'若是安尼，就刣落去，胃咧一定是粟，不是豆！'老姆说：'嗯倘刣嗯倘刣，敢是我认错，我找没一只鸡母，不知走去倒落，我得紧去找。'若呼鸡若行，将老鸡母放咧给老阿婆。"② 上述两个案例中，少年李卓吾体现出出色的洞悉力和判断力。他深知人情世故，洞悉人隐而不显的心理，从而做出准确的判断，进而凭着自己的聪明机智，提供简单可行的侦破方式，使是非曲直大白于人前。在《设局缉盗》故事中，成年后的李卓吾担任姚安知府，更是机智、沉着，神机妙算，将一桩贼人一夜连盗几家店的盗窃案，在几十个小时内准确破案，将贼人一网打尽。

才华横溢、聪明机智，是泉州民间传说中的才子、名士的普遍形象。泉州才子、名士的这个特点，与泉州民间故事中的秀才、儒

① 《离经叛道李卓吾》，见吴建生主编《泉州讲古新编》，福建人民出版社，2008，第351页。

② 《离经叛道李卓吾》，见吴建生主编《泉州讲古新编》，福建人民出版社，2008，第351~352页。

生形象互为补充。泉州民间故事中的秀才、儒生形象大多呈现出负面特点，或游手好闲、不学无术，或迂腐呆板、蠢笨无用，或粗鄙不堪、好色无聊。泉州民间传说中建构的才子、名士形象，改善了泉州民间故事中的秀才、儒生的形象给人的负面观感，提升了泉州民间文学中的"读书人"形象的精神品格和面貌。

（二）卓尔不群、敢于抗争

富于见识和胆识、勇敢无畏、敢于抗争是泉州民间传说中才子、名士的重要形象特征，卓尔不群的李贽更使泉州才子、名士形象光彩夺目。

开八闽文运的唐代才子欧阳詹，富有文学才情和见识。欧阳詹和一群莆田才子对谈，"特别对当时还没很受人重视的李白、杜甫的诗歌，评价特别高，见解很高明，让众人十分佩服"①。李白、杜甫是文学史上非常著名的大诗人、大才子，后人尊称"诗仙""诗圣"。两人诗歌风格殊异。唐才子欧阳詹在当时就对两位诗人给予极高的评价，说明了欧阳詹本人具有极佳的文学修养和文学见识。泉州民间传说中的秦钟震，是一位富于才华、富于胆识、不惧权势的名士。在系列"秦钟震传说"中，他屡次戏弄知府、道台等官场权力人物，凸显了他卓尔不群的个性特征。有一则《秦钟震贴联戏知府》的故事是这样写的。

> 从前，凡是新官到拜，总要先拜识社会贤达、知名人士，标榜自己清白。秦钟震最看不惯这些虚伪把戏，就想个办法，戏弄新知府。

---

① 《风流才子欧阳詹》，见吴建生主编《泉州讲古新编》，福建人民出版社，2008，第298页。

他知道新知府要来拜访他了，就在大门口贴了一副对联。上联是"挣扛打不让人"，下联是"嫖赌饮莫如我"。

新知府来了，看了这对联非常生气，一进门就指责秦钟震："先生，你是一方名士，为何贴出如此对联，真不知羞耻。"

秦钟震假装糊涂，说："大人，我这对联有什么差错？"

新知府气得说不出话来。

秦钟震说："我这对联说——挣、扛、打，不（能），（要）让人；嫖赌、饮，莫（为），（要）如我啊！这不是很好吗？"

新知府听秦钟震这样一解释，哑口无言了。①

名士秦钟震看不惯官场人物的虚伪作风，在对联上巧做"文章"。正因为知府"假道学"的作态和真龌龊的心态，才会"以小人之心度君子之腹"，根据对联的字面文字做出理解。秦钟震以此戏弄知府，给予知府毫不留情的嘲讽。

泉州民间传说中的李贽聪明机敏、富有才华，富有同情心。有些传说还突出了李贽才学渊博、胆识过人、卓尔不群、离经叛道的形象。在一则《无视纲常》的故事中，李贽在家庭私事上充分体现了他为人做事卓尔不群的个性。李卓吾没有儿子，叔父劝他纳妾。"李卓吾说，我有一个查某仔就心满意足了，何必一定得生打捕？"夫人也劝，"李卓吾更加不听，共夫人说，你呣倘听阿叔滥嚟说，我呣信什么命，你也呣倘相信"②。在选女婿时，李

---

① 《秦钟震贴联戏知府》，见王允澄主编《中国民间故事集成·福建卷·石狮市分卷》，石狮市民间文学集成编委会，1991，第59页。

② 《离经叛道李卓吾》，见吴建生主编《泉州讲古新编》，福建人民出版社，2008，第358页。

赟又是"格调"独特。"李卓吾找团婿,完全是注重人才合人品,没考虑人的家庭与背景。"李卓吾有老友被倭寇害死,李卓吾就将其子庄纯甫带在身边栽培。李卓吾看庄纯甫人品、文品都很端正,就将自己的掌上明珠许配给他。"李卓吾没托媒人,而是自己合夫人商量打算,取得夫人的支持,又征求自己查某仔同意,然后直接向庄纯甫提出来。……庄纯甫果然是一个好团婿,后来李贽家庭的事情,都是靠庄纯甫这个团婿帮忙料理。"① 李贽无视封建社会那一套三媒六证、男婚女嫁的陈规,亲自过问女儿婚事,为女儿挑选女婿,同时尊重夫人、女儿的意见和感情。李贽也不以家庭门第观念为重,看重对方的人品、人才,这样的婚姻观和价值观,放到当下,也值得敬重。

李卓吾的思想、行为非常"出格",在对待媳妇再嫁和处理父亲丧事问题上,更体现李卓吾离经叛道的个性。李贽没有儿子,阿叔就叫李贽的小弟过继一个儿子给他,但继子不幸落水,留下妻子、幼子。"按照封建社会,伊这世人得守寡,顾这个细汉团。"但李卓吾力劝新妇改嫁,"又叫团婿庄纯甫,将细汉孙带去泉州培养成人,让新妇没后顾之忧,重新开始新的生活"②。李卓吾对于摧毁人生幸福的封建礼教看不惯,积极鼓励媳妇再嫁,积极解决媳妇的后顾之忧,这样的思想、行为确实离经叛道。在一则《白衣将军》传说中,正在南京国子监做博士的李贽,遭遇父亲过世的人生悲剧。父亲是"从细教督李卓吾读册成人"的至

---

① 《离经叛道李卓吾》,见吴建生主编《泉州讲古新编》,福建人民出版社,2008,第357~358页。
② 《离经叛道李卓吾》,见吴建生主编《泉州讲古新编》,福建人民出版社,2008,第358页。

亲，李贽很孝顺父亲，但在处理丧事时，李贽的做法惊世骇俗。泉州人做丧事特别讲究，做七七四十九日的大功德。"李卓吾虽是孝子，又是李家长子，对这套封建礼教却很反感，主张丧事一切从简，悲哀也是在心头，反对一家大大细细哭哭啼啼，反对请什么师公和尚来念经做功德。"①李家的长辈当然反对，但李贽坚持己见，坚决反对那一套劳民伤财、虚假做作的陋习陈规，崇尚简单、实在、踏实的做事态度，可以说给了旧礼教、旧风俗以沉重的打击。这种改革陋习的"革命"态度，在当下依然具有实际的社会意义。

由于李贽学问渊博、思想前卫、卓尔不群、离经叛道，他遭到封建社会对他刻骨的仇视和急切的迫害。在《抗争到底》这则民间传说中，李卓吾退出官场，应朋友邀请，去湖北讲学，著书立说。李卓吾的思想和孔孟之道格格不入，"千古不变的统治思想受到质疑，受到挑战，引起了统治阶级的恐慌，将李卓吾看作是洪水猛兽，将李卓吾的思想叫做异端，一些封建卫道士，理学家，就起来反对李卓吾，想要批驳伊"②。李贽不仅受到封建卫道士和过去的朋友打击、中伤，而且遭到官府的干涉、迫害，他们派兵包围李卓吾住的芝佛院，将李卓吾自建的墓塔烧毁，要驱逐李卓吾去别处。好友马经纶将年迈体弱的李卓吾接到河北通州。"但是，统治者对李卓吾的迫害并没停止，而且逐步升级，朝廷竟然下旨，说李卓吾'敢倡乱道，惑世诬民'，将李卓吾掠入大

---

① 《离经叛道李卓吾》，见吴建生主编《泉州讲古新编》，福建人民出版社，2008，第357页。
② 《离经叛道李卓吾》，见吴建生主编《泉州讲古新编》，福建人民出版社，2008，第359页。

牢。……但是李卓吾铁骨铮铮，宁折不弯，绝不屈服。伊感觉到
自己处境险恶，决心舍生取义，抗争到底，以死明志。在万历三
十年三月十五日，李卓吾在剃头师共伊剃头的时节，夺过剃头
刀，割喉自尽。"① 马经纶四处营救不成，只得含悲忍泪收殓李卓
吾，安葬在通州北门外。在这则民间传说中，李卓吾面对迫害，
坚持真理，始终不屈不挠地抗争，展现了一位卓尔不群的知识分
子的铮铮铁骨和"威武不能屈"的人格气节。

　　泉州民间传说所建构的卓尔不群、敢于抗争的才子、名士形
象，具有特别的社会意义。才子、名士是知识分子的一分子，具有
高于一般儒生的才情、才华是理所当然的。知识分子还是社会的
"良心"，真正的知识分子是具有独立思想见解，敢于对不合理、不
公平的社会制度、习俗和行为进行批评的人，是具有批判能力的
人。泉州民间传说中的名士秦钟震，不仅嘲讽满脑子功名利禄的普
通举子，更屡屡嘲讽官场人物虚伪作态的风气，体现了挑战庸俗世
风和官场权势的勇气、胆识和能力。泉州民间传说中的李贽，不仅
才华横溢、聪明过人、明察秋毫，更难得的是在森严的封建社会，
他独树一帜，著书立说，传播开明、先进的思想，在实际行动中也
坚持己见，积极推行更合情合理、人性化的生活方式，践行务实的
做事态度。在遭受迫害时，李贽一如既往坚持真理，不屈不挠，以
死明志。可以说，李贽的为人处世体现了真正的知识分子精神。数
千年来，大部分中国知识分子的思想被奴役，部分知识分子的行
为、人格卑琐。李贽却是浊世的一介"清流"，不仅在当时，而且

---

① 《离经叛道李卓吾》，见吴建生主编《泉州讲古新编》，福建人民出版社，
　　2008，第360页。

在当下，都具有令人敬仰的人格力量。泉州民间传说所建构的这种知识分子形象，光彩夺目，反映了泉州人们的心愿和心态。

（三）多情且富于同情心、勇于反思

既风流多情，富有同情心，也勇于反思错误，积极提升自我，这是泉州民间传说中才子、名士的又一种形象特征。

在《风流才子欧阳詹》的故事中，唐代才子欧阳詹年轻时在南安丰州九日山莲花峰上的一座石厝内读书。有次中暑，他去丰州城内买药，看见药店里的荔枝姑娘"超凡脱俗，没一点仔市井气"，就上了心，有意识地接近她，和她搭腔。

> 欧阳詹对这个小娘子很有好感，爱合伊多抄拌几句，就一身抄找，假找无处方，说："一时大意，药方煞脍记得带来。"小娘子说："免急，没要紧，你是要买治什么病的药，阮共你相共配齐。"欧阳詹腹里想，这个小娘子不单生做很标致很得人疼惜，还很有礼貌很有知识，实在难得，就想要试试伊的才情。
>
> 欧阳詹说："小生要买一味宴罢客如何。"小娘子想，这个书生很有意思，给药就给药，却出题来试阮。若试别的阮还惊答脍出，试药性味阮熟落落，对嘴就答说："宴罢客当归，头一味是当归。""第二味是夜行不迷途。""夜行不迷途是熟地。""三买清溪一曲水。""溪水拐弯是川芎。""四买艳阳牡丹妹。""芍药牡丹妹。""五买万里觅封侯。""远志。""六买八月花蕊香。""桂枝。""七买——""煞！客官不姆俏七买八买，紧将药方拿出来给药，才脍耽误病人食药。"欧阳詹看见小娘子对答如流，聪明伶俐，才思敏捷，

很是欢喜，就将药单拿给伊。①

荔枝姑娘因为长相脱俗，被欧阳詹看上；又由于欧阳詹有意在先，"情人眼里出西施"，所以在欧阳詹的眼里、心里，荔枝姑娘什么都好，"很标致很得人疼惜，还很有礼貌很有知识"，"聪明伶俐，才思敏捷"是才子理想的佳偶。欧阳詹病好以后，就三不五时找借口来见荔枝姑娘。荔枝姑娘发觉他"醉翁之意不在酒"，就吟诗激励欧阳詹将心思用到学业、文章上。欧阳詹幡然醒悟，"毅然决然转身而去，暗暗立下誓愿，今生今世，若无出头，决不再来见荔枝姑娘"②。冬天北风呼呼吼，山顶石厝霜寒雪冻，荔枝姑娘亲手做棉裘送到莲花峰石厝，欧阳詹喜出望外，但才摸着门闩，就停住了，请荔枝姑娘将寒衣放在门外。夏天又来，荔枝姑娘送荔枝、夏扇和蚊香来山顶石厝慰问，欧阳詹还是不肯出来相见。欧阳詹刻苦读书，连科及第，名登龙虎榜。等他回来要向荔枝姑娘求亲时，药店已关，荔枝不知去向。上述欧阳詹和荔枝姑娘的民间传说非常著名，荔枝姑娘美丽善良、善解人意、富有才华，是美女加才女的类型，是才子理想的女性形象；欧阳詹风流倜傥、多情多才多艺，也符合民众集体想象中的理想才子形象。更难得的是欧阳詹知错就改、积极进取，又增强了这位泉州才子的魅力。当然，欧阳詹压抑自我的真实情感，多次刻意地避而不见荔枝姑娘，虽然突出了

---

① 《风流才子欧阳詹》，见吴建生主编《泉州讲古新编》，福建人民出版社，2008，第 296 页。

② 《风流才子欧阳詹》，见吴建生主编《泉州讲古新编》，福建人民出版社，2008，第 297 页。

欧阳詹的决心和毅力，却违背人性，使人感觉这则传说"非人性"、矫揉造作。

泉州民间传说中的李卓吾也是一位知错就改、勇于反思的才子，是一位富于同情心的名士。李卓吾少年时就才思敏捷，特别是对对子，脱口而出。在带学生们游开元寺时，先生趁机现场教学。"先生出一个对度学生仔对：'东西塔，立东西，东张西望看双塔。'李卓吾现对出来：'南北街，分南北，南来北往行两街。'"① 在李卓吾进南安县学读书期间，新上任的县官来巡视县学。李卓吾看这个新知县矮肥矮肥，没啥像读书人，就轻视他，出对考知县。"李卓吾念：'坐南朝北吃西瓜，皮往东放。'县太爷对嘴答说：'自上而下看《左传》，书往右翻。'……李卓吾大吃一惊，这个县太爷竟然拙有才情……从此，李卓吾就不敢骄傲自满，更加虚心求学，勤奋苦读。"② 在上述这则《南北东西》的民间传说中，李卓吾不仅没将学业不如自己的同学放在眼里，也轻视前来巡视的县太爷。这固然显示了李卓吾不迷信权威、敢挑战权威的个性，也说明了李卓吾年少轻狂、恃才傲物、以貌取人的不良作风。县太爷以"自上而下看《左传》，书往右翻"巧对李卓吾的"坐南朝北吃西瓜，皮往东放"，其雅、其义更胜于李卓吾上联的浅俗，给了李卓吾以深刻教训。李卓吾积极反省自己，改正自己恃才傲物的轻狂态度，虚心求学，勤奋苦读，成为学术渊博、思想卓尔不群的大知识

---

① 《离经叛道李卓吾》，见吴建生主编《泉州讲古新编》，福建人民出版社，2008，第349页。

② 《离经叛道李卓吾》，见吴建生主编《泉州讲古新编》，福建人民出版社，2008，第349～350页。

分子。

　　与欧阳詹、秦钟震等著名泉州名士一样，李卓吾也富于同情心，而且富于正义感。有则《笔下留人》的民间传说，叙述李贽在河南卫辉府共城县做教谕时，遇见一件人命官司。有一个色胆包天的恶棍试图强暴民妇，民妇的丈夫抄起柴刀救妻，恶棍返身过来抢柴刀，两人抢来抢去，柴刀割破恶棍喉管。地保请乡下秀才写一张状纸去报县官。"状纸是这样写：'恶棍戏民妻，小民怒火起，用刀伤人命，事出为雪耻，万望县太爷，秉公来办理。'"①李卓吾将状纸多添一笔，交给秀才。秀才一看，李大人将"用"字改成了"甩"字。"甩刀伤人命"是过失杀人，性质完全不同。出于正义感和对民妇、民夫的同情，李卓吾轻轻添加一笔，就改变了案件的性质，从而救了一条人命。在一则《认女嫁女》的传说中，姚安知府李贽同情赵员外的女儿莲芳和书童张文彬恋情被阻的痛苦遭遇，就拜访赵员外，将莲芳认作义女，赵员外求之不得。李卓吾又顺势借用书童张文彬为书吏。张文彬在府衙工作努力，经过观察，李卓吾认为张文彬确是人才，就请赵员外过府来，告诉赵员外说给莲芳小姐找了一桩很般配的亲事。"李贽说：'张文彬已经从书吏提拔做师爷了。'赵员外说：'大人的义女，要怎么嫁一个书童?'李贽说：'偌多公侯将相，都出身寒微，本府都看伊有出息，没相弃嫌，员外何必耿耿于怀? 若是将小姐嫁度一个不学无术的花花公子、纨绔子弟，岂不误了小姐终身?'赵员外没话得说，只好答应。这时伊才知李大人认义女借书童，

---

①《离经叛道李卓吾》，见吴建生主编《泉州讲古新编》，福建人民出版社，2008，第355页。

都是为了玉成这段姻缘，度有情人终成眷属。"① 在泉州民间传说中，李卓吾是一位富于洞察力、判断力的名士，善于洞悉人性的弱点；也是一位特别能理解人、同情人的才子，对他人的痛苦能感同身受，并积极给予帮助。这些民间传说将李卓吾"还原"成一位极具人情味、通情达理的才子形象，一定程度上改变了人们对李卓吾"离经叛道"的单向度形象的历史记忆。对李卓吾形象的立体建构，丰富了这位泉州才子的形象。

* * *

民间传说既附会于一定的历史人物、事件和地方风物、风俗，具有一定的真实性，也由于集体想象、集体创作和口头传承的特征，具有相当大的想象性、虚构性。它虽然具有真实的人物或风物、习俗，但反映的却是集体创作者的心态、愿望和喜怒哀乐。泉州民间传说中的才子、名士形象也可做此理解。他们既多少反映了历史上泉州才子、名士的真实面貌，也体现了泉州人民对才子、名士的集体想象、集体期待，以此寄托泉州人民的理想、希望和喜怒哀乐。泉州民间传说中那些才华横溢、聪明机智、倜傥多情、富有同情心、富于见识和胆识、卓尔不群、勇敢无畏、勇于自我反思的才子、名士形象，投射出泉州地区人们对知识分子的美好想象和期待。

---

① 《离经叛道李卓吾》，见吴建生主编《泉州讲古新编》，福建人民出版社，2008，第 354 页。

第三节　闽南的史事传说：
论"开漳圣王传说"中的善恶二元结构

漳州民间认陈元光为"开漳圣王"。[①] 关于其身世、生平，陈元煦叙述说："陈元光（656~711）字廷炬，号龙湖，广东揭阳人。少聪敏，'博通经史，尤耽黄石公素书及太公韬略'。他的祖上世代为官，祖父陈洪系义安（今潮州）郡丞，父陈政官拜玉钤卫左郎将归德将军、岭南行军总管。元光少年时代，随父领兵入闽，长期在戎马倥偬中生活。唐高宗仪凤二年（677）袭父职为将，武后垂拱二年（686）首任漳州刺史，历时二十余载。"[②]《大明漳州府志》记载，陈元光为"河东人"，"以功授玉钤卫左郎将。永隆三年，即永淳二年，迁岭南行军总管。垂拱二年，请置州以控岭表。朝廷从之，就以元光领州事。寻以功迁中郎将右鹰扬卫将军"。陈元光战死后，"漳民哀慕，如丧考妣。朝廷嘉其

---

① 关于陈元光的籍贯，有两种说法。一是认定为河南光州固始人，"开漳圣王传说"也认陈元光为河南光州固始人。二是认定为河东人，（明）洪洪谟修，周瑛纂的《大明漳州府志》即是如此。学者谢重光认为陈元光为广东揭阳人，"先世为河东（今山西省西南部）人"。谢重光甚至在《陈元光与漳州早期开发史研究》中将陈元光认定为北方少数民族后裔，"元光母亲出自代北鲜卑族"。"父族也可能是来自鲜卑复姓侯莫陈氏……陈元光氏族出自代北的侯莫陈，可能性是很大的。"参见谢重光《〈唐岭南行军总管陈元光考〉质疑》，《陈元光与漳州早期开发史研究》，文史哲出版社，1994 年，第 77 页。另外，据年轻学者蔡惠茹在《明清漳州开漳圣王信仰的发展与变迁考察》中的阐述，明清对陈元光的官方封号只有"昭烈侯"，"开漳圣王"属于漳州民间社会的说法。

② 陈元煦：《陈元光与漳州畲族——兼谈陈元光启漳的影响》，《福建师范大学学报》（哲学社会科学版）1984 年第 3 期。

忠，赠韬卫大将军"。① 漳州民间说中最富于历史感和地域文化意义的莫过于"开漳圣王传说"，它体现了开漳圣王信仰在漳州民间社会的根深叶茂。"开漳圣王信仰体系是指以陈元光为首，包括其家属及开漳将士在内的民间信仰体系。宋代开漳圣王信仰体系的神灵包括其家族上至曾祖、下至曾孙七世共计十八人，明清以来更多的陈元光将士被神化并纳入信仰体系中。"② 漳州地区"开漳圣王传说"是对以陈元光为核心，以其父陈政、祖母魏太夫人和部属马仁、许天正、李伯瑶、沈世纪、张赵胡、丁七娘为重要传说对象的系列民间叙事故事。

一 "开漳圣王传说"概况

漳州地区的"开漳圣王传说"主要收录于《中国民间故事集成·福建卷·漳州市分卷》（第二册）、《中国民间故事集成·福建卷·漳州市芗城区分卷（上）》、《中国民间故事集成·福建卷·漳州市开漳圣王故事卷》、《漳州民间故事》（卢奕醒、王雄铮编）、《中国民间故事集成·福建卷·平和县分卷》等。此外，华安县、长泰县、云霄县、东山县、漳浦县等各县整理的民间故事，也收录有"开漳圣王传说"。

以下是对漳州部分"开漳圣王传说"之内容、人物事迹的整理（见表 3 – 1）。

---

① （明）陈洪谟修，周瑛纂《大明漳州府志》，中华书局，2012，第 257～258 页。

② 蔡惠茹：《明清漳州开漳圣王信仰的发展与变迁考察》，《闽南师范大学学报》（哲学社会科学版）2016 年第 3 期。

序号	篇名	人物（角色）	人物（角色）事迹
11	《勇赵渊刀劈柳斜王》	陈元光父子、赵渊叔侄、柳斜	陈元光领兵征讨南靖县反王柳斜；赵渊叔父赵棠扮相士计破梧宅宝船风水；勇赵渊追逐反王，在天宝刀劈反王，赵渊亦壮烈牺牲。
12	《白石光助战灭群妖》	陈元光、许天正、白石仙姑、蝴蝶精、蚯蚓精	陈元光决意为民除害，神鹰夜战蝴蝶精，军士箭射蝴蝶精，白石仙姑用仙泉水为军校们洗涤眼睛；许天正两箭定苍龙；神鹰诛杀蝴蝶精；白石仙姑、陈元光合力剿灭蚯蚓精。
13	《陈将军金草诱狮崽》	陈元光、狮子、蛔蜞精	建造大峰山归德将军陵墓时，伽蓝洞蛔蜞精作怪，将木材、石料掀落山坑，陈元光睡梦中得灵通山神指点，用烟草治死蛔蜞精。迁葬这天，金鼓雷鸣，千年睡狮惊醒，一昂首，狮子峰升高到一千多米。有一年陈元光祭祀时，发现狮子峰竟是母狮，陈将军从母狮身上拔金丝草，召唤两只贪玩远走的大崽。
14	《鹰扬将军宴前斩婿》	陈元光、卢伯道、魏太夫人	庆功宴上，女婿不为陈元光助筷，一盘"丹阳朝凤"菜引起斩婿风波。许天正飞报魏太夫人，陈元光令重打大女婿卢伯道四十军棍，以正军法
15	《巧治三妖》	陈元光、犁头精、田鸡精、香龟精	陈元光在大溪灵通山狮子峰筑巡逻台，石门洞的犁头精、田鸡精、香龟精作怪。陈元光梦中得长者赠斩妖剑和宝箭，剿除三妖。
16	《筑巡逻台》	陈元光、蛔蜞精	陈元光在灵通山建巡逻台，但每夜都有小爬虫从山路滑上山顶，变大似巨人，将木材石料翻下山坑。陈元光迷糊中听老者说，可用烟草治伽兰洞蛔蜞精。陈元光用此法消灭妖精，义举感动远近山民，纷纷前来相助，在狮子峰上建起了雄伟的瞭望台。沉睡的母石狮被庆功大会吵醒，一昂头，狮子峰升高到一千多米。

续表

序号	篇名	人物（角色）	人物（角色）事迹
17	《力平山贼》	陈元光、观音菩萨、里曼	里曼阻止陈元光筑巡逻台，激战后，里曼兵败。里曼兄妹就去朝天寺偷宝，希望宝珠发出的炎光击溃唐军。但里曼连续三夜，造了三架梯子，都比寺墙短了一尺。原来朝天寺建在蟒蛇头上，很有灵气。观音菩萨测知里曼存心不良，所以寺墙夜夜增高，助陈元光一臂之力。陈元光扫洞穷追，消灭里曼贼。
18	《陈元光平丰岩洞》	陈元光、李伯瑶、马仁、野和尚	丰岩洞修炼已久的野和尚伤害新娘，其庇护的虎豹豺狼横行乡里。陈元光带将士困住丰岩洞。李伯瑶发现古藤，陈元光才明白野和尚利用古藤进出洞口。但砍断古藤，隔天它又完好。马仁干脆整夜看守，隐约听见守在洞口平台的小厮吹嘘说古藤不怕砍，只怕狗血和灿牙。等天亮，马仁用锯沾狗血，锯断古藤。野和尚永远被困于洞里。
19	《陈政智取飞龙洞》	陈政、张赵胡、丁七娘、蝙蝠精	平和县深山的飞龙洞主蝙蝠精武艺高强。飞龙洞四周悬崖直壁，飞鸟难越，唐军难以攻入。张赵胡献策智取飞龙洞，丁七娘扮为村姑，被探子拉上飞龙洞。蝙蝠精强要姑娘做压寨夫人，村姑提出要新郎剪利爪，穿绫罗绸缎，又设计流尽飞龙泉水，唐军蜂拥冲上山寨，丁七娘的利箭射进蝙蝠精胸膛。
20	《沈世纪初探飞鹅峒》	沈世纪、陈政、张赵胡、金菁娘娘	陈政渡过九龙江，进驻绥安城。先锋沈世纪被飞鹅山挡住去路。山上的娘子寨峒主金菁娘娘会法术，将沈世纪引入夹谷。沈左闯右突，想起军师张赵胡教导他，只要认准山寨上鹅冠巨石，就能走出迷谷。凭着熟悉飞鹅峒地形，沈世纪向陈政建议，让李伯瑶化装上山招亲，智破飞鹅峒。

序号	篇名	人物（角色）	人物（角色）事迹
21	《陈元光计破娘仔寨》	陈元光、李伯瑶、娘仔妈	陈元光攻打娘仔寨失利，李伯瑶扮成江湖术士进娘仔寨，娘仔妈爱慕李伯瑶，李利用未婚夫身份，每天察看地形，选择"鹅喉"开掘水井，破了"鹅穴"。新婚之夜，他灌醉娘仔妈，赚开寨门。陈元光传令，不杀一人，娘仔妈归顺唐朝。陈元光就在山寨为李伯瑶和娘仔妈举行婚礼，修整几天，继续挥军南下。
22	《陈圣王智取飞鹅峒》	陈政、陈元光、沈世纪、李伯瑶、张赵胡、金菁娘娘、苗自成、雷万兴	鹰扬卫将军陈元光带队追击溃逃的蛮燎酋长苗自成、雷万兴，被蛮寨挡住去路。这座娘仔寨的峒寨建在鹅形山上，峒主金菁娘娘艺高且淫逸。娘仔妈在败退中将沈世纪引入峡谷。娘仔妈二战沈世纪，又败下阵来，固守飞鹅山天险。军师建议智取，李伯瑶乔装为相士前往破坏飞鹅山的活穴位。途径蛇王庙，老僧请李伯瑶不伤害畲民，并告知飞鹅山鹅穴在心脏处，若给飞鹅放血则成死穴。李伯瑶利用金菁娘娘的信任和爱慕，在飞鹅山指挥挖渠引水，破了飞鹅穴。金菁娘娘知道上当，追赶李伯瑶，被张赵胡挡住，军师用天罗地网罩住金菁娘娘，劝降不果，又网开一面。李伯瑶引军占领娘仔寨，金菁娘娘走投无路，自刎。
23	《龙湖营地植御榕》	陈政、陈元光、唐皇	陈政于漳浦殉职，唐皇恩准陈元光为征南兵马大元帅，出征吉日，皇帝亲手授陈元光一株驱魔避邪的榕树苗。陈元光吸取先父教训，摸清十八洞之虚实，做到知己知彼，英勇指挥，将士同心，各个击破，平定闽南。陈元光又在长泰边境建"龙湖营地"，开山屯田，将榕树苗栽培于此。

续表

序号	篇名	人物（角色）	人物（角色）事迹
24	《无象庙》	陈元光、马英、野象	陈元光屯兵于漳浦葵冈岭附近，有次野象群横截部队前进路线，一只猛象直撞进小山村，用象鼻卷走一个小男孩儿，军营里跳出红衣少年马英，跃上象背，举手拍打三下象背，又一声叶笛，野象稳稳地放下小孩儿。他吹着欢快的叶笛，猛象驯服地和着歌声踏舞起步，士兵和村民跟着大象的舞步，和着叶笛声唱歌。
25	《放马埔》	陈元光、马英、马仁等	陈元光、马仁、欧仁、沈世纪等人在放马埔观看军马，有人拉来三匹马卖给唐军，陈元光叫马英评估马的好坏和价格，马英指出白马比两匹红马值银子十倍。次日，马英叫人骑着马，告诉大家从蹄音辨别马的优劣，众人佩服马英的眼力和经验，称其是真正的驯马师。
26	《陈元光血染大峙原》	陈元光、马仁、许天正、蓝奉高	陈元光请别驾许天正代理州事，自带马仁和亲兵去给祖母结庐守墓。谁知潮州蛮寇朱艾聚众作乱，派大将蓝奉高带人马悄悄来到岳山，企图偷袭西林，抢劫漳州。探马报警，陈元光赶去堵截，与蓝奉高大战而身负重伤，马仁拼死救主。陈元光单身一人跃马过漳江，冲上大峙原，许天正领援军赶来，他放心地回马转身眺望，岳山战场杀声已停，想到马仁可能壮烈成仁，陈元光心头血涌，溅满战袍，气绝身亡。唐军来到面前，陈元光仍紧握银枪威风凛凛地端坐在马鞍上。
27	《吕县令祷神威惠庙》	吕琦、流寇	流寇闯入漳浦境内，吕县令募民为兵，却难以抵抗。县令祈求圣王显灵保庇，成团成阵的大胡蜂从庙里飞出猛叮流寇。部分冥顽不化的强盗头目，又在城外抢男霸女。难民逃进城郊的威惠庙，强盗不怕神衹，冲到庙里去。突然，天空中金鼓摇动，无数天兵天将把强盗围住，使其走投无路，吕县令赶来将之逮捕。

续表

序号	篇名	人物（角色）	人物（角色）事迹
28	《鲁轩公修建新寨庙》	鲁轩公、虎母、虎仔	鲁轩公将风水宝地献给乡亲建造新寨庙，供奉开漳圣王。某夜鲁轩公得圣王梦示，收留乞食婆及其囝仔（虎母虎仔），后来母子被鲁婆婆趁机攥走。十几年后，鲁轩公将墙上告谕百姓完粮完税的告示当粗纸扯下，官府认为他蓄意谋反，判处死刑。进士及第的虎仔被钦点按察使到福建审理积案，为鲁轩公解脱冤案。
29	《碧山岩神石歼群贼》	黄姓人家、陈元光与部属李伯瑶、马仁的神灵、强盗	康熙末年，漳州黄姓人家渡海去台，经过台北碧山尖峰时，察觉巨大石笋底下小洞乃是极佳的地理"蜂巢穴"，黄父将开漳圣王香火袋安置于小洞内。乾隆十六年时，碧山尖峰下已有五姓居民，忽然窜来一股土匪，他们祷告圣王保庇。圣王显灵，巨大石笋裂成三大块，化为开漳圣王及部属李伯瑶、马仁，击毙强盗。
30	《魂仔草的传说》	陈元光、陈珦、牙里精	陈元光进征赤湖镇蛮獠部落，采取围而不攻的办法，牙里精及其部属饿死山洞。牙里精咬牙切齿地说，饿死后要变成蝶仔吃光稻子。二十年后，果然蝶仔大量繁殖。漳州刺史陈珦将蝶仔精残害百姓之事祭告父亲，发现父亲坟上长出一棵与众不同的草，能制服蝶仔精。百姓把这种由圣王忠魂所化的草叫作"魂仔草"。
31	《柳少安州治迁龙溪》	陈元光、陈珦、陈谟、柳少安	老军校恳请陈珦上疏，将州治内迁李澳川平原地区。其孙陈谟任漳州刺史后，处事武断，百余人联名到福州向观察使卢谌陈述要求，柳少安受朝廷派遣担任漳州刺史，有心栽培陈谟。龙溪县并入漳州府，柳少安巡视后，请示朝廷再迁漳州府治，不允。柳少安回调京城时，叮嘱陈谟要一再申请，"让漳州建立在一个千年大邦上"。贞元二年朝议，朝廷恩准漳州再迁龙溪县桂林村，果真成为千年历史名城。

续表

序号	篇名	人物（角色）	人物（角色）事迹
32	《"三姓王"的故事》	张赵胡、张老果、姚员外	相传潮州潮阳县张老果夫妻在厝前空地上种南瓜，南瓜藤爬过隔壁赵家厝顶，在后壁胡家厝顶结出大南瓜，从大南瓜中诞生青脸胖娃娃。三家争团仔，姚员外调解说，这是皇天差遣团仔接续三家之后，于是三家合养，取名张赵胡。六位父母过世后，张赵胡千里跋涉，去庐山拜师学道，下山后帮唐军平定峒蛮骚乱。
33	《丁七娘的故事》	丁七娘、丁淑光、柯氏、黎山老母	福州古田县药材商丁淑光之妻柯氏在溪边洗衣服，捡起一粒朝她飘来的鸭蛋，怀孕生下肉球，乳母剖开肉球，跳出白胖的查某团仔，取名丁七娘。柯氏去世，后母泼辣狠毒，趁着七娘父亲出去经商时机，傍晚叫七娘上山砍柴。黎山老母派来神虎，叼走七娘去学道习武，艺成下山，帮陈政父子平闽立功。

从表 3-1 来看，整理的三十余篇"开漳圣王传说"，首先主要关涉陈政父子平蛮、平乱事迹，如《归德将军礼贤聘丁儒》、《倒插竹的来历》（"异文"故事有《倒插竹》《陈将军困守九龙山》）、《魏太夫人百岁挂帅》、《柳营江与唐化里》、《四脚鱼和五雷宫》（"异文"故事有《四脚鱼》《五雷宫》，《五雷宫》有所不同的是主人公为魏氏贴身丫头许七娘）、《陈圣王智取飞鹅峒》（《沈世纪初探飞鹅峒》《李伯瑶娘子寨招亲》《陈元光计破娘仔寨》是三篇"异文"传说，《陈圣王智取飞鹅峒》集合了三篇传说的所有母题）、《陈元光血染大岬原》、《力平山贼》、《陈元光平丰岩洞》、《龙湖营地植御榕》、《勇赵渊刀劈柳斜王》等，都

属于平蛮、平乱传说。这些传说叙述了以陈政、陈元光父子为首的开漳将士们，排除艰难险阻，平定"蛮獠"啸乱，在闽南地区开疆辟土、推行教化的开漳历程。其次是除妖传说，它其实也属于平蛮传说，这些妖魔应是畲民在传说中被妖魔化、非人化的形象表征。例如《白石光助战灭群妖》《巧治三妖》《筑巡逻台》《陈将军金草诱狮崽》《陈政智取飞龙洞》，就属于开漳将士斩妖除魔的传说。这些传说叙述了唐军在开发闽南的过程中，同各类与之敌对作怪的妖魔进行斗争的艰苦历程。至于《陈元光勇破李蛮洞》《许天正收服猫仔精》《魂仔草的传说》等民间传说，更是结合了平蛮和除妖双重主题。这也表明了所谓"妖魔"，实质上正是民间传说对闽南畲民的妖魔化、非人化表述。最后，有关"圣王显灵"的传说也占相当大的分量。如《吕县令祷神威惠庙》、《鲁轩公修建新寨庙》（"异文"故事有《陈元光托梦建庙》）、《碧山岩神石歼群贼》等传说，这些展现开漳圣王"显灵"除寇或助人的故事，展现了在闽南民间社会上升为"神明"的陈元光及其部属，依然发挥着保境安民的重要能力。此外，部分"开漳圣王传说"对归德将军身后事（如《归德将军墓葬之谜》《少将军迁葬明心志》）、漳州府治迁治事宜（如《柳少安州治迁龙溪》），以及部属的传奇身世、才华、英雄事迹等（如《"三姓王"的故事》《丁七娘的故事》《无象庙》《放马埔》）进行叙述。可见，"开漳圣王传说"固然最重视陈元光父子，但开漳将士集体也成为闽南民众重要的历史记忆，体现了闽南人民对先贤和开漳将士群体的追思与敬重之情。

二 "开漳圣王传说"中的善恶二元结构

考察漳州地区系列"开漳圣王传说",发现它们呈现出鲜明的善恶二元结构。笔者上面整理出来的表格也可以显现出"开漳圣王传说"的这个特点。

(一) 关键词使用上的正、负对比

在系列"开漳圣王传说"中,部分用语感情色彩强烈,呈现出较强的道德感或体现出比较鲜明的立场,这些用语,我们姑且称之为"关键词"。体味这些关键词,可以对漳州地区的"开漳圣王传说"产生一些比较深入的思考和洞察。具体到系列"开漳圣王传说"中,我们发现,使用于开漳将士的关键词具有正面的赞颂的特质,用之于闽南畲民的关键词基本上呈现出负面的贬义特质。

使用于开漳将士的重要关键词,我们可以分为五组。"平"(平蛮、平定、平叛、平乱)、征讨、勇破、襄助、助战等可以归为第一组。这一组动词充分体现了陈政父子率军对闽南畲民征战的正义性。一个"平"字在"开漳圣王传说"中高频率出现,"平蛮""平叛""平乱"体现了开漳将士对畲民作战的军事性质,宣示了其正义性。"征讨"蛮獠,"勇破"蛮寨,"平定"啸乱,神仙襄助,高人助战,诸如此类的表述都意在体现唐军对畲民征战的合理性、合法性、正义性。替天行道、为国尽忠、为民除害、晓以大义等,可以归为第二组关键词。这一组关键词既体现了开漳将士对畲民征战上合天理、下顺民心,又体现了在征战过程中,唐军将士"剿抚并用""攻心为上"的良好策略。教化、鞠躬尽瘁、造福、恩德、开创、缅怀等,可归为第三组关键词。

这一组关键词歌颂了开漳将士开创闽南历史的重大意义，对闽南社会发展做出的巨大贡献，以及闽南民众对他们的感恩之情。威风凛凛、智勇双全、威名大振等，可归为第四组关键词，这些词语塑造了开漳将士的高大形象。壮烈成仁、忠魂烈魄、殉职等，可归为第五组关键词，这些词语赞誉了开漳将士为国家牺牲的高尚品格。上述五组关键词，对开漳将士们进行了高尚化、美化、正义化的文字处理，凸显了唐军对闽南畲民征战的正义性。

用之于闽南畲民的关键词可粗略分为两组。第一组有蛮（蛮峒、蛮寨、蛮阵、蛮獠、蛮王、蛮兵、南蛮、蛮寇）、妖（妖孽、妖物、妖精、妖兵）、番女、孽障、山贼、匪徒等名词。一个"蛮"字在"开漳圣王传说"中比比皆是，"蛮峒""蛮寨""蛮阵"等是对畲民居住地（营寨）、阵式的蔑称，"蛮獠""蛮王""蛮兵""南蛮""蛮寇"等是对畲民集体或个人的蔑称。比"蛮"更具伤害力的称呼是"妖""孽障""山贼""匪徒"之类，这些关键词体现了"开漳圣王传说"对畲民"非人化""妖魔化"的表述，对他们社会身份、地位的极力否定。第二组关键词有反叛、啸乱、骚乱、作恶、危害、逞淫威、横行、蠢动、盘踞、抢劫、凶顽、猖獗、妄图、存心不良等。这一组词语以动词居多，定位了畲民"起事"的性质，乃是"反叛""啸乱""骚乱""作恶"之类；描述了畲民为祸的各种方式，诸如"逞淫威"，"横行乡里"，"盘踞"某地"危害"地方等；描述了畲民作乱的各种状态，如"凶顽""猖獗""妄图""存心不良"等。上述两组关键词的使用，对畲民采取了"边缘化""妖魔化""非人化"的身份定位，极力突出了畲民军事行动的非法性、罪恶性，从而为开漳将士征讨畲民的军事战争提供合理、合法、正义的光环。

我们试以一段文字来感受系列"开漳圣王传说"对唐军和畲民双方在关键词使用上鲜明的正、负特质。"唐军不欲多杀伤，只一鼓作气平了蛮峒。后来又趁胜追击，连克数寨，唐军且战且抚，对愿意归顺的蛮獠，就划出地盘予以安置，给以粮食、布帛以及生产工具，并派军校教他们耕种技术，施以教化。这些村畲后来就叫做'唐化里'。"① 可以说，系列"开漳圣王传说"对以陈政、陈元光父子为核心的开漳将士使用正面性质的关键词，对畲民采用了负面性质的描述性词汇。这种关键词使用上的正、负对比，正是善恶二元结构在系列"开漳圣王传说"中的重要体现。

（二）人物形象塑造上的美、丑对立

考察系列"开漳圣王传说"，发现它在对开漳将士与畲民的人物形象塑造上具有明显的美、丑对立，前者被建构为高大的美的形象，后者反之。

陈元光是系列"开漳圣王传说"最着力建构的核心人物，《大明漳州府志》对陈元光在平定啸乱、开疆拓土、发展经济等方面的贡献做了充分肯定："躬率部曲剪薙荆棘，开拓村落，收辑散亡，营农积粟，兴贩陶冶，以通商贾，以阜货财。乃深入险阻，扫荡桀黠。东距泉、建，西踰潮、广，南抗岛屿，北抵虔抚，威望凛然，方数千里无桴鼓之声。"② 漳州地区"开漳圣王传说"与这段地方志的记载相互印证，并突出了陈元光多方面的杰出贡献和才能。

陈元光一生最重要的功绩是平定畲民啸乱、开发闽南。据谢重光论述，陈元光之父陈政未取得平定畲民啸乱的完胜而殁。

---

① 《开漳将帅的传说·归德将军礼贤聘丁儒》，见简清水主编《中国民间故事集成·福建卷·漳州市分卷》（第二册），漳州市民间文学集成编委会，1992，第 4 页。

② （明）陈洪谟修，周瑛纂《大明漳州府志》，中华书局，2012，第 257～258 页。

"陈元光受命于危难之际。刚刚代父为将，便遇'广寇陈谦连结洞蛮苗自成、雷万兴等'连陷冈州（在今广东新会县北）、潮阳（今广东潮安县治），'遍掠岭左，闽粤惊扰。'这是一次岭南地主武装与畲族先民联合对抗唐朝统治者的大规模军事行动，朝命潮州刺史常怀德和循州司马高琔发兵征讨，不能制敌，急忙檄令陈元光进击。元光'提兵深入，伐山开道，潜袭寇垒，俘馘万计，岭表悉平。'……朝廷嘉其功，进位鹰扬卫将军、怀化大将军。"①陈元光征讨畲民、平定啸乱的功绩也是"开漳圣王传说"最重要的叙述内容，在与畲民的军事、政治斗争中，传说叙述了他突出的军事才能和良好的民族政策。长泰县民间故事《龙湖营地植御榕》，叙述陈元光南征，一路军纪严明，秋毫无犯。"陈元光吸取先父教训，不急于进攻，先派探马，四处侦察，了解地情，摸清十八洞之虚实，做到知己知彼，英勇指挥，将士同心，各个击破，很快就扫清了各路反军，基本平定了闽南。"② 在此，一位深得用兵奥妙、深得将士爱戴、勇敢智慧的将帅陈元光的形象跃然纸上。在东山县民间故事《陈元光计破娘仔寨》中，分营将李伯瑶打扮成江湖术士模样，来到娘仔寨，取得娘仔妈信任，破了飞鹅岗"鹅穴"，将唐军放进寨门。"元光传令，不要杀一人，尽力劝寨兵投降。……娘仔妈看见大势已去，陈元光又重恩义，也只好表示愿意归顺唐朝。陈元光就在山寨为李伯瑶和娘仔妈举行婚礼，修整了几天，继续挥军南下，平定其他山寨，开发了漳州地

---

① 谢重光：《"开漳圣王"陈元光论略》，见谢重光《陈元光与漳州早期开发史研究》，文史哲出版社，1994，第107页。

② 《龙湖营地植御榕》，见谢来根主编《中国民间故事集成·福建卷·长泰县分卷》，长泰县民间文学集成编委会，1993，第254页。

区。以后民众为感念陈元光开发闽南有功，尊称为'开漳圣王'，也为李伯瑶塑像。并在飞鹅岗附近建一座娘仔妈庙宇。"① 此传说中的陈元光的形象高大而富于人情味，他以恩义待敌，并不滥杀，也重视与当地少数民族的关系，对畲民平等相待，与之缔结婚姻，以期永久和睦相处，实属难得。

除了平定畲民啸乱、安定地方的重大贡献，陈政、陈元光父子及其子孙几代人都为开发和建设漳州做出了重要贡献。推进民族融合是其一。"开漳圣王传说"即建构了陈元光促进民族融合、以平等和仁义待畲民的高大形象。陈元光入闽作战，二十一岁代领父职，"实施'胡越百家和好'的政策，对汉畲两家一视同仁，共同开发闽南，号称治平。他的夫人种氏就是这时娶的。五十八姓军校也在闽南落籍，互为婚配了"②。在此，陈元光推行汉畲通婚、"胡越百家和好"的民族政策，他开发闽南、推动社会发展的重要贡献，以及他以人为本、以仁义为先、与畲民平等共处的高大形象，都得以呈现。促进漳州社会经济、文化发展是其二。在《归德将军墓葬之谜》中，归德将军陈政于唐高宗凤仪二年病逝，鹰扬将军陈元光代领父职，当上岭南行军总管。唐军屯所设在梁山岭下，即云霄县西林村。"潮寇"随时可能来犯，社会不安定，陈元光无暇好好安置老父。"十几年过后，陈元光和他的谋士许天正、丁儒、李伯瑶、沈世纪等人，同心协力，艰苦奋斗，终于安定了地方，促进了贸易，发展了生产，又安抚了畲

---

① 《陈元光计破娘仔寨》，见孙英龙主编《中国民间故事集成·福建卷·东山县分卷》，东山县民间文学集成编委会，1991，第 191～192 页。

② 《陈元光血染大峙原》，见卢奕醒、王雄铮编《漳州民间故事》，中国人民政治协商会议 福建省漳州市委员会文史资料委员会，1988，第 26～27 页。

民，创办了学校，施行了教化，把闽南开发成一片富庶的'乐
土'。这时，陈元光才向唐王朝申请准予建州置县、纳入版图。"①
这篇传说叙述了陈元光多种功绩：平定啸乱、安定地方；发展经
济；推行教育；建州置县，推进漳州历史进程。由此，陈元光公
而忘私、为国家和社会鞠躬尽瘁的高尚形象得以确立。

此外，"开漳圣王传说"还将陈元光建构为才子形象。民间传说
《放马埔》叙述说："'文士爱诗，将军爱马'这是人之常情。陈元光
集文士将军品质于一身。陈圣王十三岁在河南光州固始县，应州官选
拔考试，得了第一名。少年时随父入闽征战，披荆斩棘，开山造路，
屯垦建堡，招抚流亡，历尽多少艰辛，也培养多少英雄人才。陈元光
将军本是诗人，传下来有《龙湖集》诗文。"② 陈元光是否创作了
《龙湖集》流传于世？这个问题在学术界有分歧。③ 民间传说虽然有
一定根据，但并不受真实与否的完全束缚。民间传说叙述陈元光创作
《龙湖集》传世，意在建构陈元光勇将兼才子的光辉形象。

概而言之，在系列"开漳圣王传说"中，凸显于平蛮、平乱

①　《归德将军墓葬之谜》，见卢奕醒、王雄铮编《漳州民间故事》，中国人民政
　　治协商会议 福建省漳州市委员会文史资料委员会，1988，第22页。
②　《开漳将帅的传说·放马埔》，见简清水主编《中国民间故事集成·福建卷·漳
　　州市分卷》（第二册），漳州市民间文学集成编委会，1992，第82页。
③　谢重光指出，"自唐至民国初年的传世文献中，从来没有人认为陈元光曾著
　　过一部《龙湖集》"。今天大家见到的《龙湖集》，最早见于民国四年陈有国
　　编纂的《陈氏族谱》和民国五年陈祯祥纂成的《陈氏开漳族谱》中，"原题
　　为《龙湖公全集》，近几年才有人把它抄出，擅自改题为《龙湖集》"。参见
　　《陈元光与漳州早期开发史研究》第33页。谢重光甚至通过研究，认为《龙
　　湖集》"是后人伪托之作"。欧潭生、卢美松则与谢重光针锋相对，认为谢重
　　光的很多研究经不起推敲。漳州学者何池在论文《论陈元光开发建设漳州的
　　业绩》[《闽南师范大学学报》（哲学社会科学版）2002年第4期]中肯定陈
　　元光文武双全，他的《龙湖集》是福建省最早的一部保存完好的诗集。

和除妖传说中的开漳将军陈元光，被建构为智勇兼备、文武双全的光辉形象；凸显于"圣王显灵"传说中的神明"开漳圣王"，被建构为有求必应、保土庇民、救苦救难、忧国忧民的爱国神形象。无论是人还是神，陈元光形象在本质上是一种高尚的美善的形象。从人上升为"神明"的陈元光，依然发挥着保境安民的重要能力，被闽南民间社会深深敬重和怀念。《大明漳州府志》有论曰："元光自唐垂拱二年开创此州，迄今八百余载，而民思念之者如一日，其故何哉？盖元光于此州有启土之功焉，于此州有保民之惠焉，于此州有死事之忠焉，此民所以思之而不置也。"①

与开漳将士形象形成反差的是，畲民形象主要被建构为丑与恶的形象。我们以民间传说中的娘仔妈（金菁娘娘）为例。《沈世纪初探飞鹅峒》《李伯瑶娘子寨招亲》《陈元光计破娘仔寨》《陈圣王智取飞鹅峒》等"开漳圣王传说"，表面上以开漳将士为主人公，实际上娘仔妈才是传说的中心人物。前三则传说对娘仔妈形象有所肯定，如《陈元光计破娘仔寨》叙述道，漳浦绥安城十五里处的盘陀岭上有飞鹅岗，传说是个"鹅穴"的灵地。这里住着畲族部落，寨名"娘仔寨"。寨主是年轻美貌的畲族姑娘，英勇善战，人们尊称她为"娘仔妈"。陈元光征讨娘仔妈屡屡失利，采取"智取"方式，让美男子李伯瑶化装成相士前往峒寨，利用娘仔妈对美男子的爱慕，破坏"鹅穴"。又在新婚夜灌醉娘仔妈，赚开寨门，唐军兵不血刃拿下娘仔寨。这则故事中的娘仔妈虽有弱点，但不失美丽和英勇善战的正面形象。到了漳浦县民间故事《陈圣王智取飞鹅峒》，建在鹅形山上的峒寨娘仔寨的峒主金菁娘娘（峒寨女兵称之为"娘

---

① （明）陈洪谟修，周瑛纂《大明漳州府志》，中华书局，2012，第258页。

仔妈"），其形象被特别丑化。"她面若桃花，长相十分妖冶，生性十分淫逸，经常下山掳掠青年男子，供她寻欢作乐。她凭藉自己一身好武艺，又会妖法，横行地方，成为这一带的混世魔王。"① 在这短短的一段叙述中，频繁地出现极度丑化的词语，如"妖冶""十分淫逸""掳掠""寻欢作乐""妖法""横行""混世魔王"等词语，涉及对娘仔妈的相貌、品格、行为等方面的评价，可谓全方位地将娘仔妈加以丑化。除了将畲民"污名化""丑化"，"开漳圣王传说"还将畲民"妖魔化""非人化""矮化"。许多畲民被建构为妖魔形象，如《陈政智取飞龙洞》，洞主为蝙蝠精。"这蝙蝠大王，他人形，似鸟非鸟，能扑翅腾飞，手长利爪，武艺高强，全身披铁甲，除三寸咽喉外，万箭难射，刀枪不入。"② 张赵胡献策智取飞龙洞，由其夫人丁七娘扮为村姑，近距离接近蝙蝠精，又设计流尽飞龙泉水，唐军才能蜂拥冲上山寨，取得胜利。又如《许天正收服猫仔精》，叙述陈政发兵华安境内桃源洞，讨伐狮头寨，难以顺利取胜。"陈政回营后，与军师张赵胡，军咨祭酒丁儒，参军许天正共同商议对策。军师张赵胡掐指一算，笑说：'雷田是猫仔精变的，猫仔离不开鱼腥，每日凌晨前元神出窍时，总要到溪边捉鱼食。许将军，你只要如此这般，定能逮住这孽障的。'许天正就遵令行事。"③ 上述两则传说中的飞龙洞洞主、狮头

① 《陈圣王智取飞鹅峒》，见黄以结主编《中国民间故事集成·福建卷·漳浦县分卷》，漳浦县民间文学集成编委会，1991，第126页。
② 《陈政智取飞龙洞》，见黄达彬主编《中国民间故事集成·福建卷·平和县分卷》，平和县民间文学集成编委会，1992，第42~43页。
③ 《开漳将帅的传说·许天正收服猫仔精》，见简清水主编《中国民间故事集成·福建卷·漳州市分卷》（第二册），漳州市民间文学集成编委会，1992，第30页。

寨守将雷田，都被建构为妖怪、"孽障"，具有动物的秉性、状貌和行为特征，这实际上是对畲民的又一种"污名化""丑化"。在《许天正收服猫仔精》传说中，雷田手下还有两位猛将，"这两人身高一丈多，臂壮腿粗，力大无穷，勇猛好斗，异常强悍。只可惜他四肢发达，头脑简单，是双浑人。一个叫雷立，一个叫雷兴"①。将雷立、雷兴描述为强悍好斗、头脑简单的浑人，这样的形象建构其实是以"有色眼镜"看待畲民，将其"矮化""丑化"。

概而言之，"开漳圣王传说"中的畲民形象，虽然他们的勇敢善战被部分肯定，但主要被建构为丑的恶的负面形象，他们或为妖魔、孽障，或为淫妇，或为混世魔王，或为残害百姓的盗寇，或为暴虐的蛮王，或为浑人……与开漳将士形象形成了鲜明的对比。苏永前指出，在陈元光"开漳"传说中，畲族先祖"经历了由'非人'到'精怪'的演变过程。受中国古代华夏正统史观的制约，'非我族类'的四方异族往往被想象成为与飞禽走兽无异的'非人'，因而成为中央王权'以华变夷'乃至武力征伐的合理依据"②。"开漳圣王传说"中人物形象建构上的这种美、善与丑、恶的对比，也反映了它暗含的善恶二元结构。

（三）唐军与畲民争战的胜、败有别

在漳州系列"开漳圣王传说"中，陈元光家族几代人率领唐军与畲民作战，经历了无数战争，取得了最终的重大胜利，平定了畲民动乱，开发了闽南。谢重光对陈氏家族有不少新鲜（但未

① 《开漳将帅的传说·许天正收服猫仔精》，见简清水主编《中国民间故事集成·福建卷·漳州市分卷》（第二册），漳州市民间文学集成编委会，1992，第28页。
② 苏永前：《想象、权力与民间叙事——人类学视野中的陈元光"开漳"传说》，《民族文学研究》2011年第5期。

必确实）的见解，他曾论述说："陈氏家族正是效顺朝廷后被朝廷用以对付那些'冥顽不化'的'蛮獠'的地方首领。陈政、陈元光父子顺应了国家统一、民族融合的时代潮流，率领以其私兵为骨干的地方武装，通过长期卓绝的军事斗争，辅以招抚的政治手段，击败了'蛮獠'的一次次反抗，实现了当时的泉潮之交，即今天的闽南粤东地区的社会安定，民族融合和历史进步。"① 姑且不论谢重光对陈氏家族的社会地位（地方首领）、军队属性（私兵为骨干的地方武装）的论断是否确实，单就他指出陈政父子率军对畲民征战的策略、结果、意义而言，这段论述就颇为合理，也与地方志的记载比较契合。

考察系列"开漳圣王传说"，唐军胜利的方式或策略主要有三种。

其一是智取，兵不血刃获得胜利，畲民归降。"不战而屈人之兵"被兵家认为是作战的上策。在"开漳圣王传说"中，畲民强悍，常有啸乱。但陈元光父子都遵循"攻心为上"的策略，尽可能招降畲民，因此也有少数传说叙述了开漳将士以智取胜且兵不血刃的战例，如《陈元光计破娘仔寨》。在此传说中，陈元光攻打娘仔寨失利，唐军采用"美男计"，由美男子李伯瑶扮成江湖术士进入娘仔寨，获得娘仔妈的爱慕。李将军又利用未婚夫身份，每天察看地形，选择"鹅喉"开掘水井，破了"鹅穴"。新婚之夜，他灌醉娘仔妈，赚开寨门。陈元光传令，不杀一人，唐军兵不血刃占领娘仔寨，娘仔妈及畲兵归顺唐朝廷。陈元光亲自

---

① 谢重光：《〈唐岭南行军总管陈元光考〉质疑》，见谢重光《陈元光与漳州早期开发史研究》，文史哲出版社，1994，第82页。

为娘仔妈和李伯瑶主婚，汉畲一家，和平共处。这是中央王朝征战畲民最为理想的结局。

其二是剿抚并用，先取得军事斗争胜利，畲民归降。剿抚并用是陈政父子讨伐畲民的基本作战策略。在传说《归德将军礼贤聘丁儒》中，丁儒对陈政说："对付蛮獠应以智取，不可力剿。必须恩威齐下，剿抚并作，攻心为上，使蛮獠心知感激，方能安定边陲。"① 陈政深以为然，对丁儒有相见恨晚之感。之后陈元光也重视"剿抚并作，攻心为上"的策略，对征讨畲民起了很好的帮助。《归德将军礼贤聘丁儒》《柳营江与唐化里》等民间传说，都叙述陈政率领的唐军且战且抚，对归顺的畲民施行教化，使这些畲村成为"唐化里"。《许天正收服猫仔精》最典型反映了唐军剿抚并用的作战策略。此传说叙述陈政发兵华安境内的桃源洞，讨伐狮头寨。许天正、马仁等大战狮头寨守将雷田，张赵胡设计，先收服猫仔精所变的雷田，再擒拿雷立、雷兴。雷兴不服唐军"诡计陷人，并非真本领"，雷立认为若阵前格斗输了，就服。

> 陈政说："好，我可以放你们十次，再抓你们十次，那时再论胜负如何？"吩咐左右松绑，并给敷上金疮药，还给他们武器，放出营门。他们看见喽啰都围坐在地上，山寨也换了旗帜，真是有家难归，有邦难投，两人对视一眼，浑人今番也不浑了，翻身进账，跪倒于地，叩谢不杀之恩，说："山寨野人，今后不再反了。"陈将军下座，扶起他俩说："汉

---

① 《开漳将帅的传说·归德将军礼贤聘丁儒》，见简清水主编《中国民间故事集成·福建卷·漳州市分卷》（第二册），漳州市民间文学集成编委会，1992，第3页。

畲本一家，只要你们不反朝廷，我们可以和睦共处，教你耕织，免你田赋。你可以带人去桃源洞，禀告蓝雷大王，如肯前来签订盟约，化干戈为玉帛，我们即日退兵。"两人听了千恩万谢，一致答应遵命照办。当晚陈政命令两人带喽啰们仍回山寨，马仁照旧撤回大营。次日，派人送去百匹布帛，百担粮食，送给蓝雷大王，致上好意，并告诉他们雷田将军已改邪归正回山修炼去了，不要为之挂心。事后由雷兴、雷立向蓝雷大王禀明这一切，蓝雷惊魂始安，允诺两军歃血盟誓，永远和睦共处，互不侵犯。陈将军即日班师回龙溪。①

从上述文字可知，陈政收服雷立、雷兴，既有斗智斗勇，也有以恩德和仁义服人，使雷立、雷兴心服口服、感恩戴德。桃源洞洞主蓝雷大王也迫于形势，感于唐军仁义，而允诺两军歃血盟誓，永不背叛。唐军剿抚并用的策略，使其在征战畲民时取得了重大胜利。

其三是力取，剿灭畲民。《丁七娘巧取飞龙洞》《力平山贼》等传说，都叙述了唐军对付顽固强悍或作恶多端的"蛮獠"，不得已或顺应民心加以剿灭。在前一则传说中，唐军取胜，既有智取因素，也有力取因素。故事中的蝙蝠精吸人血，作恶多端，当地百姓叫苦连天，联名请求唐军剿灭蝙蝠精。归德将军陈政为民除害，决意剿灭被蝙蝠精姚玉霸占的飞龙洞。张赵胡建议智取，由其夫人丁七娘扮为民妇上山，近距离接触蝙蝠精，趁机诛杀了蝙蝠精。唐军掩杀入洞，一刀一个，犹如快刀切西瓜般，剿灭了

---

① 《开漳将帅的传说·许天正收服猫仔精》，见简清水主编《中国民间故事集成·福建卷·漳州市分卷》（第二册），漳州市民间文学集成编委会，1992，第 32 页。

"几千只乌鸦兵"。在《力平山贼》的传说中，陈元光扫洞穷追，消灭了里曼贼。自古战争都残酷。"开漳圣王传说"站在具有"话语权"的强势者汉族一边，在叙述唐军残酷地剿灭畲民时，都为其戴上为民除害、替天行道的光环，以减弱剿杀的血腥。当然，事实上，战争的结果促进了民族融合，推动了闽南社会的历史进程。

考察系列"开漳圣王传说"，唐军能够取胜是多方面原因的综合。

其一是陈政、陈元光父子本身的才智和军事能力。陈政善于用人，礼贤下士，又谦虚纳谏，这是他在征讨畲民过程中虽有挫折，但能够使唐军最终获胜的重要原因。在《归德将军礼贤聘丁儒》传说中，唐高宗总章二年，蛮獠首领苗自成、雷万兴率众造反，皇帝封陈政为岭南行军总管，领兵征讨蛮獠。归德将军陈政为河南光州固始人，他率领一百二十员部将和三千六百名军校星夜出征，以许天正为先锋，十三岁的陈元光随军从征。蛮獠百峒分散居住崇山密林间，唐军剿叛时，他们藏匿；驻扎时，他们袭击；搅得唐军六神无主。"有一天，归德将军忽然想起前些日子在与前任地方官吏曾镇守交割事务时，座间有一位儒将，一表人才，谈吐超凡，听说是曾镇府的乘龙快婿，姓丁名儒。此人非常熟悉闽南一带地理与民情，对蛮獠的生聚情况和习俗更了如指掌，就决定亲自登门求教，聘请他为军咨祭酒。"[1] 丁儒向陈政建议，智取"蛮獠"，"恩威齐下，剿抚并作，攻心为上"。陈政移座倾听，相见恨晚。丁儒又建议凭借九龙江天险，在北溪东岸插

---

[1] 《开漳将帅的传说·归德将军礼贤聘丁儒》，见简清水主编《中国民间故事集成·福建卷·漳州市分卷》（第二册），漳州市民间文学集成编委会，1992，第2页。

柳为营，屯兵建堡，假装不再进军，使"蛮獠"放心饮酒作乐，而后暗地派先锋许天正悄悄沿溪北上，在上流水缓平溪的地方结木筏，偷渡过江，从小路绕到"蛮獠"后边，出奇兵袭击"蛮獠"，从而大败"蛮獠"。唐军且战且抚，对归顺的蛮獠施以教化，开辟了"唐化里"。这则《归德将军礼贤聘丁儒》的传说，就较为充分地体现了陈政作为唐军将帅在知人善任上的才能和谦虚纳谏的胸怀，唐军"连克数寨"并开疆辟土的功绩与此关系密切。谢重光认为，陈政在征讨畲民过程中所采取的两条重要措施收到了显著成效。"其一是凭其威望，大力汲引人才，并做到知人善任。……其二是在此基础上实行募兵，结果'募众民得五十八姓，徙云霄地，听自垦田，共为声援。'"① 也即肯定陈政在用人和募兵上的举措对其征讨畲民的重大帮助。虽然我们难以确证陈政率领的"五十八姓"军民是否从闽南当地募集，但将帅做到"知人善任"和拥有一支训练有素的好军队，确是唐军对畲民作战取胜的重要原因。陈政之子陈元光更加懂得用兵之道，在长泰县民间传说《龙湖营地植御榕》中，陈政南征到闽南，被围困于漳浦，陈政殉职。陈元光担任征南兵马大元帅，择吉日出征，一路军纪严明，秋毫无犯。他又吸取父亲教训，"先派探马，四处侦察，了解地情，摸清十八洞之虚实，做到知己知彼，英勇指挥，将士同心，各个击破，很快就扫清了各路反军，基本平定了闽南"②。由此可见，陈元光深谙用兵之道，具有杰出的军事才

---

① 谢重光：《"开漳圣王"陈元光论略》，见《陈元光与漳州早期开发史研究》，文史哲出版社，1994，第106页。

② 《龙湖营地植御榕》，见谢来根主编《中国民间故事集成·福建卷·长泰县分卷》，长泰县民间文学集成编委会，1993，第254页。

能，这对其成功地征讨畲民起了关键作用。

其二是陈政父子得道多助，在他们率领唐军平蛮过程中，或得到神明相助，或有谋士出谋划策，或得到高人指点，这些都成为唐军取胜的因素。神明相助的叙述在"开漳圣王传说"中有很多。如《巧治三妖》，叙述陈元光在大溪灵通山狮子峰筑巡逻台，石门洞的犁头精、田鸡精、香龟精作怪。陈元光梦中得长者送斩妖剑和宝箭，剿除三妖。在《陈将军金草诱狮崽》传说中，陈元光建造大峰山归德将军陵墓时，伽蓝洞蚵蜞精作怪，将木材、石料掀落山坑。陈元光睡梦中得灵通山神指点，用烟草治死蚵蜞精。在《陈元光勇破李蛮洞》中，陈元光得灵通山神相助，借给他神剑，助陈将军"替天行道"，剪灭李蛮手下三妖。李蛮兄妹到朝天寺盗宝，试图以此对抗唐军，寺庙的佛祖不让李蛮坏心得逞。"李蛮贼"被唐军围困洞内，灵通山神显灵，发生地震，洞内塌方，"李蛮贼"及喽啰全被砸死。《力平山贼》中的观音菩萨也相助陈元光一臂之力，陈元光扫洞穷追，消灭里曼贼。在民间传说中，英雄主人公、好人或正义之师得神灵相助，是常见的叙事模式。梁丹指出，在开漳圣王传说中，神灵的帮助一方面凸显了战争的正义性，另一方面也赋予了主人公神异色彩、神性因素。① 确实如此。唐军得高人指点或助战，在"开漳圣王传说"中也多有呈现。如《白石光助战灭群妖》传说中，陈元光决意为民除害，诛杀蝴蝶精。白石仙姑用仙泉水为唐军军校们洗涤被蝴蝶精的蝶粉毒伤的眼睛，又相助陈元光，与之合力剿灭蚯蚓精。又如《四脚

---

① 梁丹：《开漳圣王传说：开漳圣王信仰的叙事话语》，《闽南师范大学学报》（哲学社会科学版）2014 年第 3 期。

鱼和五雷宫》，叙述陈政凭借天险反复打退蛮兵进攻，蛮王蓝飞围山断粮。唐军终于等到救兵，一百单八将却苦无战马冲下山和援军会师，大家面对九龙湖哭祈，小鱼变龙马，母子会师。无奈百峒蛮兵漫山遍野，蓝飞下令束紧包围圈，在这生死瞬间，天上飘来仙乐，从云端降下两人为唐军助战平蛮，丁七娘扬手一声霹雳，轰炸蛮兵，使唐军反败为胜。在《陈圣王智取飞鹅峒》中，娘仔妈二战沈世纪，又败下阵来，于是固守飞鹅山天险。军师建议智取，李伯瑶乔装为相士前往破坏飞鹅山的活穴位。途经蛇王庙时，老僧指点李伯瑶破坏飞鹅山鹅穴的办法。李伯瑶利用金菁娘娘的信任和爱慕，在飞鹅山指挥挖渠引水，破了飞鹅穴，成为唐军取胜的关键。在上述传说中，唐军或力战蛮王蛮兵，或力平山贼，或诛杀妖孽，或讨伐畲寨，这其实都是唐军征战畲民的历史想象或象征性叙事，而且无一例外都是唐军得道多助，取得了平蛮的胜利，开发了闽南社会，推动了文明的进步。

概而言之，在系列"开漳圣王传说"中，唐军高举正义之师、替天行道的旗帜以征讨"蛮獠"，经历若干战斗，往往都是唐军获胜（虽有少数传说如《陈将军困守九龙山》，描述唐军暂时失利、失败，但最终仍旧是胜利的），畲民失败。唐军得道多助，"蛮獠"失道寡助，是系列传说折射出的唐军与畲民之间胜、败有别的重大原因。这种胜、败有别的叙述方式，也反映了"开漳圣王传说"暗含的善恶二元结构。

* * *

从"开漳圣王传说"在关键词使用上的正负对比、人物形象塑造上的美丑对立，以及唐军与畲民争战的胜、败有别等三个方面，可以见出它隐藏的善恶二元结构。善恶二元结构是一种彼此对立的叙事结构，民间传说作为人民群众的情感、意志、价值观的直接宣泄，难免常常采取这种简单而分明的叙事方式。然而，"开漳圣王传说"出现这种立场鲜明、简单明了的叙事结构，不仅是因为它属于民间叙事，更深刻的原因是它属于处于强势地位、价值观中心的一方所建构的民间叙事。苏永前指出："就陈元光传说而论，中原移民与当地畲族分别处于权力与'历史表述'的两极，作为'表述者'的汉民族，显然无法传达出'被表述者'的真实声音与心态。更进一步说，历史表述本身即是一种权力叙事，表述者通过'选择性的记忆'，建构起了以自我为中心的历史叙事；而这种叙事一经建立，反过来又成为自我身份合法性的确证。"① 也可以说，透过"开漳圣王传说"采取的善恶二元结构，我们可以洞察它更深层的权力关系，它是汉族正统观、皇权扩张的正义价值观浸透于"开漳圣王传说"的深刻体现。

第四节　闽南的武林传说与民间侠客形象

闽南地区自古习武之风盛行，有许多武林传说，如《拳师纪传改》《林桃师》《碧禅和尚》《崇武拳师周国光》《六胜塔上的夜明珠》《洪燕卿的传说》《朱赛花智擒非非僧》《肖木狮》《狮伯公铁腹肚》《武榜眼黄国梁》《拳师李牙舍》《拳师大陂舍》

① 苏永前：《想像、权力与民间叙事——人类学视野中的陈元光"开漳"传说》，《民族文学研究》2011 年第 5 期。

《武亚元陈凤玉》《长春堂邹炉仙》《汤总兵智胜红来叶》《九爪和尚》等。这些闽南地区的武林传说具有自身特点，并建构了各式各样的民间侠客义士形象，值得探讨。

一　闽南的民间侠客形象分类研究

武林传说重在塑造侠客、义士形象，叙述"以武行侠"的故事。根据对闽南地区武林传说的梳理，我们大致可以将闽南的民间侠客形象分为四类。

第一类是武艺高强、为民除害的侠客。如流传于厦门地区的《碧禅和尚》，流传于泉州地区的《林俊飞铜除暴》，流传于漳州地区的《武亚元陈凤玉》《拳师李牙舍》《九爪和尚》等。《碧禅和尚》叙述道光年间，厦门港巡司顶背后的碧山岩寺一位年近七旬的碧禅和尚"除恶"的故事。碧禅和尚懂医术且医德高尚，身负高深功夫且疾恶如仇。他往后山采草药归来，路见恶棍意欲奸淫妇女，挺身阻止。恶棍手持匕首威胁老和尚，碧禅和尚一时胸中火起，飞起一脚踢倒恶棍，匕首恰好刺进恶棍胸部。龚同知令捕役搜捕碧禅和尚，一再扑空。后来一位师爷发现碧禅和尚戴着假发在茶馆饮茶，龚同知立刻派遣一群勇卒围捕。"碧禅听见楼下人声鼎沸，知道事情不妙，当众捕役登上楼梯时，他就从楼窗跳下平地，又从平地跳上对面屋顶，一屋跃过一屋。轻捷好似飞鸟，片刻便无影无踪了！"① 这则"武林传说"中的碧禅和尚，轻功非同一般，飞檐走壁如履平地。不同于一般和尚只管念经修

---

① 《碧禅和尚》，见谢华、谢澄光主编《中国民间故事集成·福建卷·厦门市分卷》，厦门市民间文学集成编委会，1991，第 42 页。

行，碧禅和尚爱憎分明，疾恶如仇，大有民间侠客豪爽仗义、除暴安良的侠风。在流传于漳州地区的武林传说中，《武亚元陈凤玉》叙述诏安县四都小寄柴村的陈凤玉的故事，他于咸丰辛亥科中第二名——武亚元。陈凤玉自小好动，父亲随其心愿，教他练拳、学枪、耍棍、舞刀。练习了十来年，凤玉带着拜帖去盐仓一座神庙向武艺高强的和尚拜师学艺。"陈凤玉在盐仓学了两手武艺，除练眼，手、脚的配合外，师父只教了一路棍花'十八步'。师父认真指点，凤玉确实学到了家。"① 两年之后，凤玉和几个武功较好的人来到广东南沃和日本武士比武。日本武士使出伤人绝招"老鹰抓鸡，母鸡啄米"，脚、手同时到，想啄掉凤玉双眼，凤玉顺势来招"凤摆尾，鲤鱼打挺"，日本人从凤玉头顶翻过去，摔到台下，被台下凤玉的兄弟结果了性命。师父又催促凤玉前往京城应试，"为国出力，勿埋没人才"。校场比武夺魁后，凤玉因"男身女名，有辱朝威"，被点为第二名——武亚元。在这则武林传说中，陈凤玉认真学艺，并将所学武艺用于报国拯民，是难得的一位具有民族观念、家国意识的侠义英雄。《九爪和尚》叙述明朝末年云霄树洞岩一位武艺超群、远近闻名的九爪和尚的故事。"这九爪和尚年轻时曾到少林寺当僧徒，拜师学习武艺，学得拳功、气功、刀枪剑戟功等件件精湛。"② 距离树洞岩不远的一个小村，有个左道游医骗人钱财，更邪恶不堪的是游医奸杀孕妇，剖腹挖出胎儿煅干研成药粉给人治病，妖言惑众说是万应救

---

① 《武亚元陈凤玉》，见简清水主编《中国民间故事集成·福建卷·漳州市分卷》（第四册），漳州市民间文学集成编委会，1992，第86页。

② 《九爪和尚》，见简清水主编《中国民间故事集成·福建卷·漳州市分卷》（第四册），漳州市民间文学集成编委会，1992，第98页。

死回生灵药，能治百病。九爪和尚侦知准确情况，为民除害，使出气功杀死恶贯满盈的"人间妖精"。云霄竹塔横山村恶霸廖龙盘，欺压人民、强占良田、强征民夫、强拦花轿等，无恶不作，万民痛恨。他强征数十民夫，耗时十八年修建坚固的龙盘楼，躲在里面过荒淫无耻的生活。某年中秋节，廖龙盘强留了二十多顶花轿，激起远近群众公愤，十八乡三千多人自发联合围攻龙盘楼，九爪和尚闻讯也赶来参加行动。楼外人潮汹涌，火光冲天，喊声震地，廖龙盘从三楼窗门顶上俯身探头观察动静，"不料被九爪和尚看见，立即腾空一跃跳上去，挥动起手中月牙戟钩住坏家伙，直摔得这恶霸身首分开，一命呜呼"①。九爪和尚的武艺和义举，更是到处受人传颂。这则武林传说中，九爪和尚武艺高强，疾恶如仇，屡次为民除暴安良，体现了闽南民众对行侠仗义、锄奸除恶的民间侠客的心理期待。《拳师李牙舍》中的李牙舍是诏安县城南门内解元巷人，酷爱习武，他将父亲任知县所积蓄的金银拿来购置刀枪剑戟，到处拜师访友，练习武艺。潮州洪知府有一位年少貌美、武艺超群的女儿十娘，在潮州府以比武招亲的名义搭设擂台，实则想趁机杀尽武林高手，独霸闽粤。擂台上贴着"拳打两广，脚踏福建"的对联，已有不少英豪被她打死打伤。李牙舍见此情景，义愤填膺，撕下文告，"立下赌头状"。比武时，十娘使用"百步云针"，"李牙舍乘虚施展看家本领，一个轮腿踢去，正中要害，使称霸一时的洪十娘当场毙了命。台下欢声雷动"②。这则武林传

---

① 《九爪和尚》，见简清水主编《中国民间故事集成·福建卷·漳州市分卷》
（第四册），漳州市民间文学集成编委会，1992，第100页。
② 《拳师李牙舍》，见简清水主编《中国民间故事集成·福建卷·漳州市分卷》
（第四册），漳州市民间文学集成编委会，1992，第76页。

说中的李牙舍，轻财重义，虚心求学。他不满洪十娘包藏祸心的恶行，打抱不平，在比武中铲除了洪十娘，体现了李牙舍的侠义品格。此外，传说对洪十娘的叙述，似有对女性的恶意歧视、妖魔化趋向。

第二类是智勇双全、侠义助人的侠客，如《朱赛花智擒非非僧》。《朱赛花智擒非非僧》所叙朱赛花为明朝万历年间龙溪知县徐胡的夫人。"这徐夫人不但长得明眸皓齿，清丽如仙，而且自幼跟父亲朱三胜学得一身好武艺，刀枪剑棍，样样精通，还善使一件暗器——金钱镖，堪称巾帼豪侠。"① 徐胡明察秋毫，却为一起奇案所困。原来漳州东门外的云洞岩香火鼎盛，来了一位"据说道行高深"、法名非非的游方和尚，香客更是络绎不绝。数日前，几个年轻女子在庙中失踪，查无线索，于是朱赛花施展夜行功夫，夜探奇峰兀立的云洞岩，纵身上寺庙，在瓦上"倒挂珠帘"，窥探庙中动静，听到男人的淫荡狂笑和女子的嘤嘤啜泣声。当夜和手握月牙铲的胖大和尚大战一场，朱赛花施展少林六合刀，"人如穿花，刀似猛虎"，逼得和尚遁入山洞。翌日傍晚，一个身穿孝服的美貌少妇姗姗步入山门敬拜菩萨，正当她顶礼膜拜时，脚下石板翻动，少妇身不由己跌落陷坑，非非僧从石门走了出来，见到美貌少妇，"顿时垂涎三尺，神不附体"。少妇躲避非非僧的非礼，除非他答应三件事：亡夫过百日，陪同上山祭典，放回石室所关的妇女。非非僧连声应诺。就在山上拜祭时，伏兵四起。原来少妇正是朱赛花，她与丈夫徐胡设此计以擒拿非

---

① 《朱赛花智擒非非僧》，见简清水主编《中国民间故事集成·福建卷·漳州市分卷》（第四册），漳州市民间文学集成编委会，1992，第 52 页。

非僧。

此时非非僧蓦然一惊,知道中计了,正想溜走,朱赛花猛然跃起,白衣飘飘,身如燕子掠水,已拦住他的去路,并取出藏在腰间的九节鞭,出手一招,"玉女穿梭"疾攻对方前心。非非僧一来猝不及防,二来没有带兵器,只能招架躲闪,连中几鞭后,忽然从腰间取出那对随身不离的金钹来,只见金光一闪,两个金钹一上一下,像长着眼睛一般朝朱赛花袭来,说时迟,那时快,赛花急取三枚金钱镖,运力在手,"嗖、嗖、嗖"打了出去。只听"当、当"两声,两个金钹被打落在地上,第三枚金钱镖打在非非僧小腿上,朱赛花手中的九节鞭,一招"浪卷流沙"鞭如浪潮,同时卷到。又飞起左腿直踢对方前胸,非非僧躲避不及,被重重地踢了一脚,一个踉跄跌倒在地上,几个捕快立刻上前,活捉了罪恶累累的非非僧,带回徐胡衙中严惩。①

朱赛花是闽南武林传说中难得的正面女侠形象,她貌美、艺高、胆大,还足智多谋。朱赛花夜探寺庙,侦查案情,体现了她的艺高、胆大。朱赛花在侦知寺庙隐情后,继而装扮成女香客,设计擒拿非非僧,又体现了她足智多谋的特点。在和非非僧的两次武斗中,朱赛花技压对方,一次逼退非非僧,另一次勇捉非非僧,体现了她武艺超群的能力。她智救被害妇女,又体现了她英雄仗义的品格。此外,《邱二娘重举

---

① 《朱赛花智擒非非僧》,见简清水主编《中国民间故事集成·福建卷·漳州市分卷》(第四册),漳州市民间文学集成编委会,1992,第54~55页。

义旗》《邱二娘兵攻螺城》等民间传说中的邱二娘，以绿林女
杰的形象出现，带领民众反抗统治者，也是闽南民众心中的
侠义女英雄。

　　第三类是身怀绝技、救人纾难的侠客，如流传于漳州地区的
《狮伯公铁腹肚》，流传于厦门地区的《林桃师》，流传于泉州地
区的《六胜塔上的夜明珠》《割耳示众》等。《狮伯公铁腹肚》
叙述光绪年间九峰有名的拳师曾纪狮的故事。曾纪狮肥胖力大，
武艺高强，"肚脐有八百斤功力"，又精通伤科医术，为人很有侠
义心肠，人称"狮伯公"。曾经有少年用"一指禅"功夫、壮汉
用硬木棍棒戳凿狮伯公的肚脐眼，狮伯公若无其事。其妻罗抄婆
责备狮伯公在外展威，怕他吃亏，责骂他皮肉痒，"不如让我用
舂杵给你舂舂"，狮伯公哈哈一笑，罗抄婆气恼，当真用杵舂狮
伯公的肚脐眼，"砰、砰有声"，狮伯公神色不变，肚皮如故，罗
抄婆的木杵反而脱手飞走。这事传开，闽南团仔（小孩）编了一
首童谣唱："狮伯公，铁腹肚；老抄婆，舂磅鼓。"① 狮伯公武艺
高强，有一年，一个走江湖的汉子手托四五百斤的大石碾，挨家
挨铺强讨旅费。狮伯公闻讯，坐在下街广兴文具店的柜台里椅
上，等来了江湖大汉。"狮伯公和气地说：'江湖人取之有道，应
该善取于人，好说好讨，切不可强索硬要！'那汉子怒声喝道：
'你给不给钱？不想给，我就砸烂你的店铺。'狮伯公见这鲈鳗
（流氓）耍拗蛮，不听劝告，就拿起小小桌扫轻轻向柜台上石碾
一挥，叫声：'走开！'只见大石碾飞出店外，磅然一声，砸在街

---

① 《狮伯公铁腹肚》，见简清水主编《中国民间故事集成·福建卷·漳州市分
　　卷》（第四册），漳州市民间文学集成编委会，1992，第64页。

心，石片横飞，围观的人四散逃走。狮伯公神色平静，江湖大汉吓得目瞪口呆，抱头狼狈而去。"狮伯公借机告诫后生家，"切不可持强任性，欺压他人，……要知'山外青山楼外楼，强中尚有强中手'啊！"① 狮伯公不仅武艺超群、武德超人，而且医术高明、医德高尚。有一次，一个团仔从圆土楼最高层楼窗摔下，气息微弱，狮伯公观察后，诊断应该"用气功破淤，方能救活"。狮伯公救治团仔，却婉拒一百二十赠银，分文不受。这则武林传说中的狮伯公，身负绝技，"肚脐有八百斤功力"，同时他品德高尚，屡次施展高深的武术、医术，或吓阻恶汉，或救治百姓，是一位非常值得尊敬的民间英雄。《六胜塔上的夜明珠》中的郭拳师身负绝技，能用绳钩一层一层地跃上六胜塔，在塔顶表演武功。当海盗想利用他盗取夜明珠时，郭拳师严词拒绝。在海盗伙同一群武林败类偷盗六胜塔上的夜明珠时，郭拳师带着徒弟和武林败类决斗，保护夜明珠。虽然郭拳师被打得爬不起来，但他行侠仗义、保护夜明珠的勇武、无私精神，令人景仰。

第四类是虚心学艺、以武会友的侠客，如流传于漳州地区的《洪燕卿的传说》，流传于泉州地区的《拳师纪传改》《崇武拳师周国光》。《洪燕卿的传说》叙述清末漳州石码内社村的洪燕卿，年少时追赶隐居青山岩的老和尚、一位少林武僧近两个时辰，诚恳地拜老和尚为师。"燕卿在青山岩苦练数年，武艺大进，已经练得一双铁砂手，能够断砖裂石。"② "人怕出名，猪怕壮。"燕

① 《狮伯公铁腹肚》，见简清水主编《中国民间故事集成·福建卷·漳州市分卷》（第四册），漳州市民间文学集成编委会，1992，第66页。
② 《洪燕卿的传说》，见简清水主编《中国民间故事集成·福建卷·漳州市分卷》（第四册），漳州市民间文学集成编委会，1992，第49页。

卿成名后，找上门来较量的武林人士不少。有一位凤阳武林前辈
扮成乞丐，浪迹江湖，以武会友。燕卿佩服老乞丐的功夫，虚心
请教武艺，老人见他情真，尽心传授。往昔，石码俗语云"上码
洪燕卿，下码黄虎成"，说的是这两人武艺在石码最为高超。有
位富商爱交武林人士，宴请燕卿和黄虎成，黄虎成有意和燕卿比
试高下，露出一手，燕卿谈笑自若间就赢了黄虎成，但燕卿不以
胜者自居，反而握住黄虎成双手，口称"以后请黄大侠多多指
教"，"黄虎成歉然一笑，深深为燕卿高尚的武德所感动。二人携
手入席，开怀畅饮，三人谈论武艺，十分融洽。从此，两人结为
师友，时常互相切磋，精研武技"。① 这则洪燕卿学艺、较艺的故
事，塑造了一位认真求学、虚心求教、踏实为人、戒骄戒躁的武
林侠客形象。燕卿拜师突出他学艺之诚；燕卿打虎突出他功夫之
深；燕卿和凤阳前辈较艺、向其求教，显示燕卿虚心向上的品
格；燕卿和黄虎成的较艺，显示了燕卿以武会友、不骄不躁的品
格。《拳师纪传改》流传于泉州蚶江镇，叙述光绪年间，拳师纪
传改到台湾鹿港经营小药铺，纪传改武功高，为人又和气，人称
他"改仙"。其时台湾的漳州帮和泉州帮为争夺码头打了一个多
月，漳州帮人多功夫好，打了二十多次都连战连胜。泉州帮各派
武术师父及各行铺老板纷纷恳请改仙出场。改仙劝告漳州帮，漳
州帮的人却冲过来群殴改仙，改仙被迫还手，挫败漳州帮，又劝
阻泉州帮不要乘胜追击。"第二天早上，药铺店门口来了一个双
目失明的老人，只见他把拐棍往地上一插，轻轻一跃便坐在拐棍

---

① 《洪燕卿的传说》，见简清水主编《中国民间故事集成·福建卷·漳州市分
  卷》（第四册），漳州市民间文学集成编委会，1992，第 51 页。

末端，问：'改仙在家吗？'改仙知道来者不善，就回答'不在'。可是，这双目失明的老人却天天都来，到第十天，改仙照样回答：'不在。'那老者却哈哈大笑说：'改仙，我就是漳州帮的师傅，那天你竟不留半点面子给我，今天我特地来领……''教'字还没出口，老人已平地飞起，跃过柜台直扑改仙。改仙趁他足未落地，一个飞手接住他的身子，轻轻把他抛出店外。老者落地站在店口，抱拳说：'果然身手不凡，你的武德更令人钦佩。'改仙立即邀请他入店，热情款待，从此，漳泉两帮变冤家为亲家。"① 在这则武林传说中，纪传改不仅武功高强，武德同样可敬。他不因自己功夫高就以强凌弱，处于优势处境却谦虚忍让。同时，纪传改的眼界、胸怀都远胜于一般人，使他能够跳出漳州帮、泉州帮的帮派争斗看问题。正是纪传改的好武功、好武德，折服了漳州帮的师傅，双方以武会友，英雄相惜，化解了漳州帮和泉州帮的嫌隙，化敌为友，化敌为亲。

总之，闽南地区的武林传说大致建构了四类民间侠客形象。这些民间侠客或者武艺高强、为民除害，或者智勇双全、侠义助人，或者身怀绝技、救人纾难，或者虚心学艺、以武会友，都属于正面意义的侠客形象。除此之外，闽南地区还流传着《肖木狮》《拳师大陂舍》等武林传说，建构了骄傲好斗、恶作剧、轻薄人的武师形象，此类主人公在闽南武林传说中虽然极为少见，但确实存在于武林社会，反映了武林社会中武师真实、多样化的存在，体现了闽南武林传说与现实社会人生的关联。

---

① 《拳师纪传改》，见王允澄主编《中国民间故事集成·福建卷·石狮市分卷》，石狮市民间文学集成编委会，1991，第 266～267 页。

二 闽南武林传说的特点研究

武林传说可视为武林故事和民间传说的结合，它既具有武林、江湖的一般因素，如侠客、武功和传奇性，也具有社会性、口头传播等民间传说的属性。武林传说兼具两者特点。在闽南地区人民千百回的口头讲述与长时间的民间流传中，武林传说既充满了幻想、虚构的色彩，又融入了时人的喜恶、愿望、看法及立场，体现了闽南人民的审美取向。闽南地区武林传说具有何种特点？笔者略做探索。

第一，闽南地区武林传说最具特点的是它具有闽南文化特色。这表现为两个方面。其一是塑造了一批闽南的民间侠客、武师形象，体现了闽南人民的审美取向。《崇武拳师周国光》《拳师纪传改》《林桃师》《六胜塔上的夜明珠》《割耳示众》《霸王郑宽永》等武林传说，塑造了泉州民间侠客义士形象；《洪燕卿的传说》《朱赛花智擒非非僧》《狮伯公铁腹肚》《拳师李牙舍》《武亚元陈凤玉》《九爪和尚》等建构了漳州侠客义士形象；《碧禅和尚》塑造了厦门侠义和尚形象。这些民间侠客义士都具有正面的人格特质。他们认真学艺，踏实为人，身负高深功夫。在人生行为上，这些侠客义士常常打抱不平、见义勇为、行侠仗义、救苦救难、锄奸除恶，甚至具备强烈的民族意识，达到了为国为民、"侠之大者"的人生境界，表现出更为开阔的眼界、更为高尚的爱国境界。戴冠青曾论述说，闽南地区流传的民间侠客、义士、英雄故事，"不仅传达出社会动荡时期闽南民众渴望消灭封建压迫获得安居乐业的情感诉求，也表现出了闽南民众对扬善惩恶、扶持弱小、解民于危难的英雄人物朴素的敬仰和崇拜之情，鲜明地演绎了闽南文化乐善好施豪爽侠义的生命追求和审美取向"①。其二是这些武林传说对闽南地域文化的呈现。闽南的武林传说基本上采取以"事"为中心的结构模式,在叙述的"事件"中,又多带着闽南地区的地域文化特色。比如《林桃师》中的林桃师严惩贩卖"猪仔"的人贩子,带着闽南地区的历史记忆;《朱赛花智擒非非僧》描写漳州东门外云洞岩香火鼎盛的细节和《碧禅和尚》中的碧禅和尚在茶馆饮茶的细节,都带着闽南的人文历史和饮食文化特色;《九爪和尚》《狮伯公铁腹肚》对土楼的描述和《洪燕卿的传说》对石码的描述,展示了闽南地区的风土人情;《六胜塔上的夜明珠》《肖木狮》展示了闽南的名胜景观六胜塔、漳州南山寺、泉州少林寺;《拳师周国光》中的周国光"讨海"生活,是闽南人民传统生活方式的展现等。可以说,闽南地区的武林传说具有鲜明的闽南地域文化特色,是对闽南文化的丰富。同时,闽南武林传说对闽南民间侠客义士的建构,为中国武侠文学增添了别样的风采,拓展了中国武侠文学的园地。

第二,闽南地区的武林传说和中国武侠文学一样,重在叙述"以武行侠"的故事,又具有民间传说、口传文学常见的"重复"叙事特点。闽南地区武林传说中的武师基本上具有行侠仗义的品格,在面对武林败类、淫棍等恶势力之际,他们能够挺身而出,以自己的武艺拯救民众。比如,《碧禅和尚》中的碧禅和尚除恶棍淫汉;《朱赛花智擒非非僧》中的朱赛花机智过人,计捉淫僧;

① 戴冠青:《英雄想象中的价值取向与生命追求——闽南民间故事中的英雄形象》,《泉州师范学院学报》2015 年第 5 期。

《六胜塔上的夜明珠》中的郭拳师勇斗偷盗夜明珠的武林败类和海盗；《拳师李牙舍》中的李牙舍在擂台比武中，除掉心思邪恶的潮州府洪十娘；《武亚元陈凤玉》中的陈凤玉，乘着擂台比武的机会除掉为恶的日本武士；《义盗陈大鸟》中的陈大鸟劫富济贫，光明磊落；《九爪和尚》中的九爪和尚铲除无恶不作的恶霸廖龙盘和作恶多端的左道游医。即使《拳师大陂舍》《肖木狮》这些武林传说中的拳师有瑕疵，他们也有"亮色"的一面。诏安人大陂舍轻薄江湖女，又纵容徒弟杀人，但他以一套"拳路极好""非常有力好看"的鹤拳，教训了两个自吹自擂、自以为是的广东拳师；林前村毗邻的下沈村村民肖木狮名扬漳泉一带，不时会意气用事，搞些恶作剧，但他听从漳州南山寺方丈劝告，又往泉州少林寺学艺，在杭州擂台比武中使出翻龙抓鹰手法除掉莫雷孙，"为国争光"。清初永春"拳头师傅"林桃师（《林桃师》），到厦门做小贩营生，被老乡所骗，进而了解到老乡经营贩卖中国人去美国当劳工、做"猪仔"的罪恶生意，林桃师怒不可遏，折断栏杆上的铁条分发给大家，从楼上打将下来。"林桃师自己藏着一条铁鞭，一飞舞，铁锁落地，大门裂开。那个老乡的帮手想拦住他们，一个个被打得抱头鼠窜，伤筋断骨。那个老乡也断了一条臂逃命去了。林桃师还放出声，要扫荡厦门的人贩子，救出全部'猪仔'，风声一出，厦门的人贩子一时销声敛迹。"[①] 这则武林传说中的林桃师，身负高深武功，英雄仗义。对恶势力毫不忍让，勇敢率众抗争，保护自我和百姓的生命、利

---

① 《林桃师》，见谢华、谢澄光主编《中国民间故事集成·福建卷·厦门市分卷》，厦门市民间文学集成编委会，1991，第37页。

益。林桃师救"猪仔"、除人贩子的故事，留存着福建、广东沿海一带的历史记忆，是一则别有意味的武林传说，既体现了林桃师的侠义英雄气概，也凸显了林桃师的民族精神。但武林传说毕竟是武林故事和民间传说的结合体，具有民间口传文学的鲜明特点。体现于闽南地区的武林传说中，是叙事的重复性，即不同的武林传说在故事情节叙述中出现雷同现象。比如，《拳师李牙舍》中的李牙舍在除掉洪十娘后，"立即施展轻功本领，迅速跳下师叔事先为他准备好的、踩着人群中的数十名和尚的光秃头顶，一直奔到韩江边，捡起早已预备的瓦片，用手把瓦片一片接一片抛下江面，脚尖点着瓦片一步一步向韩江对岸奔去，等到手中的瓦片抛完，他已越过滔滔的江面，择路向福建诏安扬长而去"①。民间侠客在撤退之际踏着和尚头离去，这样的情节出现在多篇闽南地区的武林传说中，如《肖木狮》中的肖木狮，将莫雷孙扔下擂台毙命后，"一脚踏一个和尚头溜了。方丈们也丢掉头巾，扬长而去"②。而侠客、武师脚踏飞瓦而去的情节，也在多篇闽南武林传说中重现，如《武亚元陈凤玉》《长春堂邹炉仙》。陈凤玉除掉日本武士后，飞奔海边，"凤玉操起一块一块的瓦片向海里掷去，并随身跃起，将瓦做脚垫，一步一瓦，十三步就跳到三、四丈远的海中船上"③，与同伴离去。邹炉仙反击恶和尚，不愿意再伤害

---

① 《拳师李牙舍》，见简清水主编《中国民间故事集成·福建卷·漳州市分卷》（第四册），漳州市民间文学集成编委会，1992，第76页。

② 《肖木狮》，见简清水主编《中国民间故事集成·福建卷·漳州市分卷》（第四册），漳州市民间文学集成编委会，1992，第61页。

③ 《武亚元陈凤玉》，见简清水主编《中国民间故事集成·福建卷·漳州市分卷》（第四册），漳州市民间文学集成编委会，1992，第87页。

和尚们，飞身上了屋顶，随手抓起几片屋瓦落地就跑，在溪港挡路时，邹炉仙将瓦片往水里一抛，"随即运起轻功，踏着瓦片过了港"。又如《狮伯公铁腹肚》中的狮伯公，将江湖莽汉用来强索钱财的大石碾，用小小桌扫轻轻一挥，大石碾飞出店外，砸在街心。类似故事情节也出现在泉州武林传说中。拳师周国光（《崇武拳师周国光》）身负武功，却不显山露水，在崇武城内的绸缎店做厨房内工作，有一名和尚强化缘，"将一大仙铁观音妈放在店门口，和尚坐咧念经"。"周国光攑一支扫帚起来扫涂脚，扫咧扫咧，扫到门口，将铁观音一下扫到街路中。"① 闽南地区的武林传说之所以出现叙事的重复性，和它作为民间传说的口传性、变异性以及集体创作的特点大有关系。正是在闽南人民的口耳相传中，雷同、类似的叙事情节被安插进多篇武林传说之中。可以说，闽南地区武林传说在叙事上的雷同、重复，影响了它的审美价值，使其很难在中国武侠文学的格局中凸显其文学价值。

第三，闽南地区的武林传说和中国武侠文学一样，重在建构侠义英雄形象，但具有民间文学常见的人物形象塑造粗糙、表面化特点。闽南的武林传说建构了各种类型的民间侠义英雄形象，这也是中国武侠文学的普遍特点。民国武侠作家平江不肖生笔下的大刀王五、霍元甲（《近代侠义英雄传》）、赵焕亭笔下的杨遇春（《奇侠精忠全传》）等，港台新派武侠作家金庸笔下的郭靖（《射雕英雄传》《神雕侠侣》）、令狐冲（《笑傲江湖》）、胡斐（《飞狐外传》《雪山飞狐》）、萧峰（《天龙八部》）等，梁羽生笔下的女侠练霓裳

---

① 《崇武拳师周国光》，见吴建生主编《泉州讲古新编》，福建人民出版社，2008，第428页。

（《白发魔女》）和刘郁芳、冒浣莲、易兰珠（《七剑下天山》）等，古龙笔下的沈浪（《武林外史》）、萧十一郎（《萧十一郎》）、李寻欢（《多情剑客无情剑》）等，无不是或行侠仗义，或锄奸除恶，或救国拯民的侠义英雄。但较之金庸、梁羽生、古龙等诸多武侠文学作家笔下英雄人物塑造的深入性，闽南地区的武林传说在塑造侠义英雄形象时显得极为粗糙、表面化。最明显的表现，是闽南地区武林传说中的民间英雄形象，基本上没有深入侠客的内心世界，没有展现出英雄人物成长过程中的动态变化。闽南地区的武林传说之所以出现这种侠客形象塑造的粗糙、表面化特点，也正是与其作为民间文学的属性息息相关。民间文学属于人民群众的口头创作，并在人民的口耳相传中传播。本质上属于闽南地区劳动人民集体创作的闽南武林传说，自然不可能和文人作家的个人创作相提并论。同时，武林传说属于武林故事与民间传说的合成体，这样的属性导致它在结构模式上注重以"事"为中心，与部分民国武侠文学作家（如王度庐）和大部分港台新派武侠作家在创作上以"人"为中心的结构模式大为不同，导致闽南地区武林传说在人物塑造上的粗糙和表面化特点。闽南武林传说人物塑造上的表面化特点，使其很难在中国武侠文学格局中获得审美关注。

第四，闽南地区武林传说最常见的情节模式是拜师学艺—艺成下山—与人较艺（比武、打擂台）—名扬闽粤浙。这种叙事模式极其传统，没有脱出民国武侠小说的套路，远不及港台新派武侠小说丰富多彩的叙事模式。在闽南地区的武林传说中，《九爪和尚》中的九爪和尚年轻时曾在少林寺拜师学艺，拳功、气功、刀枪剑戟等件件精湛，艺成下山后行侠仗义、锄奸除恶、救苦救难。《洪燕卿的传说》中的洪燕卿，年少时拜隐居青山岩的少林武僧学艺，苦练数年，武艺大进，练得一双铁砂手，能够断砖裂石。流传于泉州地区的武林传说《崇武拳师周国光》，更是一再叙述周国光拜师学艺的过程。周国光从小无父无母，连名字也没有，人呼他"臭头周"。崇武妈祖宫的老和尚收留了他，见他伶俐、勤劳、有正义感，"身坯脚手都艋歼，是一个可以造就的练武之材，就收伊为徒，还共伊号一个名叫做国光，是希望伊学好本事，日后为民除害，为国争光"。"周国光在妈祖宫跟老和尚学武艺，早起练拳头，晚暝练气功，老和尚尽心教，周国光尽心学。"① 三年之后，师父嘱咐他去深山密林找师伯指点高深功夫。师伯见到周国光"烘云托月"的本门功夫，认了周国光。"师伯叫伊将平生所学尽展，见伊功夫根底深，年纪轻，就传授伊的武功，教伊'蜻蜓点水'的绝招。'蜻蜓点水'就是施展轻功，从水面踏过去。师伯又叫周国光去找师祖，请师祖点拨，学习本门不传之秘'驴仔过溪'。"② 周国光继续往内山走了七日七夜，来到溪边一块大石盘上，盘腿坐了三日三夜，师祖见他心诚，认了徒孙。师祖每天叫周国光练习抱驴仔过溪，"一来是要练伊的气力，二来是要磨炼伊的性情，周国光没哀没怨，逐日都去抱驴仔过溪，逐日都演练原来所学的功夫，最后师祖才将'驴仔过溪'的绝招传授给伊，还教伊很多深奥的武功，度周国光成为一名名扬闽浙沿海的拳师"③。这则《崇

① 《崇武拳师周国光》，见吴建生主编《泉州讲古新编》，福建人民出版社，2008，第 426 页。
② 《崇武拳师周国光》，见吴建生主编《泉州讲古新编》，福建人民出版社，2008，第 427 页。
③ 《崇武拳师周国光》，见吴建生主编《泉州讲古新编》，福建人民出版社，2008，第 427 页。

武拳师周国光》典型地采取了拜师学艺—艺成下山（出师）—与
人较艺（比武、打擂台）—名扬闽粤浙的情节模式，其中一再突
出周国光"拜师学艺""与人较艺"的环节，塑造了踏实勤劳、
谦虚好学、行侠仗义的民间侠客周国光的形象。闽南地区武林传
说中的这种最常见的叙事模式，在民国武侠文学作家平江不肖
生、赵焕亭、还珠楼主、宫白羽、王度庐等作家笔下都有所体
现，可谓民国武侠作家常见的叙事模式。在此意义上而言，闽南
地区武林传说的叙事模式极其传统，不脱离民国武侠小说的情节
"套路"。这与港台新派武侠小说情节发展的多元化不可同日而
言。单就"拜师学艺"模式而言，闽南地区武林传说中的"拜师
学艺"，是弟子在师父一招一式、手把手的传授下苦练武艺。但
到了港台新派作家笔下，这种传统的"拜师学艺"模式有了新的
突破。宋琦博士曾归纳指出：这主要表现为三方面，"一是从
'名师出高徒'发展到'名书出高徒'，武功秘笈在武侠小说中发
挥了重要作用；二是特别强调了侠客学艺的机缘性，包括得到名
师指点或者武功秘籍的偶然性，以及习武过程中的'顿悟'……
三是将侠客所习武功的特点与人物的性情、人生追求相结合，使
武功招数更加人性化……"① 可以说，闽南地区武林传说在情节
模式上表现出来的陈旧、老套，体现了中国武侠文学在某个历史
发展阶段的特征。它所呈现的欠缺，启示了武侠小说的创新
空间。

---

① 宋琦：《武侠小说从"民国旧派"到"港台新派"叙事模式的变迁》，博士
学位论文，山东大学，2010，第 133 页。

* * *

　　武林传说是武林故事和民间传说的合成体，具有武侠文学和民间文学的双重属性。闽南地区的武林传说和民间侠客形象既延续了中国武侠文学重在叙述"以武行侠"的故事和建构侠义英雄人物的总体特征，也具有它作为民间传说在人物塑造上的表面化、情节模式上的老套、叙事重复等方面的特点。闽南地区武林传说对闽南民间侠客义士的建构和闽南地域文化的展现，既是对闽南文化的丰富，也为中国武侠文学增添了别样的风采。

第四章
闽南民间歌谣研究

民间歌谣是人民群众在日常生活中抒发情感、表达心声的重要方式。根据民间歌谣的抒情内容,往往分为童谣、情歌、劳动歌、生活歌、仪式歌、时政歌、风物歌等。厦门、漳州、泉州的民间歌谣极其丰富,经过许多文化人的努力,已经整理、印制了许多闽南民间歌谣作品集,如《厦门歌谣》《中国民间歌谣集成·福建卷·同安县分卷》《中国歌谣集成·福建卷·漳州市分卷》《泉州歌谣》等。这些歌谣采用丰富多样的艺术手法,展现了闽南地区人们丰富精彩的生活内容。以下笔者试对厦门歌谣的主题和漳泉歌谣的艺术特色、修辞手法进行分节探析。

第一节　厦门歌谣主题研究

厦门背依漳州、泉州,面向台湾和东南亚,可以说是大陆文化和海洋文化的交汇地带,是中国最先接触他者文化的地方之一,但厦门文化的根基是闽南文化。作为诞生于厦门的民间歌谣,也自然地反映着闽南人民的历史、时政、生活、民情民俗,具有最为丰富的闽南文化内涵。从厦门歌谣种类而言，主要有童谣、情歌、生活歌谣（劳动歌、生活歌、仪式歌、时政歌）、风物歌等。笔者试对厦门歌谣的主题进行归纳和论述。

一 厦门童谣主题：童幻、童真、童趣

厦门歌谣中存在大量动人的童谣。"童谣指历代人民群众集体口头创作，通过口头传播而保留下来的民间儿童歌谣，用儿童的眼光观察事物，用儿童语言来记录和反映儿童的生活和周边事物，传达儿童的思想感情，适合儿童传唱。"[1] 也即无论语言、视角、情感、表现对象等，都是适应于儿童的歌谣。的确，厦门童谣描绘了闽南孩童天真童幻的生活，抒发了闽南孩童率真、快乐的情感，有些童谣也寄托着亲子深情。

厦门童谣中有相当大一部分采用"拟人化"手法，将歌咏对象"人格化"，使歌谣富于童幻、童真和童趣，具有较强的喜剧效果。

《天乌乌》是最常听到的闽南童谣之一。夏敏考证说，《天乌乌》童谣的原型在闽南，传到台湾发生一定的变异。"这首民歌在海峡两岸和世界华人中广为传唱，是闽台民歌中传播最广泛的一首。"[2] 厦门版有多首《天乌乌》，其中一首歌曰："天乌乌，卜落雨。攑锄头，巡水路。巡着鲫仔鱼，咧娶某。龟担灯，鳖拍鼓，墨贼攑火弄，蟑鱼放铜贡，美蝶攑彩旗，蚊仔喷哒笛，虾姑送嫁目吐吐，水蛙扛轿叫艰苦。"[3] 同安版《天乌乌》歌曰："天

---

① 张嘉星：《漳台闽南方言童谣概论》，见江玉平主编《漳台闽南方言童谣》，厦门大学出版社，2011，第26页。

② 夏敏：《闽台民间文学》，福建人民出版社，2009，第35页。

③ 《天乌乌》，见彭永叔等编《厦门歌谣》，鹭江出版社，1999，第146～147页。

乌乌，要落雨。安公仔举锄头巡水路，巡着一尾鲫仔要娶某，龟
挑灯，蛇打鼓，田英扛轿喊艰苦，水鸡举旗撞北肚，撞无断，鸭
母生鸭蛋，生加一粒长又长，趁鸭落厦门。"① 两首童谣都以"天
乌乌"起头，营造风雨欲来的气氛；也都描绘了童话性质的"鲫
仔鱼""娶某"（娶妻）的热闹场景。厦门版的"鲫仔鱼""娶
某"，不仅水族龟、鳖、墨贼、蟳鱼、虾姑、水蛙出力帮忙"迎
亲"（墨贼举灯笼，蟳鱼放焰火），而且动员了陆路生物美蝶举彩
旗、蚊仔吹喇叭等，一起成全"鲫仔鱼""娶某"的美事。同安
版的"鲫仔鱼""娶某"，"花样"少得多，场景是龟担灯、蛇打
鼓、田英（蜻蜓）扛轿、水鸡（青蛙）举旗，但更戏剧性地描绘
了水鸡撞到肚子、鸭母生鸭蛋之类的事。除了厦门、同安版的
《天乌乌》，漳州、泉州和海峡对岸都广泛流传着《天乌乌》童
谣。② 漳州版童谣是"鱼仔虾仔要娶某"，泉州版是"海龙王，
要娶某"。《天乌乌》流传到了台湾，内容大有变化，是阿公锄芋
时，锄着一尾"三央公"，阿公、阿嬷为了煮咸、煮淡的问题，
"相打弄破鼎"，改变了水族娶妻的故事原型，少了童话性质的童
趣，却加强了现实性，颇有生活情趣。在形式上，台湾童谣《天

---

① 《天乌乌》，见颜立水主编《中国民间歌谣集成·福建卷·同安县分卷》，同
   安县民间文学集成编委会，1991，第236页。
② 漳州《天乌乌》版本之一为"天乌乌，要落雨，举锄头，巡水路，巡着鱼仔
   虾仔要娶某，龟担灯，鳖弄鼓，水鸡扛轿大腹肚"。泉州《天乌乌》版本之
   一为"天乌乌，要落雨，海龙王，要娶某，龟吹箫，鳖拍鼓，水鸡扛轿目吐
   吐，田英举旗喊辛苦，火萤挑灯来照路，虾姑担盘勒腹肚"。台湾《天乌乌》
   版本之一为"天乌乌，要落雨，阿公（他）扛锄头要锄芋，锄啊锄，锄啊
   锄，锄着一尾'三央公'，伊呀嗨哎啷铿，阿公要煮咸，阿嬷要煮淡，两人
   相打弄破鼎，弄破鼎，伊呀嗨哎叱铿"。上述歌谣参见夏敏《闽台民间文
   学》，第33～34页。

乌乌》和闽南童谣一样，是杂言形式，但台湾童谣多次出现"嵌音衬声"①，具有台湾特色。《虱母卜嫁加蚤尪》也是流传于厦门地区的富有童幻色彩的歌谣。"虱母卜嫁加蚤尪，就叫木虱做媒人。蚊仔摇手讲怀通，加蚤怀是妥当人。加蚤听了扑扑跳，大骂蚊仔无臭沼，你会飞，我会跳，你无比我恰才调。牛蜱大只甲笨重，嫁伊才会亲像人。虱母听了笑嘻嘻，半暝赶去找牛蜱。"② 歌谣将虱母、加蚤（跳蚤）、木虱、蚊仔、牛蜱这些微不足道的小生物全部"人格化"，虱母要嫁跳蚤，蚊仔跳出来阻拦，"讲怀通"（不要），评述跳蚤不是合适人。气得跳蚤扑扑跳，大骂蚊仔"无臭沼"（比喻不知羞耻），蚊仔"使坏"，结果得利的是第四者牛蜱。同安版《虱母要嫁加蚤尪》③，也是请目虱（臭虫）做媒人，目虱就对虱母大赞跳蚤，说嫁给加蚤真"抛红"（荣耀）。然而，蚊仔对跳蚤的道德"人品"提出批评，"蚊仔飞来讲唔窗，加蚤做事害死人，窜钻被空人裤缝，被人犁骂大害虫"。跳蚤大骂蚊仔"无臭肖"（不道德），"将我好事来打歹，恁父会出手给你狮"。跳蚤威胁蚊仔，要是坏"老子"好事，"老子"给你顿好打。蚊仔毫不畏惧对骂，"你有本事来打看眉，是赢是输才会知"。事件升级到打架，"加蚤举刀蚊举枪，要拼生死无留情"。

---

① 台湾歌谣在山歌、流行歌曲影响下，逐渐发展并形成了嵌音、嵌字、嵌词和嵌句的艺术表现手法，从而加强了口头传唱的艺术效果。这种艺术表现手法，概括称之为"嵌音衬声"的艺术手法。参见李熙泰《论台湾歌谣及其流变》，《厦门大学学报》（哲学社会科学版）1987 年第 2 期。

② 《虱母卜嫁加蚤尪》，见彭永叔等编《厦门歌谣》，鹭江出版社，1999，第 216 页。

③ 《虱母要嫁加蚤尪》，见颜立水主编《中国民间歌谣集成·福建卷·同安县分卷》，同安县民间文学集成编委会，1991，第 272～273 页。

幸亏有"金户神""做公亲"调解，跳蚤、蚊仔被它劝架，"好得一只金户神，紧紧飞来做公亲，搓圆捏扁劝侬莫用，这场战事才暂停"。同安版《虱母要嫁加蚤尪》将一场跳蚤、虱母的喜事完全"拟人化"，与现实人生中人们管闲事、闹矛盾、吵架、打架、劝架的过程毫无二致。只不过以小生物的世界比拟现实人生，增加了戏剧性和喜剧效果。

厦门有些童谣，歌咏了家长、亲人与孩子的亲密情感，寄托着长辈的美好心愿。如厦门版《月亮刀钝》和同安版《月娘刀钝》。"月娘刀钝，婴仔耳利。月娘你割，婴仔无事。"① "月娘刀钝，囝仔刀锐；指你无代，拜你三拜。"② 在中国各地，婴幼儿阶段的孩童就被教导不要指着月娘，会不尊敬月娘，月娘会生气，会割孩子的耳朵。在厦门、同安地区，孩子手指月娘也"无代"（没事，不要紧），人们赋予月娘"刀钝"，无法割孩童耳朵的意愿，可以说既传承了中国民间普遍的月亮想象，也对孩童起了安抚作用。当然，闽南童谣《月光光》③ 和中国各地的月娘想象趋同。同时，闽南诸多《月光光》"异文"版本所呈现的想象和情感其实颇为丰富多元。比如漳州版《月娘月光光》，比起上述厦门童谣《月光光》，更富于世俗生活趣味。歌曰："月娘月光光，照着婴仔的尻川。照着婴仔哩放屎，照着狗仔哩守门。月娘月光

---

① 《月亮刀钝》，见彭永叔等编《厦门歌谣》，鹭江出版社，1999，第148页。
② 《月娘刀钝》，见颜立水主编《中国民间歌谣集成·福建卷·同安县分卷》，同安县民间文学集成编委会，1991，第231页。
③ 歌谣曰："月光光，拜月娘。月娘半天高，小弟弟千万怀通指。指着月娘无欢喜，半暝来到咱房内，轻轻撆刀割咱耳。"参见彭永叔等编《厦门歌谣》，鹭江出版社，1999，第148～149页。

光，点火照尻川，尻川互我拍，我请汝食肉。"① 婴仔拉屎、狗仔守门，月娘照着婴仔的小屁股，长辈亲昵地轻拍婴仔的小屁股，月娘、婴仔、"我"、狗仔都进入诗意境界，天然淳朴的乡居生活和亲密自然的亲子之爱，流动于童谣中。童谣《呕呕眠》歌曰："呕呕眠，一暝大一寸。呕呕摇，一暝大一头。"② 歌谣在为婴孩儿催眠的安抚中，寄托了亲人希望孩子"一夜长一头"、平安长大的情感和心愿。

　　有些厦门童谣描绘了富于童趣的生活，或者描绘了富于闽南特色的风物、食物，给唱者、听者带来美好的精神享受。《火金姑》是闽南、台湾等地广为流传的童谣。厦门版《火金姑》歌曰："火金姑，跤落涂。涂汝食，汝我搦。"③ 这首歌谣没有什么特别意义，纯粹是描述火金姑（萤火虫）跌落泥土上，火金姑食"涂"（泥土），孩子捉火金姑。一派童趣，让人心欢。《红虾红丢丢》歌曰："红虾红丢丢，安公卜食着捻须，安妈卜食搵豆油，安孙卜食用手揪。"④ 歌谣描绘了安公、安妈、安孙吃红虾的各种情态，安公要捻须，安妈要蘸豆油，安孙用手揪，最是天真烂漫。《涂鬼仔鲑》歌曰："涂鬼仔鲑，规大吁。阿兄拾回来，炕汤煮面线。公仔食，婆仔看，乎我婶甲流着澜。"⑤ 歌谣描绘阿兄捡拾"规大吁"（一大串）"涂鬼仔鲑"（海底水产短长蛤）回来"炕汤（煮汤）煮面线"，公、婆、孩子面对特色美食的情态，孩

---

① 张嘉星编著《漳州方言童谣选释》，语文出版社，2006，第 40 页。
② 《呕呕眠》，见彭永叔等编《厦门歌谣》，鹭江出版社，1999，第 217 页。
③ 《火金姑》，见彭永叔等编《厦门歌谣》，鹭江出版社，1999，第 152 页。
④ 《红虾红丢丢》，见彭永叔等编《厦门歌谣》，鹭江出版社，1999，第 164 页。
⑤ 《涂鬼仔鲑》，见彭永叔等编《厦门歌谣》，鹭江出版社，1999，第 192 页。

子直流口水，也是深有童趣。《油炸桧》歌曰："油炸桧，烧甲脆；涂豆仁，规大把。福海宫，煎芋粿；菜市口，蚵仔糜。"① 童谣中的特色美食、特定地点，都会唤起唱者和听者的情感，唤起人深深的家乡情怀。

很多厦门童谣配合着游戏，在游戏中寄托老祖母、父母的亲子之情和孩童的欢乐。童谣《挨啰挨》（二）是老祖母抱孙儿在膝上，一边手拉手前后晃动做推磨状的游戏，一边歌唱："挨啰挨，载米载粟来饲鸡，饲鸡要创啥？饲鸡要叫更，饲狗要吠瞑，饲查某仔要纺棉，饲后生要趁钱。"② 童谣《嘟嘟嘟相干》的游戏规则是，"数人儿童围成一团，每人捏着一只拳头竖聚一起，一人念此歌用手指依次点触拳头，最后一次落在谁的拳上，则群童起哄，并加以讥罚"。歌曰："嘟嘟嘟相干，麻油炒竹蛏。竹蛏四斤半，蚵仔圆，煮面线，公仔吃，婆仔看，公仔吃一碗，婆仔吃一滴，公放屁，婆吐舌，王公王女，小人君子，不是他呀就是你。"③ 麻油炒竹蛏、蚵仔煮面线，这些富于闽南特色的饮食文化和公仔、婆仔这些富于闽南特色的人物称谓，使童谣生动有趣。上述闽南童谣一边游戏一边歌唱，给孩童带来无限欢乐。

二 咏叹生之艰辛，寄寓反抗精神，表达美好生活愿望

厦门歌谣中有大量的生活歌谣，它们咏叹着生之艰辛，宣泄

---

① 《油炸桧》，见彭永叔等编《厦门歌谣》，鹭江出版社，1999，第167~168页。

② 《挨啰挨》（二），见颜立水主编《中国民间歌谣集成·福建卷·同安县分卷》，同安县民间文学集成编委会，1991，第234页。

③ 《嘟嘟嘟相干》，见颜立水主编《中国民间歌谣集成·福建卷·同安县分卷》，同安县民间文学集成编委会，1991，第251页。

着抒情主人公的反抗情绪，也表达了厦门人民努力工作、追求美好生活的愿望。

《补破网》《过番歌》《天下乌鸦一般乌》《送君去番爿》之类的厦门歌谣，哀叹着生之艰辛。《补破网》歌曰："风涌受苦讨海人，看着破网目眶红。鱼网破甲这大空，无法落海去讨趁。想要苦心补破网，索线欠甲这侪项。若怀苦心补破网，家内柴尽米粮空。为着来度三顿饱，只好借债来补网。"① 歌谣在补与不补"破网"的矛盾、痛苦中揭示了"讨海人"的辛酸生活。网破了，无法落海讨趁（挣钱）。苦心要补，要购买的东西太多；若不补，家无余粮，难以为生。为了活下去，"只好借债来补网"。后三首都与早先厦门人为了谋生而"过番"的历史记忆有关。《过番歌》② 再现了"抽着壮丁拢卜搠，看势只好离某囝"的痛苦，为了防备被抽壮丁，人们只好离开妻儿，去异国求生。《天下乌鸦一般乌》歌曰："天下乌鸦一般乌，四界药汤一样苦。早知番爿是这款，怀走这条受苦路。"③ 歌谣以"天下乌鸦一般乌，四界药汤一样苦"起兴，暗示无论旧中国还是外国，都一样，受苦人到了"番爿"走的还是"受苦路"。《送君去番爿》④ 抒发了夫妻恩爱"无若久"（没多久）就被拆散的痛苦，揭示了"家穷赤""捐税重""避灾难""政府不中用，做官像虎狼""保长无天良"

---

① 《补破网》，见彭永叔等编《厦门歌谣》，鹭江出版社，1999，第 11 ~ 12 页。

② 《过番歌》，见彭永叔等编《厦门歌谣》，鹭江出版社，1999，第 13 页。

③ 《天下乌鸦一般乌》，见彭永叔等编《厦门歌谣》，鹭江出版社，1999，第 15 页。

④ 《送君去番爿》，见彭永叔等编《厦门歌谣》，鹭江出版社，1999，第 134 ~ 135 页。

等社会现状和缘由，造成了家人离散、"被迫过番去"的人间悲剧。"送君到码头，目屎江水流。""身命你着顾，批信报平安。"家人依依惜别，泪如江流，只能一再嘱咐亲人爱惜身体、写信保平安了。可以说，三首歌谣再现了闽南人民"过番"讨生活的辛酸历史，使其显示出不同于中国内地歌谣的独特人文历史记忆。

《鲜蚵嫂》同样感叹着人生之不易、生存之艰辛，较之以上几首歌谣，又别有意味。歌谣分为三段，曰：

（一）

别人阿哥颂丝罗，

阮的阿哥卖鲜蚵。

人人叫阮鲜蚵嫂，

卜食鲜蚵免惊无。

（二）

别人阿哥真挑弄，

阮的阿哥目䀹窗。

生做怯世免怨叹，

人讲俉尪食赡空。

（三）

别人阿哥倚洋楼，

阮的阿哥眠涂兜。

命运好俉免计较，

若肯骨力会出头。①

---

① 《鲜蚵嫂》，见彭永叔等编《厦门歌谣》，鹭江出版社，1999，第68~69页。

歌谣采取对比手法，将"别人阿哥"和"阮的阿哥"一再进行比较、咏叹。"别人阿哥"是"颂丝罗"（穿绸缎）、"真挑弄"（聪明伶俐）、"倚洋楼"，"阮的阿哥"却是"卖鲜蚵"（鲜蠔）、"睏涂兜"（地板），而且"目屎窗"（斗鸡眼）、"生做恰世"（丑陋）。无论是智力、相貌，还是身份、处境，"别人阿哥"和"阮的阿哥"都相差巨大，形成鲜明对比。但"鲜蚵嫂"却找到心理平衡，"人讲佫怹食馀空"，没有自怨自艾，没有怒气冲天，"命运好佫免计较，若肯骨力会出头"，相信命运可以通过"肯骨力"（勤劳）得到改变，寄寓着抒情主人公努力生活、实现美好未来的心愿和意志。

《工人歌》（一）、《封建婚姻真夭寿》之类的歌谣在哀叹的同时，寄寓着反抗精神。《工人歌》（一）曰："工人三顿食馀饱，头家三顿有鱼肉。工人出力甲流汗，头家秋清咧跷骸。大头家会好空，拢是吞剥咱工人。工钱若怀来提高，团结拢总来罢工。"[①] 歌谣比较了工人和"头家"的身份差异和巨大的生活落差：工人备尝出力、流汗、三顿吃不饱的生活艰辛，"头家"却有鱼有肉、"秋清咧跷骸"（指头家跷着脚悠闲自在地乘凉）。歌谣进一步揭露头家"好空"（发财）的真相、根源乃是吞剥工人。为此，歌谣鼓动工人罢工，要求提高工资待遇。《封建婚姻真夭寿》[②] 批判了封建婚姻给女性造成的伤害。爹娘做主，媒人花言巧语，假话骗人。"给咱报一个子婿真有空，同房才知黄酸大肚桶，隐龟缺嘴臭耳人。""有的少年嫁老疴，精神查某嫁酒

① 《工人歌》，见彭永叔等编《厦门歌谣》，鹭江出版社，1999，第10页。
② 《封建婚姻真夭寿》，见颜立水主编《中国民间歌谣集成·福建卷·同安县分卷》，同安县民间文学集成编委会，1991，第193～194页。

瓮，归日定定顾酒瓶。有的嫁着祛四不成样，浪荡四方去飘流，害咱空房来独守，好好夫妻变冤仇。"父母之命、媒妁之言的封建婚姻，不允许女性自主择婿，"盲婚"给女性造成巨大伤害，女性却只能有苦难言，"暗暗想着目眶红"。为此，歌谣痛陈"封建婚姻罪恶深，亲象大索绑咱身"，号召大家起来斗争，"彻底废除旧婚姻"。上述两首歌谣都以特定的社会现实为歌咏对象，有的采用对比手法，有的采用铺陈手法，都寄寓着抒情主人公不屈服于苦难，要通过斗争改善人生的愿望。

三 富有教育、劝导意义的歌谣

有些厦门歌谣在富有闽南风味的歌咏中，寄寓着教育、劝导人民要正直、勤劳、懂道理的意涵。

《嫁尪着拣尪》《阿达子》两首歌谣，具有对婚恋中的女性的教育意义。《嫁尪着拣尪》起首就提示女性"嫁尪着拣尪，无拣怀是空"。女性嫁人必须有所挑选，不然"怀是空"（靠不住）。"嫁着卖肉尪，刀尾来炒葱。""嫁给浪荡尪，田厝卖空空。""卜嫁什么人？着嫁老实人。"① 歌谣一一陈述嫁给卖肉尪、饭店尪、拍金尪、隐龟尪、粗皮尪、臭头尪、浪荡尪、贼仔尪、牵猴尪、有钱尪、做官尪等各类丈夫所产生的可能后果，最后表达主张——女性应该要嫁"老实人"。《阿达子》歌曰："阿达子，做人新妇八道理。晏晏睡，早早起，起来梳头抹粉点胭脂。入大厅，拭桌椅；入灶脚，洗碗箸；入房间，绣针指。敬翁姑，疼小弟，大家亲疼做一

---

① 《嫁尪着拣尪》，见彭永叔等编《厦门歌谣》，鹭江出版社，1999，第 43~44 页。

起，呵咾亲家亲姆爻教示。"① "阿达子"是一种印尼水果，可做蜜饯吃。以此为题，并不具备特别意义。类似"做人媳妇"的歌谣的题目多样化，譬如台湾歌谣《祖母的话》，与此内容基本相同。歌谣教育女性"做人新妇"必须"八道理"（识道理），早起、晚睡，梳头抹粉点胭脂，拭桌椅，洗碗箸，绣针指，敬翁姑，疼小弟，都是做新妇要具备的妇德、妇容、妇功。如此，公婆才会痛惜新妇，"呵咾"（赞扬）亲家亲姆"爻教示"（善于教导）。歌谣将传统女性该遵从的理念融入其中，陈腐而无新意。不过，在某种程度上，它具有劝导女性勤劳做人、亲善家人的教育意义。

《跋缴汉》《赌博害》是针对赌徒的歌谣。《赌博害》歌曰："一更穷，二更富，三更起大厝，四更卖某做大舅，五更抓去监狱蹲。"② 歌谣极短，却极其精彩。一更、二更、三更、四更、五更的时间顺延和短短时间变化中赌徒人生的大起大落、反复无常、深重灾祸，都被精彩地展示出来。《跋缴汉》歌曰："一个跋缴汉，全然怀讨趁。食饱无代志，归日倚缴边。钱纸都输去，病成缴相思。去到市场内，看人吃肉面，有钱人爻食，无钱涎流滴。返去伊厝内，倒床相窗枝。某来骂，囝来啼。'生活这艰苦，若搁跋缴着去替人死！'"③ 此歌谣中，"跋缴汉"（赌博汉）"怀讨趁"（不做工赚钱）、无"代志"（事情）、"归日"（整日）赌博的恶劣形象跃然而出。输尽钱财的赌博汉，只能看有钱人"爻

---

① 《阿达子》，见彭永叔等编《厦门歌谣》，鹭江出版社，1999，第 29 ~ 30 页。
② 《赌博害》，见颜立水主编《中国民间歌谣集成·福建卷·同安县分卷》，同安县民间文学集成编委会，1991，第 207 页。
③ 《跋缴汉》，见彭永叔等编《厦门歌谣》，鹭江出版社，1999，第 42 ~ 43 页。

食"（大食）肉面，白流涎水；回到家里，妻子骂，孩子哭。穷苦、痛苦让人难挨，赌博汉也生出"若搁（若再）跋缴着去替人死"的誓言和决心。两首歌谣，或者揭示大起大落、反复无常，最终难免跌落深渊的赌场规律，或者描述了赌博带给家庭和亲人的深重伤害，都具有劝人善良正直、本分做事、勤劳做人的教育意义，无论是过去还是当下，都可以引人警醒。

四　歌咏劳动生活场景与风俗人情

部分厦门歌谣歌咏闽南人民的劳动、生活场景，描绘闽南的风俗人情，具有鲜明的地域特色。

厦门依山面海，古代厦门人多讨海为生，现今厦门虽然发展成著名的商业、旅游都市，商贸文化极其发达，但海洋文化依然是厦门的根本、底色。厦门歌谣对厦门人民传统的"讨海"生活方式和依然保存的饮食文化，都有生动的歌咏。《当今讨海人》歌曰："早时讨海用竹排，绞排十三支，三个下力拼，划到大海边。一下网仔抛落去，大尾沙鱼来吃饵。沙鱼一下滚，鱼网下力收。揪到竹排边，镖叉赶紧插落去，钩来挂上排。北势一片乌云飞，大风一扳九台来，天一变面帆拔走，海涌排边拼。摇排面向天，大海白波波，讨海像七桃。"① 在这首歌谣中，竹排、大海、网仔、沙鱼、镖叉、帆等富于特色的海洋意象，拼、划、抛落、收、揪、插落、钩、挂、摇等生动准确的动词，完整地勾勒了传统"讨海人"在大海里捕鱼的动态过程，将闽南人民最为传统的海洋生活方式呈现出来。讨海有苦有乐，有危险有收获，这样的

---

① 《当今讨海人》，见彭永叔等编《厦门歌谣》，鹭江出版社，1999，第65页。

感悟也在歌谣中得以表达。当乌云飞、台风来、帆拔走、海涌排边之际，"讨海人"只能拼尽全力，凭借海洋谋生的智慧与大海搏斗。"摇排面向天，大海白波波，讨海像七桃。"讨海人与大海搏斗的勇气、智慧和乐观，在此一览无余，"讨海"居然能像"七桃"（玩），可见"讨海人"苦中作乐的生存智慧和乐观精神。《海水淹》歌曰："海水淹，佛祖生日人烧金。海水考，过年炊糕和炸枣。海水大沉郑，九月重阳人兜面。海水涝，二月沿海人破蚵。"①"海水淹"、"海水考"（指海水退潮）、"海水大沉郑"（指海水满潮）、"海水涝"（指混浊），都是闽南人对大海涨潮、退潮规律和海洋状况的描述，歌谣中的"佛祖生日人烧金""过年炊糕和炸枣""九月重阳人兜面""二月沿海人破蚵"，又是极富闽南地方特色的生活方式和饮食文化。可以说，歌谣极其生动地将厦门的地理环境、人文生态和厦门人富于地域特色的生活方式、饮食文化融汇一体，开启了歌者和听者的美感想象。《卖蟯歌》是一篇具有浓郁生活气息的歌谣。

（一）

卖蟯，卖蟯，蟯仔肥汁汁，

卖蟯，卖蟯，蟯仔肥汁汁。

昨晚剖一暝，鲜色又清气，

无浸水啊无浸水，生成是来煮大面。

一斤三角四，怀免讲价钱，

物件是顶真，请恁免猜疑。

---

① 《海水淹》，见颜立水主编《中国民间歌谣集成·福建卷·同安县分卷》，同安县民间文学集成编委会，1991，第 8 页。

（二）

卖蚵，卖蚵，蚵仔肥汁汁，

卖蚵，卖蚵，蚵仔肥汁汁。

肥蚵煮蚵羹，蚵煎甲蚵炸，

好气味啊好气味，香脆又清甜。

一斤三角四，怀免讲价钱。

物件是顶真，吃了笑眯眯。

（三）

卖蚵，卖蚵，蚵仔肥汁汁，

卖蚵，卖蚵，蚵仔肥汁汁。

家住海骹边，阮是渔家囝。

家己所出产，不是卖黑市。

有雨好景致，蚵冬丰收年。

焙干晒蚵米，要买着趁时。①

《卖蚵歌》采用了重章叠句的表现手法。"重章，指诗篇的各章各段的句子之句法结构大体相同，仅更换其中的几个词类相同的字词，叠句则指上下句采用相同相近的句式结构和字词，循环往复地咏唱，起着突出主题、强化感情、渲染气氛、深化意境的表达效果，可增强诗歌的节奏感、音韵美、意境美、含蓄美。"②歌谣回环反复，"卖蚵，卖蚵，蚵仔肥汁汁"，六次重复，却没

---

① 《卖蚵歌》，见彭永叔等编《厦门歌谣》，鹭江出版社，1999，第 37 ~ 38 页。

② 张嘉星：《文化诗学视域下的闽南方言文学研究》，中国社会科学出版社，2017，第 441 ~ 442 页。

有给人累赘、堆砌之感，反而将"蠓仔"（牡蛎）"肥汁汁"的鲜感、肉感呈现出来。"肥蠓煮蠓羹，蠓煎甲蠓炸"的描述，极富诱惑力，令爱蠓客垂涎欲滴。歌谣反复申诉"一斤三角四，怀免讲价钱。物件是顶真"，"鲜色又清气"，"香脆又清甜"，"无浸水啊无浸水"，"好气味啊好气味"，这些地道的日常口语，使卖蠓者一副生意人的姿态呼之欲出。卖蠓者自称的"渔家团"身份，以及家住"海骸边"（海边）、"家己"（自家）自产蠓仔的叫卖词，都勾勒出一幅极富情趣的生活画面。《搦蟳对目睭》歌曰："搦蟳对目睭，搦虾对虾须，搦鳗对尾溜，撵锄头，掘涂鳅。"① 这首短歌谣，同样富有地域特色，富于生活情趣。

在厦门歌谣中，有些歌咏特色仪式、节庆生活，展示了闽南地区的风俗人情，富于闽南文化特色，《贵面歌》《合字冬瓜诗》《上元暝 正月半》即属于此类歌谣。《贵面歌》歌咏了厦门特色风俗，"少女出嫁上轿前，一老年妇女用红丝线在少女脸上各个部位比划，边比划边说些吉利话，谓之'贵面'"② 在歌谣中，"开始贵头鬃""第二贵头额""第三贵目周""第四贵你鼻中鞍""第五要贵鼻""第六贵嘴边""最后贵你嘴"③，从头顶到嘴巴，可谓"贵"气满满。这首展示"贵面"仪式的歌谣寄托着厦门人民

---

① 《搦蟳对目睭》，见彭永叔等编《厦门歌谣》，鹭江出版社，1999，第67页。

② 《贵面歌》，见颜立水主编《中国民间歌谣集成·福建卷·同安县分卷》，同安县民间文学集成编委会，1991，第50页。

③ 《贵面歌》，见颜立水主编《中国民间歌谣集成·福建卷·同安县分卷》，同安县民间文学集成编委会，1991，第49页。

的美好心愿，既表达了"吉时同夫结良缘"、团圆、早生贵子、"夫妻手牵手"、"欢乐相爱到百年"的美好情感，也寄寓着人们希望富贵、吉利、健康、"消灾添福寿"的美好意愿；"孝顺得人痛，劳动着打拼""勤俭剩大钱"，也表达着人们朴实的道德诉求。《合字冬瓜诗》也歌咏了闽南地区特殊且富于人文价值的婚俗。"尹口合为君，陈三问益春，五娘何处去，后楼在思君。""一土合为王，金玉溢满堂，连招三桂子，日后做帝王。""人良合为食，新娘人出色，郎君自选择，百年同心德。"① 何谓"冬瓜诗"呢？据说，"旧时乡下新婚闹洞房，新娘子捧着一盘（有的用陶缸盖）冬瓜糖，请大家吃冬瓜。一般没有点'墨水'的人，不敢轻意拿取新娘手捧的冬瓜糖。因拿取冬瓜糖，需出口作冬瓜诗。内容可历史知识，可问新娘家世、恋爱经过，夸耀新娘长相，祝贺新婚夫妇白头偕老、早生贵子等。形式可合字诗，字谜诗，答问诗，因人因时而异，诙谐风趣，取闹至深夜"②。上述歌谣属于"合字""冬瓜诗"，采用两个字合为一个字的形式，"尹口合为君"，"一土合为王"，"人良合为食"，从"合字"与歌谣内容的联系来看，彼此并没有必然的关联，好像仅仅采取这种特殊形式，实现"娱乐""游戏""闹洞房"的效果。歌谣《上元暝 正月半》勾勒出一派喜庆热闹的元宵节夜景。相伴逛街、看月、吃圆仔（米丸），已经稍具元宵夜的气氛了，"迎暗灯，看鳌山，南曲自唱又自弹。弄龙套宋江，车鼓公对车鼓旦；歌仔阵，相连沙，蜈

---

① 《合字冬瓜诗》，见颜立水主编《中国民间歌谣集成·福建卷·同安县分卷》，同安县民间文学集成编委会，1991，第60~61页。

② 颜立水主编《中国民间歌谣集成·福建卷·同安县分卷》，同安县民间文学集成编委会，1991，第57页。

蚣座，接归拖，挨挨阵阵真好看。家内马蹄酥，贡糖龙眼仔干，香蕉凤梨果子盘，月圆人圆心喜欢"①。歌谣极富地域文化特色。仅是一句"车鼓公对车鼓旦"，就凸显了鲜明的本土文化特色。车鼓公、车鼓旦是大约起源于宋元而兴于明清的同安车鼓两位演员、角色。"相传从前同安新圩有对开豆腐店的老公婆，夜夜磨豆腐，因为闲闷，便彼此编歌逗趣，消除疲劳。后来经过逐步的艺术加工，便形成了有固定表演程式的车鼓。在迎神赛会，喜闹洞房，传统节日的时候，车鼓有时还赛过了高甲戏。"② 总之，可以说，元宵灯、南曲、车鼓、"相连沙"（一阵紧接一阵）的歌仔阵、"接归拖"（一节接一节）的蜈蚣座等富于闽南地域特色的娱乐文化、民俗宗教文化，大大增强了歌谣的魅力。"贡糖龙眼仔干""香蕉凤梨果子盘"等节庆美食，同样增添了"上元暝"（元宵夜）的节日喜庆。

---

① 《上元暝 正月半》，见颜立水主编《中国民间歌谣集成·福建卷·同安县分卷》，同安县民间文学集成编委会，1991，第 275 页。

② 《风趣的"同安车鼓"》，见颜立水主编《中国民间歌谣集成·福建卷·同安县分卷》，同安县民间文学集成编委会，1991，第 285 页。车鼓表演特点如下："表演的时候，车鼓公头戴瓜帽，身着长衫马褂，手持特制会转动的长烟杆。车鼓婆上穿开襟红衣，下系黑色绸裙，右手拿折扇，左手捻手帕。两人抬着一个敞口向下、上面用红绸布结朵大红花遮盖的簸斗蓝，斗蓝中间绑着两根用色纸缠裹的细竹杆，演员把系在竹杆两端的红带子挂在肩上，抬起用蔻蓝装饰还会上下颤动的'鼓'，时常车转身子，做'三步进三步退'的表演动作。表演者风趣的唱词、诙谐的表情以及乐队因时因地因人的搭腔，常常使观众捧腹大笑。乐队使用的乐器主要是壳仔弦、大广弦、唢呐、笛子和拍板，结队行走时还可以锣鼓助阵。演员演唱的唱词常用民间流行的曲调，如车鼓调、更鼓调、乞丐调等。歌词有二十四节气歌、十二碗菜歌、十月病子歌、百花歌等。歌词主要内容是表现男女之间的打情骂俏和家庭的琐碎杂事。"参见颜立水主编《中国民间歌谣集成·福建卷·同安县分卷》，第 285 ~ 286 页。

五 有关时政的歌谣，反映闽南人民的历史选择

厦门民间有关时政的歌谣，表达了闽南人民在不同历史时期、不同历史事件中的人生选择、英勇奋战精神。

在厦门歌谣中，《拍台湾》《好铁拍钉》等多首歌谣歌咏郑成功收复台湾。"拍台湾，郑成功；起厦门，入澎湖；开山祖，传千古。"[①] 这首《拍台湾》在三言六句的精简形式中，歌咏了郑成功"拍"（攻打）台湾、"开山祖"的千古功绩。又一首同题《拍台湾》歌曰：

> 好风时，厦门湾，
> 延平王，拍台湾。
> 进船只，献盐粮，
> 锣鼓声，乒乓陈。
> 送大兵，拍台湾，
> 踏风涌，赶红番。[②]

歌谣将郑成功收复台湾时的天时、地利、人和都描述了出来，尤其是闽南子弟踊跃当兵，闽南人民热烈支持，是国姓爷成功地"拍台湾"的重要因素。最后一句"踏风涌，赶红番"，更是展示了郑成功部队高昂的士气和爱国主义、民族主义精神，提升了歌谣的情怀、境界。《好铁拍钉》歌曰："好铁卜拍钉，好团

---

① 《拍台湾》，见彭永叔等编《厦门歌谣》，鹭江出版社，1999，第80页。
② 《拍台湾》，见彭永叔等编《厦门歌谣》鹭江出版社，1999，第181页。

卜当兵，跟咱郑成功，时势日日兴。"① 歌谣以好铁打钉、好男儿当兵起兴，表达对郑成功光复台湾事业的支持。

在厦门歌谣中，有多首歌咏清代时政的歌谣。如歌咏太平天国的《月光光》："月光光，秀才郎，骑白马，过南塘。路顶遇着钓鱼翁，问伊兜落去？卜去天京找天王。"② "秀才郎"要去"兜落"（什么地方）呢？原来是要去"天京"（太平天国建都南京，称天京）找"天王"（洪秀全）。《马花》《叫大哥开隘门》是清末厦门小刀会即将起义时的民间歌谣，传说小刀会事先通过童谣制造革命舆论。前者歌曰："马花、马卵，乌豆糍，绿豆糕，明角糖。"③ 马花、马卵是两种糕点的名字，和乌豆糍、绿豆糕、明角糖一样，都是闽南特色食物。据说整首歌谣谐音为"卜衰卜乱，捣城池，叫大哥，关隘门。"后者歌曰："马花、马卵、乌豆糍，卜衰卜乱捣城池。绿豆糕，明角糖，叫大哥，开隘门。"④ 两首歌咏厦门小刀会起义事件的歌谣的意思类似。

在厦门歌谣中，也有大量歌咏抗日斗争的歌谣，具有强烈的战斗性和民族气节。《固厦门》呼吁人们"有钱出钱""有力出力""大家拢总起来固厦门""大家来拼命固厦门""大家来甲臭日本仔拼生死"⑤。《快来讨倒返》为胡奋法编词、作曲，厦门沦陷后配合抗日宣传，由当时"同声京剧社"在同安县城一带演

① 《好铁拍钉》，见彭永叔等编《厦门歌谣》，鹭江出版社，1999，第80页。
② 《月光光》，见彭永叔等编《厦门歌谣》，鹭江出版社，1999，第78页。
③ 《马花》，见彭永叔等编《厦门歌谣》，鹭江出版社，1999，第76页。
④ 《叫大哥开隘门》，见彭永叔等编《厦门歌谣》，鹭江出版社，1999，第79页。
⑤ 《固厦门》，见彭永叔等编《厦门歌谣》，鹭江出版社，1999，第87~88页。

唱。歌曰："双溪深，双溪长，双溪流水通厦门。厦门给日本鬼仔来损断，所在有人变饥荒，迄地有咱的乡村，迄地有咱的田园，快来讨倒返。"① 双溪指环流同安县城的东溪和西溪，歌谣以"双溪"起句，勾起人们深切的家园意识，敌人占领厦门，"迄地"（那里）"有咱的乡村""有咱的田园"，更加唤起人们的家园沦陷的痛苦和快来"讨倒返"（讨回来）的坚决斗志。

在厦门歌谣中，也有许多歌咏红军的歌谣，如《跟随红军闹革命》《日头出来红甲红》。"卜想树活根埋深，卜想行船水爱深；卜想过着好光景，跟随红军闹革命。"② "日头出来红甲红，照咱艰苦怀命人。艰苦怀命有时尽，欢喜日出做主人。"③ 两首歌谣都押韵，都是七言四句的整齐形式，都表达了对红军、共产党的歌颂之意、感恩之情。不同之处，前者以树活、行船起兴，比喻要过好日子必须跟随红军闹革命的意涵。后者以"日头"这一富于"红色革命"意味的意象，传达诗歌主题。歌谣将"日头""照咱艰苦怀命人"，比喻中国红军、共产党将带领穷苦、怀命（坏命）人改变命运，当家做主。

六 情爱歌谣：歌咏男女之情

表达男女之情爱，也是厦门歌谣很常见的主题。

---

① 《快来讨倒返》，见颜立水主编《中国民间歌谣集成·福建卷·同安县分卷》，同安县民间文学集成编委会，1991，第32页。
② 《跟随红军闹革命》，见彭永叔等编《厦门歌谣》，鹭江出版社，1999，第90页。
③ 《日头出来红甲红》，见彭永叔等编《厦门歌谣》，鹭江出版社，1999，第91页。

《卜食好鱼近海墘》《龙眼好食籽乌乌》《咱哥倚治读书窗》等歌谣，表达了男女朋友、夫妻的相思、相爱之情。"卜食好鱼近海墘，卜爱小妹倚厝边。三不五时好相见，赢过云开月出时。"① 歌谣以"卜食好鱼近海墘"起兴，类比"卜爱小妹倚厝边"。这样才能三不五时得以相见，以解相思之苦。"龙眼好食籽乌乌，荔枝好食皮粗粗。如今有妹行同路，骹底轻松无沾涂。"② 歌谣暗藏对比，龙眼、荔枝虽好，却有所遗憾，暗比钟情的女子更美好，和钟爱的妹子同行，"骹底轻松无沾涂"，心情轻松愉快。"咱哥倚治读书窗，咱嫂挑花治绣房。心肝爱卜想无步，假空拍门来挕人。"③ 歌谣将夫妻情深委婉细腻地传达出来。"咱哥倚治（站在）读书窗"，咱嫂虽在咫尺之遥的绣房，也还是忍不住，假装着来拍门找人，实际上是想看咱哥。

《风葱捻断腹内空》《阿哥怀知嫂代志》《十送郎君过番平》等歌谣，关联着闽南特殊的"过番"历史记忆，将男女之爱和分离之苦融为一体，深情凄婉。"风葱捻断腹内空，厦门水路通番邦。阿哥这久在外头，想起心酸目屎流。"④ 阿哥在番邦，令家人想起就辛酸泪流。"阿哥怀知嫂代志，为阮阿哥病相思。咱嫂写批怀八字，交代朋友惊人疑。"⑤ 夫妻分离，阿哥不知嫂"代志"（事情），彼此不通信息，阿嫂想写信却"怀八字"（不识字）。

---

① 《卜食好鱼近海墘》，见彭永叔等编《厦门歌谣》，鹭江出版社，1999，第97页。
② 《龙眼好食籽乌乌》，见彭永叔等编《厦门歌谣》，鹭江出版社，1999，第113页。
③ 《咱哥倚治读书窗》，见彭永叔等编《厦门歌谣》，鹭江出版社，1999，第102页。
④ 《风葱捻断腹内空》，见彭永叔等编《厦门歌谣》，鹭江出版社，1999，第115页。
⑤ 《阿哥怀知嫂代志》，见彭永叔等编《厦门歌谣》，鹭江出版社，1999，第128～129页。

歌谣将旧时代的情爱困苦委婉地抒写了出来。《十送郎君过番平》有十首，形式整齐，每一首都是七言四句。"一送郎君蚊帐内""二送郎君眠床前""三送郎君到大厅""四送郎君到门外""五送郎君到大路""六送郎君出茶园""七送郎君厦门街""八送郎君厦门港""九送郎君要落船""十送郎君去番平"①，歌谣通过地理位置的变化，将妻子送别丈夫、依依惜别的过程生动地描述了出来。送别的过程有"千遍万遍重交代"的不放心，有"咱兜某子望你晟（抚养）""放阮母子受拖磨"的期许和伤感，还未起程，就有"何时何日回家门"的殷殷相盼，有"四目相对手相拖""目周你红我也红"的依依难舍。最后一首，"十送郎君去番平，望君讨趁着认真，十年八载返相认，故乡亲人才是亲"，慎重、珍重，再嘱咐、再交代，要认真赚钱，不忘亲人，不忘家乡，十年八载也一定要回来。

《十二月嫁女歌》《十月病子歌》都歌咏了夫妻恩爱。前者将夫妻之情化入"嫁女"喜事中，将女孩嫁前的疑惑、希望和嫁后的恩爱、幸福连贯一气。同时，歌谣也结合每个月的节庆或农忙特征，歌咏"嫁女"情状。它共计十二首，每一首七言四句，形式整齐，基本上押韵。其中有女孩儿出嫁前不知夫君情况的疑惑、忧虑、猜测、希望，"唔八夫君叫啥名""夫君生成障仔个？""不知夫君人怎样，躺在眠床乱子想""半暝举香跪落去，保庇夫妻到百年"。歌谣也描述了婚后夫妻的恩爱之情，"掀起乌巾见亲

---

① 《十送郎君过番平》，见颜立水主编《中国民间歌谣集成·福建卷·同安县分卷》，同安县民间文学集成编委会，1991，第94~95页。

尪""两人相看面仔红""千言万语一句话，白头到老是夫妻"。
"相亲相爱同心肝，情长夜短日照出"① 都是对夫妻深情的肯定、
期许。《十月病子歌》结合女子怀孕过程，同样歌咏夫妻情深。
歌谣以女子十月怀胎过程为歌咏对象，女子怀孕的生理变化、饮
食变化、精神状态等和丈夫在妻子怀孕过程中从"无知"、有疑、
呵护体贴到"有知"、欢喜、心安的情绪、行动，都在男女对唱
和呼应中得到风趣、诙谐、生动的反映。"正月病子在心内，不
敢说出惊人知"，"二月病子人爱眠，粥饭半嘴无爱吞"，三月病
子"爱吃仙查甲油甘"，五月病子"爱吃竹笋焖蛏干"，八月病子
"爱吃马荠炒香菇"，"九月共君照实雪，算来我是落下月，酱瓜
焖肉给我配，爱吃淡薄番薯粥"。到了十月份产子，"门外听见婴
仔声，三步拼做二步行，赶紧入房看细团，母子安然心头定"②。
在形式上，歌谣采用"弄车鼓"（"车鼓弄"）这种具有浓厚同安
地方色彩的传统娱乐形式，富于闽南文化特色。

* * *

　　厦门歌谣主题丰富多元，这与厦门人们多样化的生活方式相
应和。大量的厦门童谣描绘了闽南孩童天真童幻的生活，寄寓着
动人的亲子之情。大量的生活歌谣，在咏叹"生"之艰辛的同
时，也寄托着厦门人努力工作、追求美好生活的愿望。许多有关

---

① 《十二月嫁女歌》，见颜立水主编《中国民间歌谣集成·福建卷·同安县分
　卷》，同安县民间文学集成编委会，1991，第 117 ~ 119 页。
② 《十月病子歌》，见颜立水主编《中国民间歌谣集成·福建卷·同安县分卷》，
　同安县民间文学集成编委会，1991，第 175 ~ 178 页。

时政的歌谣，体现了闽南人民的人生选择和保家卫国、英勇奋战
的精神。大量的情歌展现了闽南人细腻丰富的情爱。可以说，所
有的歌谣都是厦门风土人情、人文历史的体现，那些富于闽南风
味的歌咏，那些具有闽南地方特色的劳动和生活场景，都具有鲜
明的闽南文化特色。

第二节　漳泉民间歌谣的艺术特色和修辞手法探析

漳泉民间歌谣的主题与厦门歌谣基本一致，在艺术特色和修辞
手法方面，厦、漳、泉三地的歌谣也大致相同。笔者试以漳泉民间
歌谣为考察对象，探究闽南民间歌谣的艺术特色、修辞手法。

一　以闽南方言土语入歌而歌咏闽南风土人情

以闽南方言土语入歌，歌咏闽南风土人情，具有浓郁的地方
风味，这是漳泉民间歌谣的重要特色。学者李熙泰在论述台湾歌
谣时曾说："台湾歌谣和闽南歌谣有自己独特的语言风格，这就
是中古音系的方言土语表现出来的鲜明地方特色和艺术效果。每
当用方言直抒胸臆时，自然地牵动乡情，思恋故旧。所以说方言
土语在歌谣中的作用是触发感情的母钮。"① 漳泉民间歌谣使用方
言土语入歌，是最自然、常见的现象，是漳泉民间歌谣的语言特
色。以中古音系的方言土语入歌，歌咏闽南地区人们的生活、劳
动、时政、历史和文化，抒发闽南人的喜怒哀乐，具有浓郁的闽

---

① 李熙泰：《论台湾歌谣及其流变》，《厦门大学学报》（哲学社会科学版）
1987 年第 2 期。

南地方风味，也成为漳泉民间歌谣重要的内容特色。

漳泉依山面海。漳泉人民也靠山吃山，靠海吃海。农业劳作、海洋生产成为漳泉人民的日常劳动内容和生活资源，并成为漳泉民间歌谣的歌咏内容。《今年种作顶呱呱》《摇去大霜去种茄》两首歌谣都涉及农事。前者歌曰："手攥锄头要上山，山顶田园真好看。山顶树林密，山下种西瓜，到处绿油油，稻谷开香花，树顶鸟仔叫喳喳，水底蛤蚂叫哇哇。老汉看了笑哈哈，今年种作顶呱呱。"① 后者歌曰："舢板摇也摇，摇去大霜去种茄，种卜怎？种卜拜妈祖，保庇侬阿爸，下海掠鱼会大着。舢板摇也摇，摇去小霜种路茄，种卜怎？种卜拜观音。给侬公子状元考会着。"② 《今年种作顶呱呱》一派喜气洋洋，老汉"手攥锄头"上山，一派田园风光令人赏心悦目；"树顶鸟仔叫喳喳""水底蛤蚂叫哇哇""今年种作顶呱呱"的丰收、喜乐景象更令老汉笑哈哈。歌谣通俗易懂，后四句工整且押韵，唱起来流畅欢快，而且"攥""鸟仔""蛤蚂"这些闽南人常用词汇和地方风物的存在，增添了地方色彩。相较于《今年种作顶呱呱》，《摇去大霜去种茄》显得更为"地方化"。首先是卜、侬、掠鱼等方言词汇的存在，以及大霜、小霜地名的使用，增强了歌谣的地方风味。其次是歌谣歌咏拜观音、拜妈祖、掠鱼等闽南人民的日常生活现象，展现了闽南人民的传统生活方式和浓郁的闽南民俗文化。《讨海人》《海水涨蓝蓝》都歌咏闽南人民传统的海洋生产方式。前者

---

① 《今年种作顶呱呱》，见简清水主编《中国歌谣集成·福建卷·漳州市分卷》，漳州市民间文学集成编委会，1991，第10页。
② 《摇去大霜去种茄》，见张待德主编《中国歌谣集成·福建卷·云霄县分卷》，云霄县民间文学集成编委会，1991，第11页。

歌曰："讨海人，讨海人，一身曝甲乌铜铜。堵风劈浪，象爬天坎。嘿啰嘿啰嘿啰哩；要捉鱼，呣惊海水乌琅琅。"① 后者歌曰："海水一涨蔚蓝蓝，船仔出海洗泥蚶；健男肌健透身赤，蚶埕搏拼象龙翻。海水一涨蔚蓝蓝，船仔回港满载蚶；娘仔送饭见哥笑，见哥吃饭心也甘。"② 《讨海人》歌咏了以海洋捕鱼为生的渔民生活，这是最地道的闽南人生活方式，歌咏的是闽南的风土人情。"一身曝甲乌铜铜""呣惊海水乌琅琅"等地道的闽南方言入歌，也使歌谣极富地方风味。《海水涨蓝蓝》歌咏的是福建、广东沿海一带最为传统、最具特色的劳作方式。它由两首"七言四句体"歌谣构成而成，由"海水一涨蔚蓝蓝"起兴，歌咏"船仔出海洗泥蚶"和"船仔回港满载蚶"的劳作场景和丰收景象。渔民在蚶"埕"（福建、广东沿海一带饲养蛏类的田）"搏拼象龙翻"的辛勤劳作和娘仔送饭的温馨场面，具有生动、浓郁的闽南地方风味。《旧时耙盐工》也极具闽南民间风味。歌曰："旧时耙盐工，生活呣象人。作是三流水；食是薯签水；配是咸涂鬼；厝是日照鸡蛋影，雨漏叮咚声。"③ 此歌谣采录地点是东山县西港盐场，搜集人、演唱者都是西港盐场职工。歌谣从作、食、配（菜）、厝等衣食住行各方面描述了"旧时耙盐工"的辛酸生活。歌谣用"呣象"、"三流水"、"薯签水"、"咸涂鬼"（用盐豉的一

① 《讨海人》，见简清水主编《中国歌谣集成·福建卷·漳州市分卷》，漳州市民间文学集成编委会，1991，第19页。
② 《海水涨蓝蓝》，见张待德主编《中国歌谣集成·福建卷·云霄县分卷》，云霄县民间文学集成编委会，1991，第110页。
③ 《旧时耙盐工》，见简清水主编《中国歌谣集成·福建卷·漳州市分卷》，漳州市民间文学集成编委会，1991，第22页。

种海蚌）、"日照鸡蛋影，雨漏叮咚声"（形容厝破）等地道的闽南方言，描述旧时代闽南贫民的生活，极富闽南地域风情。

以闽南方言土语歌咏闽南民俗节庆文化或闽南历史文化、时政等，也是闽南民间歌谣的重要方面。我们以《过新年》《排甲子》为例。前者描述了闽南人民节日喜庆的氛围，发散出浓郁的闽南民俗文化韵味。歌曰："初一涨，初二涨，初三老鼠娶新娘，初四人迎春，初五佫开，初六舀肥，初七人生日，初八五谷生，初九天公生，初十地生日，十一请团婿，十二食糜配芥菜。"① 大年初一、初二人民品味佳肴享乐，初三亲朋好友串门欢聚，初四迎神，之后请肥神，拜五谷神、敬天公、敬土地神，真是人神同乐、普天同庆。十一女婿到家门，再开盛宴。"十二食糜配芥菜"，闽南人民开始家常便饭老一套的平常生活。前些年，《排甲子》歌在泉州市惠安县崇武镇被发掘，反映了开漳以后的历史、军事和民情风俗。歌曰："排咾排甲子，入军门，整军纪。军去东，军去西，西下路，南下一支军，拍半路。一再击，二再击，漳州娘仔吼咩咩。派支军，挨户找，找来找去，将军哈啾！"张嘉星分析说，崇武本《排甲子》"漳州娘仔吼咩咩"和有关"将军"的语句，写的是漳州人、开漳事，"它是明初从漳州军户传至泉州市惠安县崇武镇的漳州历史歌谣"，所反映的战事及细节可以与地方史互证：陈元光长期驱驰征战，"在潮州、漳州、泉州、兴化间立行台于四境"，与歌谣主人公"排甲子"运筹帷幄，部队开拔往东、往西，伏击打胜仗的内容契合。同时，歌谣"漳州娘仔吼咩咩"的细节描写，与漳州特有的"内白外红"婚服的

---

① 《过新年》，见林华东主编《泉州歌谣》，福建人民出版社，2006，第35页。

婚俗和传说相互印证。陈元光招抚土著，推行汉畲通婚。因畲家男子刚刚战死，畲女便议定内着白色衬衣裤、外罩大红新婚礼服赴婚礼，"漳州娘仔吼咩咩"即畲女葬别亲人即完婚的大悲大痛的历史事件的具象化。[①] 歌谣以方言土语描述，歌咏闽南历史人文，具有浓郁的地方色彩。

二　使用丰富的修辞手法以增强漳泉民间歌谣的艺术表现力

歌谣的艺术魅力得益于使用丰富的修辞手法，闽南民间歌谣亦复如此。比喻、比拟、起兴、双关语、反复、排比等，都是漳泉民间歌谣常见的修辞手法。

（一）比喻、比拟

比喻、比拟是民间歌谣很常见的艺术手法。"朱熹说：'比者，以彼物比此物也。'""比有'明比''暗比''借比''排比''正比''反比''对比''拟人比''谐音双关比''会意双关比'等多种艺术技巧与艺术意境。"[②] 比拟是通过想象，将物当人或者人当物来写，分为拟人、拟物两类。闽南民间歌谣常用的是拟人艺术手法。

1. 比喻

在闽南民间歌谣中，采用比喻修辞手法的歌谣有很多，有明喻，有暗喻。歌谣《阿娘你生做者尼水》采用明喻修辞手法。

---

① 张嘉星：《闽南歌谣起源年代及其流变——论漳州〈排甲子〉在闽南语区的影响嬗变与发展》，《信阳师范学院学报》（哲学社会科学版）2010 年第 3 期。

② 段宝林主编《民间文学教程》，高等教育出版社，2013，第 170 页。

阿娘你生做者尼水，

目尾看人溜溜转。

好像桃花含露水，

好像牡丹半含蕊。

阿娘你生做者尼巧。

有你三顿无吃也绘枵。

有你神魂十二条，

千斤重担也能挑。①

　　为了表现"阿娘""生做者尼水"（生得这么漂亮），歌谣连用两个比喻——"好像桃花含露水""好像牡丹半含蕊"；为了表现抒情人对"生做者尼巧"的"阿娘"的着迷，歌谣下半段又采用了夸张的艺术手法。整首歌谣基本押韵，上段一、三、四句押韵，下段换韵，且全部押 iao 韵，增强了歌谣的艺术表现力。

　　《婚宴歌》《苦桃仔籽》《跟随红军闹革命》《日头出来红又红》等歌谣，采用暗喻修辞手法。《婚宴歌》歌曰："一碗鸡，二碗胚，三碗鸭炖熟地，四碗状元去游街，五碗五尚书，六碗郭子仪，七碗七子八婿，八碗八仙过海，九碗九龙升天，十碗十囝十媳妇，十一碗起大厝，十二碗拢总有。"② 此《婚宴歌》为媒人对新婚夫妻所唱，俗称"说四句"。歌谣将洞房席上的十二碗菜

---

① 《阿娘你生做者尼水》，见简清水主编《中国歌谣集成·福建卷·漳州市分卷》，漳州市民间文学集成编委会，1991，第 229 页。

② 《婚宴歌》，见张待德主编《中国歌谣集成·福建卷·云霄县分卷》，云霄县民间文学集成编委会，1991，第 61~62 页。

——铺陈出来，颇多暗喻。从第四碗菜开始都是吉利话，暗喻新婚夫妇生活美满、荣华富贵、得子上进。《苦桃仔籽》歌曰："红根来，白根去；苦桃籽，豁出世。"① 这首歌谣是红军第一次进入漳州后产生的，"红根""白根"暗比"红军""白军"；同时，借用儿童玩弄苦桃的核仁，以苦桃暗比痛苦，希望痛苦不要出现。《跟随红军闯革命》歌曰："要想树活根埋深，要想行船水爱深；要想过着好光景，跟随红军闯革命。"② 《日头出来红又红》歌曰："日头出来红又红，照咱艰苦歹命人。艰苦歹命有时尽，欢喜今日做主人。"③ 两首歌谣都押韵，都是七言四句的整齐形式，都表达了对红军、共产党的歌颂之意、感恩之情。不同之处，前者以树活、行船起兴，比喻要过好日子必须跟随红军闯革命的意涵。后者以"日头"这一富于"红色革命"意味的意象传达诗歌主题。歌谣以"日头""照咱艰苦歹命人"，比喻中国共产党将带领穷苦、歹命人改变命运，当家做主。

2. 比拟

比拟是民间歌谣，尤其是童谣最常见的修辞手法，闽台民间歌谣大量采用比拟以增强趣味和艺术魅力。《天乌乌　卜落雨》《龙虾娶某》《天黑黑》等歌谣，是闽台两地广为传播的童谣《天乌乌》的不同"变体"，都以比拟的艺术手法歌咏了水族娶亲的热闹

---

① 《苦桃仔籽》，见简清水主编《中国歌谣集成·福建卷·漳州市分卷》，漳州市民间文学集成编委会，1991，第386页。

② 《跟随红军闯革命》，见简清水主编《中国歌谣集成·福建卷·漳州市分卷》，漳州市民间文学集成编委会，1991，第65页。

③ 《日头出来红又红》，见简清水主编《中国歌谣集成·福建卷·漳州市分卷》，漳州市民间文学集成编委会，1991，第65页。

场景。《天乌乌 卜落雨》这首童谣，娶亲的"当事"双方是海龙王、涂蚝，为了海龙王的大婚，"龟吹箫，鳖拍鼓，水鸡扛轿目土土"，"虾姑担盘勒屎肚，老鼠沿路拍锣鼓"。① 不仅龟、鳖、虾姑等水族异常辛苦卖力，连田婴（蜻蜓）、火萤、老鼠等也都撑旗、照路、拍锣鼓，极其尽力地帮忙操办这场海龙王的亲事。《龙虾娶某》歌曰："天乌乌，要落雨，撑锄头，巡水路，看见龙虾咧娶某。蟳撑灯，龟拍鼓。水鸡扛轿叫艰苦，蚶仔大腹肚。金鱼唔愿做新娘，哭得两目吐吐吐。"② 这首歌谣变换为龙虾"咧娶某"（在娶媳妇），蟳、龟、水鸡、蚶仔都在帮忙，然而，更富戏剧性的是，"金鱼唔愿做新娘，哭得两目吐吐吐"。《天黑黑》歌曰："天黑黑，要落雨。举锄头，巡水路。巡着一尾瓜仔鱼要娶某。虾挑灯，鱼扛鼓，三娟做新娘，鲈鱼做阿祖，水鸡扛轿大腹肚，红蟳捧茶嫌艰苦。"③ 这个版本中，新郎是瓜仔鱼，新娘是三娟（一种小鱼），"阿祖"（曾祖母）是鲈鱼，演绎了一场鱼族联姻的喜剧。

《虱母卜嫁翁》同样采用比拟修辞手法，将一群小生物之间的"纠纷"拟人化。歌曰："虱母卜嫁虼蚤翁，去叫木蝨做媒人。蚊子听见说唔通，虼蚤唔是妥当人。虼蚤听见扑扑跳，虽说蚊子汝会飞，唔值虼蚤我勥跳，啥人比我卡才调。胡蝇看见气咳咳，就骂蚊子太唔该。姻缘卜结是人事，何必着汝来破坏。"④ 歌谣将

① 《天乌乌 卜落雨》，林华东主编《泉州歌谣》，福建人民出版社，2006，第3页。
② 《龙虾娶某》，见简清水主编《中国歌谣集成·福建卷·漳州市分卷》，漳州市民间文学集成编委会，1991，第406页。
③ 《天黑黑》，见简清水主编《中国歌谣集成·福建卷·漳州市分卷》，漳州市民间文学集成编委会，1991，第408页。
④ 《虱母卜嫁翁》，见林华东主编《泉州歌谣》，福建人民出版社，2006，第4页。

虱母、虼蚤（跳蚤）、木蝨、蚊子、胡蝇等微不足道的小生物全部
"人格化"，虱母要嫁跳蚤，毫不相关的蚊子跳出来"说唔通"，指
出"虼蚤唔是妥当人"（跳蚤不是合适人）。这一来，气得跳蚤
"扑扑跳"，认为蚊子虽然会飞，自己却非常能跳，谁还能比我
"卡才调"（更有本事）呢？对于蚊子的多管闲事，胡蝇表现得
"气咳咳"（非常气愤），责骂蚊子"太唔该"，不应该坏人好事。
歌谣将一场虼蚤、虱母的喜事完全"拟人化"，蚊子多管闲事、虼
蚤恼怒生气、胡蝇打抱不平等，都与现实人生中人与人的纠纷毫无
二致。歌谣以小生物的世界比拟现实人生，淡化了现实人生的灰
暗、烦恼，增强了歌谣的喜剧效果和艺术感染力。

（二）起兴、比兴

"朱熹说：'兴者，先言他物以引起所咏之词也。'兴有'有
义兴'、'无义兴'两种。""兴而比即有义兴。"[1] "无义兴"，是
首句起兴，与后面几句内容并无直接联系。民间文学研究的先驱
钟敬文先生也非常关注歌谣的"起兴"修辞手法，他编选过《客
音情歌集》，集中的"山歌"很多都采用"兴"或"比"的手
法，或两者兼用。钟敬文先生认为，"起兴"这种修辞使用于歌
谣时，有时"只借物起兴，和后面的歌意了不相关的"，这可谓
"无义兴"；有时"借物以起兴，兼略暗示点后面的歌意"，这可
谓"有义兴"。[2]

1. 比兴

漳泉民间歌谣中，采用"有义兴"的歌谣有很多，《茶山对

---

[1] 段宝林主编《民间文学教程》，高等教育出版社，2013，第171页。
[2] 刘爱华、艾亚玮：《钟敬文先生歌谣研究中的文艺观》，《大连大学学报》
2010年第2期。

歌》《栽花要栽月月红》《八月桂花蕊蕊开》等情歌,都采用"兴"中有"比"的艺术手法。

试看《茶山对歌》其中一部分:

> 女:油柑哺久则知甜,茶叶泡久则知味;
> 对头相等三五年,则知真心或假意。
> 男:徛在高山识鸟音,住在溪边知水深;
> 阿妹若有真情意,免看嘴花只看心。①

女方所唱的歌谣以油柑、茶叶起兴,引起对男女感情的歌咏;又以"油柑哺久则知甜,茶叶泡久则知味"暗喻"对头"(对方)只有长久等待,才知真心或假意。男方所唱的歌谣依然采用"兴"而"比"的修辞手法,以"徛"(居住)在高山、住在溪边"起兴",又以"徛在高山识鸟音,住在溪边知水深"暗喻阿妹若有真心真意,就不必耍"嘴花"。《栽花要栽月月红》歌曰:"栽花要栽月月红,味又香来色又浓。阿哥一心恋情妹,情又深来意又重。"②《八月桂花蕊蕊开》歌曰:"八月桂花蕊蕊开,根深不惊恶风来。真心相爱爱到老,海枯石烂情还在。"③ 两首都为"七言四句体"的情歌,后者在一、二、四句押韵,唱来婉转动听。同时都以花(月月红、桂花)起兴,并分别以"栽花要栽月月红""八月桂花蕊蕊开",暗比爱情之情深意重、天长地久。此外,《我与红军

---

① 《茶山对歌》,见林华东主编《泉州歌谣》,福建人民出版社,2006,第153页。
② 《栽花要栽月月红》,见张待德主编《中国歌谣集成·福建卷·云霄县分卷》,云霄县民间文学集成编委会,1991,第72页。
③ 《八月桂花蕊蕊开》,见张待德主编《中国歌谣集成·福建卷·云霄县分卷》,云霄县民间文学集成编委会,1991,第91页。

心连心》《好兄嫂》都属于"兴"而"比"的歌谣。《我与红军
心连心》歌曰："韭菜开花一条心，阿妹日夜想红军；红军为咱
打天下，我与红军心连心。"① "韭菜开花一条心"为起兴，同时又
有比喻，比喻百姓与红军一条心、心连心。"兴"而"比"，属于
"有义兴"。在"杂言体"歌谣《好兄嫂》② 中，"走船靠船舵，簸粟
靠米笤"为起兴，同时也暗藏比喻，暗喻关键人物、器物能最有效
地促成事情的成功。此歌谣中，兄嫂"好脾气，好人缘，疼小姑，
敬公婆"，成为一家真"好势"（妥适、很好）、"一家伙"（一家人）
真和睦、"厝边头尾拢呵咾（都称赞）"的关键。

2. 起兴

采用单纯"起兴"修辞手法的漳泉民间歌谣，比比皆是。这
种"起兴"修辞手法，可谓"无义兴"。我们试举一例《蜜蜂飞
来结成群》。

> 蜜蜂飞来结成群，大姐教妹要温存，
>
> 教妹客来着至搭，教妹捞饭着围裙。
>
>
> 蜜蜂飞来结归拖，大姐教妹学唱歌，
>
> 教妹客来着至搭，教妹洗米着淘沙。③

歌谣由两篇"七言四句体"组成，以"蜜蜂飞来结成群"

---

① 《我与红军心连心》，见简清水主编《中国歌谣集成·福建卷·漳州市分卷》，
漳州市民间文学集成编委会，1991，第 76 页。

② 《好兄嫂》，见林华东主编《泉州歌谣》，福建人民出版社，2006，第 89~90 页。

③ 《蜜蜂飞来结成群》，见张待德主编《中国歌谣集成·福建卷·云霄县分卷》，
云霄县民间文学集成编委会，1991，第 130 页。

"蜜蜂飞来结归拖（一大群）"起兴，但起兴句与后面几句大姐教妹"要温存""学唱歌""客来着至搭（迎送）""捞饭着围裙""洗米着淘沙"等毫无关联。第一句是纯粹"起兴"，可谓"无义兴"。同时，歌谣还采用了"重章叠句"的艺术手法，两章"七言四句体"的《蜜蜂飞来结成群》，多由重复的字句组成，增强了歌谣的艺术感染力。

（三）双关语

钟敬文先生认为，"双关语"这种表现手法"是词在此而意在彼，借别的词以表示他的内意"，而最重要的是"二者（要表现的与被借以表现的）声音的形同或相近"。他将双关语细分为三类："1. 异字谐音的；2. 假借'同体别义'的字以见意的；3. 介于双关与隐比法之间的。"他还认为民歌中多用双关语，"是与歌谣为'口唱的文学'分不开的，而在私情歌中，这'婉转动人'的表现法，就更是'很切用'"①。钟敬文先生对"双关"修辞的理论阐述，为我们解读民间歌谣提供了重要方法。

在漳泉民间歌谣中，确实有大量的歌谣使用"双关"修辞手法，大大增强了歌谣婉转动人的艺术魅力。试看《客家情歌廿首》中的两首："日日唱歌润歌喉，睡觉也靠放枕头。三餐也靠歌送饭，烦闷还靠歌解愁。""十指尖尖捧酒杯，未知此去何时回？路边野花君莫采，想着家中一枝梅。"② 前首既有双关语，又押韵。"歌"与"哥"是异字谐音双关，借此表达情意。歌谣押脚韵，是常见的

---

① 刘爱华、艾亚玮：《钟敬文先生歌谣研究中的文艺观》，《大连大学学报》2010 年第 2 期。

② 《客家情歌廿首》，见简清水主编《中国歌谣集成·福建卷·漳州市分卷》，漳州市民间文学集成编委会，1991，第 202 ~ 204 页。

AABA 韵式，一、二、四句押韵。后首有异字谐音双关语，是"梅"与"妹"谐音双关，希望外出的夫君、情郎莫忘家中妻子、情妹；歌谣同时又有"兴"，"十指尖尖捧酒杯"是"起兴"，与后面送别夫君、情郎有所关联，属于"有义兴"。再试看《畲族情歌廿首》中的一首："一只白马挂白鞍，给君骑去海南山；路上有花君别采，记得家中好牡丹。"① 这首歌谣的魅力在于押韵（是常见的 AABA 韵式，一、二、四句押韵），更在于采用"双关语"修辞手法。"牡丹"异字双关谐音"某单"，在闽南语里，"妻"呼为"某"，"路上有花君别采，记得家中好牡丹"是希望情郎、夫君不忘家中孤单的妻子，不要乱采路上"花"。女人如"花"，"花"比女人，歌谣又用了暗喻修辞手法。总体上而言，歌谣是"介于双关与隐比法之间"的一种表现。又如《一家望月月空圆》和《吃丸》两首歌谣。《一家望月月空圆》② 歌曰："八月十五月圆圆，望月望得目眯眯，台湾亲人未回返，一家望月月空圆。""圆"与"月"是近音"双关"，望"月"即望"圆"，盼望台湾回归祖国，两岸团圆。《吃丸》歌曰：

> 夫妻来换丸，恩恩爱爱到百年。
>
> 丸仔红又红，新人入门传侨人。
>
> 换丸换过来，生子传孙中秀才。
>
> 换丸换一双，生子传孙做相公。③

---

① 《畲族情歌廿首》，见简清水主编《中国歌谣集成·福建卷·漳州市分卷》，漳州市民间文学集成编委会，1991，第 196 页。

② 《一家望月月空圆》，见简清水主编《中国歌谣集成·福建卷·漳州市分卷》，漳州市民间文学集成编委会，1991，第 288 页。

③ 《吃丸》，见林华东主编《泉州歌谣》，福建人民出版社，2006，第 187 页。

"换丸"描述泉州婚俗，新娘入门后，新婚夫妻吃汤圆。"丸"和"圆"在普通话中发音相近，在方言音（如潮汕方言）中相近，是"双关"修辞，同时也有比喻意义，"吃丸"寓意着婚姻美满、团圆。

（四）对比

"对比"也是漳泉民间歌谣常见的表现手法，《工人歌》《农民歌》《旧社会黑暗天》等，都采用对比的艺术手法。

《工人歌》曰："工人三顿食燴饱，老板三顿有鱼肉。工人出力流大汗，老板秋清唎跷骹。资本家，会好空，拢是剥削咱工人。工资若是无提高，团结起来总罢工。"① 歌谣比较了工人和资本家的身份差异和巨大的生活落差：工人备尝出力、流汗、三顿吃不饱的生活艰辛，"老板"却有鱼有肉、"秋清唎跷骹"（意谓老板跷着脚悠闲自在地乘凉）。歌谣进一步揭露资本家"会好空（发财）"的真相、根源乃是剥削工人。为此，歌谣鼓动工人罢工，要求提高工资待遇。《农民歌》② 将农民"三百六十日受拖磨""有做无食白流汗""旱涝失收太狼狈"等状况，与"田主吃肉穿绸缎""洋楼大厝比天高""大某细姨查某婳"进行了对比，揭示难以调和的阶级矛盾。《旧社会黑暗天》将国民党统治的旧社会"有钱人"和"穷苦人"的生活境遇做了鲜明对比。"有钱人"是"大厝三层起""大某兼细姨""肥肥象大猪"。与此对比的是，"穷苦人，住破厝，

---

① 《工人歌》，见简清水主编《中国歌谣集成·福建卷·漳州市分卷》，漳州市民间文学集成编委会，1991，第61页。

② 《农民歌》，见简清水主编《中国歌谣集成·福建卷·漳州市分卷》，漳州市民间文学集成编委会，1991，第6页。

有眠床，没被席，盖棕蓑，冻半死，米缸仔内无粒米，菜叶煮水来充饥，囝仔枵到哭啼啼"①，可谓无比凄凉。

漳泉民间歌谣采用了丰富的修辞、艺术表现手法。除了上述常见的比喻、比拟、比兴、起兴、双关语、对比等修辞和艺术表现手法之外，反复、铺排、顶真等修辞手法，也常见于漳泉民间歌谣中。如《十二月海产歌》使用了特殊的艺术表现手法，"一夯，二虎，三沙鳗，四丁古，五龙威，六只甲，七蟳，八蟳，九虾姑，十蚝蜞，十一料少，十二章鱼"②。歌谣将十二个月的海产一一铺排，表现了海产的丰富。歌谣《天顶一片霞》采用了"重章叠句"的艺术手法，"天顶一片霞，照着天下无某家；甲人借针又无线，紧紧娶娘来成家。天顶一片云，照着天下无某君；甲人借针又无线，紧紧娶娘来伴君"③。又如颇有味道的闽南歌谣《七丈溪水七丈深》："七丈溪水七丈深，七个姐妹梳观音，七个葵扇齐齐转，七个斩头看到目金金。七丈溪水七丈流，七个姐妹七蓬头，七支葵扇齐齐转，七个斩头看到目勾勾。"④ 前首歌谣以"天顶一片霞"或"天顶一片云"起兴，两段语词、结构基本相同，采用"重章叠句"艺术手法，强调单身汉生活的不易和娶妻的紧迫性。后首歌谣艺术手法一样，强调姐妹们梳着观音头、蓬

---

① 《旧社会黑暗天》，见简清水主编《中国歌谣集成·福建卷·漳州市分卷》，漳州市民间文学集成编委会，1991，第 58 页。

② 《十二月海产歌》，见张待德主编《中国歌谣集成·福建卷·云霄县分卷》，云霄县民间文学集成编委会，1991，第 13 ~ 14 页。

③ 《天顶一片霞》，见张待德主编《中国歌谣集成·福建卷·云霄县分卷》，云霄县民间文学集成编委会，1991，第 79 页。

④ 《七丈溪水七丈深》，见张待德主编《中国歌谣集成·福建卷·云霄县分卷》，云霄县民间文学集成编委会，1991，第 118 页。

头的美丽发式，引起"斩头"们（妇女骂男人的话）"目金金"
"目勾勾"的倾慕眼神。也有些漳泉民间歌谣采用顶真修辞手法，
以增强其趣味性，如《挨佬挨》："挨佬挨，猪槽驶过溪。溪也
深，海也深，盘山过岭拜观音。观音舲吃菜，掠来做斗界，斗界
舲界米……嫁后壁，后壁无火烟，嫁前墩，前墩无绿豆，嫁给
鲎，鲎舲爬，嫁给虾，虾舲搐，嫁给竹，竹开花，嫁给西瓜，西
瓜舲结籽，嫁给死老鼠，死老鼠舲挖空，嫁给钓鱼翁，钓鱼翁舲
钓鱼，嫁给死章薯（蛤蟆），死章薯舲咬蚊，嫁给酿酒桶，酿酒
桶舲酿酒，嫁给扫帚，扫帚扫大厅，嫁给阿兄，阿兄卖杂细，嫁
给皇帝。"① 上述歌谣《挨佬挨》属于闽南方言连珠歌，"它又名
联珠歌、连锁歌，语言特点是把前一句的末一字词做为后一句子
的开头，以便使相邻的两个句子形成首尾蝉联、上勾下连的复沓
形式之顶真句群，用来铺张和叙述，语言生动活泼，富有音乐
性，其中顶真是造句手段，连珠则是谋篇造句的结果"②。歌谣同
时采用了虚诳和连珠体的艺术手法，在内容上把不实的、虚拟的
事说得有鼻子有眼，很是"无厘头"，增加了歌谣的虚幻性、趣
味性；在形式上的"连珠"，又使其富于回环反复的形式感。

三　漳泉民间歌谣的韵法与句法

漳泉民间歌谣遵循一定的"民间诗律"。何谓"民间诗律"？
段宝林的《民间文学教程》概括为："是民间歌谣在民俗环境里

---

① 《挨佬挨》，见张待德主编《中国歌谣集成·福建卷·云霄县分卷》，云霄县
民间文学集成编委会，1991，第180～181页。
② 张嘉星：《文化诗学视域下的闽南方言文学研究》，中国社会科学出版社，
2017，第459页。

和歌唱状态中形成的关于篇法、章法、句法、韵法、声法、调法等的规律。"① "民间诗律"最主要的为句法和韵法。"句法即一句多少字（多少音节，多少言），什么节奏。" "韵法指押什么韵，在何处押韵。有头韵、腰韵、脚韵、脚腰韵、脚头韵、句内韵。脚韵又有通韵、交韵（交叉韵）、三交韵、随韵、抱韵、遥韵等韵式。"②

（一）句法

漳州歌谣句法，最常见的是"七言四句体"，俗称"四句头山歌"。这也是中国南方民间歌谣最常见的句法。例如《入厝点粿歌》："金鸡报早啼三声，子孙代代上京城，金榜题名摆正正，独占鳌头第一名。"③ 歌谣的"附记"说："华安一带旧风俗，村民建厝、乔迁新居时，都要捣糍做粿拜敬土地神。点粿时司仪者念唱以上吉祥歌，以祈后代发达。"这种"七言四句体"在漳州、厦门民间歌谣中比比皆是。泉州民间歌谣中也常见"七言四句体"，不过泉州民间歌谣"杂言体"也非常普遍。

在句法或形式方面，有些民间歌谣，是若干首歌谣合为一篇长篇歌谣。如漳州歌谣《客家情歌廿首》、泉州歌谣《长工歌》（一）和《长工歌》（二）等，是若干首"七言四句体"歌谣合为一篇。泉州歌谣《过番歌》（共八章）全部是"七言体"，形式灵活，有的是"七言四句"，有的是"七言八句"，有些是七言四句和七言八句彼此搭配。多首歌谣连为一篇长篇歌谣，是漳泉

---

① 段宝林主编《民间文学教程》，高等教育出版社，2013，第163页。
② 段宝林主编《民间文学教程》，高等教育出版社，2013，第167页。
③ 《入厝点粿歌》，见简清水主编《中国歌谣集成·福建卷·漳州市分卷》，漳州市民间文学集成编委会，1991，第148页。

民间歌谣常见的现象。

除了常见的"七言四句体""七言体",漳泉民间歌谣的句法形式多种多样,灵活多变。例如,"七言四句体"的"变体",有时首句改为三言,俗称"三字头",押韵规律不变。还有"五言体"、大量的"杂言体"等。云霄县流传比较广泛的"反映旧时代妇女婚娶仪式的礼俗歌"《嫁娶歌》,即属于"杂言体",也是多首歌谣合为一首的长篇歌谣。《嫁娶歌》"通过别花轿、送轿后、迎花轿、踢轿门、双梳头、双拜堂、翻床铺、吃十二碗、闹洞房、大团圆等十个情节,完整地反映了旧时代的整个婚嫁过程,整首歌尽唱好话,充满赞美、祝福"①。谜语歌谣《水车》:"兄弟七十二,有人穿针,有人穿鼻,有人山顶溜,有人水底泅。"②采用的就是杂言体,谜底是旧时代农民使用的水车。又如《跳橡皮筋数字歌》,它是全国都普遍流传的特殊数字歌谣。"一二三四五六七,马兰开花二十一;二五六,二五七,二八二九三十一;三五六,三五七,三八三九四十一;四五六,四五七,四八四九五十一;五五六,五五七,五八五九六十一;六五六,六五七,六八六九七十一;七五六,七五七,七八七九八十一;八五六,八五七,八八八九九十一;九五六,九五七,九八九九一百一。"③《跳橡皮筋数字歌》是"杂言体",又有其规律。最先

① 《嫁娶歌》,见张待德主编《中国歌谣集成·福建卷·云霄县分卷》,云霄县民间文学集成编委会,1991,第38页。
② 《水车》,见张待德主编《中国歌谣集成·福建卷·云霄县分卷》,云霄县民间文学集成编委会,1991,第192页。
③ 《跳橡皮筋数字歌》,见简清水主编《中国歌谣集成·福建卷·漳州市分卷》,漳州市民间文学集成编委会,1991,第378页。

两句七言，尾字是七、一，后面有规律地出现三言、三言、七言一组，尾字都是六、七、一，使整首歌谣诵读、演唱都流畅明快。可以说，民间歌谣到底采用何种句法，是根据歌咏对象、演唱场景、歌者喜好等因素决定的。漳泉民间歌谣灵活多变的句法，大大增强了闽南民间歌谣的艺术表现力。

（二）韵法

漳泉民间歌谣的韵法灵活多变。比较常见的韵法有如下几种。

1. AABA 式的常见韵式，一、二、四句押尾韵

著名的《廿四个季节》①，即采用这种韵式。歌曰："春雨惊春清谷天，夏满芒夏暑相连；秋处露秋寒霜降，冬雪雪冬大小寒。"这首歌谣歌咏中国的二十四时节和气候，是中国古代订立的一种用来指导农事的补充历法。二十四节气指的是立春、雨水、惊蛰、春分、清明、谷雨、立夏、小满、芒种、夏至、小暑、大暑、立秋、处暑、白露、秋分、寒露、霜降、立冬、小雪、大雪、冬至、小寒、大寒。这首 AABA 韵式的"七言四句体"歌谣，精辟地将中国传统的二十四节气连为一体，好记易懂，朗朗上口。《漳州名产歌》② 中的两首歌谣《文旦柚》《红蟳》也采用 AABA 韵式。前者歌曰："华安栽种柚仔树，出产坪山文旦柚，逐年装箱共装笼，运出海外去销售。"后者歌曰："龙海石码镇，出名是红蟳，你若会晓拣，酥壳又有仁。"歌谣描述漳州的山珍和海味，虽质朴无文，也合乎歌谣的音乐美。又如《阿哥出洋飘大海》《好比鲤鱼上急滩》

---

① 《廿四个季节》，见张待德主编《中国歌谣集成·福建卷·云霄县分卷》，云霄县民间文学集成编委会，1991，第 65 页。
② 《漳州名产歌》，见简清水主编《中国歌谣集成·福建卷·漳州市分卷》，漳州市民间文学集成编委会，1991，第 330～331 页。

两首歌谣。前者歌曰:"阿哥出洋飘大海,三年四载无回来。灯草打结吞落肚,无人解闷心不开。"① 后者歌曰:"恋妹实在是艰难,好比鲤鱼上急滩;水深恐怕鸬鹚打,水浅又怕网来拦。"② 两首歌谣都是一、二、四句押韵。前者尾字为海、来、开,整首歌谣表达对阿哥出洋、长久不见的思念和烦闷。后者尾字为难、滩、拦,整首歌谣表达男恋女的艰难、惶恐和希望。

2. 一韵到底的 AAAA 韵式,是通韵,往往押脚韵

押通韵也是漳泉民间歌谣很常见的现象,如"七言四句体"的《一粒糯米双头尖》《鸳鸯戏水不分离》《天顶讲有九重天》等。《一粒糯米双头尖》歌曰:"一粒糯米双头尖,两粒红柑生相粘,今日倒是七夕天,两人相会好和弦。"③ 尖、粘、天、弦四个尾字,一韵到底,押平声韵。《鸳鸯戏水不分离》歌曰:"岸边青翠杨柳枝,塘中荷莲开满池,鸳鸯戏水不分离,你我哥妹无猜疑。"④ 枝、池、离、疑四个尾字,也是一韵到底,押平声韵。《天顶讲有九重天》歌曰:"天顶讲有九重天,人间出有傻少年;看着查君魂上天,赡吃赡眠全无变。"⑤ 天、年、天、变四个尾字,也是一韵到底,前三句押平声韵,第四句变为押仄声韵。又

① 《阿哥出洋飘大海》,见张待德主编《中国歌谣集成·福建卷·云霄县分卷》,云霄县民间文学集成编委会,1991,第 90 页。

② 《好比鲤鱼上急滩》,见简清水主编《中国歌谣集成·福建卷·漳州市分卷》,漳州市民间文学集成编委会,1991,第 258 页。

③ 《一粒糯米双头尖》,见张待德主编《中国歌谣集成·福建卷·云霄县分卷》,云霄县民间文学集成编委会,1991,第 68 页。

④ 《鸳鸯戏水不分离》,见简清水主编《中国歌谣集成·福建卷·漳州市分卷》,漳州市民间文学集成编委会,1991,第 212 页。

⑤ 《天顶讲有九重天》,见张待德主编《中国歌谣集成·福建卷·云霄县分卷》,云霄县民间文学集成编委会,1991,第 77 页。

如"五言体"的《添灯》（三）："今日好日子，添灯来恭喜。新人入门喜，明年生贵子。"① "添灯"是泉州旧时婚俗，洞房内置枣灯一对，将点燃的小红烛插在枣灯内。歌谣既有双关，"添灯"谐音双关"添丁"；也有比喻，"添灯"意喻新娘早生贵子。此歌谣的艺术魅力还在于押韵，四句的尾字为子、喜、喜、子，可谓一韵到底，使歌谣既喜气，唱起来又流畅。又如《漳州名产歌》中的《泥蚶》，歌曰："漳浦云霄甲诏安，得天独厚靠海港，出产海味真侪项，第一出名是泥蚶。"② 用方言音诵读，歌谣一韵到底，为 AAAA 通韵。

应该说，漳泉民间歌谣的韵法是多样化的，有些漳泉民间歌谣会使用 ABAB 韵式，是交叉韵。《漳州名产歌》中的《鱼刺》，歌曰："东山四面靠海墘，海产出名是鱼刺，鱼刺请桌上等品，一斤卖着真侪钱。"③ 第二、四句押韵，为 ABCB 韵式。以上多首民间歌谣，我们主要采用漳州腔诵读。民间歌谣到底采用何种韵法，并无特别规定，应该是灵活变化的。

* * *

漳泉民间歌谣主题非常丰富，这些民间歌谣以方言土语入歌，具有独特的语言风格。歌谣所歌咏的闽南地方风俗人情、政

---

① 《添灯》（三），见林华东主编《泉州歌谣》，福建人民出版社，2006，第 194 页。
② 简清水主编《中国歌谣集成·福建卷·漳州市分卷》，漳州市民间文学集成编委会，1991，第 330 页。
③ 简清水主编《中国歌谣集成·福建卷·漳州市分卷》，漳州市民间文学集成编委会，1991，第 330～331 页。

治生态、历史景观等，使闽南歌谣具有浓郁的闽南文化因素。在修辞方面，漳泉民间歌谣和中国南方的民间歌谣基本一致，这些修辞手法的普遍使用，大大增强了漳泉民间歌谣的艺术魅力。在句法、韵法方面，漳泉民间歌谣既遵循着一定的民间诗律，多用南方歌谣常见的"七言四句体"，有较多的 AABA 韵式、AAAA 式通韵；也体现出极其灵活多变的句式和韵式，以便灵活抒情、表意。

第五章
闽南民间戏曲研究

闽南民间戏曲是中国戏曲的重要组成部分，因此和中国其他地方的戏曲有着共同特征；又由于它产生于闽南民间社会，很自然地带上了闽南地域文化特色，是闽南历史、社会、人文风俗的艺术载体，是闽南文化的重要符号。

第一节　闽南民间戏曲概述

闽南民间戏曲以梨园戏、歌仔戏、高甲戏最具特色。三大剧种起源、发展进程有所不同，却都是福建省享有盛誉的著名剧种，在台湾、东南亚等闽南方言使用区，歌仔戏、高甲戏、梨园戏在历史上也是颇受欢迎的。中国大陆和台湾地区的戏曲团体屡屡受东南亚方面的邀请，前往东南亚表演中华民族的戏曲艺术。本节笔者试对闽南三大剧种进行详略有别的描述。

一　梨园戏

梨园戏孕育于泉州，流行于闽南、台湾等闽南方言区，已有近千年历史，素有"宋元南戏活化石"之称。"在这近千年的文化积淀中，梨园戏逐渐与'泉腔'（以泉州方言为标准音的地域声腔）、南音（被誉为'中国音乐历史的活化石'）和地方民间歌舞相结合，形成了'下南'、'上路'、'小梨园'三大派别。"①其中"上路"和"下南"两派属于"大梨园"（俗称"老戏"），有别于贵族府邸的家班和由童伶组成的"小梨园"（俗称"戏仔"）。大梨园、小梨园都有各自的"十八棚头"（保留剧目）和唱腔、曲牌，各有千秋。《范雎》《梁灏》《郑元和》《绨袍》《青袍》《绣襦》为"下南"保留剧目，特别是《岳霖》一剧，"为全国戏文所仅见"。《赵真女》《王魁》《刘文龙》《朱文》《王十朋》《朱买臣》等，都是"宋元旧编"的"上路"古剧，"为全国所仅见"，"《朱文》更为海内孤本"，"其题材以已婚男、女悲欢离合的家庭剧为多，异于'下南'之侧重忠奸斗争和公案戏"。②"小梨园"经典剧目有《陈三五娘》。③ 明嘉靖年间（1522～1566），《陈三五娘》的祖本《荔镜记》已经诞生，可见此剧有其悠久的历史文化背景。泉州梨园戏《陈三五娘》在闽台地区拥有极高的知名度，为各代人们喜爱。它主要讲述官宦子弟、泉州人陈三（陈伯卿）在元宵佳节的灯会上，与潮州富家小姐黄五娘一见钟情。为了获得幸福爱情，陈三、五娘、丫鬟益春和黄父、林大等人一次次周旋，终于克服了媒妁之言、父母之命的传统婚姻观，

---

① 宋妍：《从〈陈三五娘〉看闽南文化的特性及其形成原因》，《泉州师范学院学报》2013 年第 5 期。

② 参见百度百科关于"梨园戏"的解释。

③ 自古以来的"陈三五娘"故事，以民间传说、传奇小说、民间说唱、梨园戏、高甲戏、歌仔戏、潮州戏等各种艺术形态流传，在海峡两岸拥有极高的知名度。

自己掌握个人感情、命运，"有情人终成眷属"。"陈三五娘"故事的最动人之处，自然是它体现了对人性中美好情感的执着追求，追求过程中来自家庭、社会的强大阻力，又体现了它与正统观念的对立冲突。从第一出《送哥嫂》，我们就可看出陈三与正统价值观的背离。兄长去广南就任，苦口婆心地以"世上万般皆下品，算来惟有读书高"劝导陈三专心向学、考取功名，陈三却是"荣华富贵非我愿，心贪风月却相关"。以至于后来陈三为了接近五娘，卖身黄家为奴。兄长怒斥陈三的大逆不道。这个"叛逆"的爱情故事何以取得古往今来无数人的共鸣、喜爱？秘密恐怕在于它暗合了明代以来中国人的自由和"人"的意识的觉醒，对个人幸福和自由掌握命运的执着追求，是包裹在"陈三五娘"故事之中的内核。作为闽南地方戏曲，《陈三五娘》自然体现了鲜明的闽南文化特色。陈三、五娘、益春等人物的塑造，符合明代以来闽南地区商品经济发展过程中人们追求个人幸福、疏离功名的社会人文环境。在语言艺术上，梨园戏《陈三五娘》大量使用方言，"乾埔""查某仔""后生仔""阮""暝""恁""卜""乜""水""得桃""白贼"等大量闽南方言词汇的使用，也加强了剧本的闽南文化特色，使较为典雅的梨园戏体现出雅俗共赏的艺术个性。

二　高甲戏

　　高甲戏和闽剧、莆仙戏、梨园戏、芗剧被称为福建"五大剧种"，是闽南地区三大剧种之一。2006 年，高甲戏被纳入第一批国家级非物质文化遗产名录。高甲戏的产生有数百年历史，通常认为，高甲戏起源于明末清初，"原本是农村迎神赛会或庙会时，村民模仿水浒梁山好汉的造型，表演一些简单的武打动作，作为游行队伍的阵头,自娱于乡村"①。民间呼为"宋江戏"。《中国戏曲志·福建卷》说:"高甲戏流行于泉州、晋江、南安、厦门等闽南方言地区和台湾省,以及南洋华侨旅居地。它孕育于明末清初,早期称'宋江戏',清中叶后发展成为'合兴班',清末以后始称高甲戏。"②陈丽将高甲戏的发展脉络概括为宋江戏时期、合兴戏时期、高甲戏时期三个时期。进入清末的高甲戏时期,"其剧目主要分为三大类:其一是'大气戏',即宫廷蟒袍戏、公案戏、武打戏的合称。大气戏的特点是阵容齐全,气势浑宏,文武兼备,表演粗犷,动作性强;其二是'绣房戏',即生旦戏、家庭戏。特点细腻、委婉、缠绵,主要演绎主人公的命运际遇、世情冷暖。其三是'丑旦戏',多为小戏。采用民间小调,演唱富有生活气息、语言诙谐、风趣,表演轻松活泼"③。在艺术渊源上,高甲戏广为吸收其他剧种和艺术形式,本地木偶戏、梨园戏、京剧以及南音等,都对高甲戏的发展起了促进作用,高甲戏吸收这些艺术精华,为我所用,融合、形成自身的腔调、形式,建立了高甲戏的艺术传统。譬如,在音乐方面,高甲戏大量吸收南音(又称南管、南曲)曲调,"高甲戏的音乐唱腔主要来自南音";在表演程式、武打科套、锣鼓经等方面,高甲戏吸收京剧艺术,并加以改造。《屯土山》《古城会》《取长沙》《走麦城》

---

① 洪映红、黄雅君:《高甲戏与闽南乡土社会》,《广西民族师范学院学报》2016 年第 5 期。

② 陈丽:《厦门高甲戏优秀传统剧目选》,见伍晋、陈丽编《厦门高甲戏优秀传统剧目选》,中国戏剧出版社,2009,"序"第 1 页。

③ 陈丽:《厦门高甲戏优秀传统剧目选》,见伍晋、陈丽编《厦门高甲戏优秀传统剧目选》,中国戏剧出版社,2009,"序"第 5 页。

《水淹七军》《三战吕布》《凤仪亭》等三国戏来自京剧，丰富了高甲戏的剧目。① 作为产生于闽南民间的艺术形式，高甲戏的演出在闽南民间非常普遍。尤其是梨园戏在民间衰落之后，高甲戏、歌仔戏（芗剧）在闽南各竞风骚。在岁时节令，在神佛圣诞时，在民众许愿、还愿、酬愿或庆祝喜事时，常常有高甲戏演出。这些演出，或娱神、酬神，或庆祝丰收、平安、喜事，都起到了演绎和传承闽南优秀传统文化的作用。经过数百年的艺术传承，高甲戏培养了许多优秀人才，积累、保留了许多优秀剧目。吴晶晶、陈宗塾、林赐福等都是高甲戏的优秀代表。《龙虎斗》《困河东》《斩黄袍》《郭子仪拜寿》《收水母》《太极楼斩子》《两国王》《国母走》《樱桃会》《倒铜旗》《郑恩闹房》等都是高甲戏的优秀剧目。

三 歌仔戏及《保婴记》

歌仔戏是闽台传统戏曲之一，迄今已有百年以上历史。相传它是由漳州地区的传统民间小调"锦歌"（"歌仔"）结合车鼓小戏等民间艺术发展而成的。随着闽南民众东迁台湾，它又融合了台湾土地上的艺术因素，逐渐形成以闽南语进行演唱的古装剧"歌仔戏"。庄村玫即指出，台湾歌仔戏"是由漳州一带的锦歌、车鼓、采茶和以后传入台湾的四平戏、白字戏、京剧等各种民间艺术形式，经过揉合吸收后形成的一个新剧种"②。"歌仔戏"先在台湾流行，1928 年台湾"三乐轩""双珠凤"两个戏班到闽南演出，歌仔戏又传回它的祖家——闽南，受到闽南人们的深切喜

---

① 参见潘荣阳《高甲戏与闽南社会变迁》，《东南学术》2013 年第 3 期。
② 庄村玫：《闽南歌仔戏的文化审视》，《漳州师范学院学报》（哲学社会科学版）2004 年第 1 期。

爱。在闽南地区出现了许多歌仔戏班和邵江海、方鸿桃等著名歌仔戏艺人、剧作家。"抗日战争时期，歌仔戏被诬为'亡国调'加以禁演，因而班社零落，艺人星散。为了保存歌仔戏艺术形式不被扼杀，艺人邵江海等人经过长期的艺术探索，对原有音乐唱腔作了适当改革，创造了一种脍炙人口的新腔'杂碎调'，并吸收曲艺'锦歌'和其他剧种的音乐以及民歌、流行歌曲为曲牌，改为六角弦为主要伴奏乐器，其曲调统称'改良调'，把歌仔戏称为'改良戏'。"① 由于突出的艺术贡献，邵江海被两岸歌仔戏艺人视为"一代宗师"。由于改良戏的主要流行地为九龙江中游的芗江一带，1954 年将其命名为"芗剧"。林晓峰曾精简地概括歌仔戏渊源、发展变化及意义，说："歌仔戏（芗剧）是全国三百多个剧种中唯一由大陆和台湾民众共同培育创造的剧种。""闽台歌仔戏（芗剧）形成与发展一直是跨越于海峡两岸的互动，是闽南文化精神的集中体现。从古老的漳州锦歌到台湾歌仔戏，再到闽南改良戏和芗剧，同根同源，锣鼓同声，弦管同调，语言同音，是两岸人民共同创造的戏曲艺术奇葩，也是两岸人民一条缠绵不断的文化纽带。"② 在艺术角色方面，歌仔戏有生、旦、丑三行，"生"行有小生、老生、文生、武生，"旦"行有苦旦、正旦，"丑"行有三花、老婆等角色（男丑称"三花"，女丑称"老婆"。老婆通常由男性反串，以增加戏曲之趣味性）。③ 在闽

---

① 庄村玖：《闽南歌仔戏的文化审视》，《漳州师范学院学报》（哲学社会科学版）2004 年第 1 期。
② 林晓峰主编《序：根生芗江畔　花开日月潭》，见林晓峰主编《歌仔戏（芗剧）·邵江海研究》，海峡文艺出版社，2015，第 1 页。
③ 参见百度百科关于"歌仔戏"的解释。

南的剧种中，歌仔戏的流传具有很强的生命力，出现了许多剧作
家，如邵魁式、魏乃聪、陈梓金等，为芗剧艺术的传承做出了各
自的贡献。① 在歌仔戏创作方面，百余年来相当丰富。除了上述
各位剧作家的大量成果，比较新且受关注的新编歌仔戏尚有《保
婴记》《憨人大传》等。两个剧本都是 1990 年代以来漳州芗剧创
作中的代表性喜剧作品。

姚溪山创作的《憨人大传》将亲情、爱情交织在一起，在因
误会和"憨"而导致的生与死的戏剧冲突中，演绎一群憨人的喜剧
性格。以善良和智慧化解矛盾的喜剧构思，又体现了剧本对善良、
憨厚、质朴和爱的观念的肯定。正如蔡福军所分析，"这个戏没有
一个坏人，连误事的公主，有些私心的殷老板、大山都让人觉得
有几分可爱。看惯了尔虞我诈、腥风血雨的故事，更需要一些平
凡的、温馨的笑声和感动。一个憨人带出、带动了一批'憨人'：
公主的马大哈，宋书生的信义，老丞相的仁德，殷小珠的痴情，
殷老板、大山舅舅对自己亲人的'偏心'，这些性格与常人、庸
人拉开了距离，彼此迥异却又活泼、可爱、率真，散发出浓郁的
温暖人心的力量。多重的喜剧性格组合成一个丰富的故事"②。

---

① 陈梓金，1927 年生于海澄县学边社（现龙海二中东侧），中学文化程度。中
华人民共和国成立后曾任漳浦县实验芗剧团的编导。退休后，仍专心剧本创
作，创作几十部大型古装戏，如《妇婴冤》《王后三进宫》《双痣奇冤》《武
则天皇帝》等。魏乃聪，1934 年生，厦门人。曾任厦门厦声芗剧团、海澄县
芗剧团、龙海县芗剧团编剧。他一生创作甚丰，也获奖较多，有《金石情》
《秦王李世民》《赵匡胤》《假凤虚凰》等，此外，他还创作现代戏如《浯屿
英雄岛》、新编历史剧《闽南小刀会》等。邵魁式，1945 年生于龙海市浮宫
镇，为歌仔戏"一代宗师"邵江海之子，出版有《邵魁式剧作选》。

② 蔡福军：《性格戏剧的群像——评新编歌仔戏〈憨人大传〉》，《福建艺术》
2012 年第 5 期。

《保婴记》是汤印昌的重要代表作，1996 年完成创作，1997
年由福建省漳浦县芗剧团搬上舞台。2006 年，歌仔戏（芗剧）
被列入首批国家级"非遗"名录。之后，漳州市文化部门把《保
婴记》作为重点投排剧目，漳州市歌仔戏（芗剧）传承保护中心
团长兼编剧王文胜重新整理剧本，由国家一级导演吴兹明执导，
国家一级演员陆逸红、郑娅玲、杨珍珍等人演绎，追求舞台艺术
的精益求精，在不同场合的演出中获得很大的声誉。《保婴记》
先后斩获福建省百花文艺奖一等奖（2010），第 13 届中国戏剧节
优秀剧目奖、优秀导演奖、优秀表演奖（2013），第 13 届中宣部
五个一工程奖（2014），入围第十五届文华大奖（2016 ）等。①
主演尹三娘的国家一级演员陆逸红说："它每次的会演、公演都
赢得了观众发自内心的热烈掌声。因为它的剧情既传统又新鲜，
情节突兀、高潮迭起，以普通平凡的故事渲染了一种人间伟大和
谐的温情之美。"②

《保婴记》剧情之传统，在于它巧设悬念，以误会制造戏剧
冲突，并推动情节发展。这是不少戏剧作品使用的"套路"。在
剧本中，两个秀才同姓林，是好友，又先后过世，这是两个设置
悬念的关键。秀才林正义过世前用谎言救母和朋友妻儿；三娘信
以为真，误将满月及腹中婴儿视为亲人、亲孙；满月又误认为此
林秀才（林正义）即彼林秀才（情郎林东明）而跟着三娘（误
以为婆婆）逃离；众乡邻也误以为满月及其腹中婴儿是三娘的亲
人而帮扶三娘，保护他们。至此，一个善良的谎言引发多重误

---

① 参见刘丽《〈保婴记〉的生成及意义》，《戏剧文学》2016 年第 12 期。

② 陆逸红：《我演芗剧〈保婴记〉中的尹三娘》，《中国戏剧》2012 年第 11 期。

会，并在误会中推动剧情发展。金满月之父金包仁误认为女儿被人拐走而报案，县令审案发现蹊跷，得知真相，帮助三娘他们一起完成了"保婴"的善举。

《保婴记》之新鲜，在于它在因误会、巧合而产生的戏剧冲突中，歌咏了人情、人性之美，歌咏了乡邻之间相互扶持、官民之间理解互动，一切以"人"为中心、以"情"为中心的观念，这在中国戏曲中并非普遍性的主题。此剧核心情节是救人、保婴。首先是一群好邻居救失去独生子的尹三娘；其次是尹三娘和邻居们、县令合力救护未婚先孕的金满月及其婴儿。在《保婴记》中，秀才林正义身染重疾，他担心寡母无依靠和过世好友林东明的未婚妻及腹中婴儿，迟迟不肯咽气。终于决定冒认金满月腹中婴儿为自己的孩子，请求寡母救助身陷困境、为世俗难容的金满月母子。有了亲孙，三娘鼓起了继续生活的勇气，悄悄去救金满月。六嫂、七姑、八姨、九婶这些好邻居怕失去儿子的三娘想不开，悄悄跟踪三娘。当三娘说动正寻短见的金满月小姐，租下轿子悄然逃走时，邻居们扮成轿夫，抬着身怀六甲的金小姐悄然进山。满月之父金包仁报官，八姨为了保全三娘等人，朝相反方向逃跑。八姨被捕到县衙，三娘安顿了金满月，又赶来保八姨。当县令得知三娘、八姨是救下金满月而非拐带时，县令也加入了"保婴"行动。在一群好人的保航下，满月生下儿子。林东明意外得救，来看望好友的母亲，又意外发现了未婚妻，合家团圆。林东明感念三娘，要在神面前起誓认三娘为母。三娘得知婴儿并非亲孙的真相，忍痛悄然下山。七姑拧哭婴儿，满月托着婴儿走向高处，婴儿的啼哭声将恍惚出走的三娘唤醒。三娘急奔回来抱起婴儿，婴儿笑了。三娘、林东明、满月都陶醉于祖孙、母子（女）大团圆的温馨之中。

在剧本中，众人的"保婴"行动值得歌颂，乡邻之间淳朴的感情也令人感动。六嫂、七姑、八姨、九婶全都是乡村妇女，没有多少文化，说话也很乡土气，然而她们的古道热肠却动人心扉。在邻居三娘遭遇失子的大不幸时，这群婆婆妈妈的乡邻都挺身而出守护三娘、保护三娘。"有啥为难大家相帮持！只要有阮在身边，六角石子也要替你搓个圆！"① 当三娘救助未婚先孕的满月时，又是这群乡邻帮扶三娘。当七姑得知满月生下的孩子并非三娘亲孙时，七姑跪下恳请满月隐瞒真相，"满月啊，三娘为你才留活命。你因三娘才活得成。假孙连着三娘真性命，我求你事搁心头掂重轻"②。正如戴越兴所说，"她们的明快爽朗、知心知意、仗义体贴，都在三娘周遭构筑起一道温暖的、充满温情的，有趣味、值得留恋的生活围栏，让她与失孤守寡的痛苦分离开来。这是《保婴记》里女丑们所彰显出的中国传统社会里质朴的邻里温情与社会美德"③。

此外，《保婴记》的喜剧风格极其鲜明。体现在人物塑造上，主要是有一群婆婆妈妈的"丑角"出现于剧本中，构成推动剧情发展必不可少的环节。她们语言风趣，行为带着喜剧性，她们的存在给剧本增添了许多温暖和亮色；体现于剧情之中的喜剧风格，是剧作利用巧合、谐音等手段，制造令人捧腹的环节。试看

---

① 汤印昌：《保婴记》，见《汤印昌剧作选》，中国戏剧出版社，2005，第46页。

② 汤印昌：《保婴记》，见《汤印昌剧作选》，中国戏剧出版社，2005，第67页。

③ 戴越兴：《〈保婴记〉里的丑角们》，《中国戏剧》2017年第1期。

以下八姨与县令的对话。

> 县令　哦，杜氏八姨，刚才你在山上叫嚷什么？
>
> 八姨　叫嚷你来看！
>
> 县令　看什么？
>
> 八姨　没看什么。
>
> 县令　没看什么，为何叫嚷"你来看"？
>
> 八姨　哎，老爷，阮那是在叫阮老公！
>
> 县令　叫你老公？
>
> 八姨　对，阮老公叫"李来看"，姓李名来看。
>
> 县令　噢，你来看……
>
> 八姨　李……来……看！
>
> 县令（突然变色）好！如今换"我来看"！大嫂昨晚忙些什么？①

在以上对话中，剧作家利用谐音（近似音），使得对话颇具风趣和喜剧性。类似这样的对话，在《保婴记》中存在多处，增强了剧本的喜剧风格。

* * *

产生于闽南民间社会的三大剧种——歌仔戏、高甲戏、梨园戏，具有各自的保留剧目和音乐唱腔，彼此各有特色，各竞风骚。三大剧种之间又彼此有着艺术上的借鉴。由于社会发展、新

---

① 汤印昌：《保婴记》，见《汤印昌剧作选》，中国戏剧出版社，2005，第57页。

媒体强劲面世等各种因素的影响，有些剧种（如梨园戏）衰落；有些剧种（如歌仔戏、高甲戏）依然对闽南社会的中老年观众有着一定的吸引力，还有生存的空间。传统艺术的求生和发展，将仰赖国家的支持和戏曲界人士的共同努力。

第二节　厦门高甲戏剧本解读

厦门地区是闽南高甲戏演出的重要基地。陈丽指出："厦门同安地区是厦门高甲戏最盛行的地方，早在 1887 年左右（光绪年间），即有来自南安的洪世进建'万升班'高甲戏，以及创立于 1909 年（宣统元年）马巷的'后田班'，之后'福再兴'、'金连兴'、'建顺班'、'福连班'、'福美班'、'前宅班'、'吴厝班'、'后陇班'、'富连升'、'竹仔林'等班社陆续出现。至 20 世纪 30 年代，厦门如同闽南各地，高甲戏完全取代了梨园戏，到了最兴盛的时期。"[1] 民国时期厦门高甲戏最负盛名的班底，应是 1931 年由金门和同安莲河艺人合股组建的"金莲升"高甲戏班，被时人称为"龙班"。1951 年，该戏班到厦门演出，落户于厦门。1953 年，它取消班主制度，成立"厦门市金莲升高甲剧团"；1960 年，它易名"厦门市高甲剧团"，赴京参加建国 11 周年庆典，这是闽南高甲戏剧种首次进京演出。1988 年，它恢复原名"厦门市金莲升高甲剧团"[2]。金莲升老牌剧团拥有四百多个传

---

[1]　陈丽：《厦门高甲戏优秀传统剧目选》，见伍晋、陈丽编《厦门高甲戏优秀传统剧目选》，中国戏剧出版社，2009，"序"第 2 页。

[2]　陈丽：《厦门高甲戏优秀传统剧目选》，见伍晋、陈丽编《厦门高甲戏优秀传统剧目选》，中国戏剧出版社，2009，"序"第 6~7 页。

统剧目，分为幕表戏剧目和定型化剧目。其中苏乌水、陈宗塾、张清沪、乐师黄清德等人以梨园戏传统剧目为基础，合作改编的六集连本戏《陈三五娘》轰动一时。剧团视野开阔，在历史剧和现代戏创作方面都有成绩，《林则徐禁烟斩子》《郑成功》《小刀会》《黄道周》等即为剧团历史剧（近代史剧）剧目；《凤凰树下》《东海鱼帆》《风雨清源山》等是剧团创作的现代戏。① 进入当代以后，在对高甲戏的整理、出版方面，厦门地区的成绩有目共睹。本节笔者以《厦门高甲戏优秀传统剧目选》和《小戏·小品》中收录的高甲戏为对象，进行剧本解读。

一 《厦门高甲戏优秀传统剧目选》剧本解读

《厦门高甲戏优秀传统剧目选》是一本专门的高甲戏戏剧集，它收录 14 个优秀高甲戏（12 个大戏、2 个小戏）。这是 21 世纪以来出版的重要高甲戏剧作选集，表明了闽南高甲戏进入 21 世纪以来，依然备受关注。

选集中的《审陈三》《益春告御状》，依据传统剧目《荔枝记》及民间传说整理改编而成。有关陈三、五娘的传说，在闽南地区历史悠久，并被梨园戏、高甲戏、歌仔戏等多种闽南传统戏剧品种加以艺术改编。

《审陈三》分为《归途》《刑罚》《发配》《送书》《遇兄》《再审》《抢亲》《三审》《重圆》九场。剧本巧设"三审"陈三的剧情，勾连起一曲陈三、五娘的爱情悲喜剧；也借"三审"陈三波澜

---

① 陈丽：《厦门高甲戏优秀传统剧目选》，见伍晋、陈丽编《厦门高甲戏优秀传统剧目选》，中国戏剧出版社，2009，"序"第 9 页。

起伏的剧情，揭示了陈三、五娘爱情与世俗婚姻观、恶势力的对立冲突，爱恨褒贬自在其中。剧情开始是"归途"中奔逃的陈三、五娘和丫鬟益春，被潮州差役缉拿。第二场《刑罚》，剧情发生于潮州衙公堂，知州是"黑白全凭我主张"的恶吏。九郎控告陈三拐逃女儿，上诉说五娘配林大，义女六娘配陈三。陈三为自己与五娘的爱情辩护，益春全力支持陈三、五娘，为陈三的秀才资格、官宦世家出身和姻缘辩护，为此遭受苦刑。潮州知州以没有媒妁之言、父母之命、六礼聘定为由，判陈三奸拐少女，押送陈三充军崖州。这是一审陈三。在第三场《发配》中，益春、五娘探监。陈三、五娘相别。陈三表示"伯卿至死不移"，担心"林大催亲再逼紧"，五娘则表示"那时一死有何恨！"[1] 在来自家庭、官府和地方恶势力的强大阻力下，陈三、五娘无惧无畏，情感坚定。在第五场《遇兄》和第六场《再审》中，陈三与兄长相遇，陈伯贤为广南运使，钦赐剑印，按察州县吏治。陈伯贤见押解文书写奴拐主女，不仅不同情陈三的痛苦，反而责备三弟枉读圣贤书，败坏"陈家世代受封荫"的好名声。直到小七为陈三诉冤，夫人潘氏催促，陈伯贤才下令追回三弟，回潮州重审。知州得知陈伯贤是"运使钦命兼按察，他是陈三的兄哥"[2]，看风再使舵，重审陈三。因林大是"潮州富豪第一家"，其父在朝廷手握兵权，知州重判，五娘配林大，六娘配陈三，陈三免去充军重罚，"返回原籍"。这是二审陈三。由于反对力量强大，陈三、五娘的爱情依然处于困顿之

---

① 《审陈三》，见伍晋、陈丽编《厦门高甲戏优秀传统剧目选》，中国戏剧出版社，2009，第23页。

② 《审陈三》，见伍晋、陈丽编《厦门高甲戏优秀传统剧目选》，中国戏剧出版社，2009，第36页。

中。陈三对哥哥"竟助纣为虐迫阮两分钗"非常愤怒，对嫂嫂"如今袖手旁观无主栽"极其失望。① 嫂嫂设妙计，使林大误以为"陈三娶五娘"，下令抢花轿。哪知道娶回家的是"猫仔六娘"。在第八场《三审》中，潮州州衙公堂，知州三审陈三、五娘一案。知州呵斥林大，"五娘配你，六娘配陈三，'神归宫，佛归庙'。今运使夫人告你，持强抢花轿"②。林大央求饶命。知州三判："将错就错，各得其偶"，"六娘既入林家，米煮成饭，自无再回陈府之理；五娘心许陈三，珠还合浦，合该成就百年之好。"③陈三、五娘终得爱情圆满，"益春相共收拾"，五娘拜过双亲，夫妻启程回返泉州。在《审陈三》一剧中，陈三、五娘忠实于自己的感受和爱情，坚持不懈与反对力量抗争。由于他们爱情的反对势力秉承父母之命的男婚女嫁观念，与陈三、五娘一见钟情、婚恋自主的爱情婚姻观形成了强烈对比，显示了陈三、五娘爱情的反叛性和人性化特质。陈三、五娘爱情、婚姻的更大阻力来自地方豪强等社会恶势力，也彰显了他们争取爱情和婚姻自主行为的正义性。

《益春告御状》可视为《审陈三》的后续剧情，它有《被愚》《抄家》《吞金》《乔装》《误投》《脱逃》《遇救》《诉冤》《除奸》九场。第一场《被愚》的剧情发生于南宋景炎年间，泉

---

① 《审陈三》，见伍晋、陈丽编《厦门高甲戏优秀传统剧目选》，中国戏剧出版社，2009，第39页。

② 《审陈三》，见伍晋、陈丽编《厦门高甲戏优秀传统剧目选》，中国戏剧出版社，2009，第43页。

③ 《审陈三》，见伍晋、陈丽编《厦门高甲戏优秀传统剧目选》，中国戏剧出版社，2009，第44页。

州陈府重修府邸，破土动工。林大乘机与泉州真知府共谋，设下
圈套，派心腹卓二化装成方士，来到陈府，谋骗陈母说，重修府
邸破坏了"龙虾出海"风水，必须"削山丘，作平阳"，将"刀
枪武器填古井"，才能"无伤"。陈三难违母命。在第二场《抄
家》和第三场《吞金》中，林大得到兵部员外郎的职务，手捧圣
旨，与卓二前来报仇。京城徐太师差派家人徐福送信，陈母催逼
陈三夫妻逃走。卓二宣读圣旨，罪名乃是"广南运使陈伯贤与弟
伯卿，开辟操场，私藏军火，阴谋反叛朝廷"①。陈母和潘氏投
井。陈三、五娘逃亡于广南路上，与益春失散。陈三夫妇被捉
拿，押解进京。广南运使正奉召回京城，被林大捆绑。陈伯贤不
愿受辱，"吞金自尽恨未休"。益春改道去京城找徐太师做主，设
法"解救三哥阿娘无事"。但前有大江，后有追兵，益春投河。
在第四场《乔装》和第五场《误投》中，捕鱼为生的洪举、洪婆
从晋江江中捞起益春，益春得救。益春女扮男装，去京城救人。
在临安京都，益春路遇兵部尚书兼理兵马制置使林希文，误以为
是徐太师，投状诉冤。林大父子欢喜陈三秋后处决，又喜益春自
投罗网。林大哄益春做小老婆，又要益春去劝五娘，益春唱：
"三哥阿娘深情义，同生同死誓不二，他是端肃无邪的正气男儿，
你是蝇营狗盗不如畜生！要阮娘嫺再改移，除非是南柯梦里！"②
林大恼怒，下令将益春关进柴房，半夜烧死。益春宁愿"一死全
节义"！在第六场《脱逃》和第七场《遇救》中，丫鬟秋香协助

---

① 《益春告御状》，见伍晋、陈丽编《厦门高甲戏优秀传统剧目选》，中国戏剧
出版社，2009，第61页。
② 《益春告御状》，见伍晋、陈丽编《厦门高甲戏优秀传统剧目选》，中国戏剧
出版社，2009，第80页。

六娘放走益春，并唤来军士烧柴房，制造假象。益春沿柳树下高墙，不意进了徐府后花园，听得徐太师徐应镖月下放悲声，益春心内暗伤情，泣不成声，跪诉冤仇。徐老爷义愤填膺，感叹丫鬟益春尚且为陈家仗义相救，冒死辩冤，"老夫乃当朝太师，身负军国重任，怎可听任奸贼胡为，致使沉冤莫白啊"①。徐太师推荐益春进宫，为女儿徐皇后在七月七日乞巧佳节梳头理鬓，在歌舞筵前，相机告御状。在第八场《诉冤》和第九场《除奸》中，益春于乞巧节为皇后梳荔枝髻。徐皇后告诉宋端宗，巧姨不仅手巧，且擅长南曲。益春乘机说："闽边有一悲情故事，民女将它编成歌曲，题名叫《荔枝记》，万岁，娘娘可爱听否。"宋端宗大悦，"髻有荔枝髻，曲有荔枝记，甚好！"② 益春一曲《荔枝记》，将陈三、五娘的婚恋波折和陈府冤仇都诉说出来，听得宋端宗拍案大怒："贼林大可恶，论罪该斩！"益春赶紧谢恩，诉说自己正是那个曲子中的益春，陈三正是陈伯贤之弟陈伯卿，林大正是林希文之子林大鼻。皇帝敬佩益春见义勇为，封为皇姨，赐尚方宝剑，审理林家父子。国丈徐应镖、刑部刘勃，会同陪审。林家父子、卓二被推出斩首。陈伯卿、黄碧琚赦出天牢，与益春相拥，主仆三人悲喜交集，重得团聚。《益春告御状》塑造了光彩夺目的丫鬟益春的形象。在剧情中，身为主人的陈三、五娘无所作为，从受骗、逃命、被囚到获释，夫妻俩一直处于被动状态，无法掌控自己的命运。相反，益春一直处于主动状态，当她与陈

---

① 《益春告御状》，见伍晋、陈丽编《厦门高甲戏优秀传统剧目选》，中国戏剧出版社，2009，第 90 页。

② 《益春告御状》，见伍晋、陈丽编《厦门高甲戏优秀传统剧目选》，中国戏剧出版社，2009，第 95 页。

三、五娘失散后，益春坚定执着地营救他们夫妇。即便被林大欺哄、威胁，处于生死一线，益春也不改初衷。陈三、五娘和益春主仆身份的反差和主动、被动的易位，富于意味。它宣示了底层人民的强大行动力和坚强的精神操守。肯定底层劳动人民的勤劳善良，一直是当代文学创作的常见模式，也常见于传统戏剧改编中。然而，将底层人物作为核心、主角，主宰自己的命运，具有强大的行动力，却是打破常规的创新之举。在这一点上，高甲戏《益春告御状》值得特别推荐。

收录于《厦门高甲戏优秀传统剧目选》中的《老少换妻》（又名《换包记》）为高甲戏传统剧目，《桃花搭渡》《扫秦》为高甲戏经典小戏。其中《老少换妻》《桃花搭渡》两个剧本都富于喜剧感。

《老少换妻》有《客栈投宿》《暗中换妻》《携眷归途》《公堂论断》四个场次。剧情发生于苏州，八十老汉马全宵重金续娶十八岁女孩李梅英。二十岁的嘉兴青年冯金宝到苏州经商，被王禄所骗，娶了八十老婆张腰娟，因此在小店借酒浇愁。老汉马全宵被新娘骂"老不修"，不肯掀头巾，二更天也来喝酒。两人同乡，异地相逢，又同病相怜，共同饮酒。张腰娟来请冯相公就寝，冯金宝得知张腰娟是王禄的俺妈（奶奶），如梦初醒；又同情老人家被不肖子孙遗弃，痛恨王禄"这样侮辱大人，做人什么子孙？"① 冯金宝送银五十两，作为张腰娟养老之需，嘱咐老人家明早回去。张腰娟背包袱准备回家，碰巧救下寻短见的李梅英。

---

① 《老少换妻》，见伍晋、陈丽编《厦门高甲戏优秀传统剧目选》，中国戏剧出版社，2009，第620页。

冯金宝同情李梅英。张腰娟见两人青春有情，若有所思，想出主意，偷改李梅英和马仝宵的婚书，将马仝宵改为冯金宝，又由张腰娟做媒人，让李梅英和冯金宝"相共起程"，急回家乡。马仝宵追来，与冯金宝相扭一起去苏州县衙见官。在第四场《公堂论断》，县令焦天宝审案。张腰娟坚持丈夫是马仝宵，李梅英坚持嫁的是冯金宝，马仝宵拿出婚书为证，哪知道婚书被改。师爷认为："一个是红粉佳人，幼块块，块块幼，一个是八十老翁，老却却，却却老。这样的婚配，大反形，马仝宵'老牛想吃幼竿秧'，哪有齿可契呀！"① 马仝宵大骂"夭寿仔"，县令喝令押下闹公堂的马仝宵，重打四十大板。张腰娟为之求情，"老爷你带念阮丈夫是老番颠，望老爷手下留情"②。县令、师爷闻言大乐。马仝宵对师爷"手示八十，师爷应之，师爷对官暗示"，县令将八十张腰娟配给八十马仝宵。马仝宵说是拿八十两银子送师爷，将十八少女判给自己。县令、师爷却故意装糊涂。马仝宵直骂县令、师爷，叫苦不堪。

> 张腰娟：你不要，我就行，免的料料痛。
>
> 马仝宵：慢者，我问你，早晚会照顾我吗？
>
> 张腰娟：会煮吃，洗涤我还会。
>
> 马仝宵：既然如此，你无嫌我老翁，我无嫌你老婆。
>
> 张腰娟：歹歹么是伴，老夫妻恰强无。

---

① 《老少换妻》，见伍晋、陈丽编《厦门高甲戏优秀传统剧目选》，中国戏剧出版社，2009，第633~634页。

② 《老少换妻》，见伍晋、陈丽编《厦门高甲戏优秀传统剧目选》，中国戏剧出版社，2009年，第636页。

马仝宵：老的啊，咱家儿孙满堂，望你多多照顾。①

《老少换妻》巧设两对老少配，从世俗认定的规矩来看，两对老少配都有婚书，是明媒正娶的合法夫妻。但两对夫妻年龄悬殊，不合常情，难相匹配。于是，剧情出现了转折性、喜剧性的发展。张腰娟设下"换包计"，撮合年少的冯金宝和李梅英，又自许年老的马仝宵。苏州县令和师爷以婚书为凭，并依据常情，老配老、少配少，重组两对姻缘。马仝宵心有不甘，也坦然认可了张腰娟。剧作在巧合、"换包计"、对簿公堂这些常见的戏剧"套路"中融入民间视角和观念，将一件原本严肃、非法、恶性的婚姻纠纷，演绎成一则具有戏谑性、人性化、善意的换妻事件。这一切得以合情合理地解决，关键又是基于县令、师爷的决断。具有喜剧味的是，县令、师爷身为"官老爷"及其助理，却并非完全以"法"办事，而是从十八少女"幼块块，块块幼"、八十老翁"老却却，却却老"的强烈反差中，做出老配老、少配少的判定。这正是民间视角在剧本中的凸显。

高甲小戏《桃花搭渡》人物单纯，只有桃花、渡伯两人。在南浦做婢女的桃花"身怀书信赶路程"，帮阿娘送书给心上人，来到潮阳地界，遇见大江，与渡伯讲价。渡伯要一百钱搭渡，桃花讲价三十钱，渡伯要五十钱，桃花赶路急，答允五十钱。渡伯却又哈哈大笑说："老汉就照三十钱给你收。""俗语说，有道得财，只出多少力，就拿多少钱。渡伯平生不乱拿人家的钱，我是

---

① 《老少换妻》，见伍晋、陈丽编《厦门高甲戏优秀传统剧目选》，中国戏剧出版社，2009，第637页。

看你伶俐才跟你开玩笑的。"① 渡伯、桃花彼此唱和,渡伯唱:
"你帮阿娘罗我帮你。"桃花唱:"成人美事罗笑呵呵。"② 渡伯、
桃花因成人之美而内心喜悦。小人物所做事情虽微不足道,却能
够在助人中获得自我实现,获得精神愉悦。

上述两个高甲戏,没有一个坏人,尽管《老少换妻》里有人
存着私心欲念,以至于做出荒唐之举,但他们也有可爱之处,例
如马全宵失算,却坦然认命;张腰娟使计,出发点也有善意的成
人之美。从剧情设计来看,《老少换妻》《桃花搭渡》两个剧本都
有着相当强的喜剧感。

与上述《老少换妻》《桃花搭渡》的喜剧性风格不同,《扫
秦》具有正剧意味;与上述《审陈三》《益春告御状》重在"家
庭戏"范畴和演绎人物命运变化有所不同,《扫秦》具有历史感,
以历史的大是大非为取材对象,重在一种历史的审判。《扫秦》
剧情发生于杭州灵隐寺,人物有疯僧、秦桧、王氏、法空等几
位。权臣秦桧因坏事做尽,"昼夜暗自惊危"而到灵隐寺进香,
却发现墙上题诗中的第一句乃是他们夫妻俩除夕之日在东窗下写
就的,大为震惊,于是引出作诗的疯僧。疯僧言行状似疯癫,其
实疯言疯语中藏着机锋和讥讽,令秦桧"心惊眼跳"、头痛心裂,
又因"寺中僧众耳目昭昭",对疯僧无可奈何。剧本在权臣与疯
僧、高官与小民的对抗中,让谋害忠烈之士岳飞的权臣、高官,
处于被小民愚弄和鞭挞的位置。剧本在富于颠覆性的关系设置

---

① 《桃花搭渡》,见伍晋、陈丽编《厦门高甲戏优秀传统剧目选》,中国戏剧出
版社,2009,第 643~644 页。

② 《桃花搭渡》,见伍晋、陈丽编《厦门高甲戏优秀传统剧目选》,中国戏剧出
版社,2009,第 651 页。

中，表达了对忠奸、善恶所秉承的鲜明立场。

二 《小戏·小品》中的高甲小戏解读

《小戏·小品》是汇聚了高甲小戏、芗剧小戏、话剧小品等多剧种的戏剧作品集。《争牛》《木碑》《髻鬏头絮》《难产》等是被收录其中的几个高甲小戏，除了剧本《难产》（剧作家宋永贤）属于古代题材而具有现代意味外，王泗水的三个剧本《争牛》《木碑》《髻鬏头絮》都属于当代题材，叙述当代社会中的乡邻关系和家庭关系。

《难产》通过李时珍为难产的县老爷夫人接生双胞胎过程的戏剧性叙述，展现了以县老爷为代表的愚昧观念和以李时珍为代表的文明观念的冲突；也通过官员与小民（李时珍、衙役、丫鬟）对"难产""接生"态度的对比，体现了两种不同的生命态度：前者讲究面子、尊严而漠视生命；后者以人为本，将生命看得"重无价"。面对夫人难产，县老爷的心态是："踌躇难决真犹豫，男医助产是大忌，伤风败俗违伦理，叫我如何能同意？"衙役劝县老爷说："夫人难产情况急，摒弃多虑顾大局。一念之差双条命，延误抢救悔不急。"① 面对县太爷的质疑、猜忌，李时珍也以抢救人命为重。充分体现了下层人民的善良，体现了李时珍作为医者救死扶伤的高度责任感和以生命为重的高尚医德。

《争牛》叙述了书记太太有能婶、社长夫人阿来姆、普通社员金盏嫂三人争牛的故事。一头牛三家合饲，本该轮到金盏嫂使

---

① 宋永贤：《难产》，见厦门市同安区文化馆编《小戏·小品》，厦门大学出版社，2011，第336页。

用耕牛，但有能婶、阿来姆却将耕牛借给社员阿扶。为此，三人发生戏剧性冲突。阿扶带着礼物是要求阿来姆借牛的，他路遇有能婶，有能婶认为自己是书记太太，"较大粒"，就要走了礼物，自己做主将耕牛借给阿扶。社长太太不依不饶，与书记太太争抢耕牛。金盏嫂卖粮，急等牛车运送粮食。哪知道轮到自己使用的牛被有能婶、阿来姆强夺。金盏嫂只能抹泪："原来是拿牛做人情，才拖我在此黑白反，难道我金盏嫂这世人。真呆是任人捽，由人甩，随人抽的陀螺钉。"[1] 阿扶帮金盏嫂念孩子的来信，得知金盏嫂的小孩儿要留师范学堂任教，王县长会亲自来拜访种粮大户金盏嫂，并奖励手扶拖拉机一台。阿扶对金盏嫂的态度发生了重大变化，甚至对有能婶、阿来姆也强硬起来："什么人不是西瓜倚打爿？"得知金盏嫂"平民变贵人"，有能婶、阿来姆也慌了神，"紧将这只牛，你牵头我牵尾，快送过去互金盏嫂"[2]。王泗水借"争牛"这件小事，批评了乡村社会存在的以强欺弱、见风使舵、庸俗势利的恶行，切中温情脉脉的乡村社会里隐藏的丑陋、冷暖、炎凉；对金盏嫂勤劳起家的肯定，也反映了改革开放以来社会思潮的变动，使这则小戏富于时代意义。

《髻鬏头絮》是一则家庭故事，有批评，有赞誉。永东、永西兄弟俩结婚后暗存私心，彼此猜忌，藏匿劳动收入。他们的媳妇秋艳、阿琼却心胸开阔，妯娌关系亲密，她们关心家庭成员，尊重婆婆，常常以家庭和睦的大局为重。剧作善意地批评了自私

---

[1] 王泗水：《争牛》，见厦门市同安区文化馆编《小戏·小品》，厦门大学出版社，2011，第13页。

[2] 王泗水：《争牛》，见厦门市同安区文化馆编《小戏·小品》，厦门大学出版社，2011，第19页。

自利的行为，歌颂了关心亲人、顾全大局、无私的品格。永东、永西兄弟闹到要分家的地步，在他们看来，"人说兄弟如手足""有时也会脚碍手"。秋艳、阿琼妯娌认为，"家和就能万事成""只要把舵掌得稳""雾海行舟舣翻船"。① 在妯娌俩善意行动的感动下，兄弟俩摈弃嫌隙，重归于好。在人们通常的感观中，婆媳难相处，妯娌难和睦，也常出现描述此种现象的文学作品。但这则高甲小戏却难得地反映了和谐亲善的婆媳和妯娌关系，给读者耳目一新之感。它所传达的"家和"观念，所反映的家庭关系，无论何时何地，都具有现实的启示意义。

在《木碑》小戏中，沿海农村老人蔡璐是当年解放军的向导，协助解放军解放古龙头、大嶝、小嶝等沿海三岛。此后坚持看护牺牲的烈士的墓，为烈士墓立木碑纪念。但在功利社会里，已经没有什么人感念当年牺牲的烈士了。农妇郭壁在木碑上拴牛羊；包工头靓头只管贿赂新任镇长家属，在香烟里暗藏"机关"（香烟里藏钱）；镇长夫人糊涂，贪图靓头的小便宜。众人在镇长父亲蔡璐的教育下，最终动手为烈士墓重树木碑。可以说，这则小戏一方面反映了新时代功利社会里人们精神信仰的失落，一方面赞扬了老一辈革命者依然坚守着操守。众人的醒悟和重新为烈士立木碑的行动，也象征了人们精神信仰的回归。

王泗水上述三个有关闽南沿海农村题材的高甲小戏，都反映了当代农村社会存在的阴暗面，肯定了勤劳、善良、顾全大局、坚持精神操守的正面力量。在艺术上，王泗水、宋永贤的上述四

---

① 王泗水：《髻敨头絮》，见厦门市同安区文化馆编《小戏·小品》，厦门大学出版社，2011，第51页。

个高甲小戏，都具有鲜明的闽南地域文化特色。最明显的是人物语言艺术，官员说话文雅，村民说话粗俗，符合人物身份特征。然而，不管是官员还是百姓的语言，都常常借用具有地方特色的闽南方言（谚语、俗语等）表情达意。例如，县老爷说的话："功夫不负有心人，烧香拜佛有保庇。"① 村干部家眷有能婶说的话："'合鼎饭相争掘'，合饲的牛伸支骨。"② 农妇郭壁说的话："我巷内趁猪直来直去"，"我是青盲鸡仔啄着虫。"③ 这些闽南方言词汇、谚语、俗语等被剧作家广泛使用，使剧作具有浓厚的闽南地域文化特色。

＊ ＊ ＊

高甲戏在其发展、成为成熟剧种的过程中，吸收了多种戏剧艺术的营养。这或许是厦门高甲戏具有较强生命力的重要原因，其艺术表演至今仍活跃于闽南民间社会。高甲戏在当代社会新媒体争夺观众、欣赏者严重流失的困境中求生存，还在于依然有爱护它的文化人存在，有自己的创作队伍存在。诸如《厦门高甲戏优秀传统剧目选》《小戏·小品》等的出版，就是戏剧界人士对传统剧目的改编和新剧目创作的成果。收录于《厦门高甲戏优秀传统剧目选》《小戏·小品》中的十几篇高甲戏，取材丰富多元，

---

① 宋永贤：《难产》，见厦门市同安区文化馆编《小戏·小品》，厦门大学出版社，2011，第333页。

② 王泗水：《争牛》，见厦门市同安区文化馆编《小戏·小品》，厦门大学出版社，2011，第7页。

③ 王泗水：《木碑》，见厦门市同安区文化馆编《小戏·小品》，厦门大学出版社，2011，第23~24页。

有古代历史题材，有革命历史题材，有当代农村题材，有婚姻爱情题材。在主题内涵上，这些高甲戏或者肯定自由婚恋观，肯定底层人民的强大行动力和以人为本的人性观念；或者肯定人与人之间和睦亲善的美好关系，歌颂助人为乐、成人之美；或者鞭挞位高权重而心地阴险的权势者及社会恶势力。在艺术上，闽南方言的大量使用和部分剧作富于地方风味的描述，又使其具有闽南地域文化特色。

第六章
闽南民间谚语与谜语研究

闽南谚语与谜语具有中国汉语谚语和谜语的普遍艺术特征，因其产生于闽南地区，又具有闽南地域文化特征，是闽南文化的艺术载体。闽南谚语与谜语在语言形式上主要包括普通话和闽南方言两种载体。笔者主要以方言谚语和谜语为研究对象，对其进行粗浅的考察。

第一节　闽南民间谚语研究

谚语是世界各国都有的语言艺术。汉语谚语主要有由两个分句组成或一个短句组成两种表现形式。汉语谚语自古就有，宋代就有专门收集谚语的集子出现，龚颐正的《释常谈》和周守忠的《古今谚》是宋代最早的两本谚语集。明代杨升庵的《古今谚》，清代杜文澜的《古谣谚》、曾廷枚的《古谚谈》，都是古代比较有名的谚语作品。① 到底何谓谚语？罗圣豪认为："谚语本质上是包

---

① 参见罗圣豪《论汉语谚语》，《四川大学学报》（哲学社会科学版）2003 年第 1 期。

含完整句子的口语形式，它把普通大众的观察、经验和智慧凝聚在短小精悍的口语表达和判断里，成为人们所熟知的形象和易于记忆的表达方式。""谚语以其令人熟知的形象和比喻体现了人们世代积累的经验和形成的价值观。"① 邓达斯指出："谚语是一种传统的陈述句，至少由一个叙述部分组成，叙述部分包括主题成分和说明成分。"② 罗圣豪和邓达斯的观点，前者重视谚语的内涵，后者谈论的是谚语的结构形式。可以说，谚语被认为属于熟语的一种，它以比较固定的语言形式，表达民众从长期生活中积累的经验和判断，有些谚语传达出特定民族传统的价值观。闽南民间谚语具有中国其他地方汉语谚语共有的形式和特征，也具有闽南地域特色，反映闽南人民的生活经验和民间价值观，是闽南人民生活智慧的结晶和闽南传统文化的深层积淀。

一 闽南民间谚语分类

依据厦漳泉民间谚语的内容，我们可以对闽南民间谚语做下述分类。

（一）有关"人际关系"的谚语

这是闽南民间谚语中极为常见的一类，数量较多，是闽南人民对人际关系的总结、提示和告诫。

首先，我们看看有关"家庭关系"的谚语。"翁唱某随，无食也肥"用以比喻夫妻关系好，生活再苦也甜。"某大姊，家贿胖胖起"意谓娶年长的妻子，会兴旺发达，它类似于中国民间谚

---

① 罗圣豪：《论汉语谚语》，《四川大学学报》（哲学社会科学版）2003 年第 1 期。
② 陈平：《谚语的定义及其基本特征》，《韩山师范学院学报》1997 年第 1 期。

语"女大三，抱金砖"。表达夫妻关系的闽南民间谚语还有"听某喙，大富贵""惊某大丈夫，拍某猪狗牛"。上述民间谚语都是对和睦夫妻关系的肯定。在家庭关系中，夫妻和睦，婚姻幸福美满；婆媳、姑嫂和睦，合家幸福。"好布也着好纱，好新妇也着好乾家"，这则谚语意谓和谐的婆媳关系需要双方共同努力。"姑嫂和好，厝边呵咾"，这则谚语肯定的是姑嫂关系，姑嫂相处好，乡邻都会赞扬。"好竹出好笋，好老爸出好囝孙"，这则谚语表达的是亲子关系。中国人认为"有其父必有其子"，谚语肯定了好父亲对好子孙的巨大影响。此谚语的反义，与"上梁不正下梁歪"类同。

其次，我们看看闽南民间谚语中有关邻里关系以及人际往来（关系）的谚语。"金乡里，银厝边""行要好人伴，住要好厝边"，这样的谚语是人民对邻里关系的总结，肯定选择好邻居的重要性，和睦的邻里关系至关重要。"人情准像锯，有来佫有去""人情亲像锯，汝唔来我唔去""三双来，六棵去""一争两丑，一让两有"等谚语是对人际交往的经验总结，人情交往像拉锯，有来有往。在人际交往中懂得礼尚往来，才能保持恒久的亲善关系。在人际关系中懂得彼此谦让，也会利于双方。谚语"本地猪屎厚沙"，是对人际关系负面现象的总结，在利害关系中，越接近的本地人矛盾越多，反倒是"外来的和尚好念经"。这种对本地人的轻视，在现实生活中常常形成"墙内开花墙外香"的现象。

（二）有关励志、劝学、劝世的谚语

闽南民间有许多关于励志、劝学、劝世的谚语。

首先，有关励志的谚语。"爱拼则会赢""后生唔拍拼，食老无名声""少年怀拍拼，食老无名声""唔惊少年苦，只惊老来穷"，这些谚语重在表达拼搏精神。尤其是"爱拼则会赢"是人人熟知的谚语，体现了闽南人努力拼搏的文化品格。① "人惊无志，树惊无皮"重在表达"立志"对一个人的重要性，人无志气，犹如树无树皮一样可怕。"穷人无穷种，富人无富栽""穷无穷根，富无富种""穷无穷种，富无富秧""圆人会扁，扁人会圆"，这些谚语隐含着相对论观念，以贫富不是天注定的观念激励人奋斗，通过努力拼搏，可以实现贫富转化、地位变化，富人、权贵者（圆人）与穷人、落魄者（扁人）的身份地位并非永久不变，正如俗语"风水轮流转"。"人穷奋发起，刀钝石头磨""无下百粒籽，难拍千斤粮"，这样的谚语同样表达了勤奋、努力、拼搏的精神。可以说，闽南民间大量的励志谚语，正是闽南人"爱拼则会赢"文化性格的体现，也表达了闽南民间对拼搏、努力上进的价值观的认可和推崇。

其次，有关"劝学"的民间谚语。"补漏趁好天，读书趁后生""有田唔作仓空虚，有册唔读子孙愚"，这些谚语重在肯定读书的重要性。年轻时好好读书是成才的关键，读书才能摆脱愚昧，提升自己的人生境界。"学习、学习，头摆生，二摆熟"肯定反复学习的方法对我们熟练掌握知识的重要性。"文字衣冠"劝人重视文字书写，文字犹如衣冠，直接影响人们的印象、观感，也体现了一个人的文化修养。"千金易得，一艺难求"重视技艺对生存的重要性，劝人不要图眼前利益，要学习技艺，以自己的技艺、本事正正当当地生活。

---

① "爱拼则会赢"的精神也是两岸中国人普遍肯定的价值观。20 世纪 80 年代之后，陈百潭作词作曲、叶启田主唱的闽南语歌曲《爱拼才会赢》席卷台湾岛，后来又在祖国大陆走红。参见施沛琳《传播与流变：海峡两岸闽南语歌曲研究》，厦门大学出版社，2015，第 85 ~ 86 页。

最后，有关"劝世"的民间谚语有很多。"鸡母飞过墙，鸡仔趁伊样""无好序大落无好序细"，这样的谚语强调长辈的不良教养、言行对后辈的严重影响。所谓"上有所行，下必效之""上梁不正下梁歪"，正是表达了同类意思。"细汉偷割匏，大汉偷牵牛""膣做无好误蜀冬，囝教无好蜀世侬"，这样的谚语强调对子女从小严加管教的必要性和重要性。小时候"偷割匏"若不重视，成年后"偷牵牛"，将造成严重的社会危害。田地没耕种好只耽搁一次收成，而子女没教育好将影响子女一生。上述谚语都从教育角度着眼，劝导世人洁身自好，言传身教，重视对子女的教育，而且教育孩子要从小抓起。"行直行横，嗯通行入乌熏间""缴索较恒铁链"，这样的谚语劝诫世人不可吸毒、赌博。无论选择走什么道路，都不要走进鸦片室。而赌博好比绳索，捆人紧似铁链。吸毒、赌博上瘾的人，将给自己、家人、社会带来极大的危害，所以自古以来人民深恶痛绝，产生了多则劝诫不可走上吸毒、赌博绝路的民间谚语。"隔顿饭通食，过头话嗯通说""宁可扶人起，嗯通砑人倒"，前一则谚语劝诫人们必须谨言慎行，饭隔顿尚可吃，话过头却不可说，也许祸从口出，害人害己；后一则谚语劝告世人应做善事、多做好事。两则谚语是闽南民众对人生经验的总结，劝导人们说好话、存好心、做好事，体现了闽南人民对美、善的精神追求。

（三）有关经验、说理或事理之类的谚语

首先，民间谚语多是对人们生活经验的总结，表达人们对某事、某现象的判断，因此，有关"经验"的民间谚语古今中外都有很多。这个"经验"又由于不同国家、民族的生活和文化的差异性，而具有特定民族、特定地域的特色。例如，汉民族的农业谚语极多，因为古代汉民族以农业为主要经济模式；英格兰民族生活于岛屿，有大量总结海洋、水运方面经验知识的谚语；蒙古族主要生活于大草原，关涉草原和牲畜方面的谚语多。闽南地区依山面海，海岸线很长，沿海人民出海从事渔捞作业，以海产品为重要经济来源，因此产生大量关涉海洋及水生生物的民间谚语。"大海无风不起浪，大树无风不摇枝""高山出好茶，大海出龙虾""山是摇钱树，海是聚宝盆""人心难测，海水难量""近水知鱼性，近山识鸟音""龟龟路，鳖鳖路""抓龟走鳖，顾此失彼""讨海人请亲家，唔是鱼便是虾""山上鹧鸪獐，海底马鲛鲳""死蟳活鲨，未死先臭""鱼虾滚三滚，食落甲会稳""食鱼食肉类相拍"，上述谚语都与海洋及水产品有关，正体现了闽南民间谚语的地域特色。"行路脚热热，蘸水会虬筋""睏前洗脚手，胜过啉补酒""人到中年多饮水，人到老年莫贪嘴""菜头小人参""人脚、狗鼻、和尚头""拳头、烧酒、曲"，这些闽南民间谚语基本属于对养生经验的总结。譬如非常精简的谚语"菜头小人参"，强调了萝卜对人体的益处，因为它含有大量纤维素、维生素、微量元素和双链核菌酸，能增强免疫力，具有助消化、增食欲、清凉解毒等功效，犹如人参一样。泉州民间谚语"拳头、烧酒、曲"，指泉州人闲时消遣常做的三件事——武术、烧酒和南音，看似不是总结养生经验，但它涵养泉州人的生活情趣，也有养生意义。此外，"媒人脚骨力，媒人喙白贼""媒人喙，胡累累""靠东靠西，不要靠佬仔师""易流易转山坑水，易反易复小人心"，这样的民间谚语，是对媒人、"佬仔师"（指说谎成性的人）、"小人"这类人言行的经验总结，告诫世人不可天真地信任媒婆、说谎者、小人。"旧柴草，好起火；旧笼床，好炊粿""经布着好布边，做鞋着好后靪""一等二看三落空，一想二做三成功"，这样的民间谚语，是闽南人民对工作、劳动经验的总结，认为旧事物有其作用，强调把握做事的关键，强调实践精神。"好竹出好笋，好父生好囝""顶层教子，下层子乖""公妈惜大孙，父母疼细囝"，这样的民间谚语是对教育现象、亲缘现象的经验总结。"混沌食无份""好天着积雨来粮"，这类谚语是对闽南人民的人生经验的总结，意在表达懒惰迟钝者，难以抓住机遇、获得成功的道理；即便在人生顺境，也要懂得未雨绸缪。"起层派半料"是对特定行业（房屋承建者）招徕生意策略的总结，承建者往往先压低造价，动工建房后，再一步步要钱加料。"卜颂落苏杭二州，卜食落福建漳州"，通俗地说，这个漳州谚语就是穿在苏杭、吃在漳州的意思，表达了漳州人对本地饮食文化的自信。还有些谚语好像是经验总结，实则表达了没有什么科学依据的民间观念，如"天公惜憨囝""前勘金，后勘银，勘槽查某做夫人"。后者将前额明显突出的女人与"夫人命"联系起来，只能说是古代民间的偏见。

其次，有关说理、事理的谚语常见于闽南民间。"花水靠颜色，人水靠品德""人若好品德，免烧香点烛""爱人好，家己好；爱人歹，家己歹"，上述民间谚语重视好品德，肯定"内在美"的价值观和好心好报的道理。"饭食工课做""脚潤手潤喙合焇"是有关"劳动"的事理，认为人们吃了饭就应该干活儿，不劳动者不得食。"会做鸡母就会跑壁边"表达的是身为某种角色就该掌握相应技能的道理。"家己有痒家己扒"表达的是自己的事情自己担当的道理。"会发做糕，艍发做粿""乡下车鼓乡下摛"，这样的民间谚语，包含着依据人（事）发展变化的不同情况合理利用、不同的形式适应不同的环境之类的事理。"若卜生活好，勤劳、节俭、储蓄三件宝""抾拾食，顿顿饱；抾拾用，逐项巧"，两则谚语隐含着生活经验和勤劳节俭的道理，体现了中华民族自古以来勤俭持家的价值观。"裁衣有尺寸，讲话有分寸""利人之语，暖如丝绵；伤人之语，锐如荆棘""相拍觉做劝一边，看人觉做看一边"，这些谚语表达了人们在言行、评估事物等方面应当有分寸、合情合理的道理。"甘蔗随目喫""到蚶江就是卜食蚶"，这些谚语表达了做事情应该循序渐进、目标明确的事理。此外，"无受挫折，觉长知识""不识不怕，真识真怕""吃果子要拜树头"，诸如此类谚语，都表达了一定事理，是闽南人民对生活经验、人生观的总结。

（四）有关农业、季节、气候、天气的谚语

有关农业、季节、气候、天气的谚语，常常与中国传统的"二十四节气"组合一体。这是因为农事、气候、季节等确实与二十四节气紧密相关。中国古人凝聚集体智慧，制定二十四节气，并将之加入古代历法，主要为了指导农事。

首先，我们看看农业谚语。中国传统社会以农业为本，农业谚语在汉语谚语中占据最大比重。闽南依山面海，农业人口也有很多，农业谚语自然也较多。"芒种臘，夏至穗""惊蛰稻，春分豆，霜降菜，立冬麦"，谚语表达了农业种植与季节的关系。前者意谓早稻在芒种期间孕穗，在夏至期间抽穗；后者意谓惊蛰插秧、春分种豆、霜降栽菜、立冬种麦，都正值时令。"乌龟无报，春膣歹落"，此谚语也与农业种植有关。民间把农历十二月初三、十八阴雨天比作"乌龟报"，认为早春"乌龟"若"报"，预示当年雨水充沛；反之则干旱少雨，农田难以播种。"好上元，好早田，半年粮，无艰难。"谚语表达的是节气与收成的关系，意谓元宵天晴，则预示风调雨顺，粮食丰收。"五月节，粗梅满四界""小暑荔枝，大暑檨仔，立秋龙眼，处暑蓝仔桲"，这两则漳州谚语具有鲜明的地方特色，说明的是闽南物产成熟、上市的季节。前者意谓五月正是漳州杨梅上市时；后者意谓阴历七八月间，漳州的荔枝、芒果、龙眼、番石榴等佳果应时上市。闽南地区，尤其漳州，号称花果乡，四季花果飘香。龙海浮宫的杨梅、平和的琯溪蜜柚、天宝的香蕉等，都驰名省内外。荔枝、芒果、龙眼、番石榴等都是闽南地区传统种植的水果，有关闽南当地物产的民间谚语，自然具有地域文化特色。

其次，有关气候、季节、天气的谚语，有不少是闽南人对当地气候、季节、天气状况的经验总结，具有地方特色。"春天囝仔面""大寒寒呛死，立春踔踔跳"，这两则漳州谚语是对当地季节、气候特点的概括。前者将漳州春天比作孩子脸，喜怒无常。此谚语的产生与漳州地属亚热带季风性湿润气候、春季冷暖气流交替的季节特点有关。后则谚语说明了漳州气候特点，"大寒"节气未必很冷，最冷时往往是"立春"，让人冷得直跺脚。还有不少民间谚语是对闽南地区季节与天气关系的经验总结。比如，"芒种夏至，盐仔出世"意谓芒种到夏至是天气最炎热的一段时间，天热得能晒出盐来。"五月龙教囝，六月走山厌"，所谓"龙教囝""走山厌"，说明五月、六月是常发大水、常下雨的天气。"食过五月节粽，破裘甲嘛放"，漳州人称端午节为"五月节"，谚语认为过了端午，天气才真正暖和，才可以彻底甩掉冬衣。"九月九头乌，唔值十月初乌一晡"，这则谚语认为农历九月经常阴天，却未必下雨，它还不如十月初的一个下午的阴天下雨的可能性大。"六月东风吹过昼，擤'笑'，勘雨漏""六月不善北，大水淹头壳"，这两则谚语是对风向与天气关系的经验总结，前则意谓六月里刮东风，东风吹过中午，就要做下雨的防护了；后则意谓农历六月刮北风，将雨水成灾。"满天星，明仔晴""久晴大雾雨，久雨大雾晴""云行东，想雨日日空；云行西，出门幔棕蓑；云行南，落雨水成潭；云行北，无水通磨墨"，这些民间谚语是对自然现象与天气关系的经验总结。此外，"蜀雷捃九台"是说明响雷与台风的关系，谚语认为六月初一响雷是好兆头，雷声越多，该年台风越少。

（五）有关民俗的谚语

闽南民俗文化丰富多彩，由此，闽南民间产生了许多有关民俗的谚语。有些谚语与闽南民间信仰中的神明有关。比如"三月廿三妈祖生，风吹头巾，雨沃花粉""有关公也要有周仓，有大王也要有喽啰""天顶天公，地下母舅公""尪是扛的，侬是妆的"。这些谚语中的妈祖、关公、周仓、天公、尪，都是闽南民间信仰中的神明。第一则谚语意谓妈祖生辰这天，一般都有小风雨。第二则谚语关涉闽南的关帝君信仰，关帝庙的配祀神往往有周仓将军。第三则谚语关涉"天公信仰"。第四则谚语关涉漳州正月里各村社的"迎尪"民俗：信众从庙里扛出神像，放置于特制的轿子中，男村民抬着游行。"迎尪"队伍浩浩荡荡，男女老少脸上洋溢着喜气；有的拿扫把当"开路先锋"，有的舞凉伞增添喜庆。神像在座椅上晃悠着，所经之处，鞭炮声震耳欲聋——这即所谓的"犁尪"。据说，菩萨"显"（摇晃）得越厉害越灵验。① 有些

---

① 杨秀明编著《漳州方言熟语歌谣》，福建人民出版社，2007，第11页。

闽南谚语与民间民俗艺术有关，比如"棚顶管甫送，棚下车鼓弄""布袋戏上棚重讲古，高甲戏上棚捅破鼓"。前则谚语所谓的"管甫送""车鼓弄"，都是闽南富有特色的民俗艺术；后则谚语意谓掌中木偶演出重视讲故事，高甲戏开场使劲敲锣鼓。两则谚语说明了闽南地区不同民俗艺术各有精彩，各有特点。有些谚语关涉闽南的民俗节庆，比如"尘梳上厝年年富""春牛嫺桀天""韭菜春，年年春""蚝仔麵线兜，好佋来肖交"。前三则与漳州过大年的民俗有关。漳州有一个旧俗，过年前用特制的尘梳"扫房"，漳州话叫"筅尘"。"筅尘"有一定规矩。首先，"尘梳"一般由竹叶、稻草、"咸草扫"等做成，"筅尘"时，老人们要唱好话："尘梳上厝年年富"；其次，必须经过刷扫、清洗、整理三个程序，做到面面光。"筅尘"后，人们都要理发、沐浴、更衣，彻底驱除旧年的晦气。① 漳州过年时有张贴"春牛图"的传统习俗。"春牛图"上老牛旁边站着个小牧童，俗称"春牛嫺"。他脚上穿得有个性：来年雨水多，他偏偏穿草鞋；若来年干旱少雨水，他却打赤脚。谚语"春牛嫺桀天"，用于比喻小孩子不听父母长辈的话。② 漳州的除夕夜，叫"围炉"。旧时的"围炉"，圆桌下要有一个红泥火炉，有一炉子红炎炎、暖融融的木炭火；还有一盘"韭菜春"（韭菜炒豆腐，韭菜不宜切断），这道菜象征岁月如春天般的生机和长久的康泰幸福，③ 所以得谚语"韭菜春，年年春"。第四则漳州谚语"蚝仔麵线兜，好佋来肖交"关涉元宵佳节，当日漳州家家户户都吃"蚝仔面线兜"，以求交好人，行好运。此外，谚

---

① 杨秀明编著《漳州方言熟语歌谣》，福建人民出版社，2007，第 52 ~ 53 页。
② 杨秀明编著《漳州方言熟语歌谣》，福建人民出版社，2007，第 3 页。
③ 杨秀明编著《漳州方言熟语歌谣》，福建人民出版社，2007，第 54 页。

语"嫁查某仔亲像着贼偷"关涉闽南婚俗，嫁女儿时，一般娘家要送丰厚的嫁妆。谚语"耳钩走仔分"关涉漳州习俗，在母亲遗物中，耳环属于女儿，这个谚语常用于比喻无可争议的权利。厦门谚语"七分茶，八分酒"关涉斟茶斟酒的分寸，待客时斟茶斟酒以七八分最合宜，太多或太少都会被认为不识礼数。谚语"门对窗，家贿空"关涉住房装修的旧俗，漳州旧俗认为，居家的门窗不宜相对，否则会破财。上述许多关涉民俗的闽南谚语，涉及闽南人民的衣食住行和玩乐，体现了他们的生活态度、价值观和精神信仰。

二 闽南民间谚语的修辞、艺术手法探析

谚语言简意赅。虽然它在形式上精简短小，却并非随意拼凑而成。就闽南民间谚语而言，它凝聚民间智慧，采用多种修辞、艺术手法。

（一）比喻

比喻，尤其是隐喻，是汉语谚语、闽南民间谚语最普遍使用的修辞手法。"认知语言学认为，大多数谚语是隐喻性的，而一个完整的隐喻是由本体（目标域）和喻体（源域）两部分构成的，其结构表现形式为：本体（tenor）＋中介词（medium）＋喻体（vehicle）＝比喻，即双域模式是隐喻映射的基本模式。隐喻形成的基本过程实质上是源域概念向目标域概念的映射过程。源域和目标域是各自独立，又具有相似性的符号系统。""源域和目标域的关系是通过相似性建立起来的。"[①] 以下是笔者对部分闽

---

① 寇福明：《论谚语的语义特征》，《内蒙古民族大学学报》（社会科学版）2009 年第 1 期。

南民间谚语及其隐喻义的整理（见表 6 - 1）。

表 6 - 1　闽南谚语及其隐喻义

谚语	隐喻义
经布着好布边，做鞋着好后靪	比喻做事情得把握关键，把最重要的部分做好
拍石看石痕，医病看病根	比喻处理事情得从根源上着手
看锁用锁匙	比喻做事情从实际出发
量力担担，寸腹食水	比喻凡事量力而行
落水即知长脚人	比喻通过实际工作才能看出谁有真本事
去陈埭就是卜挑蛏	晋江陈埭盛产蛏，比喻到什么地方做什么工作
唔怪家己麻索短，只怪伊人古井深	比喻出了问题不从自己身上找原因，总是把责任推给他人
生目睭看赡着家己的鼻	比喻自身的问题反而更难发现
牛唔知角弯，马唔知面长	比喻人们常看不到自己的缺点
家己分骹液怀知臭	比喻自己的缺点错误自己往往察觉不到
破鼓通救月，破某通煮糜	比喻看起来不怎么样的东西，也可以起到一定的作用
茬马也有一步踢	比喻人再笨，也可能在某个地方发挥作用
壁边草也会拄着坦横雨	比喻处于不利环境之中的事物有时也会碰到机遇
补篮的惜竹，装旦的惜曲	比喻从事某种工作总会对与其密切相关的事物产生特殊的感情
牛仔出世十八跋	比喻人在成长过程中免不了经历许多磨难
牛仔未串鼻，唔知犁田苦	比喻年纪小，不知世事艰辛；也比喻没吃过苦，就没有切身的体会

谚语	隐喻义
从细柳怀雕，大丛雕舻跷	比喻对小孩须从小严加管教，否则，长大后不良品行难以矫正
猪仔过槽芳	比喻小孩子图新鲜，在家挑食，在别人家却什么都吃得香
尾团尾珍珠	比喻幼子被父母惜如珍宝
墨鱼炒韭菜，唔食是恁代	比喻好东西不懂得要，损失是自己的
抹屎鸡卵有人抾，抹屎团儿有人惜	比喻好东西略有不足也有人要
卖茶讲茶芳，卖花讲花红	比喻人们总从自己立场出发说对己有利的话
歹竹出好笋	比喻父母不怎么样，子女却很优秀
查某团仔菜籽命	比喻旧社会女孩子命运如菜籽，不被重视
食大鱼骨，也怀食鱼仔戌	大鱼的骨头也比小鱼的肉有滋味，喻指做大手笔或追求高品位
有社无兜，有椅仔无户碇头	比喻穷途潦倒，上无片瓦，下无寸土
卖龟当煎盘	比喻砸锅卖铁，倾其所有
龟做龟趁食，鲨做鲨踞壁	比喻各走各的路，各干各的事，互不干扰
龟龟路，鳖鳖路	喻指人各有谋生或成长的不同道路
三拜娘仔起舻了大涌	比喻小人物力量小，成就不了大事业
做乞食也落指笭志	当乞丐也得提篮子，比喻人生存总要吃苦，要有所得就必须付出相应代价
食老公忌甲想卜修祖厝	比喻某些人还不能自立，就异想天开想干大事业
老尾结糖礵	比喻晚景好，事情后阶段有喜人的成功等
小姐也会欠刀石	比喻再有本事的人也会遇到困难
拍折手骨倒勇	比喻矛盾相互转化，坏事变好事

谚语	隐喻义
硬樵着用软索仔箍	比喻以柔克刚
缴索较恒铁链	比喻赌博好比绳索，捆人紧似铁链
圣佛无论大细仙	神佛若灵验，别管其大小。比喻只要有才能就不在乎其高低贵贱
露头番薯乞鸡啄	比喻冒尖的事物容易遭受灾难
无雄趁无食	比喻办事不坚决，难以有收获
吃果子要拜树头	比喻要懂得感恩，饮水思源

有人提出谚语理解的三种模式："一是字面义处理模式；二是字面义和隐喻义同时处理模式；三是隐喻义处理模式。"① 上述表格中的闽南民间谚语，可谓采取字面义与隐喻义同时处理的模式，从谚语的显性"所指"，可以联想到它的隐性"所指"。这些民间谚语通过隐喻的修辞手法，表达了闽南人民的生活经验、判断和人生观、价值观。

（二）对仗、对比

对仗、对比是闽南民间谚语的常见修辞手法。前者重视谚语在形式结构上的一致性，后者重视谚语内涵的对比性。

对仗原本常用于骈文和古诗中，汉语谚语也不时采用此修辞手法，使由两个分句组成的谚语句型相同、句法结构一致。如"税厝无倚，籴米无食""公妈惜大孙，父母惜细囝""南洋钱，唐山福""人脚狗鼻和尚头，龙肝凤脑麒麟肉"。第一则谚语意谓

---

① 寇福明：《论谚语的语义特征》，《内蒙古民族大学学报》（社会科学版）2009 年第 1 期。

租房住、买米吃，都不是长久之计，不如住自己的房、吃自己生产的粮食来得长久。第二则谚语说明一种亲情现象：祖父母更疼爱长孙，父母更爱惜幼子。第三则谚语是对旧时闽南人"过番"行为的概括：他们闯南洋谋生，赚了钱就寄回家盖房、供养亲人。第四则谚语在闽南民间是指不对称的婚姻。有些闽南谚语不仅对仗，还讲究声韵美。"汉语谚语选取语素时倘前后两句，则多选取韵母构造大体相同的语素充当上下句的句尾，从而构成了上下句声音回环的押韵美。"① 如"过一摆渡，行五里路""人靠衫妆，佛靠金装"。这些闽南谚语不仅句法结构一致，也都具有声韵美。第一则谚语意谓水路往往比陆路近，第二则谚语意在说明行头、穿着可以提升一个人的精神面貌。

对比是把具有明显差异、矛盾和对立的双方放在一起，加以对照、比较的修辞手法。"囝仔尻穿三斗火，老侬身躯三桶水""看后生尻穿，也怀看走仔面"，在这两则谚语中，前者将小孩的体质与老人的体质进行对比；后者将父母对儿子与女儿的态度进行对比，传统社会重男轻女的现象，从这句谚语可见。"好工食馀空，尚惮着吞澜"将勤劳者与懒惰者进行对比，劳动者得食，懒惰者只能吞口水。谚语"戏头乞食尾"比较特殊，在一个句子内包含着对比，将旧社会戏子在年轻与年老时的命运进行对比，年轻时风光，年老下场堪怜。"得势做老爹，失势拖破车"，此谚语将人们得势时与失势时的处境进行对比，得势时，当官做老爷，风光无限；失势时，受人奴役，处境可悲。通过对比，反映了世态炎凉。

---

① 王勤：《谚语的民族性》，《湘潭大学社会科学学报》2001 年第 4 期。

（三）夸张、摹绘

夸张、摹绘也是闽南民间谚语采用的修辞手法。充分发挥想象，极力夸大或缩小事物某些特征的修辞手法，叫夸张。摹绘也称摹状、摹写，"是摹写人对于事物情状的感觉的修辞方法。摹绘能把客观对象的声情状貌描绘得具体可感，真切动人，被广泛指运用语言手段描摹事物的声音、色彩、气味、情状等"①。例如，"三两人讲半斤话""蟳看吐沫，虾看倒弹，青蛙看了跳过岸"。这两则闽南民间谚语就使用了夸张的修辞手法。第一则谚语同时采用比喻、夸张的修辞手法，"三两人讲半斤话"比喻人身份低微，却不自量力，说大话。第二则厦门谚语意谓人长得丑，谚语通过蟳、虾、青蛙的反应，极力夸张一个人长相的丑陋。又如"日出画龙虎，雨落叮咚鼓"，这则闽南民间谚语采用摹绘这一修辞手法。说天晴时，太阳从残破的屋顶投下斑斑驳驳的光，在地板上像画龙画虎似的；下雨天，屋顶漏雨，雨水打鼓似的"滴答滴答"往下落。②谚语前半句摹绘斑驳的太阳光投在地板上的形状，后半句摹绘下雨的声音。借助摹形、摹声的艺术手法，谚语将一个家庭的贫穷状况鲜活地描述了出来。

（四）比较

闽南民间谚语还不时采用比较的表现手法。一般认为，"比较"是指根据一定标准，"在两种或两种以上有某种联系的事物间，辨别高下、异同"③。

"保平安较好趁大钱""富万金，呣值人清心""心清较好

---

① 参见百度百科关于"摹绘"的解释。
② 杨秀明编著《漳州方言熟语歌谣》，福建人民出版社，2007，第19页。
③ 参见360百科关于"比较"的解释。

吃菜", 这三则闽南民间谚语, 具有明显比较意义的词 "较好" (比……好)、"唔值" 等。前两则谚语将平安、清心与金钱对于人的幸福度进行了比较, 肯定前者; 第三则谚语将 "心清" 与 "吃菜"(借代吃斋信佛)对于人的安全感进行了比较。"好鱼好肉, 较输涪糜仔咸菜甲""六月花, 较补鸡", 在这两则闽南民间谚语中, 前者将大鱼大肉与粗茶淡饭的生活方式进行比较, 肯定漳州人早晚喝粥佐小菜的饮食文化, 认为粗茶淡饭反倒清爽可口; 后者是对食物营养价值的比较, 肯定农历六月的黄花鱼比鸡还有营养。谚语 "外境神明不如本境土地", 是将外来神明与本地土地爷发挥的作用进行比较, 借助宗教意象说明一种社会现象。"大漏怀值着小渗", 谚语中的 "怀值着"(比不上), 是具有明显比较意义的方言词, 整句谚语比喻日常浪费比大数额的挥霍更为严重。

* * *

谚语是人们对当地生活经验的总结, 体现了人们对当地社会现象、自然现象的判断, 表达了人们的生活观、人生观、价值观。因此, 谚语具有民族性、地域性特征。闽南民间谚语在反映的内容及文学修辞、艺术手法等方面, 具有中华民族谚语的普遍特征, 又因其反映了闽南人的生活经验、闽南自然环境、闽南风土人情等, 具有闽南地域特征。正是那些反映海洋生产经验、闽南自然状况、闽南风土人情和民俗(节庆习俗、宗教信仰、婚俗等)的谚语, 展现了闽南民间谚语的特殊性, 它们内蕴着丰富的闽南文化内涵。

第二节　闽南谜语研究

早在先秦，就出现了"谜语"，其时被称为"隐语"。数千年来，人们对"谜语"的称呼各种各样，隐语、瘦辞、瘦语、商谜、商灯、猜灯、灯虎、春灯、灯谜、文虎、诗虎、字谜、诗谜、射灯虎、哑谜、破闷等，都是对谜语的称呼。[①] 何谓谜语？"谜语者，有待于启示之文学也；启示为神秘之对象。""谜语虽贵神秘，而以显露启示之迹象为要。""遁辞以隐意""谲譬以指事""辞欲隐而显"是其三个条件。[②] 人们将谜语分为事谜、文谜、姓名谜、字谜、诗谜、物谜、话谜、绘画谜、哑谜九类。[③] 学者张巍深入分析了"谜语"这种文体的发展过程，将之分为隐语、谜语、灯谜三个阶段。他认为完整的先秦隐语包括"设隐"和"射隐"两部分，采用对问形式，表现手法主要是隐喻，其功能重在讽劝。谜语产生于曹魏时期，它与先秦隐语在表现方法上一脉相承，文体形态也没有脱离谜面与谜底（设隐与射隐）这两个基本成分，但文体功能从服务于政治变为取乐于民众。灯谜（文义谜）产生于明代，"从历时性的角度来看，隐语、谜语、灯谜是同一文体发展的先后阶段"[④]。

谜语和灯谜是当下人们依然常采用的称呼。两者区别何在？灯谜深奥，谜语通俗，是人们对两者的直观看法。曹久文认为，

---

① 参见杨汝泉编《谜语之研究》，大公报社印，1934，第6~8页。
② 参见杨汝泉编《谜语之研究》，大公报社印，1934，第1页。
③ 参见杨汝泉编《谜语之研究》，大公报社印，1934，第16页。
④ 张巍：《谜语的文体流变及其与诗的关系》，《文艺研究》2017年第6期。

圆润，有时欠缺无分寸，风来雨来的时阵，找无你来解郁闷。"谜底为"月"。

13. "你看我、我看你，同头同面同嘴齿。我笑笑、伸手指，恬你面前乱乱举。你不服、甲我比，动作和我同完美。"谜底为"镜子"。

14. "一身白白亲像雪，伊是厨房的常客，无惊日晒无惊压，只惊落水现忑忑（光光）。"谜底为"盐"。

15. "云遮天、天如炭，天地之间全变化，千条线、万条线，坠落水中无垛看。"谜底为"雨"。

16. "用手任不袂归堆，用篮去底野吃亏，用刀去劈劈袂开，人见人爱真古锥。"谜底为"水"。

17. "身材小小无生脚，爱穿红衫和绿衫，你若用嘴去对咬，保你目屎流袂瘥。"谜底为"辣椒"。

18. "细汉四脚乱乱撒，吃大两脚走趴趴，等到吃老逐项差，行路时候变三脚。"谜底为"人"。

19. "一间厝仔简简单单，一日到暗哼哼餐餐，经常听着阳啊安安，讲古化仙快乐无限。"谜底为"收音机"。

20. "千条线、万条线，全靠双手咧变化。身形小、动作大，脚手灵活好身段。穿长衫、挞马褂，各种角色轮流换。舞台顶、嘻哗哗，精彩传遍海内外。"谜底为"提线木偶"。

在上述闽南方言谜语中，除了第8条和第9条是"字谜"，谜底分别为"春""腾"，其余都属于"事物谜"，从"人"、人体器官"耳朵"，到自然现象"太阳""月""盐""水""雨"和自然界的动植物"鱼""田婴仔蜻蜓""蚊子""辣椒",再到工具、器皿"收音机"、"剪刀"、"镜子"和艺术名目"提线木偶"等,都成为谜语题材,可见谜语题材极其宽泛,万事万物皆可入谜。关键是对谜面的描述与谜底相符。在上述谜语中,第2条和第15条的谜底都是"下雨"(或"雨"),第6条和第13条的谜底都是"镜子",第10条和第16条的谜底都是"水"。由于制谜人不同,对谜面的制作(用词方面)有所不同。但受谜底限制(谜底相同),谜面的描述又必然有共同之处,谜面必须描述出符合谜底的特征、状态和性质等。从上述20则闽南方言谜语可以看出,谜语相对通俗易懂,谜语制作也颇为宽松,它采用类似歌谣的形式,对世间万物进行合乎特征的描述,即可制作简易谜语。也因为谜语制作的相对宽松,不同谜人可以就同一事物,用不同词汇进行描述。也由于谜语的相对直观、通俗,从猜谜者这方来看,男女老幼皆宜。虽然由于当下社会娱乐媒体的多元化和电子产品的强力普及,人们已经很少再以猜谜取乐,但谜语在民间传播的土壤依然存在。

二　闽南灯谜

学者认为,灯谜产生于明代。"灯谜之得名,与元宵节观灯猜谜的风俗密切相关。《两般秋雨庵随笔》云:'今人以隐语粘于灯上,曰"灯谜",亦曰"灯虎"。'"[1]"灯谜,是一种文义谜,以汉字形音义的变化成谜。"[2] 灯谜的文体构成包括四个方面,即

---

① 张巍:《谜语的文体流变及其与诗的关系》,《文艺研究》2017年第6期。
② 陈秋枫:《横看成岭侧成峰——中华灯谜艺术谈》,《内蒙古民族师院学报》(哲学社会科学版)1999年第2期。

谜面、谜目、谜格、谜底。"谜面"即灯谜的题目,"谜目"指示所猜谜底的范围,"谜格"即灯谜的格式(但并非所有灯谜都设置谜格),"谜底"即灯谜的答案。灯谜还存在"谜体",即灯谜的体裁,常见的"谜体"有会意、象形、增损、谐声、假借等。① 张起南在《橐园春灯话》中说:"谜有体有格,体则有会意、象形、谐声、增损、离合、假借之别,格则有系铃、解铃、卷帘、折腰、落帽、脱靴、锦屏之殊。大抵用格必须在旁注明,体则不能先为表示。"② 谜语发展到灯谜阶段,已然由普通文字游戏上升到文人雅戏。清代周学濬甚至认为"文人游戏,惟文虎最雅"。③

---

① 杨汝泉认为谜体和谜格的区别为:"以面扣底谓之体,以底合面谓之格;""体者格之表率,格者体之部属。"谜语主要有会意体、谐声体、增损体、象形体和假借体五种谜体。"谜谜中以会意体为最古,其所隶之谜格亦伙。凡可以意会者,皆隶属于会意体。""谐声一名梨花、又名飞白,顾名思义,可以知其为叶其字之音而变其字之义者是。凡叶音之属皆隶于谐声体。""增损又名离合,分离其字而复合之,或竟分离其字,或以数字合为一字者是。凡分合字划之属皆隶于增损体。其格有三:1. 拆字格 2. 组字格 3. 集锦格。""象形体"的谜格有"拆字格""组字格","凡以笔画,字形,物象为谜者,皆属象形之类"。"假借体"的谜格有"重门格""运典格""徐妃格","凡别用一义而假借之以相扣合者,皆属假借之类"。参见杨汝泉编《谜语之研究》,第 22~23 页。杨汝泉还将谜格统计为四十四格。"盖谜之用格,所以启示猜者,俾有迹象可寻。""【落帽格】去首一字也。""【卷帘格】逆读之也。""【神龙格】仅射上半句也。""【集锦格】以拆字法或组字法扣之,以集成各不相属之字(字谜)或成句之类是也。"参见杨汝泉编《谜语之研究》,大公报社印,1934,第 19~28 页。

② 张巍:《谜语的文体流变及其与诗的关系》,《文艺研究》2017 年第 6 期。

③ 参见高伯瑜等编《中华谜书集成》(第 2 册),人民日报出版社,1993,第 1345 页。

　　闽南文人自古以来就爱好制作灯谜、竞猜灯谜，留下了许多佳话。漳浦灯谜活动可追溯到明清。《漳浦县志》（清光绪本，民国二十五年重刊）卷之三《风土志·风俗》记载："元夕，自初十日放灯至十六夜乃已。神祠家庙或用鳌山运傀儡，张灯烛，剪采为花，备极工巧。……文人墨客，明灯悬谜语于通衢，谓之灯谜。射中者，以笔墨果品酬之，备极欢谑。"①爱好灯谜、以此为雅趣的漳州文人名士有很多。据张奕虎介绍，明宣德三年（1428），太子太傅郑深道在石码郑氏祖庙张灯结彩、悬挂灯谜，与士绅共度元宵。而后礼部尚书林士章、监察御史沈汝梁、云南副使方文耀皆致仕归里，邀集文人雅士，猜谜遣兴。清乾隆二十三年（1758），刑部侍郎陈文芳和文华阁大学士蔡新联袂辞官回漳，时值中秋，陈文芳将其颍川别墅粉刷一新，以迎蔡新。间设文虎，邀请石码文官武吏和名士贤达游园览胜、赏灯、商谜，咸五昼夜，车水马龙，极一时之盛。②闽南文人这种爱好灯谜的优良传统，从古代一直延续到 20 世纪和当下社会。甚至在闽南民间社会出现了多则灯谜传说，如晋江进士欧阳詹制药谜喜结良缘、泉州名士陈紫峰出谜戏孺子、泉州太守蔡襄拆"醋"字谜建洛阳桥、"国姓爷"名将刘国轩破谜闹公府等。1981 年，漳州市正式成立国内第一个市级灯谜协会。作为漳州市灯谜协会的直属分会，漳州师院灯谜协会（1985 年成立）成为福建省大专院

---

① 参见张奕虎《古城谜花正芳菲——漳州灯谜史话》，《漳州职业大学学报》1999 年第 2 期。

② 参见张奕虎《古城谜花正芳菲——漳州灯谜史话》，《漳州职业大学学报》1999 年第 2 期。

校第一个灯谜组织。1992年，漳州灯谜艺术馆启动，当时是海内外唯一的灯谜艺术馆，有"中华谜史第一馆"之称。1999年，漳州灯谜馆新馆落址于威镇阁。① 2000年，文化部正式命名广东澄海市（今汕头澄海区）、福建漳州芗城区、石狮市蚶江镇为"中国民间灯谜艺术之乡"。由此可见，闽南地区灯谜的深厚传统和当代传承，深得海内外灯谜"同好"及国家的认可和重视。

以下闽南方言灯谜采集自《灯谜》② 一书，都是现当代闽南籍谜家所制作。第1条到第26条灯谜为谢瑶中制作，第27条到第33条灯谜为刘德芳制作，第34条到第37条灯谜为黄惠中制作，第38条和39条灯谜为许友金制作，第40条到第45条灯谜为蔡秋湖制作，第46条到第51条灯谜为陈延助制作，第52条到第67条灯谜为王嘉宾制作，第68条到第71条灯谜为张沧海制作（见表6-2）。③

---

① 参见张奕虎《古城谜花正芳菲——漳州灯谜史话》，《漳州职业大学学报》1999年第2期。

② 厦门市同安区文化馆编《灯谜》，厦门大学出版社，2011，第99~103页。

③ 谢瑶中，1950年生于同安，供职于同安区文化馆，为厦门市职工谜协副秘书长。刘德芳，1947年生，福建省职工灯谜协会会员。黄惠中，1944年生于同安，同安灯谜协会副会长。许友金，1946年生，同安人。毕业于北京师大中文系，厦门市中学语文学科带头人，厦门市职工谜协副会长。蔡秋湖，1946年生于同安，毕业于北京大学东语系，原厦门电大同安工作站站长，同安灯谜协会副会长。陈延助，1943年生于同安，谜号"凌霄虎"，毕业于北京师大外语系，主编《轮山虎啸》谜刊，创作灯谜万余则。王嘉宾，1946年生，泉州人，原供职于厦门银华机械厂。在全国灯谜创作赛中屡次获奖。张沧海，1944年生，大学文化，厦门市作协会员、同安文化局局长，1966年曾当选同安灯谜协会会长。

表 6 - 2　闽南方言灯谜概览

序号	谜面	谜目	谜底
1	倾慕期连合，适逢显胜机	5 字歌名	爱拼才会赢
2	日出而作	3 字常言	照起工（按规矩办事）
3	爱护有方	2 字常言	惜略（爱惜）
4	冬初春末乱穿衣	3 字俗语	无定着（不安生，反复无常）
5	相恋应有一年整	3 字俗语	好该载（幸亏）
6	空中月满逢谜会	4 字民俗	上元迎灯（元宵夜提灯游玩的古风）
7	神州灯会桃花红	4 字俗语	火龙火马（心急火燎）
8	只把小七松了绑	5 字歌名	放阮一个人（丢下我一个人）
9	志同道合两知音	2 字俗语	缘投（指人帅气）
10	不曾见冰凌，寒已凉彻骨	3 字俗语	冻未条（抵挡不住）
11	连连喊妙	3 字俗语	好叫数（帅气，有能耐）
12	百万富翁无子嗣	4 字称谓	大有空人（富豪）
13	空江月朗鸟飞绝	4 字俗语	无影无只（子虚乌有）
14	"抽刀断水水更流"	2 字俗语	空砍（犯傻，傻瓜，闽南语有调侃意思，没有强烈贬义）
15	其貌不扬	3 字常言	歹看相（脸面难堪）
16	文武之道	2 字常言	张弛（警惕、小心防备）
17	偷香窃玉性风流	2 字俗语	色德（道德缺失）
18	"几多红粉委黄泥"	丧葬习俗	谢土（答谢土地公）
19	东风过巷蛙声闹	民俗阵头	车鼓弄（同安民间文艺表演）
20	残垣断壁屋梁塌	2 字俗语	舍败（丢人现眼）
21	瞳中唯有孔方兄	3 字常言	正利眼（乖张机巧）
22	女娲炼石缘何故	2 字俗语	破空（坏事败露）
23	寻思忖度几回回	2 字俗语	数想（图谋）
24	集粉搜花蜂蝶缺	3 字俗语	无采工（徒劳无益）
25	修书辗转届期遥	2 字常言	函慢（慢条斯理）
26	严监生临终伸二指	5 字俗语	点油做记号（记仇、秋后算账）

续表

序号	谜面	谜目	谜底
27	博览群书	2 字俗语	大阅（骄傲自大、神气十足）
28	称雄天下力拔山	4 字常言	大主大意（擅自做主）
29	嫂嫂思夫	3 字俗语	想哥哥（黏糊糊）
30	千年大圣有灵性	3 字俗语	老猴精（老谋深算、鬼精灵）
31	辛劳少闲时	3 字俗语	苦无空（巴不得）
32	狂草	2 字俗语	书颠（书呆子）
33	关系户	2 字俗语	卡家（难怪）
34	喜欢串门	3 字常言	好所在（好地方）
35	难以估量	3 字俗语	没法度（没办法、没能力）
36	四野深秋无意顾	4 字常言	目周没金（没看透）
37	破壁难挡寒风声	5 字俗语	有空呼呼响（有钱人咋咋呼呼）
38	相馆开始营业	3 字俗语	照起工（按规矩办事）
39	生肖·牛	5 字俗语	虎头老鼠尾（做事开头认真，后来草草了事）
40	皆由长兄掌管	3 字俗语	归大把（一大把）
41	入夜倾谈至天明	3 字俗语	黑白讲（说话混淆黑白）
42	黄鹂唱罢杜鹃啼	3 字俗语	鸟鸟叫（叽叽喳喳乱说话）
43	入伏雨水足	4 字俗语	无夏无落（没有着落）
44	全凭小儿担当	4 字常言	无须老大（资历不足又喜指手画脚）
45	顾客一来喜盈盈	3 字俗语	卖见笑（不懂羞耻）
46	胸怀舒畅	2 字俗语	心适（有趣味、诗人喜欢）
47	甘露寺招亲	2 字俗语	适德（缺德）
48	蟾宫伐桂	2 字俗语	空砍（犯傻，傻瓜，闽南语有调侃味）
49	淘汰离岗泪潸然	3 字俗语	哭作舍（糟了，表示遗憾）
50	停止参观	2 字俗语	顿张（撒娇、撒泼）

序号	谜面	谜目	谜底
51	扩充版面	2 字俗语	加页（因受欢迎而抢手）
52	一人得道，鸡犬升天	3 字称谓	大小仙（连襟）
53	谜不易制滥成风	4 字俗语	虎难乱撰（胡说八道）
54	黑裁	3 字口语	歹声哨（说话没好声气）
55	无丝竹之乱耳	2 字口语	好谱（好习惯）
56	偷得浮生半日闲	2 字口语	创空（设圈套损人）
57	板桥春色	2 字口语	郑青（假装）
58	如愿嫁得意中人	2 字口语	心适（有趣味）
59	抱恨终身	2 字口语	郁卒（烦闷，心情不开朗）
60	缺少盘缠	3 字口语	无路用（没本事）
61	冲锋陷阵弟捐躯，骸卧沙场胆气豪	6 字俗语	打折脚骨倒勇（坏事变好事）
62	勿以善小而不为	2 字俗语	好体（运气好，有脸面）
63	"望帝春心托杜鹃"	3 字俗语	化鸟仙（胡侃穷聊高手）
64	忽喇喇似大厦倾	2 字俗语	舍败（丢人现眼）
65	不知老之将至	3 字俗语	未晓衰（不至于如此倒霉）
66	试掷	3 字口语	丢丢看（目不转睛）
67	"向晚意不适"	3 字口语	暗暗苦（心里苦楚没有表露）
68	胜败皆不负责	4 字常言	无担输赢（不必担责任）
69	拟向佛门修身心	2 字俗语	想善（觉得乏味，厌倦）
70	诗词文赋总在乎	3 字俗语	老风骚（年老尚风流）
71	古木遭虫蛀	3 字俗语	老柴糟（年老不中用）

从表 6-2 中的闽南方言灯谜来看，谜面紧扣谜底，谜底与谜面契合，两者讲究浑然天成。猜谜者通过"别解"破解谜面。在解读谜底时，又往往采用闽南当地的解释。所谓"别解"，是运用汉字一字多义的特点或词汇、语法等手段，"临时赋予一个词语以原

来不曾有的新义，这种修辞方式叫做别解，它在灯谜中运用得最多。可以说，别解是灯谜的灵魂，是灯谜区别于普通谜语的主要特征"。① 联系上述方言灯谜，我们发现多数灯谜采取会意体和假借体两种谜体。

　　杨汝泉说："谜语中以会意体为最古，其所隶之谜格亦伙。凡可以意会者，皆隶属于会意体。"② "会意"，即在猜灯谜时，借助"别解"法，对谜面心领神会，有时是不可言传、只可意会的境界。如表 6－2 第 1 则灯谜"倾慕期连合，适逢显胜机"，谜目限定为"5 字歌名"，可以意会到谜底为"爱拼才会赢"。第 2 则灯谜"日出而作"，谜目限定为"3 字常言"，很容易意会到谜底"照起工"，闽南语解释为"按规矩办事"。第 13 则灯谜"空江月朗鸟飞绝"，谜目限定为"4 字俗语"，这则谜语难以从谜面的字词直接去"对应"某字词，只可从诗歌意境去心领神会，可得出谜底为"无影无只"，闽南话解释为"子虚乌有"。第 14 则灯谜"抽刀断水水更流"出自李白的诗歌，谜目限定为"2 字俗语"，领会诗句的意义，让人意会到它与灯谜"蟾宫伐桂"一样，意味着一种徒劳无用、不可能实现的行为，因此可圈定谜底为"空砍"，闽南话解释为"犯傻，傻瓜"。第 39 则灯谜"生肖·牛"，谜目限定为"5 字俗语"，谜面还有重要提示"生肖"，将"牛"在十二生肖中的位置默念一遍，可知谜底为"虎头老鼠尾"，闽南人借此俗语表达做事开头认真，但后来草草了事的态度、行为。第 41 则灯谜"入夜倾谈至天明"，谜目限定为"3 字

　　① 韩晓光：《灯谜修辞方式选析》，《当代修辞学》1989 年第 6 期。
　　② 杨汝泉编《谜语之研究》，大公报社印，1934，第 22 页。

俗语",紧扣谜面,可以意会为"黑白讲",闽南话解释为"说话混淆黑白"。第 47 则灯谜"甘露寺招亲",谜目限定为"2 字俗语",灯谜出自三国故事,是刘备招亲的故事,刘备字玄德,由此可以意会到谜底为"适德"(嫁给玄德),闽南语解释为"缺德"。第 52 则灯谜"一人得道,鸡犬升天",谜目限定为"3 字称谓","得道""升天"也即"成仙",由此可以将谜面曲解为"大小仙",闽南语解释为"连襟"。第 63 则灯谜"望帝春心托杜鹃",谜目限定为"3 字俗语",从诗句的意义去体会,可以别解为"化鸟仙",闽南话解释为"胡侃穷聊高手"。

假借,即借甲物喻乙物,通过甲联想到乙,是灯谜猜测时常常用到的方法。假借也是借代,"不直称某一事物,而以与之有密切关系的另一事物来替代它,这就叫借代。由于灯谜需要别解会意,而借代正是形成意义别解的有效方式,因此也在灯谜中常常用到"①。例如,上述第 30 则灯谜"千年大圣有灵性",谜目限定为"3 字俗语",抓住"大圣"二字,认定它为"猴"的借代,可知整个谜底为"老猴精",闽南语解释为"老谋深算、鬼精灵"。第 32 则灯谜"狂草",谜目限定为"2 字俗语",由"狂草"是书法的一种,可知谜底为"书颠"(书呆子)。第 42 则灯谜"黄鹂唱罢杜鹃啼",谜目限定为"3 字俗语",可以将"黄鹂""杜鹃"作为鸟类的借代,得出谜底"鸟鸟叫",闽南话解释为"叽叽喳喳乱说话"。第 53 则灯谜"谜不易制滥成风",谜目限定为"4 字俗语",由于谜语又有"文虎""诗虎"之称谓,猜灯谜可谓"射灯虎",因此可将"谜"作为"虎"的借代,得

---

① 韩晓光:《灯谜修辞方式选析》,《当代修辞学》1989 年第 6 期。

出谜底"虎难乱撰",闽南话解释为"胡说八道"。第 55 则灯谜
"无丝竹之乱耳",谜目限定为"2 字口语",由于"丝竹之声"
可以作为乐谱的借代,因此得出谜底"好谱",闽南语"好习惯"
的意思。第 57 则灯谜"板桥春色",谜目限定为"2 字口语",
这则灯谜是人名借代,板桥是郑板桥,"板桥"之名作为"郑"
姓氏的借代,可知谜底为"郑青",闽南话是"假装"之意。第
70 则灯谜"诗词文赋总在乎",谜目限定为"3 字俗语","诗词
文赋"可与古代文体"风""骚"彼此借代,可曲解为"老风
骚",闽南语是"年老尚风流"之意。

　　闽南地区的灯谜蕴藏量极其丰富,还有大量灯谜是用普通话制
作的。以下为抗战时期闽南籍谜人制作的抗战谜语(见表 6 - 3)。①
第 1、2 条灯谜出现于晋江"谈虎楼"灯谜组织举办的抗日灯谜专
场,第 3、4、5 条为东山岛的"抗日后援会"制作的灯谜,第 6、
7、8 条灯谜为同安籍印尼华侨沈观格制作的抗日灯谜。

表 6 - 3　抗战时期闽南籍谜人制作的抗战谜语

序号	谜面	谜目	谜底
1	日本逆作,一败涂地	猜字一	查
2	吾人能合作,定把倭奴灭	猜字一	昨
3	参加抗战	猜古人名一	列御寇
4	抗战胜利有饭吃	成语一·卷帘格	饱食终日
5	八年抗战不间断	猜出版名词一	逐日连载
6	倭国覆灭	猜《左传》一句	亡无日也
7	杀倭护国	猜字二	暂、堡
8	海空未备以何作战	猜《三国演义》人名一	陆抗

---

① 参见林长华《抗日烽火中的八闽灯谜》,《传承》2009 年第 13 期。

　　表 6-3 中的 8 则抗日灯谜，多数采用会意体。如第 7 则灯谜
"杀倭护国"，谜目表明谜底范围为"字二"，通过曲解，可以意
会到谜底为"暂""堡"。第 4 则灯谜"抗战胜利有饭吃"，除了
谜目表明为"成语一"，还标明谜格"卷帘格"。在猜谜底时要符
合两者，谜底要既为"成语"，又得依照"卷帘格"的要求倒读。
依据灯谜谜面，可以曲解为"日终食饱"，依照"卷帘格"，谜底
为"饱食终日"。第 2 则灯谜"吾人能合作，定把倭奴灭"，属于
增损体。"增损又名离合，分离其字而复合之，或竟分离其字，
或以数字合为一字者是。凡分合字划之属皆隶于增损体。"① 林长
华分析说："此谜巧妙运用灯谜制作的'增损离合'手法，意为
要使'昨'变成'作'字，必须把'日'（倭奴）消灭掉。"②
可以说，灯谜无论使用何种谜体、如何解谜，关键是"底""面"
相扣为妙。

＊　＊　＊

　　"民国时期孙钟骏《小嬺嬛仙馆谜话序》中称：'凡一代有一
代之文学，楚之骚，汉之赋，六朝之骈语，唐之诗，宋之词，元
之曲，清之谜，皆所谓一代之文学，而后世莫能继焉者也。'虽
然推许太过，但清末'近百年来，斯技益精'却是不争之事实。
隐语之发展流传数千年，最终于晚清民国达到了它的艺术顶峰，
然后迅速衰落，时至今日则几近失传，这也令人颇为感慨。"③ 张

---

① 杨汝泉编《谜语之研究》，大公报社印，1934，第 23 页。
② 林长华：《抗日烽火中的八闽灯谜》，《传承》2009 年第 13 期。
③ 张巍：《谜语的文体流变及其与诗的关系》，《文艺研究》2017 年第 6 期。

巍在深入研究汉语灯谜后所做的评述，无疑有其准确之处。然而具体到闽南地区，应另当别论。闽南人对灯谜的热爱和痴迷，从不因时代变迁而消失。在厦门、同安、泉州，在漳州市芗城区，在漳州各县市，闽南谜人代有人才。抗战时期，闽南籍文人创造性地以灯谜宣传抗日精神；到了当代，闽南人依然用灯谜形式表达对国家、社会重大事件的关注。在当下闽南社会，主要在节庆之日，闽南各地、各单位以制作灯谜和竞猜灯谜作为重要的娱乐方式。闽南籍谜人对谜语（主要是灯谜）的热情，不仅延续了优秀的闽南文化传统，对于汉语谜语的薪火传承也具有不可忽略的意义。

参考文献

[1] （明）陈洪谟修，周瑛纂《大明漳州府志》，中华书局，2012。

[2] （明）洪思等撰，侯真平、娄曾泉校点《黄道周年谱》附传记，福建人民出版社，1999。

[3] （明）闵梦得修（万历癸丑）《漳州府志》，厦门大学出版社，2012。

[4] 《圣经·旧约》，中国基督教协会，1998。

[5] 陈清发主编《中国民间故事集成·福建卷·惠安县分卷》，惠安县民间文学集成编委会，1992。

[6] 陈支平、叶明义主编《朱熹陈淳研究》，厦门大学出版社，2014。

[7] 戴冠青：《想象的狂欢：作为文化镜像的闽南民间故事研究》，厦门大学出版社，2012。

[8] 段宝林主编《民间文学教程》，高等教育出版社，2013。

[9] 郭嘉训主编《中国民间故事集成·福建卷·漳州市分卷·龙海县卷》，龙海县民间文学集成编委会，1992。

[10] 黄达彬主编《中国民间故事集成·福建卷·平和县分卷》，平和县民间文学集成编委会，1992。

[11] 黄劲松主编《中国民间故事集成·福建卷·南靖县分卷》，

南靖县民间文学集成编委会，1992。

[12] 黄守忠等编著《厦门谚语》，鹭江出版社，1999。

[13] 黄锡均：《泉州十八景故事传说》，远方出版社，2003。

[14] 黄以结主编《中国民间故事集成·福建卷·漳浦县分卷》，漳浦县民间文学集成编委会，1991。

[15] 黄元德主编《中国民间故事集成·福建卷·华安县分卷》，华安县民间文学集成编委会，1993。

[16] 简清水主编《中国歌谣集成·福建卷·漳州市分卷》，漳州市民间文学集成编委会，1991。

[17] 简清水主编《中国民间故事集成·福建卷·漳州市分卷》（第一册），漳州市民间文学集成编委会，1991。

[18] 简清水主编《中国民间故事集成·福建卷·漳州市分卷》（第二册），漳州市民间文学集成编委会，1992。

[19] 简清水主编《中国民间故事集成·福建卷·漳州市分卷》（第三册），漳州市民间文学集成编委会，1991。

[20] 简清水主编《中国民间故事集成·福建卷·漳州市分卷》（第四册），漳州市民间文学集成编委会，1992。

[21] 简清水主编《中国民间故事集成·福建卷·漳州市芗城区分卷（上）》，漳州市民间文学集成编委会，1992。

[22] 简清水主编《中国民间谚语集成·福建卷·漳州市分卷》，漳州市民间文学集成编委会，1991。

[23] 江玉平主编《漳台闽南方言童谣》，厦门大学出版社，2011。

[24] 林华东主编《泉州歌谣》，福建人民出版社，2006。

[25] 林继富：《民间故事》，中国社会出版社，2006。

[26] 林秋荣、林桂卿整理《厦门民间故事》，鹭江出版社，2002。

[27] 林晓峰主编《歌仔戏（芗剧）·邵江海研究》，海峡文艺出版社，2015。

[28] 刘守华主编《中国民间故事类型研究》，华中师范大学出版社，2006。

[29] 刘秀美、蔡可欣：《山海的召唤——台湾原住民口传文学》，台湾文学馆，2011。

[30] 刘永乐主编《中国民间故事集成·福建卷·永春县分卷》，永春县民间文学集成编委会，1991。

[31] 卢一心：《三平祖师》，海峡文艺出版社，2009。

[32] 卢奕醒、王雄铮编《漳州民间故事集》，中国人民政治协商会议福建省漳州市委员会文史资料委员会，1988。

[33] 卢奕醒、郑炳炎编《揽胜美漳州：漳州旅游景点民间传说》，吉林出版集团有限责任公司，2014。

[34] 马昌仪编选《关公传说》，中国社会出版社，2006。

[35] 彭永叔等编《厦门歌谣》，鹭江出版社，1999。

[36] 祁连休：《中国古代民间故事类型研究》，河北教育出版社，2007。

[37] 沈耀喜主编《诏安当代灯谜选》，诏安县灯谜协会，1999。

[38] 施沛琳：《传播与流变：海峡两岸闽南语歌曲研究》，厦门大学出版社，2015。

[39] 宋琦：《武侠小说从"民国旧派"到"港台新派"叙事模式的变迁》，博士学位论文，山东大学，2010。

[40] 孙英龙编《黄道周故事集》，闽南日报印刷厂，2006。

[41] 孙英龙主编《中国民间故事集成·福建卷·东山县分卷》，东山县民间文学集成编委会，1991。

［42］ 汤印昌：《汤印昌剧作选》，中国戏剧出版社，2005。

［43］ 万建中：《民间文学引论》，北京大学出版社，2006。

［44］ 王建设、蔡湘江、朱媞媞编著《泉州谚语》，福建人民出版社，2006。

［45］ 王允澄主编《中国民间故事集成·福建卷·石狮市分卷》，石狮市民间文学集成编委会，1991。

［46］ 吴建生主编《泉州讲古新编》，福建人民出版社，2008。

［47］ 伍晋、陈丽编《厦门高甲戏优秀传统剧目选》，中国戏剧出版社，2009。

［48］ 夏敏：《闽台民间文学》，福建人民出版社，2009。

［49］ 厦门市同安区文化馆编《灯谜》，厦门大学出版社，2011。

［50］ 厦门市同安区文化馆编《小戏·小品》，厦门大学出版社，2011。

［51］ 谢华、谢澄光主编《中国民间故事集成·福建卷·厦门市分卷》，厦门市民间文学集成编委会，1991。

［52］ 谢华、谢澄光主编《中国民间谚语集成·福建卷·厦门市分卷》，厦门市民间文学集成编委会，1992。

［53］ 谢来根主编《中国民间故事集成·福建卷·长泰县分卷》，长泰县民间文学集成编委会，1993。

［54］ 谢重光：《陈元光与漳州早期开发史研究》，文史哲出版社，1994。

［55］ 薛世浩主编《安溪民间文学集成》（上、下），作家出版社，2004。

［56］ 薛世浩主编《中国民间故事集成·福建卷·安溪县分卷》，安溪县民间文学集成编委会，1988。

［57］ 颜立水主编《中国民间歌谣集成·福建卷·同安县分卷》，同安县民间文学集成编委会，1991。

［58］ 杨汝泉编《谜语之研究》，大公报社印，1934。

［59］ 杨秀明编著《漳州方言熟语歌谣》，福建人民出版社，2007。

［60］ 张待德主编《中国歌谣集成·福建卷·云霄县分卷》，云霄县民间文学集成编委会，1991。

［61］ 张待德主编《中国民间故事集成·福建卷·云霄县分卷》，云霄县民间文学集成编委会，1991。

［62］ 张嘉星：《文化诗学视域下的闽南方言文学研究》，中国社会科学出版社，2017。

［63］ 张嘉星：《张嘉星漳州歌谣精讲》，中国华侨出版社，2017。

［64］ 郑民生主编《中国民间故事集成·福建卷·德化县分卷》，德化县民间文学集成编委会，1993。

［65］ 郑镛：《闽南民间诸神探寻》，河南人民出版社，2009。

［66］ 钟敬文主编《民间文学概论》，上海文艺出版社，1980。

［67］ 周金琰、许平主编《妈祖故事》，海风出版社，2009。

［68］ 周濯街：《妈祖》，团结出版社，1998。

［69］ 庄晏成主编《中国民间谚语集成·福建卷·泉州市分卷》，泉州市民间文学集成编委会，1990。

后 记

　　《闽南民间文学研究》是我给硕士研究生授课的一点成绩。它与我结缘，完全是个"意外"。因为"闽南民间文学"原本并非我关注的兴趣点，与我此前的研究"传统"也无瓜葛。这个"意外"发源于某年某日，我正踩着自行车独行在香江新城一带，小罗来电话，说有门课程的原授课老师要写博士毕业论文，转给我授课，只有一个学生上课。我确实是"蒙"了一会儿，勉强答应——这一个学生，我后来知道是儒雅古风的才子彦廷。我"勉强"又能"答应"，乃是基于一种认知：既然自愿上了闽南院的"船"，需要航海的"水手"时，还是要努力去当的。文学院兄弟胡说，这是给自己挖个"坑"啊。但课程继续下来，倒也不觉得是跳了"坑"，渐渐将它视为新耙的一个"小菜园"。谈不上对它多么钟情，但耙地时也是蛮有兴致的。有位闽南籍前辈说，你不是闽南人，做这个难以深入。好吧，这个有道理。但我想，能力是一回事，态度又是一回事。尽力而为，凡事求个无愧于心吧。

　　至于《闽南民间文学研究》的出版，真的是一个"变化"。它原本排在我出版计划中的 N 年，但计划赶不上变化。2017 年 9 月初，刘博突然招呼大伙儿，问是否有闽南文化研究方面的成果，单位资助出版。我想了想，就报了出版计划。然后放下一切，一方面紧锣密鼓地码字，增添新章节；另一方面修缮旧稿，于是形成了现在呈现于读者诸君面前的文字。

鸣谢听我啰唆的男生女生，诸君见证了它的出生；鸣谢为我提供资料的家人、同仁；特别鸣谢单位资助出版，这是七位同仁的书稿"顺产"的关键。

戴冠青教授是闽南民间文学研究领域的先行者、前辈学者，我到闽工作的次年即结识戴教授。随着交流的增加，我对她在学术研究和文学创作上的成就很是敬重。而今戴教授又乐意为拙著赐序，我特别心存感激。

特别鸣谢社会科学文献出版社的副编审刘荣老师，刘老师工作认真负责，行事雷厉风行，也是拙稿得以"顺产"的关键。

值此第二届世界妈祖文化论坛暨第三届国际妈祖文化学术研讨会举办之际，我因缘际会来到妈祖故里湄洲岛。提交给会议的论文正是《闽南民间文学研究》中的部分内容，我将之取名为《论闽南民间文学中的妈祖形象》，并意外地在七国学者百余篇论文的评选中得了个不分等级的"鼓励"，这给我略增了拙著出版的踏实感。

向忆秋

2017 年 12 月 2 日于湄洲岛

图书在版编目（CIP）数据

闽南民间文学研究 / 向忆秋著 . --北京 : 社会科
学文献出版社，2018.11
（闽海文丛）
ISBN 978 – 7 – 5201 – 2984 – 8

Ⅰ . ①闽… Ⅱ . ①向… Ⅲ . ①民间文学 – 文学研究 –
福建 Ⅳ . ①I207.7

中国版本图书馆 CIP 数据核字（2018）第 141937 号

· 闽海文丛 ·
闽南民间文学研究

著 者 / 向忆秋

出 版 人 / 谢寿光
项目统筹 / 刘 荣
责任编辑 / 单远举 李帅磊

出 版 / 社会科学文献出版社 · 独立编辑工作室（010）59367011
地址：北京市北三环中路甲 29 号院华龙大厦 邮编：100029
网址：www. ssap. com. cn
发 行 / 市场营销中心（010）59367081 59367083
印 装 / 三河市东方印刷有限公司

规 格 / 开 本：880mm × 1230mm 1/32
印 张：11 字 数：253 千字
版 次 / 2018 年 11 月第 1 版 2018 年 11 月第 1 次印刷
书 号 / ISBN 978 – 7 – 5201 – 2984 – 8
定 价 / 89.00 元